dtv

Vorbei ist es mit dem beschaulichen Leben des angesehenen Bilbo Beutlin, seit er sich auf ein Abenteuer eingelassen hat, das Hobbitvorstellungen bei weitem übersteigt. Nicht nur, daß er sich auf eine Reise von der Dauer eines Jahres begibt, er läßt sich auch vom Zwergenkönig und seinen Genossen als Meisterdieb unter Vertrag nehmen und verpflichtet sich, den Zwergen bei der Rückgewinnung ihres geraubten Schatzes zu helfen. »Tolkien hat das Verdienst, im nüchternen 20. Jahrhundert die Welt der Drachen, Elben, Zauberer und Könige wieder transparent gemacht zu haben.« (Salzburger Nachrichten)

J(ohn) R(onald) R(euel) Tolkien wurde am 3. Januar 1892 in Bloemfontein/Südafrika geboren und lebte seit 1896 in England. Er war Professor für germanische Philologie in Oxford und starb am 2. September 1973 in Bournemouth. Sein berühmtestes Werk ist ›Der Herr der Ringe‹.

J. R. R. Tolkien

Der kleine Hobbit

Deutsch von Walter Scherf

Mit einer Karte von
Juliane Hehn-Kynast

Deutscher Taschenbuch Verlag

Von J. R. R. Tolkien
sind im Deutschen Taschenbuch Verlag erschienen:
Tuor und seine Ankunft in Gondolin (20278)
Feanors Fluch (20372)
Die Geschichte der Kinder Húrins (20459)
Das Tolkien Lesebuch (20669)
Bauer Giles von Ham (dtv zweisprachig 9383)

Neuausgabe Oktober 2006
Veröffentlicht im Oktober 1999 im
Deutschen Taschenbuch Verlag GmbH & Co. KG, München
www.dtv.de

Titel der englischen Originalausgabe:
›The Hobbit or There and Back Again‹
(George Allen & Unwin Ltd., London 1937)
Die Übersetzung folgt der unveränderten 8. Auflage von 1956.
Die Gedichte und Lieder wurden teilweise leicht gekürzt.

Umschlagkonzept: Balk & Brumshagen
Umschlagfoto: Premium/Imagestate/Ch. Döring
Gesetzt aus der Garamond 10/11,75˙ (3B2)
Gesamtherstellung: Druckerei C. H. Beck, Nördlingen
Gedruckt auf säurefreiem, chlorfrei gebleichtem Papier
Printed in Germany
ISBN-13: 978-3-423-59079-2
ISBN-10: 3-423-59079-3
2 Bände

Inhalt

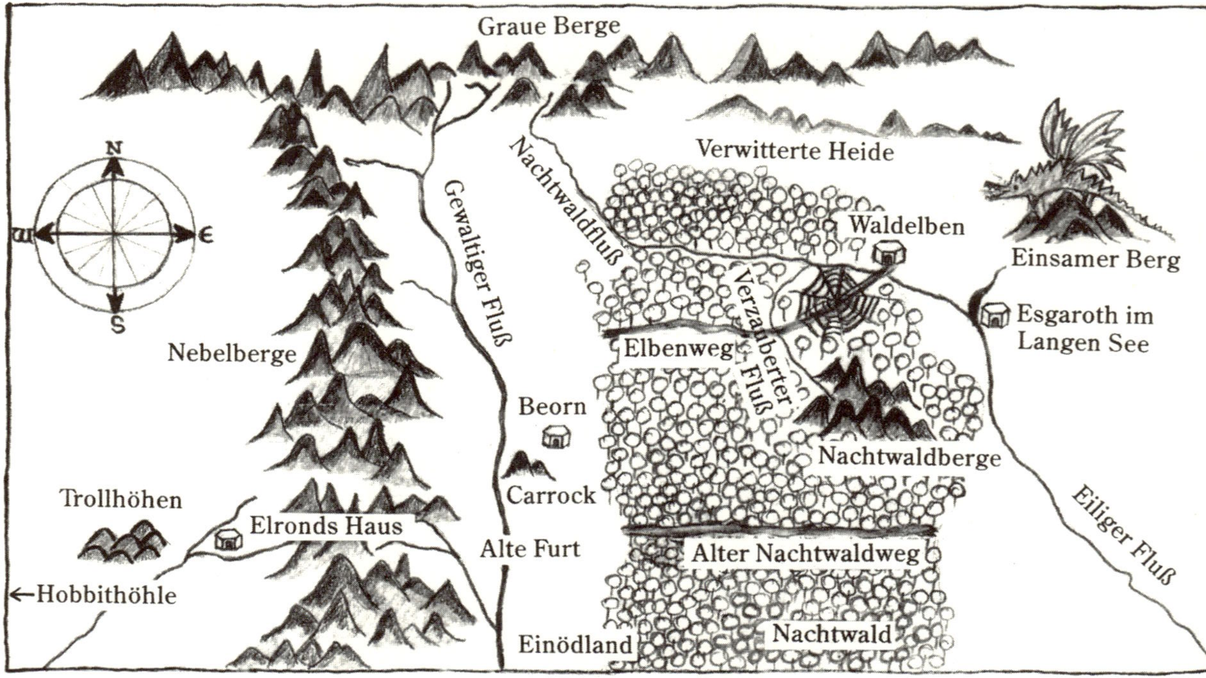
Graue Berge
N
W
E
S
Verwitterte Heide
Nachtwaldfluß
Gewaltiger Fluß
Waldelben
Einsamer Berg
Esgaroth im
Langen See
Nebelberge
Elbenweg
Verzauberter
Fluß
Beorn
Nachtwaldberge
Carrock
Trollhöhen
Elronds Haus
Alte Furt
Alter Nachtwaldweg
Eiliger Fluß
←Hobbithöhle
Einödland
Nachtwald

Eine unvorhergesehene Gesellschaft

In einer Höhle in der Erde, da lebte ein Hobbit. Nicht in einem schmutzigen, nassen Loch, in das die Enden von irgendwelchen Würmern herabbaumelten und das nach Schlamm und Moder roch. Auch nicht etwa in einer trokkenen Kieshöhle, die so kahl war, daß man sich nicht einmal niedersetzen oder gemütlich frühstücken konnte. Es war eine Hobbithöhle, und das bedeutet Behaglichkeit.

Diese Höhle hatte eine kreisrunde Tür wie ein Bullauge. Sie war grün gestrichen, und in der Mitte saß ein glänzend gelber Messingknopf. Die Tür führte zu einer röhrenförmig langen Halle, zu einer Art Tunnel, einem Tunnel mit getäfelten Wänden. Der Boden war mit Fliesen und Teppichen ausgelegt, es gab Stühle da von feinster Politur und an den Wänden Haken in Massen für Hüte und Mäntel, denn der Hobbit hatte Besucher sehr gern. Der Tunnel wand und wand sich, führte aber nicht tief ins Innere des Berges hinein, den alle Leute viele Meilen weit rund im Lande schlechthin »den Berg« nannten. Zahlreiche kleine, runde Türen öffneten sich zu diesem Tunnel, zunächst auf der einen Seite und dann auch auf der anderen. Treppen zu steigen brauchte der Hobbit nicht: Schlafräume, Badezimmer, Keller, Speisekammern (eine Masse von Speisekammern), Kleiderschränke (ganze Räume standen ausschließlich für die Unterbringung seiner Garderobe zur Verfügung), Küchen, Eßzimmer – alles lag an demselben langen Korridor. Die besten Zimmer lagen übrigens auf der linken Seite (wenn man hineinkommt), denn ausschließlich diese hatten Fenster, tiefgesetzte, runde Fenster, die hinaus auf den Garten blickten und über die Wiesen, die sich gemächlich hinab bis zum Fluß neigten.

Dieser Hobbit war ein sehr wohlhabender Hobbit, und sein Name war Beutlin. Die Beutlins hatten seit undenklichen Zeiten in der Nachbarschaft des »Berges« gelebt, und die Leute hielten sie für außerordentlich achtbar – nicht nur weil die meisten der Beutlins reich, sondern weil sie noch nie in ein Abenteuer verstrickt gewesen waren und nie etwas Unvorhergesehenes getan hatten. Man konnte im voraus sagen, was ein Beutlin auf eine Frage antworten würde, ohne daß man sich die Mühe machen mußte, diese Frage wirklich zu stellen. Dies hier aber ist eine Geschichte von einem Beutlin, der trotzdem Abenteuer erlebte und sich selbst über völlig unvorhergesehene Fragen reden hörte. Vielleicht verlor er bei seinen Nachbarn an Ansehen, aber er gewann – nun, ihr werdet ja sehen, ob er am Ende überhaupt etwas gewann.

Die Mutter unseres Hobbits – was ist eigentlich ein Hobbit? Ich glaube, daß die Hobbits heutzutage einer Beschreibung bedürfen, da sie selten geworden sind und scheu vor den »Großen Leuten«, wie sie uns zu nennen pflegen. Sie sind (oder waren) ungefähr halb so groß wie wir und kleiner als die bärtigen Zwerge (sie tragen jedoch keine Bärte). Es ist wenig, sozusagen gar nichts von Zauberei an ihnen, ausgenommen die alltägliche Gabe, rasch und lautlos zu verschwinden, wenn großes dummes Volk wie du und ich angetapst kommt und Radau macht wie Elefanten, was sie übrigens eine Meile weit hören können. Sie neigen dazu, ein bißchen fett in der Magengegend zu werden. Sie kleiden sich in leuchtende Farben (hauptsächlich in Grün und Gelb). Schuhe kennen sie überhaupt nicht, denn an ihren Füßen wachsen natürliche, lederartige Sohlen und dickes, warmes, braunes Haar, ganz ähnlich wie das Zeug auf ihrem Kopf (das übrigens kraus ist). Die Hobbits haben lange, geschickte, braune Finger, gutmütige

Gesichter, und sie lachen ein tiefes, saftiges Lachen (besonders nach den Mahlzeiten; Mittagessen halten sie zweimal am Tag, wenn sie es bekommen können). Nun, das sei vorerst genug, und wir wollen fortfahren.

Bilbo Beutlin hieß unser Hobbit, und seine Mutter war die berühmte Belladonna Tuk, eine der drei ausgezeichneten Töchter des alten Tuk. Der alte Tuk war das Haupt der Hobbits, die jenseits des »Wassers« wohnten, des schmalen Flusses am Fuß des Berges. Es wurde oft gemunkelt, daß vor langer Zeit einmal ein Tuk eine Fee geheiratet hätte. Das war natürlich Unsinn. Aber sicherlich war bei ihnen nicht alles hobbitmäßig. Denn ab und zu ging ein Angehöriger der Tuks fort und stürzte sich in Abenteuer. Sie verschwanden heimlich, und die Familie vertuschte es. Tatsache ist jedenfalls, daß die Tuks nicht ganz so geachtet waren wie die Beutlins, obgleich sie unzweifelhaft reicher waren.

Nicht, daß Belladonna Tuk jemals in irgendwelche Abenteuer verwickelt gewesen wäre, nachdem sie die Frau von Mister Bungo Beutlin geworden war. Bungo, Bilbos Vater, baute (teilweise mit ihrem Geld) für sie die kostspieligste Hobbithöhle, die jemals unterhalb oder oberhalb des Berges oder jenseits des Wassers gebaut worden war. Und dort lebten sie bis an das Ende ihrer Tage. Indessen ist es wahrscheinlich, daß Bilbo, ihr einziger Sohn, obgleich er doch aussah und sich genauso benahm wie eine zweite Ausgabe seines grundsoliden und behäbigen Vaters, irgend etwas Wunderliches in seinen Anlagen von der Tukseite übernommen hatte. Es war etwas, das nur auf die Chance wartete, um ans Licht zu kommen. Die Chance ergab sich erst, als Bilbo Beutlin etwa fünfzig Jahre alt geworden war, in der wunderschönen Hobbithöhle wohnte, die sein Vater erbaut, und sich augenscheinlich zur Ruhe gesetzt hatte.

Eines Morgens, vor langer Zeit, in der großen Stille, als

es noch wenig Geräusche und mehr Grün gab, als die Hobbits noch zahlreich und glücklich waren und Bilbo Beutlin nach dem Frühstück vor seiner Tür eine enorm lange Holzpfeife rauchte, die nahezu bis zu seinen wolligen Zehen reichte (die immer sauber gebürstet waren), da ereignete sich ein merkwürdiger Zufall – Gandalf kam vorbei. Gandalf! Wenn ihr auch nur ein Viertel von dem gehört hättet, was ich über ihn gehört habe (und ich habe nur sehr wenig gehört von alldem, was es da zu hören gab), so würdet ihr bestimmt höchst verwunderliche Geschichten erwarten. Geschichten und Abenteuer schossen nur so auf an allen Wegen, die er jemals gezogen war. Seit sein Freund, der alte Tuk, gestorben, war er nun schon viele Jahre nicht mehr hier im Land unterhalb des Berges gesehen worden. Wirklich, die Hobbits hatten fast vergessen, wie er aussah. Seine Geschäfte hatten ihn über den Berg und über das Wasser geführt, als sie selbst noch kleine Hobbitjungen und Hobbitmädchen waren.

Alles, was also der keineswegs mißtrauische Bilbo an diesem Morgen sah, war ein alter Mann mit einem Stab, hohem, spitzem blauem Hut, einem langen grauen Mantel, mit einer silbernen Schärpe, über die sein langer weißer Bart hing, ein kleiner, alter Mann mit riesigen schwarzen Schuhen.

»Guten Morgen«, sagte Bilbo, und er meinte es ehrlich. Die Sonne schien, und das Gras war grün. Aber Gandalf schaute ihn scharf unter seinen buschigen Augenbrauen hervor an, die weiter herausragten als die Schattenkrempe seines Hutes.

»Was meint Ihr damit?« fragte er. »Wünscht Ihr mir einen guten Morgen, oder meint Ihr, daß dies ein guter Morgen ist, gleichviel, ob ich es wünsche oder nicht. Meint Ihr, daß Euch der Morgen gut bekommt oder daß dies ein Morgen ist, an dem man gut sein muß?«

»Alles auf einmal«, sagte Bilbo, »und ein sehr feiner

Morgen für eine Pfeife Tabak vor der Tür obendrein. Wenn Ihr eine Pfeife bei Euch habt, dann setzt Euch her und bedient Euch! Nichts drängt zur Eile, wir haben noch den ganzen Tag vor uns!« Bilbo setzte sich auf die Bank vor der Tür, kreuzte die Beine und blies einen wundervollen grauen Ring in die Luft, der heil und ohne auseinanderzuwehen über den Berg schwebte.

»Sehr schön«, sagte Gandalf. »Aber ich habe heute morgen keine Zeit, Ringe zu blasen. Ich suche jemanden für ein Abenteuer, das bestanden sein will, und es ist außerordentlich schwierig, jemanden dafür zu finden.«

»Das kann ich mir denken. In dieser Gegend! Wir sind ruhige Leute hier und suchen keine Abenteuer. Ein ärgerlicher, störender, unbehaglicher Zeitvertreib. So etwas verspätet nur die Mahlzeiten. Ich kann nicht verstehen, was jemand daran findet«, sagte unser Mister Beutlin, schob seine Daumen hinter die Hosenträger und blies einen noch dickeren Ring in die Luft. Dann holte er seine Morgenzeitung heraus und begann zu lesen, gab einfach vor, keine Notiz mehr von dem alten Mann zu nehmen. Der war offensichtlich nicht von seiner Art. Hoffentlich ging er jetzt. Aber er rührte sich nicht. Er stand da, stützte sich auf seinen Stock und betrachtete den Hobbit, ohne ein Wort zu sagen, bis es Bilbo ungemütlich und er sogar ein bißchen ärgerlich wurde.

»Guten Morgen!« sagte Bilbo schließlich. »Wir wollen hier keine Abenteuer, vielen Dank! Ihr könnt es hinter dem Berg oder jenseits des Wassers versuchen!« Damit meinte er, die Unterhaltung wäre beendet.

»Was Ihr nicht alles unter ›guten Morgen‹ versteht«, sagte Gandalf. »Jetzt meint Ihr, daß Ihr mich damit loswerden könntet, daß es gut wäre, wenn ich verschwände.«

»Keineswegs, keineswegs, mein bester Herr – wie heißt Ihr eigentlich?«

»Ja freilich, mein bester Herr! Ich weiß sehr gut, wie Ihr

heißt, Mister Bilbo Beutlin. Und Ihr kennt auch meinen Namen, obgleich Ihr nicht ahnt, daß ausgerechnet ich dazu gehöre: Ich bin Gandalf, und Gandalf, denkt nur, das bin ich! Reizend, daß Belladonnas Sohn mich mit einem ›Guten Morgen‹ wegscheuchen will, als ob ich Knöpfe an der Tür verkaufte!«

»Gandalf, Gandalf! Du lieber Himmel, doch nicht der wandernde Zauberer, der dem alten Tuk ein Paar magischer Diamantklammern verehrte, die sich von selbst schlossen und sich niemals ohne Befehl lösten? Keiner verstand es wie er, beim Kaffeetrinken solch wunderbare Geschichten über Drachen zu erzählen, über Kobolde und Riesen, über gerettete Prinzessinnen und über das unvorhergesehene Glück von Söhnen armer Witwen. Doch nicht Gandalf, der so ausgezeichnete Feuerwerke abzubrennen verstand! Ja, daran erinnere ich mich! Der alte Tuk arrangierte sie zur Sommersonnenwende. Großartig, toll! Sie schossen auf wie mächtige Lilien, wie Löwenmaul und Goldregen aus Feuer. Den ganzen Abend noch hingen sie in der Dämmerung.« Ihr werdet schon gemerkt haben, daß Mister Beutlin nicht ganz so prosaisch war, wie er es von sich selbst annahm. Überdies war er in Blumen geradezu vernarrt. »Meine Güte«, fuhr er fort, »doch nicht der Gandalf, der es auf dem Gewissen hat, daß so viele brave Burschen und Mädchen einfach ins Blaue gingen, verrückte Abenteuer zu erleben. Beim Bäumeklettern angefangen bis zur Reise auf Schiffen, die hinüber zur anderen Seite segelten? Der Himmel sei mir gnädig, so ein Leben schien aber – ich meine, Ihr habt in dieser Gegend allerhand angerichtet. Ich bitte um Verzeihung, aber ich hatte keine Ahnung, daß Ihr noch immer solchen Unfug macht.«

»Was soll ich denn sonst machen?« sagte der Zauberer. »Und ich bin froh, daß Ihr Euch noch an einiges erinnert. Ihr scheint beispielsweise meine Feuerwerke in gutem Andenken behalten zu haben, und das ist gewiß nicht ohne

Hoffnung. In der Tat, um Eures seligen Großvaters Tuk und der armen Belladonna willen gebe ich Euch gern, um was Ihr mich gebeten habt.«

»Verzeihung, habe ich denn um etwas gebeten?«

»Natürlich habt Ihr! Zweimal sogar: Um meine Verzeihung habt Ihr gebeten. Die gebe ich Euch. Und außerdem gehe ich sogar noch weiter und schicke Euch in dies besagte Abenteuer. Das ist sehr erheiternd für mich und ausgezeichnet für Euch – und nützlich ist es außerdem – das heißt, wenn Ihr es wohlbehalten übersteht.«

»Tut mir leid. Ich wünsche keine Abenteuer. Vielen Dank, und heute schon gar nicht. Guten Morgen, mein Herr! Aber bitte, kommt zum Tee, jederzeit, wie es Euch paßt – warum nicht morgen? Auf Wiedersehen!« Damit drehte sich der Hobbit um, verschwand hinter der runden grünen Tür und schloß sie, so schnell er es, ohne unhöflich zu erscheinen, wagen konnte, denn Zauberer sind schließlich Zauberer.

Warum in aller Welt bat ich ihn bloß zum Tee! sagte er vor sich hin, als er in die Speisekammer ging. Zwar hatte er gerade gefrühstückt, aber er dachte, daß ein oder zwei Kuchenstücke und ein Schluck dazu ihm guttäten nach diesem Schrecken.

Gandalf stand inzwischen noch immer vor der Tür und lachte lange und leise. Nach einer Weile trat er näher, und mit der Stockspitze kratzte er ein wunderliches Zeichen auf die schöne grüne Haustür. Dann zog er davon, gerade als der Hobbit seinen zweiten Kuchen gegessen hatte und erleichtert aufatmete, weil er glaubte, daß er nun glücklich alle Abenteuer vermieden hätte.

Am nächsten Tag hatte er Gandalf fast vergessen. Ein gutes Gedächtnis war nicht seine Stärke, es sei denn, er benutzte sein Notizbuch. Dann hätte er vielleicht eingetragen: Gandalf, Tee, Mittwoch. Aber gestern war er dazu viel zu verwirrt gewesen.

Kurz vor der Teezeit hörte Bilbo ein furchtbares Gebimmel an der Haustür. Da erinnerte er sich! Er rannte zur Küche, setzte den Teekessel auf, holte eine zweite Tasse und Untertasse und einen oder zwei Extrakuchen und lief zur Tür.

»Ich bin ganz untröstlich, daß ich Euch warten ließ«, wollte er sagen, als er sah, daß keineswegs Gandalf vor ihm stand. Es war ein Zwerg mit einem blauen Bart, den er hinter den Goldgürtel gesteckt hatte, mit leuchtenden Augen unter seiner dunkelgrünen Kapuze. Kaum war die Tür geöffnet, so drängelte er sich auch schon hinein, gerade als ob er erwartet worden wäre. Er hing seinen Kapuzenmantel an den nächsten Haken, verbeugte sich und sagte: »Dwalin, zu Euren Diensten!«

»Bilbo Beutlin, zu Euren Diensten«, antwortete der Hobbit, zu überrascht, um im Augenblick irgendwelche Fragen zu stellen. Als die darauffolgende Pause unangenehm wurde, fügte er hinzu: »Ich wollte gerade meinen Tee nehmen, bitte, trinkt eine Tasse mit.« Das war vielleicht ein bißchen steif, aber er meinte es ehrlich. Und was würdet ihr tun, wenn ein uneingeladener Zwerg plötzlich hereingeschneit käme und seine Sachen an eure Garderobe hinge, ohne ein Wort der Erklärung?

Sie saßen nicht lange am Tisch, genauer gesagt, sie hatten es kaum bis zum dritten Kuchen gebracht, als ein neues, noch lauteres Gebimmel Bilbo aufschreckte.

»Entschuldigt mich!« sagte er und ging zur Tür.

»Habt Ihr schließlich doch noch hierhergefunden«, wollte er diesmal Gandalf fragen. Aber es war nicht Gandalf. Statt Gandalf stand ein sehr ehrwürdig aussehender Zwerg auf der Schwelle, der einen weißen Bart und eine purpurrote Kapuze trug. Auch er trappte herein, kaum daß die Tür geöffnet war, gerade als ob er eingeladen sei.

»Wie ich sehe, kommen sie bereits an«, sagte er, als er Dwalins grüne Kapuze am Haken sah. Er hängte seine purpurrote daneben, und: »Balin, zu Euren Diensten!« setzte er hinzu, die Hand auf der Brust.

»Schönen Dank!« erwiderte Bilbo, der nach Luft schnappte. Das war zwar nicht korrekt, aber »sie kommen schon« – das hatte ihn ernstlich verwirrt. Er hatte gern Besuch, aber lieber war es ihm, wenn er den Besuch kannte, bevor er ankam. Auch zog er es vor, Besucher selbst einzuladen. Es kam ihm der schreckliche Gedanke, daß die Kuchen ausgehen könnten, und dann – als Gastgeber kannte er seine Pflichten und erfüllte sie sogar in schmerzlichen Fällen –, und dann mußte er selbst ohne Kuchen bleiben.

»Kommt herein und trinkt einen Tee mit«, brachte er dennoch heraus, nachdem er allerdings tief Atem geholt hatte.

»Ein kleines Bier wäre mir lieber, wenn es Euch nichts ausmacht, mein guter Herr«, sagte Balin mit dem weißen Bart. »Für Kuchen wäre ich dankbar – Kümmelkuchen, ja, das wäre das Richtige, wenn es solchen bei Euch gibt!«

»Massenweise!« hörte sich Bilbo zu seiner eigenen Überraschung antworten. Er verschwand im Keller, um einen Krug mit Bier zu füllen, und dann in der Speisekammer, wo er zwei wundervolle runde Kümmelkuchen holte, die er erst diesen Nachmittag gebacken hatte als leckere Happen für das Nach-Abendbrot.

Als er zurückkehrte, unterhielten sich Dwalin und Balin am Tisch wie alte Freunde (tatsächlich waren sie Brüder). Bilbo setzte das Bier und die Kuchen nicht gerade sacht vor sie hin, da läutete die Glocke schon wieder Sturm, einmal und noch einmal.

Ja, diesmal ist es sicher Gandalf, dachte er, als er den Gang entlangschnaufte. Aber es war nicht Gandalf. Es waren zwei weitere Zwerge, beide mit blauen Kapuzen, silbernen Gürteln und gelben Bärten, und jeder trug einen Sack mit Werkzeugen und einen Spaten. Sie sprangen herein, kaum daß die Tür einen Spalt geöffnet war. Nun, Bilbo war kaum noch überrascht.

»Was kann ich tun für euch, meine Zwerge?« fragte er.

»Kili, zu Euren Diensten«, sagte der eine. »Und Fili«, fügte der andere hinzu. Damit zogen sie ihre blauen Kapuzenmäntel aus und verbeugten sich.

»Gleichfalls: zu euren Diensten und den Diensten eurer ganzen Familie!« erwiderte Bilbo. Diesmal erinnerte er sich rechtzeitig an die guten Sitten.

»Ich sehe, Dwalin und Balin sind bereits hier«, sagte Kili. »Das wird hier ein schönes Gedränge heute abend geben.«

Gedränge! dachte Mister Beutlin. Das ist ja ein scheußlicher Gedanke! Ich muß mich eine Minute hinsetzen, mich erst mal sammeln und einen kleinen Schluck nehmen! Nun, er hatte kaum ein Schlückchen getrunken – in der Ecke, während die vier Zwerge rund um den Tisch saßen und über Erzbergwerke und Gold sprachen, über Verdruß mit den Orks und die Verwüstungen der Drachen und über eine Menge anderer Unglücksfälle, die er nicht verstand und die er auch gar nicht verstehen wollte, denn sie klangen ihm viel zu abenteuerlich –, als, ding-dong-da-ding-dang, seine Glocke schon wieder ging, als ob ein nichtsnutziger Hobbitjunge versuchte, den Griff abzureißen.

»Da ist wohl einer an der Tür«, sagte er blinzelnd.

»Einer? Wahrscheinlich vier, dem Geräusch nach zu urteilen«, entgegnete Fili. »Übrigens sahen wir sie hinter uns herkommen.«

Der arme kleine Hobbit setzte sich in der Halle nieder und nahm seinen Kopf in die Hände, wunderte sich, was geschehen war und was weiter geschehen würde und ob die Gesellschaft sich auch noch zum Abendbrot einladen würde. Dann schellte die Glocke lauter denn je, und er mußte zur Tür rennen. Aber es waren nicht vier, es waren fünf. Ein anderer war dazugekommen, während Bilbo sich noch in der Halle wunderte. Er hatte kaum den Türknopf gedreht, als auch schon alle im Gang standen, sich verbeugten und »zu Euren Diensten« sagten, einer nach dem anderen. Dori, Nori, Ori, Oin und Gloin waren ihre Namen, und sehr schnell hingen zwei purpurrote Kapuzenmäntel, ein grauer, ein brauner und ein weißer an den Haken, und die Kerle steckten ihre breiten Hände in die goldenen und silbernen Gürtel und gingen los, um sich mit den anderen zu vereinen.

Nun war es wirklich beinahe ein Gedränge geworden. Einige riefen nach Bier, andere nach Porter, einer nach Kaffee und alle nach Kuchen, so daß der Hobbit für eine Weile durchaus beschäftigt war. Gerade hatte er einen großen Topf Kaffee in den offenen Kamin gesetzt, die Kuchen waren übrigens ausgegangen, und die Zwerge hatten sich auf eine Runde schöner mit Butter bestrichener Weizenbrötchen verlegt, da kam ein lautes Pochen. Kein Gebimmel, sondern ein hartes Patt-patt! von der wunderschönen grünen Tür unseres Hobbits. Irgendwer klopfte dort mit einem Stock an!

Bilbo rannte den Gang entlang. Er war wütend und wirr zugleich. Dies war der widerwärtigste Mittwoch, den er je erlebt hatte. Mit einem Ruck riß er die Tür auf – da fielen sie alle herein, einer auf den anderen. Noch mehr Zwerge, noch einmal vier! Und da stand auch Gandalf hinter ihnen. Er lehnte sich auf seinen Stock und lachte. Er hatte eine tiefe Delle in die wunderschöne Tür geschlagen und auf diese Weise das Geheimzeichen beseitigt, das er einen Morgen zuvor dort angebracht hatte.

»Vorsichtig! Vorsichtig!« sagte er. »Das ist doch sonst nicht Eure Art, Bilbo, Freunde warten zu lassen und dann die Tür mit einem Ruck aufzuziehen. Laßt mich vorstellen: Bifur, Bofur, Bombur und besonders Thorin!«

»Zu Euren Diensten«, sagten Bifur, Bofur und Bombur, die sich in einer Reihe aufgestellt hatten. Dann hängten sie zwei gelbe und eine blaßgrüne Kapuze auf, und es war auch eine himmelblaue mit einer langen silbernen Quaste dabei. Sie gehörte Thorin, einem überaus berühmten Zwerg. Es war der große Thorin Eichenschild selber, und es behagte ihm keineswegs, daß er flach auf Bilbos Fußmatte hinplumpste und Bifur, Bofur und Bombur auf ihn drauffielen. Denn Bombur war ungewöhnlich fett und schwer. Thorin blieb infolgedessen sehr kühl und sagte nicht »zu Diensten«. Aber der arme Mister Beutlin bat so oft um Entschuldigung, daß Thorin schließlich so etwas wie »es macht fast gar nichts« brummte und sogar aufhörte, länger ärgerlich dreinzuschauen.

»Jetzt sind wir alle hier«, sagte Gandalf, schaute die Reihe der dreizehn Kapuzen entlang – die besten Gesellschaftskapuzen übrigens, die zur Verfügung standen – und hängte seinen eigenen Hut an den Haken. »Eine wirklich lustige Versammlung. Ich hoffe, es ist noch etwas zu essen und zu trinken übrig für die Zuspätkommer. Wie, Tee? Nein, vielen Dank! Ein bißchen Rotwein, das wäre das Richtige für mich.«

»Auch für mich«, fügte Thorin hinzu.

»Und Himbeermarmelade und Apfeltörtchen«, sagte Bifur.

»Und Rosinenkuchen und Käse«, sagte Bofur.

»Und schöne Pasteten und Salat«, ergänzte Bombur.

»Und noch ein paar Kuchen – und Bier – und Kaffee, wenn es Euch nichts ausmacht«, riefen die anderen Zwerge durch die Tür.

»Setzt ein paar Eier auf, Ihr seid wirklich ein großartiger Kerl«, rief Gandalf hinter ihm her, als der Hobbit zu seinen Vorratskammern ging. »Und bringt kaltes Hühnchen mit und Essiggurken!«

Es scheint, er kennt sich besser in meiner Speisekammer aus als ich selbst, dachte Mister Beutlin, der sich völlig überrumpelt fühlte und sich wunderte, in welch ein elendes

Abenteuer er geradewegs in seinem eigenen Haus hineingeraten war. Mit der Zeit hatte er sämtliche Flaschen und Schüsseln, Messer und Gabeln, Gläser und Platten und Löffel hoch auf riesige Tabletts gehäuft. Ihm war sehr heiß, er sah rot aus, und er war richtig ärgerlich.

»Zum Teufel mit diesen Zwergen!« rief er laut. »Warum helfen sie nicht ein bißchen?« Jetzt traue einer seinen Augen! Da standen Balin und Dwalin in der Küchentür und Kili und Fili dahinter, und bevor er noch »alle Wetter!« sagen konnte, hatten sie die Tabletts schon fortgetragen, ein paar kleine Tische ins Empfangszimmer gesetzt, und alles war ordentlich serviert.

Gandalf saß obenan, die dreizehn Zwerge saßen ihm zur Seite. Bilbo aber hockte auf einem Stuhl am Kamin und knabberte an einem Keks (der Appetit war ihm ziemlich vergangen). Er versuchte ein Gesicht aufzusetzen, als ob dies alles vollkommen in Ordnung sei und in keiner Weise ein Abenteuer für ihn. Die Zwerge aßen und aßen und sprachen und sprachen, und die Zeit ging dahin. Schließlich schoben sie ihre Stühle zurück, und Bilbo machte eine Bewegung, als wolle er die Teller und Gläser einsammeln.

»Ich denke, ihr bleibt noch zum Abendbrot«, sagte er in seinem höflichsten und ungezwungensten Ton.

»Natürlich!« erwiderte Thorin. »Sogar noch länger. Es wird spät werden, bis wir alle unsere Geschäfte erledigt haben. Aber zuerst brauchen wir ein bißchen Musik. Räumt ab!«

Daraufhin sprangen zwölf Zwerge auf – ausgenommen Thorin, der eine viel zu hochgestellte Persönlichkeit war. Er blieb zu einem Schwatz mit Gandalf zurück. Die Zwerge stapelten das Geschirr zu hohen Turmbauten aufeinander. Sie warteten nicht lang auf Teebretter, sondern balancierten Türme von Tellern (jeder mit einem Krug oder Schüsseln obendrauf) mit einer Hand, während der Hobbit quiekend vor Furcht hinter ihnen herlief: »Bitte, seid vorsichtig! Bitte, bemüht euch nicht, ich mache das gern allein!« Aber die Zwerge begannen zu singen:

»Schmeißt mit Tellern, soviel euch paßt,
biegt die Messer und Gabeln krumm,
tut, was Bilbo Beutlin haßt,
verbrennt die Korken, haut Flaschen um!

Pikt ins Tischtuch und tretet ins Fett,
gießt die Milch auf den Küchenflur!
Knochen im Bett sind besonders nett,
gießt den Wein in die Kuckucksuhr!

Jetzt die Gläser in den Müll hinein,
stampft drauf, stampft und mit Gesang!
Sind die Schüsseln nicht kurz und klein,
kegelt sie munter den Gang entlang!

Alles, was Bilbo Beutlin haßt!
Hört ihn bloß: Vorsichtig angefaßt!«

Natürlich machten sie nichts so Gräßliches, sondern spülten das ganze Geschirr und stellten es sauber weg, schnell wie der Blitz, während der Hobbit sich in der Mitte der Küche um sich selbst drehte und versuchte, sie dabei zu beaufsichtigen.

Dann kehrten sie zurück und fanden Thorin mit den Füßen auf dem Kamingitter eine Pfeife rauchen. Dabei blies er die riesigsten Ringe in die Luft und befahl ihnen zu fliegen, wohin er wollte. Manche stiegen den Kamin hinauf oder hinter die Uhr auf dem Kaminsims, andere krochen unter den Tisch oder zogen unter der Decke immer im Kreis herum. Wohin die Ringe auch schwebten, so waren sie doch nie schnell genug, um Gandalf zu entkommen.

Pop! Schon sandte er einen kleineren Rauchring aus seiner kurzen Tonpfeife geradewegs durch jeden von Thorins Ringen. Dann schien sich Gandalfs Rauchring über den Spaß zu freuen. Er kam zurück und schwebte eine Weile über des Zauberers Haupt. Er hatte schon eine ganze Wolke von solchen Ringen über sich, und das ließ ihn in der Tat sehr zauberisch aussehen. Bilbo stand stumm dabei und sah zu. Er liebte Rauchringe. Aber er errötete bei dem Gedanken, wie stolz er gestern morgen auf jene Rauchringe gewesen war, die er mit dem Wind hinaus und über den Berg gesandt hatte.

»Jetzt ein bißchen Musik«, sagte Thorin. »Packt eure Instrumente aus!«

Kili und Fili liefen zu ihren Rucksäcken und brachten kleine Fiedeln. Dori, Nori und Ori holten Flöten aus den unergründlichen Taschen ihrer Kapuzenmäntel. Bombur holte eine Trommel aus der Halle. Bifur und Bofur gingen ebenfalls hinaus und kamen mit Klarinetten zurück, die sie bei den Spazierstöcken abgestellt hatten. Dwalin und Balin sagten: »Entschuldigung, unsere Instrumente liegen noch vor der Tür.«

»Dann bringt auch meines mit!« rief Thorin ihnen zu. Sie kamen zurück mit Bratschen, die größer als sie selbst waren, und mit Thorins in grünes Tuch eingeschlagener Harfe. Es war eine wunderbare goldene Harfe, und als Thorin sie schlug, begann die Musik so plötzlich und süß, daß Bilbo alles andere vergaß. Er wurde in dunkle Lande hinweggeführt, unter seltsame Monde, weit fort über das Wasser, sehr weit von seiner Hobbithöhle unter dem Berg entfernt.

Das Dunkel drang durch die kleinen Fenster, die in die Flanke des Berges eingelassen waren, in den Raum. Das Feuer flackerte. Es war April. Und noch immer spielten sie, während der Schatten von Gandalfs Bart unruhig über die Wände geisterte.

Die Dunkelheit füllte den ganzen Raum, und das Feuer

verlosch. Die Schatten ertranken, und immer noch spielten sie. Plötzlich begann erst einer, dann ein anderer, während sie weiterspielten, einen tiefen, kehligen Gesang von Zwergen in den verborgenen Landschaften ihrer alten Heimat. Und dies sind gleichsam Bruchstücke ihres Liedes, wenn es ohne Musik und Reim überhaupt ihrem Gesange gleichen kann:

»Weit über die kalten Nebelberge,
zu den tiefen Verliesen und uralten Höhlen
müssen wir fort, ehe der Tag anbricht,
das bleiche verzauberte Gold suchen.

Die Zwerge der grauen Zeiten wußten mächtigen
Zauber,
während die Hämmer wie klingende Glocken
erklangen,
im Unterirdischen, wo die dunklen Geheimnisse
schlafen,
in den großen Höhlen unter den kahlen Hügeln.

Für vergessene Könige und Elbenfürsten
schufen sie gleißende, güldene Schätze,
schmiedeten, schafften, fingen das Licht ein
in den Edelsteinen dunkler Schwertgriffe.

Auf silberne Halsketten reihten sie
glitzernde Sterne auf, in Kronen fingen sie
Drachenfeuer ein, in geflochtenen Drähten
verstrickten sie das Licht von Mond und Sonne.

Weit über die kalten Nebelberge
müssen wir fort, ehe der Tag anbricht,
zu den tiefen Verliesen und uralten Höhlen
und unser lang vergessenes Gold suchen.

Die Kiefern rauschten auf der Höhe,
und die Winde stöhnten in der Nacht.
Das Feuer war rot und barst wie ein Glutball.
Die Bäume brannten hell wie Fackeln.

Dann tosten die Glocken unten im Tal,
und die Menschen schauten mit fahlen Gesichtern
herauf:
der Zorn des Drachen entbrannte noch heller als
Feuer,
brach die Türme nieder und die zerbrechlichen
Häuser.

Und der Berg rauchte unter dem Mond,
und die Zwerge hörten den Schritt des Schicksals.
Sie flohen aus ihrer Halle, um sterbend zu fallen,
unter Drachentatzen, unter dem Mond.

Weit über die grimmigen Nebelberge,
zu den tiefen Verliesen und düsteren Hallen
müssen wir fort, ehe der Tag anbricht,
und unsere Harfen, unser Gold heimholen.«

Während sie so sangen, verspürte der Hobbit in sich die Liebe zu den wunderbaren Schätzen, die mit soviel Mühe und Geschick geschaffen worden waren, und wie durch einen Zauber entstand in ihm ein wütender, gieriger Wunsch, der auch die Herzen der Zwerge erfüllte. Gleichzeitig erwachte etwas von der Tukseite in ihm. Er sehnte sich danach, hinauszuziehen und die großen Gebirge zu sehen und die Kiefern und Wasserfälle rauschen zu hören, die Höhlen auszukundschaften und ein Schwert zu tragen statt eines Spazierstocks. Er schaute aus dem Fenster. Die Sterne standen an einem schwarzen Himmel hoch über den Bäumen. Er dachte an die Juwelen der Zwerge, die in dunklen Gewölben schimmerten. Plötzlich sprang am Horizont jenseits des Wassers eine große Flamme auf (vielleicht hatte jemand ein Feuer entzündet), und er mußte an plündernde Drachen denken, die sich auf seinem ruhigen Berg niederließen und alles in Flammen erstickten. Da schauderte es ihn, und sehr schnell war er wieder Mister Beutlin von Beutelsend (Unter dem Berg).

Zitternd stand er auf. Gern wollte er die Lampe holen. Aber noch lieber wäre er unter diesem Vorwand nur hinausgegangen; dann hätte er sich hinter den Bierfässern im Keller versteckt und wäre erst hervorgekommen, wenn alle Zwerge auf und davon waren. Plötzlich merkte er, daß die Musik und der Gesang aufgehört hatten und daß sie ihn alle anschauten mit Augen, die im Dunkeln schimmerten.

»Wohin wollt Ihr?« fragte Thorin in einem Ton, der anzuzeigen schien, daß er unseres Hobbits Absichten erraten hatte.

»Wie wäre es mit einem bißchen Licht?« sagte Bilbo entschuldigend.

»Wir lieben die Dunkelheit«, antworteten die Zwerge. »Dunkelheit für die dunklen Geschäfte! Bis zur Dämmerung sind es noch viele Stunden.«

»Natürlich«, sagte Bilbo und setzte sich rasch wieder hin. Er verfehlte aber den Stuhl und setzte sich auf das Kamingitter, wobei er mit einem Krach den Schürhaken und die Schaufel umwarf.

»Ruhe!« sagte Gandalf. »Hört jetzt Thorins Rede!« Und Thorin begann: »Gandalf, Zwerge und Mister Beutlin! Wir haben uns im Hause unseres Freundes und Mitverschwörers zusammengefunden, dieses ausgezeichneten und wagemutigen Hobbits – mögen die Haare an seinen Zehen niemals ausfallen! Alles Lob seinem Wein und seinem Bier!« Er machte eine Atempause, um dem Hobbit Gelegenheit zu einer höflichen Bemerkung zu geben. Aber seine Höflichkeit war gänzlich verloren, denn der arme Bilbo

Beutlin machte nur protestierend seinen Mund auf und zu. Man hatte ihn wagemutig genannt und noch schlimmer: Mitverschwörer. Aber Bilbo bekam nicht einmal ein Krächzen heraus, so verstört war er.

Also fuhr Thorin fort: »Wir sind zusammengekommen, um unsere Pläne, unsere Wege, unsere Mittel, unsere Politik und unsere Listen zu besprechen. Wir wollen bald, noch ehe der Tag anbricht, unsere lange Reise beginnen, eine Reise, von der einige von uns oder vielleicht sogar alle (ausgenommen natürlich unser Freund und Ratgeber, der erfindungsreiche Zauberer Gandalf) nie mehr zurückkehren werden. Es ist ein feierlicher Augenblick. Unsere Absicht, das darf ich annehmen, ist allen wohlbekannt. Für den hochehrenwerten Mister Beutlin, aber auch für den einen oder anderen von den jüngeren Zwergen (ich denke hier beispielsweise an Kili und Fili) erfordert unsere augenblickliche Lage einige kürzere Erläuterungen ...«

Dies war Thorins Stil. Er war eine berühmte Zwergenpersönlichkeit. Hätte man es erlaubt, so wäre er in diesem Stil vermutlich fortgefahren, bis er die Puste verloren hätte – ohne irgendwem irgend etwas zu erzählen, das er nicht längst schon wußte. Aber er wurde mitleidlos unterbrochen. Der arme Bilbo konnte es nicht länger ertragen. Bei dem Wort »nie mehr zurückkehren« spürte er einen Schrei in sich aufsteigen, und sehr bald brach er aus wie das Pfeifen einer Lokomotive, die aus einem Tunnel herauskommt. Alle Zwerge sprangen auf und stießen dabei den Tisch um. Gandalf entzündete ein blaues Licht am Ende seines Zauberstabes, und in seinem Gefunkel konnte man den armen Hobbit auf dem Kaminvorleger knien sehen, wabbelig wie Sülze, die zu schmelzen beginnt. Dann fiel er platt auf den Boden und rief in einem fort: »Vom Blitz erschlagen, vom Blitz erschlagen!« Und das war alles, was sie für eine lange Weile aus ihm herausbringen konnten. Sie nahmen ihn auf und brachten ihn hinüber ins Wohnzimmer, legten ihn auf das Sofa, stellten ihm etwas zu trinken hin und kehrten zurück zu ihren dunklen Geschäften.

»Ein erregbarer kleiner Bursche«, sagte Gandalf, als sie sich wieder niedergesetzt hatten. »Er bekommt komische, verrückte Anwandlungen. Aber er ist einer der Besten, einer der Besten – wütend wie ein Drache in der Klemme.«

Wenn ihr jemals einen Drachen in der Klemme gesehen habt, so werdet ihr feststellen, daß dies eine höchst poetische Übertreibung in bezug auf einen Hobbit war. Das hätte selbst auf des alten Tuks Urgroßonkel Stierbrüller nicht gepaßt, der (für einen Hobbit) so groß war, daß er ein Pferd besteigen konnte. Der griff die Reihen der Kobolde am Berg Gram in der Schlacht auf den Grünen Feldern an und schlug ihrem König Golfimbul mit einer hölzernen Keule glatt den Kopf ab. Der Kopf aber segelte 100 Meter weit durch die Luft und fiel in ein Kaninchenloch. Und auf diese Weise wurde im gleichen Augenblick sowohl die Schlacht gewonnen als auch das Golfspiel erfunden.

Wie dem auch immer sei, Stierbrüllers zahmerer Abkömmling kam in seinem Wohnzimmer wieder zu sich. Nach einer gewissen Weile und einem kleinen Trunk kroch er aufgeregt zur Tür des Empfangszimmers. Da hörte er Gloin folgendes sagen: »Humph!« (oder ein mehr oder weniger ähnliches Räuspern). »Glaubt ihr, daß er es schaffen wird? Für Gandalf ist es leicht zu behaupten, dieser Hobbit sei wütend. Aber ein Schrei wie dieser, wer weiß in welchem Augenblick der Erregung, würde genügen, den Drachen und seine ganze Sippschaft aufzuwecken und uns alle ums Leben zu bringen. Ich meine, es klang viel mehr nach Furcht als nach Erregung! Tatsache, wenn nicht das Zeichen an der Tür gewesen wäre, so hätte ich bestimmt geglaubt, daß ich in ein falsches Haus gekommen sei. Sobald ich einen Blick auf diesen kleinen Burschen geworfen hatte, der auf der Fußmatte herumhopste, da hatte ich meine Zweifel. Er sieht mehr nach einem Krämer als nach einem Meisterdieb aus.«

Da drehte Mister Beutlin den Türknopf und trat ein. Die Tukseite hatte gewonnen. Er spürte, daß er ohne Bett und Frühstück losziehen konnte, ja, sie sollten sehen, daß er wütend und kampfhungrig war. Und was den kleinen Burschen anging, der auf seiner Fußmatte herumhopste, so machte ihn das wirklich wütend. Noch lange später bedauerte der Beutlin, was er jetzt tat. Und er sagte zu sich: Bilbo, du warst ein Narr. Du bist mit offenen Augen in dein Unglück gestolpert.

»Verzeiht«, sagte er nämlich, »wenn ich einiges mit angehört habe. Ich verstehe zwar nicht, worüber ihr euch unterhalten habt, verstehe auch nicht eure Bemerkung über Meisterdiebe, aber ich nehme an, daß ich richtig vermute (und das nannte er Würdebewahren) – daß ihr mich für untauglich haltet. Ich werde es euch zeigen. Ich habe keine Zeichen an meiner Tür – sie wurde erst vor einer Woche gestrichen –, und ich bin ganz sicher, daß ihr in das falsche Haus gekommen seid. Sobald ich eure merkwürdigen Gesichter auf der Türschwelle sah, hatte ich meine Zweifel. Aber betrachtet es nunmehr als das richtige Haus. Erzählt mir, was ihr getan haben wollt, und ich werde es versuchen, selbst wenn ich bis zum Ende der Welt marschieren und mit den Lindwürmern in der letzten Wüste kämpfen müßte. Ich hatte einen Ur-Ur-Ur-Großonkel! Stierbrüller Tuk ...«

»Ha, gewiß, aber das ist lange her«, sagte Gloin. »Ich sprach von Euch. Und ich versichere Euch, daß ein Zeichen an der Tür war – das übliche im Geschäftsleben: ›Meisterdieb sucht gute Arbeit mit viel Aufregungen und gegen angemessenen Lohn‹. So ist dieses Zeichen ja gewöhnlich zu verstehen. Ihr könnt auch Bewährter Schatzjäger an Stelle von Meisterdieb sagen, wenn das Euch besser gefällt. Mancher tut es auch, aber für uns ist es ein und dasselbe.

Gandalf erzählte uns, daß es hier in dieser Gegend einen solchen Mann gäbe, der gerade einen derartigen Posten sucht, und daß er eine Zusammenkunft hier für diesen Mittwoch zur Teezeit arrangiert habe.«

»Natürlich war das Zeichen da«, sagte Gandalf, »ich hatte es selbst angebracht. Aus gutem Grund. Ihr batet mich, den vierzehnten Mann für eure Expedition zu finden, und ich wählte Mister Beutlin. Es soll mir bloß einer sagen, ich hätte den falschen Mann oder das falsche Haus ausgesucht, und ihr könnt euch mit dreizehn abfinden, könnt eurem Mißgeschick in die Arme laufen oder zurückgehen und wieder Kohlen kratzen.«

Er runzelte die Stirn so fürchterlich, daß Gloin sich rasch in seinen Stuhl drückte, und als Bilbo den Mund öffnen wollte, um eine Frage zu stellen, drehte er sich um, starrte auch ihn an, und seine buschigen Augenbrauen streckten sich so weit vor, daß Bilbo den Mund zuschnappen ließ. »In Ordnung«, sagte Gandalf. »Keine Auseinandersetzungen mehr. Ich habe Mister Beutlin ausgewählt, und das sollte euch genügen. Wenn ich sage, er ist ein Meisterdieb, dann ist er ein Meisterdieb oder wird einer sein, wenn die Zeit dazu kommt. Es steckt eine Menge mehr in ihm, als ihr meint, und eine Menge mehr, als er selbst es ahnt. Wahrscheinlich werdet ihr mir alle noch einmal dankbar dafür sein. Nun, Bilbo, mein Junge, holt die Lampe und laßt ein bißchen Licht darauf fallen.«

Im Schein der Lampe mit dem roten Schirm breitete er auf dem Tisch ein Stück Pergament aus, das wie eine Karte aussah.

»Dies hat Euer Großvater angefertigt, Thorin«, entgegnete er auf die aufgeregten Fragen der Zwerge. »Es ist ein Plan des Berges.«

»Mir scheint, das wird uns nicht viel helfen«, sagte Thorin enttäuscht nach einem kurzen Blick auf das Pergament. »Ich erinnere mich gut genug an den Berg und die Länder in seiner Umgebung, und ich weiß, wo der Nachtwald ist und die Verwitterte Heide, wo die großen Drachen hausen.«

»Da ist oben auf dem Berg rot ein Drache eingezeichnet«, meinte Balin, »aber es dürfte nicht schwerfallen, ihn auch ohne diesen Plan zu finden, wenn wir jemals dort oben ankommen.«

»Da ist jedoch ein Punkt, den Ihr nicht bemerkt habt«, sagte Gandalf, »und das ist der geheime Eingang. Seht Ihr diese Rune auf der Westseite und die Hand, die von den anderen Runen her darauf hinzeigt? Das bedeutet einen verborgenen Zugang zu den unteren Gewölben.«

»Kann sein, daß dieser Zugang irgendwann einmal geheim war«, entgegnete Thorin, »aber wie können wir wissen, ob er noch immer geheim ist? Der alte Smaug hat dort lange genug gelebt, um alles herauszufinden, was es über diese Gewölbe herauszufinden gibt.«

»Möglich – aber er kann seit Jahr und Tag mit diesem Zugang nichts anfangen.«

»Warum?«

»Weil der Eingang zu klein ist. Fünf Fuß hoch die Tür, und drei passen nebeneinander, sagen die Runen. Aber Smaug konnte in ein solches Loch nicht hineinkriechen, selbst nicht, als er noch ein Jungdrache war, gewiß aber nicht, nachdem er so viele Zwerge und Menschen aus Dal gefressen hat.«

»Mir scheint es aber doch ein sehr großes, mächtiges Loch zu sein«, quiekte Bilbo, der keine Erfahrung mit Drachen hatte und sich nur auf Hobbithöhlen verstand. Er war schon wieder aufgeregt und sehr interessiert, so daß er völlig vergaß, den Mund zu halten. Landkarten mochte er sehr gern. In seiner Halle hing eine große Karte von der Umgebung, in die mit roter Tinte all seine Lieblingswege eingezeichnet waren. »Wie sollte, sehen wir einmal vom Drachen ab, eine solch große Tür draußen unbemerkt geblieben sein?« fragte er. Er war nur ein kleiner Hobbit, vergeßt das nicht.

»Da gibt es Möglichkeiten genug«, sagte Gandalf. »Aber auf welche Weise gerade dieser Zugang verborgen gehalten wurde, das werden wir, ohne an Ort und Stelle nachzuschauen, nicht herausfinden. Der Karte nach zu urteilen, gibt es dort eine verschlossene Tür, die so angefertigt wurde, daß sie genau wie der Berg selbst aussieht. So macht man das doch bei den Zwergen, nicht wahr?«

»Genauso«, antwortete Thorin.

»Auch vergaß ich zu erwähnen«, fuhr Gandalf fort, »daß mit der Karte ein Schlüssel zu uns kam, ein alter und merkwürdiger Schlüssel. Hier ist er«, sagte er und händigte Thorin einen silbernen Schlüssel mit einem langen Stiel und einem komplizierten Bart aus. »Verwahrt ihn sicher!«

»Das werde ich«, erwiderte Thorin und befestigte ihn an einer fein gearbeiteten Kette, die unter dem Rock um seinen Hals hing. »Jetzt sieht alles schon hoffnungsvoller aus. Bisher hatte ich keine klare Vorstellung, was zu tun ist. Wir wollten, so schnell und vorsichtig wie möglich, nach Osten bis zum Langen See ziehen. Danach würden die Schwierigkeiten beginnen ...«

»Schon eine ganze Zeit vorher, wenn ich über die Wege recht unterrichtet bin«, unterbrach ihn Gandalf.

»Wir könnten von dort aufwärts dem Eiligen Wasser folgen«, fuhr Thorin fort, der von Gandalfs Bemerkung keine Notiz nahm, »bis zu den Ruinen von Dal, der alten Stadt im Tal am Fuße des Berges. Aber keiner von uns denkt gern an das Haupttor. Der Fluß kommt unmittelbar aus ihm heraus und schießt durch die großen Klippen südlich des Berges. Aber aus diesem Haupttor kommt auch der Drache heraus, viel zu oft, wenn er nicht seine Gewohnheiten geändert hat.«

»Das würde zu keinem guten Ende führen«, sagte der Zauberer, »jedenfalls nicht ohne einen mächtigen Krieger oder einen richtigen Helden. Ich versuchte, einen zu finden, aber die Krieger bekämpfen sich eifrig untereinander, und in unserer Gegend sind Helden selten geworden, oder es gibt sie überhaupt nicht mehr. Die Schwerter sind bei uns gewöhnlich voller Scharten, die Äxte braucht man zum Bäumefällen, die Schilde als Säuglingswiegen und Topfdekkel, und die Drachen sind angenehm weit weg (und deshalb nur noch Fabeltiere). Darum habe ich mich auf die Meisterdieberei verlegt, besonders, weil ich mich an das Seitentor erinnerte. Und hier ist unser kleiner Bilbo Beutlin, *der* Meisterdieb, der auserwählte und berufene Meisterdieb. Jetzt weiter, laßt uns Pläne machen.«

»Gut also«, sagte Thorin, »ich vermute, daß der Meisterdieb uns einige seiner Ideen und Vorschläge unterbreiten will.« Er wandte sich mit spöttischer Höflichkeit an Bilbo Beutlin.

»Zunächst wüßte ich gern ein bißchen mehr über die ganze Angelegenheit«, sagte Bilbo und war sehr verwirrt und innerlich ein bißchen unsicher. Aber immer noch bestimmte ihn die Tukseite dazu, sich weiter mit der Angelegenheit zu befassen. »Ich meine, über das Gold und den Drachen und wie er das bekommen hat und wem es gehört.«

»Donnerwetter!« sagte Thorin. »Habt Ihr Euch nicht die Karte angesehen? Und habt Ihr nicht unser Lied gehört? Und haben wir nicht seit Stunden darüber diskutiert?«

»Trotzdem würde ich es gern klar und deutlich hören«, sagte er eigensinnig und setzte seine Geschäftsmiene auf (sonst nur für Leute bestimmt, die Geld von ihm leihen wollten). Er tat sein Bestes, um klug und berufstüchtig zu erscheinen und um Gandalfs Empfehlung gerecht zu werden. »Außerdem müßte ich Bescheid wissen über das Risiko, über die Nebenausgaben, die benötigte Zeit, die Belohnung usw.!« – womit er meinte: Was bekomme ich selbst dafür, und kehre ich überhaupt lebendig zurück?

»Oh, sehr gut«, erwiderte Thorin. »Sehr lange ist es her,

daß in den Tagen meines Großvaters unsere Familie aus dem fernen Norden vertrieben wurde. Sie kam mit all ihren Reichtümern und ihren Werkzeugen zu diesem Berge hier auf der Karte. Dann gruben meine Vorfahren und trieben Stollen vor und machten hohe Gewölbe und große Werkstätten – und ich glaube, daß sie auch eine ganze Menge Gold und viele Edelsteine dabei fanden. Jedenfalls wurden sie ungewöhnlich reich und berühmt, und mein Großvater wurde König unter dem Berge. Ja, er wurde mit großer Hochachtung von den Menschen behandelt, die im Süden lebten und sich allmählich das Eilige Wasser hinauf bis dorthin ausbreiteten, wo das Tal vom Berge überschattet war. Sie bauten dort in jenen Tagen die fröhliche Stadt Dal. Könige riefen unsere Schmiede an ihre Höfe, und selbst für die weniger Geschickten war die Belohnung überreich. Väter baten uns, ihre Söhne als Lehrlinge einzustellen, und bezahlten uns ordentlich, besonders mit Lebensmitteln. Wir brauchten uns daher nicht mehr damit abzumühen, das Gemüse selbst anzubauen. Alles zusammengenommen: Es waren gute Tage für uns, und selbst der Ärmste hatte Geld genug auszugeben und zu verleihen, hatte Muße, wunderbare Arbeiten rein zum Spaß herzustellen, gar nicht zu reden von den hübschen Zauberspielzeugen, die bis auf den heutigen Tag nirgendwo anders auf der Welt mehr zu finden sind. So wurden die Gewölbe meines Großvaters mit Rüstungen und Edelsteinen gefüllt, mit Schnitzereien und Bechern, und die Spielzeugläden von Dal waren ein Anblick, den man nicht mehr vergaß.

Zweifellos lockte gerade das den Drachen an. Drachen stehlen Gold und Edelsteine, wie Ihr wißt, bestehlen Menschen und Elben und Zwerge, wo auch immer sie etwas finden können. Und sie hüten ihren Raub, solange sie leben (und das ist praktisch ewig, wenn sie nicht umgebracht werden). Dabei erfreuen sie sich nicht einmal an einem Messingring. Es ist schon so: Sie können kaum ein gutes

Werkstück von einem schlechten unterscheiden, obwohl sie gewöhnlich eine sehr gute Nase für seinen Verkaufspreis haben. Aber sie können nichts selbst machen, nicht einmal eine lose Schuppe an ihrem Schuppenpanzer befestigen. Nun, in jenen Tagen gab es eine Menge Drachen im Norden. Wahrscheinlich wurde das Gold dabei knapp. Die Zwerge flohen nach Süden oder wurden getötet, und die allgemeine Verwüstung und Verheerung, die die Drachen anrichteten, wandte alles vom Schlechten zum Schlechteren. Unter ihnen gab es einen besonders gierigen, starken und verschlagenen Drachen, Smaug genannt. Eines Tages flog er auf und kam nach Süden. Das erste, was wir von ihm hörten, war ein Lärm wie von einem wilden Sturm, der aus dem Norden heranwirbelte. Die Bergkiefern krachten und zerbrachen im Sturm. Einige Zwerge, die das Glück hatten, draußen zu sein (und ich war einer von den glücklichen, ein prächtiger draufgängerischer Bursche in jenen Tagen, immerzu auf Wanderschaft, und das rettete mir an diesem Tage das Leben) – gut also, aus angemessener Entfernung sahen wir, wie der Drache sich auf unserem Berg in einer riesigen Flamme niederließ. Dann kam er den Hang herab, und als er die Wälder erreichte, da gingen sie in Flammen auf. In dieser Stunde läuteten alle Glocken in Dal. Die Krieger rüsteten sich, die Zwerge stürzten aus dem großen Tor – aber dort wartete der Drache auf sie. Auf diesem Weg entkam keiner. Der Fluß zerkochte in weißem Dampf, ein dichter Nebel senkte sich auf Dal herab, und da fiel auch schon der Drache über die Krieger her und vernichtete die meisten – es war das übliche unglückselige Geschick, nur zu üblich in jenen Tagen. Dann ging Smaug zurück und kroch durch das Haupttor und stöberte in allen Hallen und Gängen, in Stollen und Gäßchen, in Kellern, Wohnungen und Durchgängen umher. Danach war im Berginnern kein Zwerg mehr am Leben, und er nahm all ihre Reichtümer in Besitz. Wahrscheinlich, denn das ist Drachengewohnheit, hat Smaug alles tief in der Erde auf einen großen Haufen gestapelt und schläft darauf wie auf einem Bett. Später kroch er oft aus dem großen Tor heraus, kam bei Nacht nach Dal und schleppte Leute weg, besonders Jungfrauen, um sie aufzufressen – bis Dal zerstört und alles Volk tot oder geflohen war. Was jetzt dort vorgeht, weiß ich nicht. Aber ich vermute, daß heutzutage niemand näher am Berge wohnt als am äußersten Ende des Langen Sees.

Die wenigen von uns, die draußen waren, verbargen sich und weinten und verfluchten Smaug. Plötzlich stießen eines Tages mein Vater und mein Großvater mit versengten Bärten zu uns. Sie sahen sehr grimmig aus, sagten aber sehr wenig. Wenn ich sie fragte, wie sie herausgekommen wären, bedeuteten sie mir, ich solle meine Zunge hüten, und sie sagten, daß ich eines Tages zur rechten Zeit alles wissen würde. Danach zogen wir fort. Wir mußten unser Leben fristen, so gut wir konnten, da und dort in den Ländern. Oft genug sanken wir bis zum Hufschmied hinab, oder wir mußten sogar in die Kohlenbergwerke gehen. Aber niemals haben wir unseren gestohlenen Schatz vergessen. Und gerade jetzt, da ich mir erlauben darf zu sagen, daß wir eine ganz schöne Menge beiseite gelegt haben und daß es uns durchaus nicht schlecht geht« – Thorin strich über die goldene Kette, die um seinen Hals hing, »hoffen wir noch immer, ihn zurückzuerhalten und unsere Flüche über Smaug zu bringen – falls es uns verstattet ist.

Ich habe mich oft über die Flucht meines Vaters und meines Großvaters gewundert. Jetzt sehe ich, daß sie eine Nebentür benutzten, die nur ihnen allein bekannt war. Augenscheinlich zeichneten sie auch eine Karte. Doch jetzt möchte ich wissen, wie Gandalf sich ihrer bemächtigte und warum sie nicht auf mich, den rechtmäßigen Erben, gekommen ist.«

»Ich habe mich nicht ihrer bemächtigt«, sagte Gandalf. »Sie wurde mir gegeben. Euer Großvater wurde getötet, wie Ihr Euch erinnert, von einem Ork in den Bergwerken von Moria.«

»Verflucht sei der Ork«, warf Thorin ein.

»Und Euer Vater ging am 21. April, am letzten Donnerstag vor hundert Jahren, fort, und Ihr habt ihn seitdem nicht mehr gesehen.«

»Wahr, wahr«, sagte Thorin.

»Gut. Euer Vater gab mir für Euch dies. Und wenn ich meine eigene Zeit und meine eigene Weise dazu wählte, so könnt Ihr mir kaum am Zeug flicken. Bedenkt die Schwierigkeiten, die ich hatte, um Euch zu finden! Euer Vater konnte sich nicht einmal an seinen eigenen Namen erinnern, als er mir das Pergament übergab, und Euren Namen konnte er mir auch nicht sagen. Richtig betrachtet, denke ich, daß man mich loben und daß man mir danken müßte! Hier ist die Karte.« Damit händigte er sie Thorin aus.

»Ich verstehe das nicht«, sagte Thorin, und Bilbo hätte am liebsten dasselbe gesagt, denn die Erklärung schien nichts zu erklären.

»Euer Großvater«, fuhr der Zauberer verärgert fort, »gab die Karte aus Sicherheitsgründen seinem Sohn, bevor er in die Bergwerke von Moria ging. Nachdem Euer Großvater getötet worden war, ging Euer Vater fort, denn er wollte sein Glück mit der Karte versuchen. Er hatte eine Menge von höchst unerfreulichen Abenteuern, aber niemals kam er an den Berg heran. Wie er schließlich in das Verlies des Geisterbeschwörers gekommen ist, wo ich ihn gefangen fand, das weiß ich nicht.«

»Was habt Ihr denn dort getan?« fragte Thorin mit einem Schauder, und alle Zwerge bekamen eine Gänsehaut.

»Das braucht Ihr nicht zu wissen. Ich mußte etwas auskundschaften, wie gewöhnlich, und es war ein widerwärtiges, gefährliches Geschäft. Selbst ich, Gandalf, bin gerade noch mit heiler Haut davongekommen. Ich wollte Euren Vater retten. Aber es war zu spät. Er war ohne Verstand, redete irre und hatte fast alles vergessen, ausgenommen die Karte und den Schlüssel.«

»Wir haben es vor langer Zeit den Orks von Moria heimgezahlt«, sagte Thorin. »Jetzt wäre es an der Zeit, dem Geisterbeschwörer eine Lehre zu erteilen.«

»Redet kein dummes Zeug! Das ist ein Geschäft, das die Kräfte aller Zwerge weit überschreitet, selbst wenn sie einer aus allen vier Enden der Welt zusammenrufen würde. Das einzige, was Euer Vater wünschte, war, daß Ihr die Karte lesen und den Schlüssel benutzen sollt. Drache und Berg sind mehr als große Aufgaben für Euch!«

»Hört! Hört!« warf Bilbo ein, und zufällig sagte er es laut.

»Hört was?« fragten sie alle und wandten sich Bilbo plötzlich zu. Er wurde darüber so verwirrt, daß er sagte: »Hört, was ich euch zu sagen habe!«

»Gern. Und was wäre das?« fragten sie.

»Also, paßt auf, ich würde sagen, daß ihr nach Osten gehen und euch einmal dort umschauen solltet. Schließlich gibt es da eine Nebentür, und Drachen sollen manchmal schlafen, vermute ich. Wenn ihr lange genug dort auf der Türschwelle sitzt, so möchte ich annehmen, daß euch etwas einfällt. Und nun gut, meint ihr nicht auch, daß wir für eine Nacht lange genug gesprochen haben, wenn ihr versteht, was ich damit meine? Was haltet ihr von einem Bett und von einem frühen Aufbruch? Ich werde euch ein gutes Frühstück geben, bevor ihr auszieht.«

»Bevor wir ausziehen, das meint Ihr doch sicher«, sagte Thorin. »Seid Ihr nicht der Meisterdieb? Und ist das Sitzen auf der Türschwelle dort nicht Euer Geschäft, gar nicht vom Hineingehen zu sprechen? Aber was Bett und Frühstück betrifft, so stimme ich zu. Ich habe sechs Eier mit Schinken gern, wenn ich eine Reise beginne – aber fein gebraten, keine gerührten Eier! Und laßt sie bloß nicht auslaufen!«

Nachdem auch alle anderen ihr Frühstück ohne das geringste »Bitteschön« bestellt hatten (was Bilbo sehr verärgerte), standen sie auf. Der Hobbit mußte Platz für alle schaffen, und er füllte seine Gastzimmer und machte Betten auf Stühlen und Sofas, bis er jeden verstaut hatte. Dann legte er sich in sein eigenes kleines Bett und war sehr müde und nicht gerade glücklich. Eines stand jedoch für ihn fest – mit dem Aufstehen und mit der Zubereitung des lumpigen Frühstücks wollte er sich nicht allzusehr beeilen. Die Tukseite brauchte sich auf, und er war jetzt gar nicht mehr sicher, daß er am nächsten Morgen auf Reisen gehen würde.

Wie er so in seinem Bett lag, konnte er Thorin nebenan im zweitbesten Schlafzimmer noch immer vor sich hin summen hören:

»Weit über die kalten Nebelberge,
zu den tiefen Verliesen und uralten Höhlen
müssen wir fort, ehe der Tag anbricht,
unser lang vergessenes Gold suchen.«

Dies in den Ohren, schlief Bilbo ein, und es bescherte ihm recht unangenehme Träume. Es war lang nach Tagesanbruch, als er aufwachte.

Gebratenes Hammelfleisch

Bilbo sprang auf, zog seinen Morgenrock an und ging in das Speisezimmer. Dort sah er niemand, fand jedoch alle Zeichen eines ausgedehnten, aber eiligen Frühstücks. In dem Zimmer war ein Durcheinander zum Fürchten, und Haufen von ungespültem Geschirr standen in der Küche; fast alle Töpfe und Pfannen, die er besaß, schienen gebraucht zu sein. Der Aufwasch war traurige Tatsache. Bilbo mußte einsehen, daß die Gesellschaft der Nacht zuvor keineswegs einem Alptraum entsprungen war, wie er fast gehofft hatte. Nach allem war er sogar erleichtert bei dem Gedanken, daß die ungebetenen Gäste ohne ihn fortgegangen waren und ihn nicht einmal geweckt hatten (aber ohne ein Dankeschön, dachte Bilbo). Er fühlte sich ein bißchen enttäuscht. Und dies Gefühl überraschte ihn.

Sei kein Narr, Bilbo Beutlin! sagte er zu sich selbst. In deinem Alter an Drachen und all den ausländischen Unsinn zu denken! So band er sich eine Schürze um, machte Feuer, ließ Wasser kochen und wusch auf. Dann verzehrte er ein hübsches kleines Frühstück in der Küche, bevor er das Speisezimmer auskehrte. Die Sonne schien, die Haustür stand offen und ließ eine warme Frühlingsbrise herein. Bilbo begann laut zu pfeifen und die vergangene Nacht zu vergessen. Gerade hatte er sich im Speisezimmer am offenen Fenster zu einem kleinen zweiten Frühstück niedergesetzt, als Gandalf hereinkam.

»Mein lieber Junge«, sagte er, »wann gedenkt Ihr eigentlich zu kommen? Wie war das mit dem frühen Aufbruch? Und hier sitzt Ihr nun beim Frühstück, oder wie Ihr es nennt, um halb elf! Sie haben Euch doch eine Nachricht hinterlassen, weil sie nicht warten konnten.«

»Eine Nachricht?« fragte der arme Mister Beutlin ganz verwirrt.

»Du lieber Himmel!« antwortete Gandalf. »Ich kenne Euch nicht wieder. Habt Ihr denn den Kaminsims noch nicht abgestaubt?«

»Was hat das damit zu tun? Ich habe genug mit dem Abwasch für vierzehn zu schaffen gehabt!«

»Hättet Ihr den Kaminsims abgestaubt, so hättet Ihr dies hier unter der Uhr gefunden«, sagte Gandalf und übergab Bilbo einen Brief (der natürlich auf Bilbos eigenem Briefpapier geschrieben war). Da war folgendes zu lesen:

»Thorin & Companie grüßen den Meisterdieb Bilbo! Für Eure Gastfreundschaft unseren aufrichtigen Dank, und für Euer Angebot beruflicher Hilfeleistung unsere freundliche Annahme. Bedingungen: Auszahlung bei Ablieferung. Der Betrag darf den 14. Teil des Gesamtgewinns, wenn es überhaupt welchen geben sollte, erreichen, darf ihn aber keinesfalls überschreiten, alle Reisekosten in jedem Falle garantiert; Begräbniskosten werden von uns oder unseren Vertretern getragen, falls sich die Notwendigkeit ergeben sollte und die Angelegenheit nicht auf andere Weise geregelt werden kann. Da wir es nicht für notwendig erachten, Eure hochgeschätzte Ruhe zu stören, sind wir vorausgegangen, um unsere Vorbereitungen zu treffen, und werden Eure geachtete Persönlichkeit beim Gasthaus ›Zum grünen Drachen‹ zu Wassernach Punkt elf erwarten. Hoffend, daß Ihr pünktlich sein werdet, haben wir die Ehre zu verbleiben

Eure sehr verbundene Thorin & Co.«

»Das läßt Euch gerade noch zehn Minuten. Ihr müßt laufen«, bemerkte Gandalf.

»Aber –«, sagte Bilbo.

»Keine Zeit dafür«, sagte der Zauberer.

»Aber ich –«, fing Bilbo noch einmal an.

»Auch dafür keine Zeit! Ihr müßt losgehen.«

Bis zum Ende seiner Tage konnte Bilbo sich nicht erinnern, wie er hinausgekommen war, ohne Hut, ohne Spazierstock und ohne Geld, ohne irgend etwas, das er gewöhnlich mit sich nahm, wenn er ausging. Sein zweites Frühstück ließ er halb beendet und das Geschirr ungespült. Die Schlüssel drückte er Gandalf in die Hand, und dann rannte er, so schnell wie seine bepelzten Füße ihn den Weg hinuntertrugen, an der großen Mühle vorbei über das Wasser und dann eine ganze Meile weiter oder mehr.

Er schnaufte mächtig, als er Wassernach genau auf den

Glockenschlag elf erreichte. Und dabei entdeckte er, daß er ohne Taschentuch unterwegs war!

»Bravo!« sagte Balin, der an der Wirtshaustür nach ihm Ausschau gehalten hatte.

Gerade in diesem Augenblick kamen die anderen um die Wegkehre vom Dorf her. Sie saßen auf Ponys, und jedes Pony war bepackt mit allen möglichen Gepäckstücken, Paketen, Bündeln und Ausrüstungsgegenständen. Es war auch ein sehr kleines Pony dabei, augenscheinlich für Bilbo.

»Auf, ihr zwei, und los geht's!« sagte Thorin.

»Es tut mir schrecklich leid«, entgegnete Bilbo, »aber ich bin ohne Hut gekommen, habe mein Taschentuch vergessen und kein Geld eingesteckt. Um genau zu sein: Ich habe euren Brief erst nach 10.45 Uhr bekommen.«

»Ihr braucht nicht genau zu sein«, sagte Dwalin, »und sorgt Euch nicht deshalb! Ihr werdet auch ohne Taschentücher und ohne manches andere zurechtkommen, bevor das Ende der Reise erreicht ist. Und was den Hut angeht, so habe ich einen überzähligen Kapuzenmantel in meinem Gepäck.«

So nahm die Reise ihren Anfang. Sie trotteten mit ihren beladenen Ponys an einem schönen Morgen kurz vor dem 1. Mai vom Wirtshaus los. Bilbo trug eine dunkelgrüne Kapuze (sie war ein bißchen verschossen) und einen dunkelgrünen Mantel, den Dwalin ihm geliehen hatte. Beides war ein bißchen weit für ihn, und er sah ziemlich komisch darin aus. Was hätte sein Vater Bungo gesagt – ich wage nicht, es auszudenken. Bilbos einzige Beruhigung war, daß er nicht mit einem Zwerg verwechselt werden konnte, denn er trug keinen Bart.

Sie waren noch nicht sehr lang geritten, als Gandalf auf einem prächtigen weißen Pferd erschien. Er hatte eine Masse Taschentücher mitgebracht und Bilbos Pfeife und Tabak dazu. So ritt die Gesellschaft in bester Stimmung weiter. Man erzählte einander Geschichten und sang Lieder. Den ganzen Tag über wurde geritten, ausgenommen natürlich, wenn man der Mahlzeiten wegen anhielt. Diese jedoch gab es durchaus nicht so oft, wie Bilbo es gern gesehen hätte. Aber immerhin kam es ihm vor, als ob Abenteuer schließlich doch nicht so schlimm wären, wie er angenommen hatte.

So ging es eine ganze Weile. Ein ausgedehnter Landstrich mußte durchquert werden, der von einem achtbaren Volk bewohnt wurde, von Menschen, Hobbits, Elben und was weiß ich von wem sonst noch. Die Wege waren gut, es gab auch ein paar Gasthäuser, und hin und wieder traf man einen Zwerg, einen Kesselflicker oder einen Bauern, die ihren Geschäften nachgingen. Aber nach einer gewissen Zeit gelangten sie in eine Gegend, wo die Leute sonderbar sprachen und Lieder sangen, die Bilbo nie zuvor gehört hatte. Die Gasthäuser wurden rar und waren gar nicht gut, und die Wege wurden immer schlechter. Höher und höher erhoben sich die Berge. Auf einigen standen Burgen, denen man ansah, daß sie zu bösen Zwecken erbaut worden waren. Auch das Wetter, das bisher so schön gewesen war, wie es der Mai sonst nur in fröhlichen Geschichten ist, schlug um, und es wurde geradezu scheußlich.

»Dabei haben wir morgen den ersten Juni«, brummte Bilbo, während er hinter den anderen in einer sehr schmutzigen Spur einherpatschte. Teezeit war vorüber. Es goß in Strömen, und es hatte den ganzen Tag über schon so gegossen. Von der Kapuze tropfte es ihm in die Augen, der Mantel hatte sich voll Wasser gesogen, das Pony war müde und stolperte über die Steine, und die anderen waren viel zu brummig, um zu sprechen. Ich bin sicher, daß der Regen bis in die Kleider gegangen ist und in die Verpflegungstaschen, dachte Bilbo. Verflixte Meisterdieberei und alles, was damit zu tun hat! Ich wünschte, ich wäre zu Hause in meiner hübschen Höhle beim Kaminfeuer, wenn gerade der Kessel anfängt zu summen! Es war nicht das letzte Mal, daß er sich das wünschte.

Die Zwerge trotteten weiter, keiner drehte sich um, keiner nahm vom Hobbit Notiz. Hinter den grauen Wolken mußte die Sonne untergegangen sein, denn es wurde dunkel. Wind kam auf, und die Weiden am Flußufer beugten sich und seufzten. Ich weiß nicht, was für ein Fluß es war. Er floß sehr rasch und war erdigrot; die Regengüsse der letzten Tage hatten ihn stark anschwellen lassen. Er kam herab aus Hügeln und Bergen, die vor ihnen lagen.

Es war beinahe Nacht. Der Wind riß die grauen Wolken auf, und zwischen den fliegenden Wolkenfetzen erschien der Mond über den Bergen. Sie hielten an, und Thorin brummte etwas von Abendessen und »wo sollen wir einen trockenen Fleck zum Schlafen finden?«

Bisher hatten sie nicht bemerkt, daß Gandalf verschwunden war. Er war den ganzen Weg bei ihnen gewesen. Kein Wort hatte er darüber verlauten lassen, ob er am Abenteuer teilzunehmen gedachte oder ob er ihnen nur für eine Weile Gesellschaft leisten wollte. Er hatte am meisten gegessen, am meisten erzählt und am meisten gelacht. Und nun war er einfach nicht mehr da.

»Ausgerechnet wenn ein Zauberer am nützlichsten sein könnte«, maulten Dori und Nori (die des Hobbits Ansichten über regelmäßige, zahlreiche und ausführliche Mahlzeiten teilten).

Endlich beschlossen sie, daß sie ihr Lager hier an Ort und Stelle errichten wollten. Sie zogen zu einer Baumgruppe, unter der es zwar ein bißchen trockener war, aber der Wind schüttelte den Regen von den Blättern, und das Dripp-dripp war höchst störend. Auch schien das Unglück ins Feuer gefahren zu sein. Zwerge können überall und aus allem Feuer machen, mit Wind oder ohne Wind. Aber in dieser Nacht gelang es ihnen nicht. Selbst Oin und Gloin nicht, die darin besonders gut waren.

Dann bekam eines der Ponys vor einem Nichts einen Schreck und ging durch. Es sprang in den Fluß, bevor sie es fangen konnten. Und bevor sie es wieder herausholen konnten, waren Fili und Kili beinahe ertrunken, und das ganze Gepäck, das das Pony getragen hatte, wurde vom Strom weggerissen. Ausgerechnet ihre Verpflegung war darin; es blieb ihnen sehr wenig für das Abendessen und noch weniger für das Frühstück übrig.

Da saßen sie klamm und naß und laut brummend, während Oin und Gloin es noch einmal mit dem Feuer versuchten und sich dabei in die Haare gerieten. Bilbo dachte gerade traurig darüber nach, daß Abenteuer durchaus nicht nur Spazierritte auf dem Pony im Maisonnenschein waren, als Balin, der stets den Ausguck übernahm, herüberrief: »Da droben ist ein Licht!« Sie lagerten nicht weit von einem Berg, der teilweise dicht bewaldet war. Zwischen den dunklen Stämmen konnte man ein Licht scheinen sehen, ein rötliches, sehr angenehm aussehendes Licht, vielleicht ein Feuer oder eine flackernde Fackel.

Nachdem sie eine Weile hingeschaut hatten, begannen sie zu streiten. Einige sagten nein, und andere sagten ja. Einige sagten, wer wollte, könnte ja gehen und nachschauen, und das wäre am Ende besser als wenig Abendbrot und noch weniger Frühstück und nasse Kleider die ganze Nacht.

Wieder andere sagten: »Diese Landstriche sind nicht genug erforscht. Sie liegen zu nahe am Gebirge. Reisende kommen selten so weit, die alten Karten taugen nichts, die Verhältnisse sind schlimm geworden, und die Straße ist unbewacht. Man hat auch noch gar nichts von dem König hierherum gehört, und je weniger genau einer hinschaut, wenn er hier durchzieht, desto weniger Verdruß wird er haben.« Einige sagten: »Schließlich sind wir vierzehn.« Andere fragten: »Wohin ist Gandalf verschwunden?« Diese Bemerkung wurde von allen wiederholt. Dann begann der

Regen herabzurauschen, schlimmer denn je, und Oin und Gloin gerieten sich abermals in die Wolle.

Das gab den Ausschlag. »Wie es auch sei: Wir haben einen Meisterdieb bei uns«, sagten sie. Und so machten sie sich auf und führten ihre Ponys (mit aller gebührenden Vorsicht) auf den Lichtschein zu. Sie kamen an den Fuß des Berges und waren bald im Wald. Sie gingen den Berg hinauf, aber es war kein ordentlicher Pfad zu sehen, der vielleicht zu einem Haus oder zu einem Bauernhof hätte führen können. Sie taten, was sie konnten, und machten doch allerhand Krach, Geraschel und Geknarre, als sie zwischen den Bäumen in pechschwarzer Nacht dahinzogen (und ein gut Teil Murren und Fluchen kam auch dazu).

Plötzlich schimmerte das rote Licht ganz hell und gar nicht weit vor ihnen durch die Bäume.

»Jetzt ist unser Meisterdieb an der Reihe«, sprachen sie und schauten Bilbo an.

»Geht los und kundschaftet dieses Licht aus, seht zu, warum es leuchtet und ob dort alles sicher und ohne Gefahr ist«, sagte Thorin zu dem Hobbit. »Geht jetzt und kommt rasch zurück, falls alles in Ordnung ist. Wenn nicht, dann kommt zurück, falls Ihr könnt! Falls es aber nicht geht, dann heult zweimal lang wie eine Schleiereule und einmal kurz wie eine Baumeule, und dann wollen wir tun, was wir können.«

Bilbo mußte losgehen, bevor er erklären konnte, daß er überhaupt wie keine einzige Eulensorte zu heulen verstand. Ebensogut hätte man verlangen können, er solle wie eine Fledermaus fliegen. Aber wie dem auch sei, Hobbits können sich lautlos in den Wäldern vorwärts bewegen. Sie sind stolz darauf. Mehr als einmal hatte Bilbo schon verächtlich über das geschnauft, was er den »Zwergenspektakel« nannte, wenn die Kerle so dahertapsten – obgleich weder ihr noch ich in einer solch stürmischen Nacht irgend etwas vernommen hättet, nicht einmal, wenn die ganze

Gesellschaft in zwei Schritt Entfernung vorübergerumpelt wäre. Bilbo pirschte sich also an den roten Lichtschein heran, und nicht einmal einem Wiesel zuckte ein Schnurrbarthaar. Bilbo ging geradewegs auf das Feuer zu – denn ein Feuer war es –, ohne irgendwen aufzustören. Und dies sah unser Hobbit:

Drei mächtig große Kerle saßen rund um ein gewaltiges Feuer aus Buchenstämmen. Sie brieten Hammelfleisch an langen hölzernen Bratspießen und leckten das Fett von ihren Fingern. Ein außerordentlich wohltuender Duft stach ihm in die Nase. Auch stand ein Faß mit einem guten Tropfen neben ihnen, und die Kerle tranken aus Krügen. Es waren augenscheinlich Trolle. Selbst Bilbo, trotz seines bisher wohlgeordneten Lebens, konnte das sehen: an den groben Gesichtern, an ihrer Größe, an der Länge ihrer Beine – nicht zu erwähnen ihre Sprache, die keineswegs gepflegt war. Keineswegs.

»Hammelfleisch gestern, Hammelfleisch heute, und verdammich, wenn es nicht morgen auch nach Hammelfleisch riecht«, sagte einer von den Trollen.

»Seit langem haben wir nicht einen winzigen Fetzen Menschenfleisch gegessen«, sagte der zweite. »Was zur Hölle hat Bill sich dabei gedacht, als er uns in diese Gegend brachte. Und noch schlimmer: Das Gesöff wird auch schon alle.« Dabei stieß er Bill, der gerade einen tiefen Zug aus dem Krug tat, am Ellbogen.

Bill verschluckte sich. »Halt dein Maul!« sagte er, sobald er die Sprache wiederfand. »Ihr könnt doch nicht erwarten, daß die Leute hierbleiben und von dir und Bert gefressen werden wollen. Mittlerweile habt ihr zusammen eineinhalb Dörfer gefressen, seit wir aus dem Gebirge herunterkamen. Wieviel wollt ihr denn noch fressen? Es wäre längst an der Zeit gewesen, für einen solch netten fetten Hammelbrokken, wie dies einer war, danke schön zu sagen!« Dabei riß er einen ordentlichen Fetzen von der Hammelkeule, die er gerade röstete, und wischte sich den Mund am Ärmel ab. Ja, es ist schlimm, Trolle benehmen sich nun einmal so, selbst diejenigen, die nur einen Kopf haben.

Nachdem Bilbo das erlauscht hatte, hätte er eigentlich sofort etwas unternehmen müssen. Entweder hätte er geräuschlos zurückgehen und seine Freunde warnen müssen, daß hier drei ausgewachsene Trolle in unangenehmer Laune saßen, Burschen, die gewiß gern einmal gebratene Zwerge oder zur Abwechslung wenigstens Ponys versuchen würden. Oder er hätte rasch eine vernünftige Dieberei ausführen müssen. Ein wirklich erstklassiger und berühmter Meisterdieb hätte an seiner Stelle wohl etwas aus den Trolltaschen herausstibitzt – das lohnt sich fast immer – oder das Hammelfleisch von den Bratspießen gestohlen, das Bier entwendet und sich dann unbemerkt zurückgezogen. Andere, mehr praktisch denkende, aber weniger berufsstolze Leute würden jedem der Kerle vielleicht einen Dolch zwischen die Rippen gesetzt haben – ehe sie überhaupt etwas merkten. Und dann hätte man die Nacht angenehm verbringen können.

Bilbo wußte es. Er hatte eine Menge Dinge gelesen, die er niemals gesehen oder selbst getan hatte. Jetzt aber war er sehr beunruhigt und ebenso entrüstet. Er wünschte sich hundert Meilen fort. Und doch – irgendwie brachte er es nicht übers Herz, stracks mit leeren Händen zu Thorin und seinen Gesellen zurückzugehen. So stand er im Schatten und zögerte. Da ihm von den verschiedenen Diebesgeschäften, von denen er gehört hatte, das Ausnehmen von Trolltaschen das am wenigsten schwierige schien, kroch er zuletzt hinter den Baum, vor dem Bill saß. Bert und Tom gingen ans Faß. Und Bill tat einen neuen kräftigen Zug. Da nahm Bilbo all seinen Mut zusammen und steckte seine kleine Hand in Bills riesige Tasche. Es war eine Geldbörse darin, für Bilbo so groß wie ein Sack. Ha! dachte er, als er die Börse vorsichtig herausholte – und seine neue Arbeit gefiel ihm dabei schon bedeutend besser –, das ist ein schöner Anfang.

Und das war er auch! Trollbörsen sind nämlich ein Unglück, und diese war keine Ausnahme. »Hier bin ich, wer seid Ihr?« quiekte sie, als sie aus der Tasche herausgezogen wurde, und Bill drehte sich sofort um und griff Bilbo beim Nacken.

»Teufel, Bert, sieh dir an, was ich gegriffen habe!« rief Bill.

»Was ist es denn?« fragten die anderen und kamen heran.

»Na, wenn ich's selbst wüßte! He, wer bist du?«

»Bilbo Beutlin, ein Meister – ein Hobbit«, sagte der arme Bilbo, klapperte mit den Zähnen und überlegte, wie er einen Eulenruf ausstoßen konnte, bevor sie ihn erdrosselten.

»Ein Meisterhobbit?« fragten sie, ein bißchen erschrokken. Trolle sind schwer von Begriff und sehr mißtrauisch allem Neuen gegenüber.

»Was zum Teufel hat aber ein Meisterhobbit mit meiner Tasche zu tun?« fragte Bill.

»Kann man den wohl kochen?« meinte Tom.

»Du kannst es ja versuchen«, entgegnete Bert und nahm einen kleinen Bratspieß auf.

»Er wird kaum einen Mundvoll geben«, beschwichtigte Bill, der sich bereits ein ausgezeichnetes Abendessen einverleibt hatte. »Jedenfalls nicht, wenn Haut und Gräten weg sind.«

»Vielleicht läuft noch mehr von dem Zeug hier herum, und wir können Gehacktes machen«, sagte Bert. »He, du, kriechen da noch mehr von deiner Sorte in den Wäldern herum, du schmutziges kleines Kaninchen?« fragte er und schaute auf die braunen Pelzfüße des Hobbits. Er griff ihn bei den Zehen und schüttelte ihn.

»Ja, massenweise«, schrie Bilbo, bevor er sich daran erinnerte, daß man seine Freunde nicht preisgeben darf.

»Nein, kein einziger, nicht ein einziger«, sagte er sofort hinterher.

»Was meinst du eigentlich?« drohte Bert und hob ihn diesmal an den Haaren hoch.

»Genau was ich sage«, entgegnete Bilbo keuchend. »Und bitte, kocht mich nicht, meine werten Herren! Ich bin selber ein guter Koch und koche bestimmt besser, als wenn ihr mich kocht. Hoffentlich versteht ihr, wie ich das meine. Ich will wunderbar für euch kochen, ihr sollt ein ganz großartiges Frühstück haben, wenn ihr mich bloß nicht jetzt zum Abendessen verspeist.«

»Arme Kröte«, sagte Bill (ich berichtete schon, daß er bereits so viel Abendbrot gegessen hatte, wie sein Magen es gerade noch vertrug; außerdem hatte er sich eine Riesenmenge Bier einverleibt). »Arme Kröte! Laßt sie hopsen.«

»Nicht eher, als bis er sagt, was er mit ›massenweise und nicht ein einziger‹ meint«, erwiderte Bert. »Ich lege keinen Wert darauf, daß mir jemand im Schlaf die Kehle durchschneidet. Halt seine Zehen ins Feuer, bis er spricht.«

»Das will ich nicht«, sagte Bill. »Ich hab ihn gegriffen!«

»Du bist ein dicker Esel, Bill«, entgegnete Bert, »das hab ich heute abend schon einmal gesagt.«

»Und du bist ein Lümmel.«

»Und das laß ich mir von dir nicht gefallen, Bill Huggins«, schrie Bert und schlug Bill mit der Faust ins Auge.

Dann gab es eine prächtige Keilerei. Bilbo hatte gerade noch so viel Verstand, daß er, als sie ihn auf die Erde fallen ließen, aus dem Bereich ihrer Füße kroch. Und dann verbissen sich die beiden wie Hunde ineinander und warfen einander alle möglichen durchaus zutreffenden Schimpfnamen an den Kopf. Bald hatten sie sich gegenseitig im Schwitzkasten und rollten beinahe ins Feuer. Sie traten und schlugen um sich, während Tom mit einem Ast auf sie losprügelte, um sie wieder zu Verstand zu bringen. Aber das machte sie natürlich nur noch verrückter.

Jetzt wäre es für Bilbo an der Zeit gewesen, endgültig zu verschwinden. Aber sein armer kleiner Fuß war in Berts Pranke sehr gequetscht worden, auch hatte er keine Luft mehr, und in seinem Kopf drehte sich alles um und um. Japsend blieb Bilbo außerhalb des vom Feuer beleuchteten Kreises liegen.

Mitten während des Kampfes erschien Balin. Die Zwerge hatten aus der Entfernung den Lärm gehört, und nachdem sie eine Weile auf Bilbo oder auf einen Eulenruf gewartet hatten, kroch einer nach dem anderen, so leise er es vermochte, auf das Licht zu. Kaum sah Tom den heranschleichenden Balin in den Lichtkreis treten, als er ein schreckliches Geheul von sich gab. Trolle verabscheuen ganz einfach den Anblick von Zwergen (ungekochten). Bert und Bill hörten sofort auf zu kämpfen und schrien: »Ein Sack, Tom, rasch!« Bevor Balin, der sich wunderte, wo Bilbo bei all diesem Durcheinander steckte, begriff, was geschah, hatte er schon einen Sack überm Kopf und lag auf dem Boden.

»Da wird gleich noch mehr kommen«, rief Tom, »oder ich muß mich mächtig täuschen. Massenweise und nicht ein einziger: Das ist es«, sagte er. »Keine Meisterhobbits, aber eine ganze Masse von diesen Zwergen hier. So also ist das zu verstehen!«

»Ich schätze, du hast recht«, entgegnete Bert. »Am besten, wir gehen aus dem Licht.«

Und das taten sie auch. Mit Säcken in den Händen, die sie sonst dazu brauchten, Hammel und anderen Raub wegzuschleppen, warteten sie im Schatten. Jedesmal, wenn ein Zwerg herankam und überrascht das Feuer anschaute, die umgeschütteten Krüge und das angenagte Hammelfleisch – hopp! da hatte er einen häßlichen, übelriechenden Sack über dem Kopf und lag auf der Erde. Bald lag Dwalin neben Balin und Fili neben Kili, und Dori, Nori und Ori lagen auf einem Haufen, und Oin und Gloin, Bifur, Bofur und Bombur stapelten sich verhängnisvoll nahe beim Feuer.

»Das wird ihnen eine Lehre sein«, sagte Tom, denn Bifur und Bombur hatten eine Menge Mühe gemacht. Sie hatten gefochten wie die Irren, wie Zwerge es tun, wenn sie in die Enge getrieben werden.

Thorin kam zuletzt – aber er ließ sich nicht ahnungslos überrumpeln. Er hatte schon ein Unglück vorausgeahnt und brauchte nicht erst die Beine seiner Freunde aus den Säcken ragen zu sehen, da begriff er schon, daß nicht alles zum besten stand. Er blieb im Schatten und fragte: »Was ist hier los? Wer hat meine Leute niedergeschlagen?«

»Das sind die Trolle!« erwiderte Bilbo hinter einem Baum. Die Kerle hatten ihn ganz vergessen. »Mit Säcken lauern sie in den Sträuchern«, fügte er hinzu.

»Oh! Tatsache?« sagte Thorin, und schon sprang er vorwärts zum Feuer, bevor sie ihn erwischen konnten. Er griff einen dicken, an seinem Ende hellodernden Ast, und Bert bekam dieses Ende ins Auge, ehe er wegspringen konnte. Das setzte ihn für eine Weile außer Gefecht.

Auch Bilbo tat sein Bestes. Er bekam Toms Bein zu fassen – so gut das ging, denn es war so dick wie ein junger Baumstamm. Aber er wurde auf ein Gebüsch hinaufgewirbelt, und Tom trat Thorin Funken ins Gesicht.

Dafür bekam Tom den Ast in die Zähne und verlor einen von den vorderen. Er heulte ganz schön auf, das kann ich euch erzählen. Aber gerade in diesem Augenblick kam Bill von hinten heran und warf einen Sack genau auf Thorins Kopf und herunter bis zu seinen Zehen. Damit war der Kampf zu Ende.

Sie saßen nun ganz hübsch in der Falle. Sauber in Säcke gebunden, mit drei wütenden Trollen, die daneben hockten (zwei davon mit Brandblasen und Beulen) und stritten, ob sie die Gesellschaft nun langsam rösten sollten oder kleinhacken und kochen oder ob sie sich nur der Reihe nach draufsetzen und sie zu Sülze zerquetschen sollten. Und Bilbo hing oben im Gesträuch, Kleider und Haut zerrissen, und wagte sich nicht zu bewegen, aus Furcht, daß sie ihn hören könnten.

Gerade in diesem Augenblick kam Gandalf zurück. Aber niemand sah ihn. Die Trolle hatten inzwischen beschlossen, die Zwerge sofort zu rösten und erst später zu essen. Übrigens war dies Berts Gedanke. Nach vielem Gerede hatten sie ihm zugestimmt.

»Zu blöd, die Burschen jetzt zu rösten. Das würde die ganze Nacht dauern«, sagte eine Stimme. Bert nahm an, es wäre Bill.

»Fang bloß nicht wieder mit der Streiterei an, Bill«, sagte er, »oder es wird tatsächlich die ganze Nacht dauern.«

»Wer streitet?« fragte Bill, denn er dachte, Bert hätte gesprochen.

»Du, wer denn sonst«, antwortete Bert.

»Du bist ein Lügner«, sagte Bill. Und schon begann der Streit von neuem. Am Ende beschlossen sie, die Zwerge fein zu hacken und sie zu kochen. Sie holten also einen großen schwarzen Topf herbei und zogen ihre Messer heraus.

»Zu blöd, die Burschen zu kochen! Wir haben kein Wasser da, und es ist ein ganz schöner Weg bis hinunter zur Quelle«, sagte eine Stimme. Bert und Bill dachten, es wäre Tom.

»Halt's Maul!« schrien sie. »Oder wir schaffen es nie. Und du kannst das Wasser selbst holen, wenn du noch ein Wort sagst.«

»Halt du gefälligst dein Maul!« rief Tom, der annahm, er hätte Bills Stimme gehört. »Ich möchte bloß wissen, warum du dauernd nörgeln mußt.«

»Du bist ein Dämlack«, sagte Bill.

»Ein Dämlack bist du selbst!« schrie Tom wütend zurück.

Und so begann die Streiterei schon wieder und wurde hitziger denn je, bis sie schließlich übereinkamen, sich auf einen Sack nach dem anderen zu setzen, die Zwerge zu zerquetschen und sie morgen zu kochen.

»Auf welchen Sack wollen wir uns zuerst setzen?« fragte die Stimme.

»Am besten setzen wir uns auf den letzten zuerst«, antwortete Bert, dessen Auge von Thorin ganz schön beschädigt worden war. Er dachte, Tom hätte gesprochen.

»Red nicht mit dir selbst!« rief Tom. »Aber wenn du gern auf dem letzten sitzen willst, setz dich doch drauf. Welcher ist es denn?«

»Der mit den gelben Strümpfen«, sagte Bert.

»Unsinn, der mit den grauen Strümpfen«, widersprach eine Stimme, die Bills Stimme ähnelte.

»Ich bin aber sicher, daß sie gelb waren«, behauptete Bert.

»Klar, sie waren gelb«, sagte Bill.

»Warum hast du dann aber gesagt, daß sie grau waren?« fragte Bert.

»Ich? Niemals. Tom hat es gesagt.«

»Das hab ich nie gesagt!« rief Tom wütend. »Du warst es!«

»Zwei zu eins, und jetzt halt dein Maul!« sagte Bert.

»Mit wem sprichst du eigentlich?« fragte Bill.

»Mach endlich Schluß!« riefen Tom und Bert gleichzeitig. »Die Nacht geht vorbei, und die Dämmerung kommt früh. Fangen wir endlich an.«

»Die Dämmerung hol euch alle, und zu Stein sollt ihr werden!« sagte eine Stimme, die klang, als ob es Bills Stimme wäre. Aber das war sie keineswegs. Denn gerade in diesem Augenblick wurde es hell über dem Hügel, und ein mächtiges Zittern lief durch die Zweige. Bill machte seinen Mund nicht mehr auf, denn er hatte sich in einen Stein verwandelt, als er sich bückte. Und Bert und Tom wurden zu Felsen, als sie sich nach ihm umschauten. Und so stehen sie noch bis auf den heutigen Tag. Ganz einsam, wenn sich nicht gerade ein Vogel auf sie setzt. Denn Trolle, wie ihr wahrscheinlich wißt, müssen vor der Dämmerung unter der Erde sein – oder sie werden wieder zu Gebirgsgestein, aus dem sie gemacht sind, und rühren sich nie mehr. Und so geschah es mit Bert, Tom und Bill.

»Ausgezeichnet«, sagte Gandalf, als er hinter dem Gesträuch hervortrat und Bilbo half, aus dem Dornbusch herabzuklettern. Da begriff Bilbo. Es war des Zauberers Stimme gewesen, die die Trolle so lange nörgeln und streiten ließ, bis das Licht kam und ein Ende mit ihnen machte.

Das nächste war, die Säcke aufzubinden und die Zwerge herauszulassen. Sie waren nahezu erstickt und sehr übel gelaunt. Nun, es war ja auch wirklich keine Freude, dazuliegen und den Plänen der Trolle zuzuhören, die sie rösten, zerquetschen und zerhacken wollten. Bilbo mußte zweimal berichten, wie es ihm ergangen war, bis die Zwerge wirklich zufrieden waren.

»Eine blödsinnige Gelegenheit, sich in der Meister- und der Taschendieberei zu üben«, bemerkte Bombur, »was wir brauchten, war ein Feuer und etwas zu essen!«

»Und gerade das hättet ihr von diesen Burschen ohne einen Kampf nun einmal nicht erhalten«, sagte Gandalf. »Jedenfalls vergeudet jetzt nicht eure Zeit. Könnt ihr euch nicht vorstellen, daß die Trolle hier in der Nähe eine Höhle oder ein Loch haben müssen, wo sie sich vor der Sonne verstecken? Wir müssen uns umschauen!«

Sie suchten die Umgebung ab, und bald fanden sie die Spuren der Steinschuhe ihrer Trolle, die fort in den Wald führten. Sie folgten ihnen bergauf, bis sie, durch Gebüsch verborgen, ein starkes Felstor entdeckten, das zu einer Höhle führte. Aber sie konnten es nicht öffnen, selbst als sie sich alle dagegenstemmten. Gandalf versuchte inzwischen einige Zauberformeln.

»Könnte uns das vielleicht helfen?« fragte Bilbo, nachdem sie müde und ärgerlich geworden waren. »Ich fand es auf dem Platz, wo die Trolle sich herumgeschlagen haben.« Er hielt einen großen Schlüssel in der Hand, den Bill ohne Zweifel für sehr klein und geheim gehalten hatte. Er mußte ihm aus der Tasche gefallen sein, bevor er zu Stein wurde.

»Warum in aller Welt habt Ihr das nicht vorher gesagt?« riefen sie. Gandalf ergriff den Schlüssel und steckte ihn in das Schlüsselloch. Das Felstor drehte sich mit kräftigem Schwung nach innen, und sie stolperten hinein. Da lagen Knochen auf dem Boden, und ein scheußlicher Geruch stand in der Luft. Aber es gab hier eine ganze Menge an Eßbarem, achtlos auf Brettern und dem Erdboden aufgestapelt. Darunter befand sich ein unordentlicher Haufen von geraubtem Zeug, angefangen mit Messingknöpfen bis zu Töpfen voller Goldstücke, die in einer Ecke standen. Eine Menge Kleider baumelte an den Wänden – aber sie waren zu klein für Trolle, und ich fürchte, sie gehörten einmal ihren Opfern. Zwischen ihnen hingen Schwerter verschiedener Form, Art und Größe. Besonders zwei nahmen ihre Blicke wegen der wunderbaren Schwertscheiden und der mit Juwelen besetzten Griffe gefangen.

Gandalf und Thorin ergriffen jeder eines, und Bilbo nahm ein Messer, das in einer Lederscheide stak. Für einen Troll wäre es höchstens ein winziges Taschenmesser gewesen. Aber für einen Hobbit war es geradezu ein Kurzschwert.

»Das sieht nach guten Klingen aus«, sagte der Zauberer, der sie halb herauszog und aufmerksam betrachtete. »Sie sind von keinem Troll gemacht, auch nicht von einem Menschenschmied dieser Gegend und unserer Tage. Aber wenn wir die Runen darauf lesen können, werden wir mehr darüber wissen.«

»Verschwinden wir möglichst schnell aus diesem gräßlichen Gestank!« sagte Fili. So trugen sie also die Töpfe mit den Goldmünzen hinaus und die Lebensmittel, die noch unberührt waren und eßbar aussahen, auch ein noch fast volles Bierfaß. Sie sehnten sich schon nach einem Frühstück, und da sie sehr hungrig waren, verschmähten sie keineswegs, was sie aus der Speisekammer der Trolle herausgeholt hatten. Ihre eigenen Vorräte waren sehr knapp. Aber jetzt hatten sie Brot und Käse und Bier genug und Speck zum Rösten in der glühenden Asche.

Danach schliefen sie, denn schließlich hatten sie eine bewegte Nacht hinter sich, und so unternahmen sie bis zum Nachmittag nichts weiter. Dann aber sattelten sie ihre Ponys, trugen die Töpfe mit Gold weg und gruben sie insgeheim nicht weit von dem Pfad am Fluß ein. Sie sprachen viele und mächtige Zauberformeln über ihnen aus, damit sie, falls sie das Glück haben sollten, jemals zurückzukehren, den Schatz wiederfinden konnten. Als dies getan war, stiegen sie auf und trotteten auf dem Pfad weiter nach Osten.

»Wo seid Ihr gewesen, wenn ich fragen darf?« sagte Thorin zu Gandalf im Reiten.

»Nach vorn schauen«, antwortete er.

»Und was brachte Euch gerade zur rechten Zeit zurück?«

»Nach hinten schauen«, sagte er.

»Sehr richtig!« meinte Thorin. »Aber könntet Ihr nicht ein bißchen genauer berichten?«

»Ich ging los, um unseren Weg auszukundschaften. Der wird bald sehr gefährlich und schwierig werden. Auch sorgte ich mich um unsere wirklich nicht sehr großen Vorräte. Immerhin, ich war noch nicht weit gekommen, als ich ein paar von meinen Freunden aus Rivendell traf.«

»Wo ist das, Rivendell?« fragte Bilbo.

»Unterbrecht mich nicht!« erwiderte Gandalf. »Ihr seid in wenigen Tagen dort, wenn wir Glück haben, und dann seht Ihr selbst. Wie ich also sagte, traf ich zwei von Elronds Leuten. Sie hatten es sehr eilig, aus Furcht vor den Trollen. Die beiden haben mir erzählt, daß drei Trolle aus dem Gebirge gekommen wären und sich dicht beim Wege in den Wäldern niedergelassen hätten. Die Trolle hätten jedermann aus der Gegend vertrieben und würden Fremden auflauern. Da hatte ich plötzlich das Gefühl, daß ich zurückkehren müßte. Als ich zurückblickte, sah ich in der Ferne ein Feuer und ging darauf zu. So, jetzt wißt Ihr es. Bitte, seid vorsichtiger beim nächsten Mal, oder wir kommen niemals an unser Ziel.«

»Vielen Dank«, sagte Thorin.

Eine kurze Rast

Sie sangen nicht und erzählten auch keine Geschichten an diesem Tag, obgleich das Wetter sich besserte. Sie taten es auch am nächsten Tag nicht und auch nicht am Tag danach, denn sie ahnten, daß ringsum Gefahren drohten. Sie übernachteten unter den Sternen, und für ihre Pferde war der Tisch besser gedeckt als für sie selbst. Gras gab es genug, aber es gab nicht viel in ihren Vorratssäcken, selbst nicht mit dem, was sie bei den Trollen herausgeholt hatten. An einem Morgen durchquerten sie den Fluß an einer breiten, seichten Stelle, in der das Wasser zwischen den Steinen brauste und rauschte. Das andere Ufer war steil und glitschig. Sie führten ihre Ponys hinauf, und von der Uferhöhe aus sahen sie, daß das Gebirge dicht an sie herangekommen war. Fast schien es, als brächte sie eines einzigen Tages leichte Reise zum Fuß des ersten Berges. Dunkel und düster sah er aus, obgleich Sonnenstreifen auf seinen braunen

Hängen lagen und hinter seinen Schultern die Spitzen der Schneehäupter glänzten.

»Ist das der Berg?« fragte Bilbo mit feierlicher Stimme und betrachtete ihn mit großen runden Augen. Nie hatte er etwas so Gewaltiges gesehen.

»Keineswegs!« antwortete Balin. »Dies ist nur der Anfang der Nebelberge. Und wir müssen hindurch oder hinüber oder drunter durch, ganz gleich, wie, ehe wir in das Einödland jenseits kommen. Und es ist noch ein schöner Weg auf der anderen Seite zum Einsamen Berg im Osten, wo Smaug auf unserem Schatz liegt.«

»Oh!« sagte Bilbo. Und in diesem Augenblick fühlte er sich müder, als er jemals in seinem Leben gewesen war. Er dachte abermals an seinen bequemen Stuhl vor dem Kaminfeuer, an sein geliebtes Wohnzimmer in der Hobbithöhle und an den singenden Teekessel. Und dies nicht zum letzten Male!

Nun führte Gandalf. »Wir dürfen den Pfad nicht verlieren, oder es ist um uns geschehen«, sagte er. »Außerdem brauchen wir Lebensmittel und Ruhe und sichere Rast. Auch müssen wir die Nebelberge auf dem richtigen Pfad überqueren, sonst geht ihr ganz in die Irre, müßt zurückkehren und von vorn anfangen (wenn ihr überhaupt jemals zurückkehrt).«

Sie fragten ihn, was er vorhabe, und er antwortete: »Ihr seid nun an die Grenze zur Wildnis gelangt, wie einige von euch vielleicht wissen. Irgendwo verborgen vor uns liegt das schöne Tal von Rivendell, wo Elrond in seinem Anwesen lebt. Ich schickte Botschaft durch meine Freunde, und wir werden erwartet.«

Das klang hübsch und angenehm, aber sie waren noch nicht dort, und wie es aussah, war es gar nicht so einfach, dieses Anwesen westlich des Gebirges zu finden. Scheinbar gab es keine Bäume, keine Täler und keine Hügel, die die Landschaft vor ihnen belebten, nur einen riesig breiten, flachen Hang, der langsam vor ihnen bis zum Fuß des nächsten Berges anstieg, ein weites, heidefarbenes Land mit verwitterten Felsen, grasigen und moosgrünen Flecken und Streifen, die wahrscheinlich Wasser anzeigten.

Die Nachmittagssonne stand niedrig, aber in all der großen Einsamkeit fand sich kein Zeichen, daß hier jemand hauste. Sie wurden allmählich ängstlich, denn sie erkannten, daß das Haus irgendwo zwischen ihnen und den Bergen gänzlich verborgen liegen mußte. Unerwartet stießen sie auf enge Täler mit steil abfallenden Seiten, die sich plötzlich zu ihren Füßen öffneten, und sie sahen überrascht auf Bäume hinab und fließendes Wasser im Grund. Da gab es Einschnitte, über die sie fast hinwegspringen konnten, aber sie waren sehr tief, und unten rauschten Wasserfälle. Da gab es düstere Schluchten, die man nicht überspringen, ja, in die man nicht einmal hinabklettern konnte. Da gab es Moore – einige schauten wie freundliche Flecke mit hohen leuchtenden Blumen aus. Aber wenn ein Pony mit seiner Last hineingeraten wäre, würde es nie wieder herausgekommen sein.

Der Landstrich zwischen der Furt und den Bergen war also in der Tat viel breiter, als einer vermutet hätte. Bilbo wunderte sich sehr. Der einzige Pfad war mit weißen Steinen gekennzeichnet. Einige waren klein, andere halb bedeckt mit Moos oder Heidekraut. Immerhin war es sehr mühselig, der Spur zu folgen, selbst wenn Gandalf führte, der seinen Weg einigermaßen kannte.

Sie glaubten, kaum ein Stück vorangekommen zu sein, als die Dämmerung anbrach. Sie folgten dem Zauberer, dessen Haupt und Bart sich unruhig bald da-, bald dorthin drehte, denn er suchte den Pfad. Teezeit war lange vorüber, und es schien, als ob auch die Abendessenszeit vorüberginge. Nachtfalter flatterten umher. Das Licht wurde sehr schwach, denn der Mond war noch nicht aufgegangen. Bilbos Pony stolperte über Wurzeln und Steine. Da gelangten sie so plötzlich an den Rand eines steilen Abfalles, daß

Gandalfs Pferd beinahe den Hang hinunterrutschte. »Hier ist es endlich!« rief er. Tief unter ihnen sahen sie ein Tal. Sie hörten das Rauschen rasch fließenden Wassers auf felsigem Grund, sie spürten den Duft von Bäumen, und von der anderen Seite blinkte ein Licht herüber.

Niemals vergaß Bilbo den Weg, den sie in der Dämmerung hinabrutschten und -schlitterten, den steilen Zickzackpfad in das verborgene Tal von Rivendell. Je tiefer sie hinabkamen, desto wärmer wurde die Luft, und der Duft der Kiefern machte Bilbo so schläfrig, daß er gelegentlich einnickte und beinahe vom Pony fiel oder mit der Nase plötzlich auf der Mähne lag. Ihre Lebensgeister erwachten jedoch, als sie tiefer hinabstiegen. Den Kiefern folgten Buchen und Eichen, und sie fühlten sich hier unten im Zwielicht sicher und geborgen. Schon war das letzte Grün in den Wiesen verblaßt, als sie eine offene Lichtung am Ufer des Flusses erreichten.

Hm! Es riecht nach Elben! dachte Bilbo und blickte auf zu den Sternen. Sie leuchteten hell und bläulich.

In diesem Augenblick setzte in den Bäumen ein Singen ein, das wie ein Lachen klang:

»Ich weiß ein paar Reiter,
die ritten gern weiter.
Doch laßt heut die Fährte
und beschlagt erst die Pferde.
Wohin geht's, ihr Reiter?
Wir sagen's nicht weiter.

Ein Hobbit auf Reisen
wird ein Nachtlager preisen.
Auf Balin folgt Dwalin –
der Weg ist so lang hin.
Singt mit uns, seid heiter
und reitet nicht weiter!

Im Haus raucht das Reisig,
da backen sie fleißig.
Doch die wehenden Bärte
kitzeln die Pferde.
Seid endlich gescheiter
und reitet nicht weiter!«

So lachten und sangen sie in den Bäumen. Es war ein ganz schöner Unsinn, das kann man wohl behaupten, nicht wahr? Aber sie würden nur noch mehr gelacht haben, wenn man es ihnen gesagt hätte. Es waren eben Elben. Bald konnte Bilbo sie auch erspähen, während die Dämmerung immer tiefer herabfiel. Er mochte Elben gut leiden, obgleich er selten welche traf.

Aber er fürchtete sich auch ein bißchen vor ihnen. Zwerge dagegen verstehen sich nicht recht mit ihnen. Selbst umgängliche Zwerge wie Thorin und seine Freunde halten Elben für ein bißchen verrückt (was, genau bedacht, ebenfalls ein bißchen verrückt ist), oder sie ärgern sich sogar über sie, denn es gibt Elben genug, die sie foppen und sogar auslachen, meistens wegen ihrer Bärte.

»Prächtig«, sagte eine Stimme, »schaut nur her: Bilbo, der Hobbit, auf einem Pony! Das ist köstlich!«

»Höchst erstaunlich und wunderbar!«

Dann begannen sie mit einem neuen Lied, das genauso lächerlich war wie das erste, das ich aufgeschrieben habe. Schließlich kam ein großer, junger Bursche aus den Bäumen herab und verbeugte sich vor Gandalf und Thorin.

»Willkommen in unserem Tal!« sagte er.

»Schönen Dank!« antwortete Thorin ein bißchen schroff. Aber Gandalf sprang schon von seinem Pferd, stand zwischen den Elben und sprach lustig mit ihnen.

»Ihr seid ein bißchen vom Weg abgekommen«, sagte der Elb. »Das heißt, wenn ihr den einzigen Pfad gehen wollt, der über den Fluß und zum Haus hin führt. Wir wollen euch den richtigen Weg weisen – aber am besten, ihr geht zu Fuß, bis ihr über die Brücke gekommen seid. Wollt ihr nicht ein bißchen bleiben und mit uns singen, oder wollt ihr wirklich gleich weiterziehen? Drüben wird das Abendessen vorbereitet«, sagte er. »Ich kann die Holzfeuer bis hierher riechen.«

Müde wie er war, wäre Bilbo gern eine Weile geblieben. Elbengesang, noch dazu im Juni unterm klaren Sternenhimmel, sollte niemand versäumen, der Musik liebt. Auch hätte Bilbo gern ein paar Worte mit diesen Leuten gesprochen, die anscheinend seinen Namen und vieles von ihm wußten, obgleich er sie niemals vorher gesehen hatte. Er dachte, ihre Meinung über sein Abenteuer könnte nützlich sein. Elben wissen sehr viel und erfahren alle Neuigkeiten. Sie hören schnell, was bei den Leuten im Land vorgeht – so schnell wie Wasser im Gebirgsfluß dahinschießt, vielleicht sogar noch ein bißchen schneller.

Aber die Zwerge hielten mehr vom Abendessen. Sie wollten keinesfalls bleiben, zogen also weiter und führten ihre Ponys, bis sie auf einen ordentlichen Pfad gebracht worden waren und endlich an das Ufer des Flusses gelangten. Er floß schnell und laut rauschend dahin, wie Gebirgsflüsse an einem Sommerabend, wenn die Sonne weit oben den ganzen Tag auf dem Schnee gestanden hat. Es gab nur eine ganz schmale Steinbrücke ohne Geländer, so schmal, daß gerade ein Pony hinübertrotten konnte. Langsam und vorsichtig betraten sie den Steg, einer nach dem anderen, und jeder führte sein Pony am Halfter. Die Elben hatten schimmernde Laternen ans Ufer gebracht und sangen ein lustiges Lied, als die Gesellschaft hinüberzog.

»Laßt Euren Bart nicht ins Wasser hängen, Vater!« riefen sie Thorin zu, der fast auf allen vieren ging. »Er ist lang genug und braucht nicht begossen zu werden.«

»Paßt auf, daß Bilbo nicht alle Kuchen aufißt!« riefen

sie. »Er ist jetzt schon zu fett, um durch Schlüssellöcher zu kriechen!«

»Still, still jetzt, Freunde, und gute Nacht!« sagte Gandalf, der als letzter ging. »Täler haben Ohren, und einige von euch Elben haben eine viel zu lustige Zunge. Gute Nacht!«

Und so kamen sie schließlich zum Haus an der Einödgrenze und fanden seine Türen weit offen.

Nun, es ist merkwürdig, aber von einem Ereignis, das gut abläuft, und von Tagen, die man angenehm verbringt, ist rasch berichtet, und da gibt's auch nicht viel drüber zu hören. Indessen läßt sich über unbequeme und aufregende, ja sogar schreckliche Ereignisse eine gute Geschichte erzählen, jedenfalls ist eine Menge drüber zu sagen. Die Zwerge blieben eine lange Zeit, vierzehn Tage, in dem guten Haus, und es fiel ihnen schwer, es zu verlassen. Bilbo wäre am liebsten für alle Zeiten hiergeblieben, selbst dann, wenn ein Wunsch ihn ohne Zwischenfälle hätte unmittelbar zurück in seine Hobbithöhle bringen können. Aber – es gibt doch noch etwas über den Aufenthalt zu berichten.

Der Herr des Hauses war ein Elbenfreund – einer von jenen Leuten, deren Vorväter schon in den merkwürdigen Erzählungen vor dem eigentlichen Beginn der Weltgeschichte vorkamen, vor den Kriegen der Elben mit den Orks und vor den ersten Menschen im Norden. In den Tagen unserer Erzählung gab es noch immer Leute, die sowohl Elben als auch Helden aus den Ländern des Nordens als Ahnen hatten. Und Elrond, der Herr des Hauses, war ihr Oberhaupt.

Er besaß ein so edles und schönes Gesicht wie ein Elbenfürst, war so stark wie ein Krieger, so weise wie ein Zauberer, so ehrwürdig wie ein Zwergenkönig und so freundlich wie der Sommer. Er kommt in vielen Geschichten vor, aber sein Anteil an der Erzählung von Bilbos großem Abenteuer ist nur gering – obgleich wichtig, wie ihr sehen werdet, wenn wir jemals bis zu Ende kommen. Sein Haus war schlechthin vollkommen, ob ihr an das Essen denkt oder an den Schlaf, an die Arbeit oder an das Geschichtenerzählen, an das Singen oder auch nur an das einfache Dasitzen und Nachdenken, oder ob ihr an eine angenehme Mischung von dem denkt. Unfriede kam nicht in dieses Tal.

Ich wünschte, ich hätte Zeit, um euch nur einige von diesen Geschichten oder das eine oder andere von den Liedern zu erzählen, die die Zwerge in diesem Haus hörten. Alle, und nicht zuletzt die Ponys, wurden in den wenigen Tagen dort wieder frisch und unternehmungslustig. Die Kleider wurden geflickt, die Verwundungen heilten, Stimmung und Hoffnung waren zuversichtlicher denn je. Die Taschen wurden mit Lebensmitteln und Vorräten gefüllt, die leicht zu tragen, aber kräftig und stärkend waren, damit die Reisenden gut die Gebirgspässe überqueren konnten. Ihre Pläne wurden aufs beste beraten. So kam der Vorabend zur Sonnenwende heran, und mit dem frühen Licht des Mittsommermorgens wollten sie weiterziehen.

Elrond, der sich auf alle Arten von Runen verstand, betrachtete an diesem Tag die Schwerter, die sie aus der Trollhöhle mitgebracht hatten, und sagte: »Sie sind nicht von den Trollen gemacht. Es sind alte Elbenschwerter, die in Gondolin für die Orkkriege geschmiedet wurden. Sie müssen aus einem Drachenschatz oder aus dem Raub von Orks stammen, denn Drachen und Orks zerstörten diese Stadt vor vielen, vielen Jahren. Auf diesem, Thorin, ist aus den Runen der Name Orkrist zu lesen, der Orkspalter in der alten Sprache von Gondolin. Es war eine berühmte Klinge. Dies hier, Gandalf, ist Glamdring, der Feindhammer, den der König von Gondolin vor Zeiten trug. Haltet sie gut!«

»Woher, meint Ihr, haben die Trolle sie?« fragte Thorin und blickte mit neuer Anteilnahme auf sein Schwert.

»Ich kann es nicht sagen«, entgegnete Elrond, »aber man könnte vermuten, daß die Trolle andere Plünderer geplündert haben oder auf die Reste alten Raubes in irgendeiner Gebirgshöhle gestoßen sind. Ich hörte, daß man seit dem Krieg der Zwerge mit den Orks noch immer vergessene Schätze in den verlassenen Gewölben der Bergwerke von Moria finden kann.«

Thorin dachte über die Worte nach. »Ich will dies Schwert in Ehren halten«, sagte er. »Möge es bald aufs neue Orks zerspalten!«

»Ein Wunsch, der in den Bergen leicht genug erfüllt werden kann!« erwiderte Elrond. »Aber nun zeigt mir die Karte!«

Er nahm sie und schaute sie lange an. Dann schüttelte er den Kopf. Denn obgleich er Zwerge und ihre Liebe zum Gold nicht allzusehr schätzte, haßte er doch die Drachen mit ihrer grausamen Verschlagenheit, und es schmerzte ihn, wenn er an die Ruinen der Stadt Dal und ihre fröhlichen Glocken dachte und an die verbrannten Ufer des klaren Eiligen Wassers. Die Silbersichel des Mondes leuchtete hell. Er hielt die Karte hoch, und das weiße Licht schien hindurch. »Was ist das?« sagte er. »Es sind Mondbuchstaben darauf, dicht neben den gewöhnlichen Runen, die da sagen ›fünf Fuß hoch die Tür, und drei können nebeneinander gehen‹.«

»Was ist das: Mondbuchstaben?« fragte der Hobbit aufgeregt. Er mochte Karten gern, wie ich euch schon gesagt habe. Und er hatte auch Runen gern und Briefe und verzwickte Handschriften, obgleich er selbst ein wenig dünn und spinnenhaft schrieb.

»Mondbuchstaben sind Runen«, sagte Elrond. »Aber Ihr könnt sie nicht sehen, wenn Ihr einfach draufschaut. Sie können nur gelesen werden, wenn der Mond hinter ihnen steht. Bei den verzwickten jedoch muß der Mond von der gleichen Form und es muß die gleiche Zeit sein wie an dem

Tag, an dem sie geschrieben wurden. Die Zwerge erfanden die Mondbuchstaben und schrieben sie mit silbernen Federn, wie Eure Freunde es Euch erzählen könnten. Diese hier müssen vor langer Zeit an einem Mittsommervorabend bei zunehmendem Mond geschrieben worden sein.«

»Und was sagen sie?« fragten Gandalf und Thorin zugleich, ein bißchen verärgert, weil ausgerechnet Elrond sie zuerst gefunden hatte, obgleich es in Wirklichkeit vorher gar nicht möglich war und obgleich es wer weiß wann erst wieder eine neue Gelegenheit dazu geben würde.

»Steht bei dem grauen Stein, wenn die Drossel schlägt«, las Elrond, »und der letzte Sonnenstrahl am Durinstag auf das Schlüsselloch fällt.«

»Durin, Durin!« sagte Thorin. »Er war der Vater der Väter des ältesten Zwergenstammes, der Langbärte, und mein Vorfahr. Ich bin sein Erbe.«

»Aber was ist der Durinstag?« fragte Elrond.

»Der erste Tag vom neuen Zwergenjahr«, erklärte Thorin, »ist, wie jedermann weiß, der erste Tag des letzten Herbstmondes am Beginn des Winters. Noch immer nennen wir ihn den Durinstag, wenn der letzte Herbstmond und die Sonne zugleich am Himmel stehen. Aber dies wird uns nicht viel helfen, fürchte ich, denn es überschreitet heutzutage unsere Fähigkeit, herauszufinden, wann eine solche Gelegenheit wiederkommen wird.«

»Das bleibt abzuwarten«, sagte Gandalf. »Steht da noch mehr geschrieben?«

»Nichts, was bei diesem Mond zu sehen wäre«, sagte Elrond, und er gab die Karte an Thorin zurück. Dann gingen sie zum Fluß hinunter, denn sie wollten die Elben am Mittsommervorabend tanzen und singen hören.

Der nächste Morgen war ein Mittsommermorgen, so klar und frisch, wie man sich ihn nur wünschen konnte: blauer Himmel und keine einzige Wolke, und die Sonne tanzte auf dem Wasser. Unter vielen guten Wünschen und manchem »Auf Wiedersehen!« ritten sie davon. Ihre Herzen waren bereit für neue Abenteuer, und sie kannten den Weg, dem sie über die Nebelberge in das dahinterliegende Land folgen mußten.

Über den Berg und unter den Berg

Es gab viele Wege, die hinauf in das Gebirge führten, und viele Pässe überquerten es. Aber die meisten Pfade führten in die Irre oder an unwegsame Stellen, und die meisten Pässe waren voll böser und schrecklicher Gefahren. Die Zwerge und der Hobbit, denen Gandalfs Kenntnisse und Elronds weiser Rat halfen, schlugen den richtigen Weg zum richtigen Paß ein.

Viele lange Tage, nachdem sie aus dem Tal hinausgestiegen waren und das Haus an der Einödgrenze Meilen hinter sich gelassen hatten, führte der Weg noch immer aufwärts und nahm kein Ende. Es war ein beschwerlicher und ein gefährlicher Weg, ein krummer, verschlungener Pfad, einsam und lang dazu. Jetzt konnten sie zurück über jene Länder schauen, die sie hinter sich gelassen hatten. Weit ausgebreitet lagen sie unter ihnen. Weit in der Ferne, da, wo alles in blassem Blau verschwamm, dort, so wußte Bilbo, lag seine Heimat, ein Land voll Sicherheit und Bequemlichkeit, und dort befand sich seine kleine Hobbithöhle. Ihn fror. Es war kalt geworden hier oben, und der Wind pfiff schrill um die Felsen. Auch rollten zuweilen mächtige Blöcke, die sich in der Mittagssonne aus dem Schnee gelöst hatten, die Berghänge herab. Sie sausten zwischen der Gesellschaft durch (was ein Glück war) oder über ihre Köpfe hinweg (was sehr aufregend war). Die Nächte waren klamm und eisig. Die Gesellschaft wagte nicht, zu singen oder laut zu sprechen, denn das Echo warf jedes Geräusch doppelt stark zurück. Sie hatten den Eindruck, daß die Stille nur vom Tosen des Wassers, dem Klagen des Windes und dem Krachen der Steine unterbrochen werden durfte.

Dort unten geht der Sommer weiter, dachte Bilbo, und die Heuernte und auch die Picknicks im Freien gehen weiter. Sie werden ernten und sogar in die Brombeeren gehen, ehe wir den Abstieg auf der anderen Seite beginnen können.

Und auch die anderen hatten ähnliche trübe Gedanken, obgleich sie aufgeräumt von der Überquerung des Gebirges und von einem raschen Ritt durch die Länder auf der anderen Seite gesprochen hatten. Aber das war an einem hoffnungsvollen Mittsommermorgen gewesen, als sie von Elrond Abschied nahmen. In ihren Gedanken waren sie schon an der Geheimtür am Einsamen Berg angekommen. »Vielleicht langen wir schon beim nächsten Herbstmond an«, hatten sie gesagt, »und wer weiß, am Ende ist es dann gerade der Durinstag.« Nur Gandalf hatte den Kopf geschüttelt und nichts darauf erwidert, denn die Zwerge waren seit vielen Jahren diesen Weg nicht mehr gegangen. Gandalf aber kannte ihn, und er wußte, wie das Böse und die Gefahr im Einödland bedrohlich gewachsen waren, seitdem die Drachen die Menschen dort vertrieben und die Orks nach der Schlacht um die Bergwerke von Moria sich im geheimen ausgebreitet hatten. Selbst die guten Pläne weiser Zauberer wie Gandalf und rechter Freunde wie Elrond werden zuweilen zunichte gemacht, wenn man jenseits der Grenze des Einödlandes auf gefährliche Abenteuer auszieht. Gandalf war ein Zauberer, der klug genug war, das zu wissen.

Er wußte, daß etwas Unerwartetes geschehen konnte, und er wagte kaum zu hoffen, daß sie ohne Schrecken und Abenteuer über dieses riesengroße Gebirge gelangen würden, ein Niemandsland mit einsamen Gipfeln und Tälern, in denen keine Könige regierten. Und in der Tat, es gelang ihnen nicht. Alles war gut, bis sie eines Tages in ein Gewitter gerieten – in mehr als ein Gewitter: in eine Schlacht von Gewittern. Ihr wißt, wie entsetzlich ein großes Gewitter im flachen Land oder in einem Flußtal sein kann, besonders, wenn zwei Gewitter mit mächtigem Getöse aufeinanderkrachen. Noch schlimmer aber sind Donner und Blitz nachts in den Bergen, wenn Stürme von Ost und West herantosen und die Schlacht in den Lüften beginnt. Die Blitze zersplittern auf den Gipfeln, und die Felsen erzittern, ein riesiges Getöse zerreißt die Luft und dringt grollend und dröhnend in jede Höhle und in jedes Loch. Die Finsternis ist erfüllt von überwältigendem Lärm und plötzlichen Lichtflammen.

Niemals hatte Bilbo so etwas gesehen, niemals hatte er sich so etwas vorgestellt. Sie waren hoch an einer engen Stelle mit einem schrecklichen Steilabfall tief hinab in ein düsteres Tal. Dort hatten sie unter einem überhängenden Felsen für die Nacht Schutz gesucht. Bilbo lag unter seiner Decke und zitterte von Kopf bis Fuß. Wenn er während eines Blitzes drunter hervorlugte, sah er jenseits des Tales die Steinriesen, die herausgekommen waren und sich zum Spaß Felsblöcke zuschleuderten. Die Riesen fingen die Felsen auf und warfen sie in die Finsternis, wo sie tief unten Bäume zerschmetterten oder krachend in tausend Stücke zersprangen. Dann rauschten die Winde, dann peitschten Regen und Hagel in jedwede Richtung, so daß der überhängende Fels keineswegs ein Schutz genannt werden konnte. Bald waren sie gänzlich durchnäßt. Ihre Ponys standen mit hängenden Köpfen, die Schweife zwischen die Beine geklemmt, und einige wieherten aus Furcht. Sie konnten gut hören, wie die Riesen drüben im Gebirge in schallendes Gelächter und Gebrüll ausbrachen.

»Wir sind hier nicht gut untergebracht«, sagte Thorin.

»Wenn wir nicht weggeblasen oder ersäuft oder vom Blitz erschlagen werden, so greift uns gewiß einer von diesen Riesen auf und tritt uns wie einen Fußball in den Himmel.«

»Richtig, aber wenn Ihr einen besseren Platz wißt, so führt uns doch hin«, sagte Gandalf, der mürrisch war und auch seinerseits keineswegs erbaut über die Riesen dort drüben.

Das Ende der Streiterei war, daß sie Kili und Fili ausschickten, einen besseren Schutz zu suchen. Die beiden hatten sehr scharfe Augen, und da sie, um etwa fünfzig Jahre jünger als die anderen, die jüngsten unter den Zwergen waren, wurden sie für gewöhnlich mit solchen Aufgaben betraut (nachdem jeder eingesehen hatte, daß es auch nicht den geringsten Zweck hatte, Bilbo loszuschicken). »Es geht nichts über das Suchen, wenn man etwas finden will«, so oder ähnlich äußerte sich Thorin den jungen Zwergen gegenüber. »Zwar findet man bestimmt etwas, aber gewöhnlich ist es durchaus nicht das, was man gesucht hat.« Und das war auch hier der Fall.

Bald kamen Kili und Fili zurückgekrochen. Sie klammerten sich vor dem Sturm am Felsen fest. »Wir haben eine trockene Höhle gefunden«, sagten sie, »nicht weit hinter der nächsten Felsnase. Auch die Ponys passen hinein.«

»Habt ihr die Höhle durch und durch erforscht?« fragte der Zauberer. Er wußte, daß Gebirgshöhlen selten unbewohnt waren.

»Ja, ja!« antworteten sie, obgleich jeder wußte, daß ihnen dazu gar keine Zeit geblieben sein konnte. »Die Höhle ist nicht allzugroß und geht auch nicht allzutief in den Berg.«

Das ist natürlich die gefährliche Seite an Höhlen. Man weiß nicht, wie weit sie reichen, wo ihre Gänge hinführen und was darinnen auf einen wartet. Aber jetzt schien Kilis und Filis Bericht zu genügen. Sie standen auf und bereiteten ihren Umzug vor. Der Sturm heulte noch immer, der

Donner grollte, und sie hatten Mühe, sich und die Ponys überhaupt voranzubringen. Indessen war es wirklich nicht weit zu gehen, und bald kamen sie an einen mächtigen Fels, der in den Pfad hereinragte. Als sie ihn umgangen hatten, fanden sie einen niedrigen Torbogen in der Bergseite. Es blieb gerade Platz genug, daß die Ponys, nachdem man sie abgepackt und abgesattelt hatte, sich durchquetschen konnten.

Als sie den Eingangsbogen passiert hatten, war es drinnen angenehm, sie hörten draußen Wind und Regen toben, anstatt beides auf der eigenen Haut zu spüren. Sie fühlten sich sicher vor den Riesen und den Felsblöcken. Aber der Zauberer wollte nichts aufs Spiel setzen. Er zündete seinen Zauberstab an, wie er es damals in Bilbos Speisezimmer getan hatte (wenn ihr euch erinnert – wie lange war das nun schon her!), und untersuchte die ganze Höhle von einem Ende zum andern.

Sie schien brauchbar zu sein, nicht zu groß und nicht zu unheimlich. Sie hatte einen trockenen Boden und einige gemütliche Nischen, an einem Ende war Raum für die Ponys, und dort standen sie, sehr erfreut über den Wechsel, dampften und schnauften in ihre Futterbeutel.

Oin und Gloin wollten am Eingang ein Feuer anzünden, um die Kleider zu trocknen, aber davon wollte Gandalf nichts wissen. So breiteten sie ihre nassen Sachen auf dem Boden aus und holten trockene aus den Bündeln hervor. Dann legten sie ihre Decken aus, machten es sich bequem, holten ihre Pfeifen hervor und bliesen Rauchringe in die Luft. Gandalf verwandelte sie in verschiedenfarbige, die er unter der Gewölbedecke tanzen ließ, um die Gesellschaft zu erheitern. Sie erzählten und erzählten, vergaßen den Sturm und redeten darüber, was jeder mit seinem Anteil am Schatz unternehmen würde (wenn sie ihn erst hätten, und das schien in diesem Augenblick gar nicht so unmöglich). Dann fiel einer nach dem anderen in Schlaf. Und dies war das letzte Mal, daß sie ihre Ponys besaßen, das Gepäck, die Vorräte, die Werkzeuge und all den anderen Kram, den sie mitgenommen hatten.

In dieser Nacht zeigte es sich, wie gut es war, daß sie Bilbo dabei hatten, denn aus irgendeinem Grund konnte er erst nach langer Zeit einschlafen. Und als er endlich einschlief, hatte er scheußliche Träume. Er träumte, daß ein Spalt in der hinteren Felsmauer der Höhle immer größer und größer wurde und daß er immer weiter und weiter sich öffnete. Und die Angst packte ihn. Aber er konnte weder rufen noch etwas anderes tun. Er lag nur und sah. Dann träumte er, daß der Boden der Höhle zu sinken und zu rutschen anfing – tief zu fallen, immer tiefer, Gott weiß wohin.

Darüber wachte er mit einem entsetzlichen Ruck auf und fand einen Teil seines Traumes wahr. Ein Spalt hatte sich an der Höhlenrückwand geöffnet und bildete mittlerweile einen breiten Durchgang. Bilbo konnte gerade noch den letzten Ponyschweif darin verschwinden sehen. Natürlich stieß er einen schrecklich lauten Schrei aus, so laut ein Hobbit eben schreien kann, und das ist, mit seiner Größe verglichen, immerhin ganz erstaunlich.

Heraus sprangen Orks, gewaltige koboldartige Wesen, große, übel aussehende Orks, Massen von Orks, noch ehe einer Rocks und Blocks sagen konnte. Sechs kamen auf jeden Zwerg und zwei sogar auf Bilbo, und alle wurden gegriffen und durch den Spalt weggeschleppt, ehe sie Zunder und Flint sagen konnten. Nur Gandalf nicht. Soviel hatte Bilbos Schrei wenigstens erreicht. Gandalf war im Bruchteil einer Sekunde hellwach geworden, und als die Orks ihn greifen wollten, erhellte ein entsetzlicher Strahl die Höhle wie ein Blitz. Pulvergestank verbreitete sich, und mehrere Orks blieben tot auf der Strecke.

Schnappend schloß sich der Spalt. Bilbo und die Zwerge waren auf der falschen Seite. Wo aber blieb Gandalf? Das wußten weder sie noch die Orks, und die warteten nicht darauf, bis sie es herausgefunden hatten. Sie schnappten Bilbo und die Zwerge und hasteten weiter. Das geschah in völliger Dunkelheit, in einer Finsternis, durch die nur Orks, die im Herzen der Gebirge hausen, hindurchsehen können. Kreuzungen und Gabelungen liefen nach allen Richtungen, aber die Orks kannten ihren Weg ebenso gut, wie ihr euren Weg zum nächsten Postamt kennt. Immer tiefer führte der Weg hinab, und es war scheußlich dumpf und stickig. Wüste Burschen waren diese Orks, und sie kniffen Bilbo und die Zwerge unbarmherzig. Sie grunzten und lachten mit ihren schrecklichen, versteinerten Stimmen, und der Hobbit war noch viel unglücklicher als damals, als der Troll ihn bei den Zehen hochgehoben hatte. Er wünschte sich immerzu fort in seine hübsche, saubere Hobbithöhle, und das nicht zum letzten Male.

Jetzt schimmerte ein rotes Licht auf. Die Orks begannen zu singen (besser: zu krächzen) und klopften mit ihren Füßen den Takt, wobei sie ihre Gefangenen kräftig schüttelten.

»Klapp! Schnapp! Ins Finstre hinab!
Gripp! Grapp! Schneid ihm die Ohren ab!
Ab in den Orkturm –
schrei nur, du Wurm!

Klatsch! Ratsch! Peitscht sie, und patsch!
Knüppel und Leder – wimmerst du? Watsch!
Eisen und Zangen im Orkturm –
quietscht noch ein Wurm?

Zisch! Zasch! Schneller und rasch!
Gejammer, Gewinsel – weh, wird einer lasch!
Drunten grabt ihr die Nägel wund –
murrt noch ein Hund?«

Das klang entsetzlich. Die Wände warfen das Echo von »Klapp!«, »Schnapp!«, »Klatsch!«, »Patsch!« und das scheußliche Gelächter ihres »Schrei nur, du Wurm!« vielfältig zurück. Die Bedeutung dieses »Gesanges« war allzu klar. Denn jetzt holten die Orks ihre Peitschen heraus und knallten sie mit Sausen und Pfeifen auf die Rücken der Unglücklichen. Das brachte sie zum Laufen, so schnell sie nur konnten. Und mehr als einer von den Zwergen blökte und jammerte steinerweichend, als sie endlich in ein weites Gewölbe hineinstolperten.

Das Gewölbe war in der Mitte durch ein großes rotes Feuer erleuchtet und rings an der Wand durch Fackeln. Es wimmelte von Orks. Sie lachten und stampften und klatschten in die Hände, als die Zwerge hereingerannt kamen (als letzter der arme Bilbo, der dadurch den Peitschenschlägen am nächsten war), während die Treiber hinter ihnen her brüllten und mit den Peitschen knallten. Die Ponys hatte man vorher in einer Ecke zusammengetrieben, und da lagen auch alle Gepäckstücke aufgebrochen umher, von Orks durchstöbert, von Orks angerochen, von Orks befingert, und die Orks hatten sich schon kräftig um sie gestritten.

Es war wirklich das letzte Mal, daß sie diese ausgezeichneten kleinen Ponys sahen und den kräftigen weißen Kerl, den Elrond dem Zauberer geliehen hatte, da sein Pferd für die Gebirgspfade nicht tauglich war. Orks fressen nämlich Pferde und Ponys und Esel (und noch anderes, viel Schlimmeres), trotzdem sind sie allzeit hungrig. Jetzt aber konnten die Gefangenen nur an sich selbst denken. Die Orks ketteten ihnen die Hände auf den Rücken, schlossen sie zusammen zu einer langen Reihe und stießen sie in die letzte Ecke des Gewölbes (der kleine Bilbo schleppte sich am Ende der erbärmlichen Reihe hin).

Dort im Schatten saß auf einem flachen Stein ein riesenhafter Ork mit einem gewaltigen Kopf. Bewaffnete Kerle standen rund um ihn und trugen Äxte und gebogene Schwerter, wie man sie bei diesen Wesen zu tragen pflegt. Nun sind Orks grausam, verschlagen und schlecht. Sie stellen keine schönen Gegenstände her, aber sie sind keineswegs ungeschickt. Sie können Stollen graben, können minieren wie die geschicktesten Zwerge – wenn sie sich Mühe geben, aber für gewöhnlich sind sie unordentlich und schmutzig. Hämmer und Äxte, Schwerter, Dolche und Picken, Zangen und Marterwerkzeuge, das machen sie gut – oder zwingen andere dazu, sie nach ihren Plänen herzustellen, Gefangene und Sklaven, die arbeiten müssen, bis sie aus Mangel an Luft und Licht sterben. Es ist nicht unwahrscheinlich, daß sie einige von jenen Maschinen erfunden haben, die seither die Welt verheeren, besonders jene ausgeklügelten Vorrichtungen, die Massen von Lebewesen auf einen Schlag vernichten, denn Räder, Maschinen und Explosionen erfreuten sie schon immer. Mit eigenen Händen arbeiteten sie nur, wenn es nicht anders ging. Aber in jenen wüsten Gegenden waren sie damals noch nicht so weit fortgeschritten (wie man das wohl nennt). Zwerge haßten sie nicht aus besonderen Gründen, nicht mehr, als sie alle und jeden haßten und besonders die Ordentlichen und Tüchtigen. Da und dort waren verschlagene Zwerge Bündnisse mit ihnen eingegangen. Gegen Thorins Volk jedoch hegten sie wegen des Krieges, von dem ihr schon gehört habt, einen besonderen Groll. Sonst ist es den Orks gleich, wen sie fangen – solange es gerissen geschieht und geheim bleibt und solange die Gefangenen nicht fähig sind, sich zu verteidigen.

»Wer sind diese elenden Gestalten?« fragte der Große Ork.

»Zwerge, und dieser Wurm dazu«, sagte einer von den Treibern, riß an der Kette, so daß Bilbo nach vorn auf die Knie fiel. »Wir fanden sie schlafend in der großen Eingangshalle.«

»Was hattet Ihr vor?« fragte der Große Ork, wobei er sich an Thorin wandte. »Todsicher nichts Gutes! Spioniert Ihr meine Leute aus? Ich wäre nicht überrascht. Diebe, Mörder und Elbenfreunde – was denn sonst! Los, was habt Ihr zu sagen?«

»Zwerg Thorin, zu Euren Diensten!« antwortete er – doch es war nicht mehr als eine nichtssagende Höflichkeitsformel. »Von alldem, was Ihr vermutet und Euch vorstellt, entspricht nichts den Tatsachen. Wir suchten nur in einer brauchbaren und unbewohnten Höhle Schutz vor dem Sturm. Nichts lag uns ferner, als Orks zu belästigen.« Und das entsprach wirklich den Tatsachen.

»Hm«, sagte der Große Ork, »Gerede! Darf ich fragen, was Ihr überhaupt im Gebirge zu schaffen habt und wo Ihr herkommt und wohin Ihr wollt? Ich möchte alles über Euch wissen. Zwar – es wird Euch nichts helfen, Thorin Eichenschild, ich weiß schon viel zuviel über Euer Volk – aber sagt die Wahrheit, oder ich werde etwas ganz besonders Unangenehmes mit Euch anstellen!«

»Wir machen eine Reise, um unsere Verwandten zu besuchen, unsere Neffen und Nichten und Kusinen ersten, zweiten und sogar dritten Grades und all die anderen Nachkommen unseres Großvaters, die auf der Ostseite dieses wirklich gastfreundlichen Gebirges wohnen«, sagte Thorin, der im Augenblick nicht wußte, was er antworten sollte, zumal die Wahrheit offensichtlich nichts genutzt hätte.

»Er ist ein Lügner, oh, ein unwahrscheinlicher Lügner!« sagte einer der Treiber. »Mehrere von unseren Leuten wurden in der Höhle durch einen Blitz erschlagen, als wir diese Kreaturen einluden, herunterzukommen. Nun sind sie so tot wie ein Stein. Das hat er noch nicht erklärt!« Er zeigte das Schwert, das Thorin getragen und das aus dem Trollschatz stammte.

Kaum hatte der Große Ork das Schwert erblickt, als er

ein schauerliches Geheul ausstieß. Alle seine Soldaten knirschten mit den Zähnen, schlugen an ihre Schilde und stampften mit den Füßen. Sie kannten das Schwert sofort wieder. Zu jener Zeit, als die Elben von Gondolin die Orks in den Bergen jagten oder vor ihren Befestigungen schlugen, hatte es Hunderte von Orks getötet. Die Elben hatten es Orkrist genannt, Orkspalter, aber die Orks nannten es einfach »Beißer«. Sie haßten es, und den, der es trug, haßten sie noch mehr.

»Mörder und Elbenknechte!« brüllte der Große Ork. »Zerschmettert sie, zerschlagt sie, zerbeißt sie, werft sie ins finstere Schlangenloch und laßt sie nie wieder das Tageslicht sehen!« Er war in einer solchen Wut, daß er vom Sitz aufsprang und mit offenem Maul auf Thorin zustürzte.

Gerade in diesem Augenblick verlöschten in der Höhle die Lichter, und das große Feuer ging mit einem Puff in eine Säule von blau glühendem Rauch auf, die hoch bis unters Gewölbe reichte und weiße, beißende Funken auf die Orks herabsprühte.

Geschrei und Gejammer brachen aus, Kreischen, Zähneklappern und Schnattern, Geheul und Gestöhn, Geklage, Toben und Brüllen; nicht zu beschreiben. Mehrere hundert wilde Katzen und Wölfe würden, lebendig geröstet, diesen Spektakel nicht übertroffen haben. Die Funken brannten den Orks in die Haut, und der Rauch, der vom Gewölbe herabfiel, machte die Luft so dick, daß selbst ihre Augen nicht hindurchsehen konnten. Da fielen sie übereinander her und rollten zusammen über den Boden, beißend und tretend und fechtend, als ob sie verrückt geworden wären.

Plötzlich flammte in seinem eigenen Licht ein Schwert auf. Bilbo sah, wie es von Kopf bis Fuß durch den Großen Ork fuhr. Tot fiel er nieder, und die Orksoldaten flohen schreiend vor diesem Schwert in die Finsternis.

Das Schwert kehrte zurück in seine Scheide. »Folgt mir rasch«, sagte eine zornige leise Stimme. Und ehe Bilbo verstand, was geschehen war, rannte er los, so schnell er nur konnte am Ende der Kette, hinunter in noch dunklere Gänge, und hinter ihnen wurden die Schreie aus der Orkhalle immer leiser und leiser. Ein fahles Licht führte sie.

»Schneller, schneller!« forderte die Stimme. »Die Fakkeln sind rasch wieder angezündet.«

»Nur eine halbe Minute!« sagte Dori, ein prächtiger Bursche, der dicht vor Bilbo am Kettenende rannte. Er ließ den Hobbit auf seine Schultern krabbeln, so gut es mit gebundenen Händen ging, und dann fingen sie wieder an zu rennen unter dem Klink-klink der Ketten und mit viel Gestolper, denn sie hatten ja keine Hand frei, um sich zu stützen. Es dauerte eine Weile, dann erst hielten sie an. Sie mußten tief im Herzen des Gebirges sein.

Da zündete Gandalf seinen Stab an. Natürlich, es war Gandalf. Aber jetzt hatten sie anderes zu tun, als ihn zu fragen, wie er hierhergekommen war. Er nahm sein Schwert heraus, und wieder erglühte es im Dunkeln. Jedesmal, wenn Orks in der Nähe waren, brannte es vor Wut. Nun aber war es eine leuchtend blaue Flamme aus Freude darüber, daß es den großen Fürsten der Höhle getötet hatte. Es machte ihm gar nichts aus, die Orkketten durchzuschneiden und die Gefangenen, so schnell es ging, in Freiheit zu setzen. Der Name dieses Schwertes war Glamdring, der Feindhammer, wenn ihr euch erinnert. Die Orks nannten es bloß »Schläger« und haßten es beinahe noch mehr als »Beißer«. Auch Orkrist war gerettet worden; Gandalf hatte es einem der entsetzten Wachen aus der Hand gerissen. Gandalf dachte auch an alles. Obgleich er nicht allmächtig war, konnte er doch für Freunde, die in der Klemme saßen, eine Menge erreichen.

»Sind wir alle da?« fragte er und gab Thorin das Schwert mit einer Verbeugung zurück. »Laßt sehen: eins – das ist

Thorin; zwei, drei, vier, fünf, sechs, sieben, acht, neun, zehn, elf. Wo sind Kili und Fili? Aha, hier sind sie! Zwölf, dreizehn – und da ist auch Mister Beutlin: vierzehn! Gut, sehr gut! Es hätte schlimmer sein können. Aber es hätte auch ein gut Teil besser sein können. Keine Ponys, nichts zu essen, keiner weiß, wo wir sind, und Horden von wütenden Orks hinter uns! Los, es geht weiter!«

Und es ging weiter. Gandalf hatte ganz recht: Sie hörten Geschrei und schreckliches Gelärm weit hinten in den Durchgängen, die sie passiert hatten. Das ließ sie rascher laufen denn je. Und da der arme Bilbo wahrscheinlich kaum halb so schnell hätte rennen können, Zwerge sind riesig schnell, wenn es sein muß, das kann ich euch erzählen, nahmen sie ihn abwechselnd huckepack.

Indessen laufen Orks noch schneller als Zwerge, und vor allem: Diese Orks kannten den Weg besser (sie hatten die Wege schließlich selbst gebaut), und schrecklich wütend waren sie außerdem. So konnten die Zwerge laufen, wie sie wollten – sie hörten das Schreien und Heulen immer näher herankommen. Bald konnten sie sogar das Patschen der Orkfüße hören, vieler, vieler Füße, die anscheinend schon die letzte Kehre erreicht hatten. Roter Fackelschein tanzte hinter ihnen im Tunnel – sterbensmüde waren unsere Zwerge.

»Warum habe ich nur meine Hobbithöhle verlassen!« sagte der arme Mister Beutlin und bumste auf Bomburs Rücken auf und nieder.

»Warum habe ich nur einen verrückten Hobbit auf die Schatzjägerei mitgenommen!« sagte der arme Bombur, der so fett war, und er taumelte weiter, während ihm der Schweiß vor Hitze und Entsetzen die Nase heruntertropfte.

In diesem Augenblick blieb Gandalf zurück und Thorin mit ihm. Sie stellten sich hinter eine scharfe Biegung. »Kehrt!« rief Gandalf. »Zieht Euer Schwert, Thorin!«

Etwas anderes blieb ihnen auch nicht übrig. Die Orks allerdings waren nicht darauf vorbereitet. Sie rasten mit vollem Geschrei um die Kehre – und fanden Orkspalter und Feindhammer kalt und leuchtend gleich vor ihren erstaunten Augen schimmern. Die an der Spitze ließen ihre Fackeln fallen und schrien auf, ehe sie niedergestreckt wurden. Die hinter ihnen schrien noch mehr, sprangen zurück und stießen mit denen zusammen, die ihnen nachgerannt kamen. »Beißer und Schläger!« brüllten sie. Und bald herrschte ein schlimmes Durcheinander, die meisten hasteten den Weg zurück, den sie gekommen waren.

Es dauerte eine ganz schöne Zeit, bevor einer es wagte, seine Nase um diese Kehre zu stecken. Unterdessen waren die Zwerge natürlich weitergelaufen, ein langes, langes Stück in die dunklen Gänge des Orkreiches hinein. Als die Orks das merkten, löschten sie ihre Fackeln und schlichen ihnen auf leisen Sohlen nach. Sie suchten ihre schnellsten Renner mit den schärfsten Augen und Ohren aus. Sie rannten los, flink wie Wiesel im Dunkeln, und machten kaum mehr Geräusch als eine Fledermaus.

So hörten weder Bilbo noch die Zwerge noch Gandalf sie kommen. Und sehen konnten sie die Verfolger auch nicht. Aber die Flüchtenden wurden von den Orks, die lautlos hinter ihnen herrannten, gesehen, denn Gandalf ließ seinen Zauberstab ein schwaches Licht ausstrahlen, um den Zwergen bei ihrem Lauf zu helfen.

Ganz plötzlich wurde Dori, der jetzt am Ende lief und Bilbo trug, von hinten aus dem Dunkel ergriffen. Er schrie und fiel auf die Nase, und der Hobbit rollte von Doris Schultern in die Finsternis, schlug mit dem Kopf auf harten Fels auf und erinnerte sich an nichts mehr.

Rätsel in der Finsternis

Als Bilbo seine Augen öffnete, fragte er sich, ob er sie wirklich offen hatte, denn es war genauso dunkel, als hätte er sie noch geschlossen gehalten. Niemand war bei ihm. Stellt euch seine Angst vor! Er konnte nichts hören, nichts sehen, und er konnte nichts fühlen außer den Steinen auf dem Boden.

Er erhob sich langsam und kroch auf allen vieren umher, bis er die Wand des Stollens berührte. Aber dort konnte er nichts finden: gar nichts, keine Spur von Orks, keine Spur von Zwergen. Sein Kopf schwamm vor Benommenheit, und er hatte keine Ahnung, in welcher Richtung sie gelaufen waren, als er seinen Sturz tat. Auf gut Glück kroch er ein ordentliches Stück weiter, bis seine Hand plötzlich auf dem Boden des Stollens etwas liegen fand – etwas, das sich wie ein dünner Ring aus einem kalten Metall anfühlte. Und das war ein Wendepunkt in seinem Leben. Aber er wußte es nicht. Er steckte den Ring in seine Tasche, ohne sich Gedanken zu machen. Sicherlich, im Augenblick schien dieses Etwas zu nichts nütze zu sein. Er ging auch nicht viel weiter, setzte sich auf den kalten Boden und gab sich völlig seinem grenzenlosen Elend hin. Wie schön könnte ich jetzt zu Hause Eier und Schinken in meiner Küche bakken, dachte Bilbo, denn sein Magen sagte ihm, daß es höchste Zeit für eine Mahlzeit wäre. Aber das machte ihn nur noch elender.

Er konnte sich weder ausdenken, was er jetzt hätte unternehmen sollen, noch konnte er sich zusammenreimen, was geschehen war oder warum sie ihn allein zurückgelassen hatten – oder warum, wenn er nun einmal allein zurückgelassen worden war, die Orks ihn nicht erwischt hatten. Er konnte sich nicht einmal erklären, warum sein Kopf so weh tat. Die Wahrheit war, daß er lange Zeit ohne einen

Mucks in einer dunklen Nische gelegen hatte (aus dem Auge – aus dem Sinn).

Nach einiger Zeit fühlte er nach seiner Tabakpfeife. Sie war nicht zerbrochen, und das war immerhin etwas. Er fühlte nach dem Tabakbeutel – da war auch noch etwas darin. Und das war immerhin noch etwas mehr. Dann suchte er nach Streichhölzern und konnte nicht ein einziges finden, und das zerstörte seine Hoffnungen völlig. Aber es war eigentlich ganz gut, wie er schließlich feststellte, als er allmählich wieder zu Verstand kam. Weiß der Himmel, was ihm noch in den dunklen Löchern an diesem schrecklichen Ort passiert wäre, wenn er Streichhölzer angezündet und geraucht hätte. Indessen fühlte er sich noch immer sehr bedrückt. Aber während er alle Taschen untersuchte und überall nach Streichhölzern forschte, stieß er mit der Hand an den Griff des kleinen Schwertes, das er bei den Trollen gefunden und das er gänzlich vergessen hatte. Auch die Orks schienen es glücklicherweise nicht bemerkt zu haben, denn er trug es in der Hosentasche.

Nun zog er den Dolch heraus. Er glänzte bleich und düster vor seinen Augen. Es ist also ebenfalls eine Elbenklinge, dachte er, und die Orks sind nicht allzunah – aber auch nicht weit genug weg.

Immerhin fühlte er sich nun ein wenig sicherer. Es war nahezu großartig, eine Klinge zu tragen, die in Gondolin für die viel besungenen Orkkriege geschmiedet worden war. Auch hatte Bilbo festgestellt, daß solche Waffen großen Eindruck auf Orks machten, wenn sie unerwartet drauf stießen.

Zurückgehen? dachte er. Keinesfalls! Einen Seitenweg gehen? Unmöglich! Vorwärts gehen? Das einzig Richtige! Auf also, vorwärts!

Er erhob sich, trottete weiter und hielt sein kleines Schwert vor sich hin. Mit einer Hand fühlte er die Wände ab, und sein Herz pochte und zitterte.

Nun war Bilbo sicherlich genau in dem, was man eine Klemme nennt. Aber ihr müßt euch daran erinnern, daß eine solche Klemme für ihn nicht so eng war, wie sie es etwa für mich oder für euch gewesen wäre. Hobbits sind nicht wie gewöhnliche Leute. Und schließlich, wenn auch ihre Höhlen niedliche, angenehme und gut gelüftete Wohnungen sind, gänzlich verschieden von den Stollengängen der Orks, so sind die Hobbits doch viel mehr an das Tunnelgraben gewöhnt als wir, und sie verlieren nicht so leicht die Richtung unter der Erde. Jedenfalls nicht, wenn ihre Köpfe sich von einem kräftigen Aufbumsen wieder erholt haben. Auch können sie sich völlig lautlos bewegen, leicht verbergen und wunderbar von Stürzen und Verletzungen erholen, und sie haben einen Schatz an Weisheit und gescheiten Sprichwörtern, von denen Menschen meist niemals etwas gehört oder die wir seit langem vergessen haben.

Wie dem auch sei – ich wäre nicht gern an Mister Beutlins Stelle gewesen. Der Stollen schien kein Ende zu nehmen. Alles, was Bilbo wußte, war, daß es hübsch langsam und in derselben Richtung abwärts ging, obwohl der Stollen sich wand und mehrere Biegungen hatte. Von Zeit zu Zeit führten Seitengänge ab, was er im Schein seines Schwertes bemerkte oder an der Stollenwand ertasten konnte. Er ließ sich jedoch nicht beirren und eilte schnell an ihnen vorüber, weil er fürchtete, daß Orks oder andere dunkle Gestalten aus ihnen hervorstürzen könnten. Immer weiter ging er und immer tiefer, und noch immer hörte er kein Geräusch, außer dem gelegentlichen Flügelschwirren einer Fledermaus, die seine Ohren streifte – das erschreckte ihn anfangs, dann geschah das so häufig, daß er sich darüber nicht mehr aufregte. Ich weiß nicht, wie lange er noch weiter so dahintrottete. Er haßte es, weiterzugehen, aber er wagte nicht anzuhalten, weiter, weiter, bis er müder als müde geworden war. Es schien wie der Weg ins Morgen oder ins Übermorgen und in noch fernere Tage.

Plötzlich, ohne eine Warnung, patschte er in Wasser. Uff! Es war eisig kalt. Das ließ ihn schnell zur Besinnung kommen. Er wußte nicht, ob es nur eine Pfütze auf seinem Weg war oder das Ufer eines unterirdischen Flusses, der seinen Weg kreuzte, oder der Rand eines tiefen unterirdischen Sees. Das Schwert schimmerte kaum noch. Er hielt an, und wenn er angestrengt lauschte, konnte er hören, daß Tropfen – drip, drip, drip – von einer unsichtbaren Decke in das Wasser vor ihm fielen. Aber ein anderes Geräusch war nicht zu hören.

Wahrscheinlich ist es eine Pfütze oder ein See und kein unterirdischer Fluß, dachte er. Indessen wagte er nicht, hinaus in die Finsternis zu waten. Er konnte nicht schwimmen, und außerdem dachte er an widerwärtige, schleimige Tiere mit großen, hervorstehenden, blinden Augen, die sich im Wasser schlängelten. Es leben seltsame Wesen in den Teichen und Seen im Herzen der Gebirge, Fische, deren Väter hereinschwammen – keiner weiß, vor wie vielen Jahren – und die niemals wieder hinausschwammen. Ihre Augen wurden größer und größer und immer größer, weil sie versuchten, in der völligen Schwärze etwas zu erkennen. Auch gibt es da noch andere Wesen, die schleimiger als Fische sind. Selbst in den Stollen und Gewölben, die die Orks gebaut haben, leben Wesen, die ihnen unbekannt sind und die einstmals von außen hereingekrochen waren, um in der Finsternis zu ruhen. Außerdem gehen einige von diesen Gewölben in Zeiten zurück, die weit vor den Orks liegen. Die Orks haben diese Urgewölbe nur ausgebaut und mit Verbindungsgängen versehen, und die ursprünglichen Eigentümer hausen noch immer in abseitigen Nischen, schleichen und schnüffeln umher.

Tief unten an dem dunklen Wasser lebte der alte Gollum. Ich weiß nicht, woher er kam, nicht, wer oder was er war. Er war Gollum – und er war so dunkel wie die Finsternis, ausgenommen seine beiden dicken, runden, bleichen Augen. Er besaß ein Boot, und damit ruderte er nahezu lautlos auf dem See, denn ein See war es, breit und tief und tödlich kalt. Gollum paddelte mit seinen langen Füßen, die über die Bordwand baumelten. Aber das Wasser kräuselte sich nicht einmal, kein bißchen. Er spähte mit seinen bleichen Augen nach blinden Fischen aus, die er mit seinen langen Fingern schneller als ein Gedanke ergriff. Fleisch mochte er auch, ja, er hielt Orkfleisch für einen Leckerbissen – wenn er es bekommen konnte. Aber er war so vorsichtig, daß ihn die Orks nie dabei erwischten. Er erdrosselte sie von hinten, wenn jemals einer allein hier herunter an das Ufer des Wassers kam. Sie taten es sehr selten, denn sie spürten, daß etwas Unerfreuliches hier unten, tief an den Wurzeln des Gebirges, auf sie lauerte. Sie waren bis zum See gekommen, als sie vor langer Zeit ihre Stollen gruben, und sie hatten festgestellt, daß sie hier nicht weiterkamen. So hörten also ihre Wege in dieser Richtung auf. Und wenn der Große Ork sie nicht aussandte, so gab es überhaupt keinen Grund, diesen Weg zu nehmen. Zuweilen hatte er aber Lust auf einen Fisch aus diesem See, und dann kamen manchmal weder Fische noch Orks zurück.

Tatsächlich lebte Gollum auf einer glitschigen Felsinsel in der Mitte des Sees. Mit seinen bleichen Teleskopaugen beobachtete er Bilbo aus guter Entfernung. Bilbo konnte ihn nicht sehen, aber Gollum wunderte sich außerordentlich über Bilbo, denn er konnte erkennen, daß es sich keinesfalls um einen Ork handelte.

Gollum stieg in sein Boot und stieß von der Insel ab, während Bilbo völlig verwirrt am Ufer saß, am Ende seines Weges und seines Witzes. Plötzlich kam Gollum heran, wisperte und zischte: »Wasss für ein Gespritzzz, mein Schatzzz, ich schätze, dasss issst ein mächtigesss Fessstessen, zumindessst ein sssaftiger Happsss, gollum!« Und als er »gollum« sagte, machte er ein schreckliches, schlingendes Geräusch (das hatte ihm auch seinen Namen eingebracht; sich selbst nannte er stets »mein Schatz«).

Der Hobbit fiel vor Schreck beinahe auf den Rücken, als sich das Zischen in seine Ohren bohrte, und plötzlich sah er die bleichen Augen auf sich gerichtet.

»Wer seid Ihr?« fragte er und streckte den Dolch vor.

»Was issst das bloß, mein Schatzzz?« wisperte Gollum (der immer nur zu sich selbst sprach, da er niemals jemanden hatte, zu dem er hätte sprechen können). Er hätte gern herausgefunden, was da vor ihm saß, denn er war im Augenblick nicht richtig hungrig, nur neugierig. Andernfalls hätte er gleich zugegriffen und dann erst gewispert.

»Ich bin Mister Bilbo Beutlin. Ich habe die Zwerge verloren, und ich habe den Zauberer verloren, und ich weiß nicht, wo ich bin, und ich möchte es auch gar nicht erst wissen, wenn ich nur von hier wegkommen kann.«

»Wasss hat das Ding bloß in ssseinen Händen?« fragte Gollum und blickte auf das Schwert, das ihm nicht sehr gefiel.

»Ein Schwert, eine Klinge, die aus Gondolin stammt!«

»Sssss«, sagte Gollum und wurde ungewöhnlich höflich. »Vielleicht setzt er sich dazu und schwatzt ein bißchen, mein Schatzzz? Vielleicht mag das da Rätsel, was weiß man?«

Er bemühte sich, sehr freundlich zu erscheinen, jedenfalls im Augenblick und bis er mehr über das Schwert und den Hobbit herausbekommen hatte, ob er wirklich ganz allein war, ob er gut schmeckte und ob er selbst wirklichen Hunger hatte. Rätsel waren das einzige, über das er nachzudenken verstand. Rätsel zu stellen und sie zuweilen auch zu lösen war das einzige Spiel, das er jemals mit anderen seltsamen Höhlenbewohnern gespielt hatte – vor langer, langer Zeit, bevor er all seine Freunde verloren hatte und vertrieben worden war, bevor er einsam tief, tief in die Finsternis unter das Gebirge kriechen mußte.

»Sehr gut«, sagte Bilbo, der sogleich zustimmte, um mehr über dieses Wesen herauszufinden – ob es allein, ob es wütend oder hungrig und ob es ein Freund der Orks war. »Ihr fragt zuerst«, sagte er, denn er hatte noch keine Zeit gefunden, ein Rätsel auszudenken. So zischte Gollum:

»Was hat Wurzeln, die keiner sieht,
ragt höher als Bäume
und Wipfelsäume,
wächst nie und treibt nicht
und reicht doch ins Licht?«

»Leicht!« sagte Bilbo. »Berg vermutlich.«

»Leicht zu raten? Das Ding da muß einen Wettkampf mit uns machen, mein Schatzzz! Wenn mein Schatzzz fragt, und es antwortet nicht, dann fressen wir es, mein Schatzzz. Wenn es uns fragt, und wir antworten nicht, dann tun wir, was das Ding will, he? Wir zeigen ihm den Weg hinaus, gewiß!«

»In Ordnung!« sagte Bilbo, der nicht zu widersprechen wagte und sich den Kopf zermarterte, denn er mußte auf Rätsel kommen, die ihn vor dem Gefressenwerden bewahrten.

»Zweiunddreißig Schimmel auf einem roten Hang –
erst malmen sie,
dann stampfen sie
und warten wieder lang.«

Das war alles, was er sich ausdenken konnte – der Gedanke ans Fressen beschäftigte ihn sehr. Außerdem war es ein ziemlich altes Rätsel, das auch Gollum kannte, genauso wie ihr es kennt.

»Alter Mist!« zischte Gollum, »Zähne! Ha, zweiunddreißig Zähne, mein Schatzzz! Aber wir haben nur sechs!« Dann fragte er sein zweites Rätsel:

»Schreit ohne Stimme,
fliegt ohne Schwinge,
beißt ohne Zahn,
murmelt und pfeift –
kein Mund hat's getan.«

»Einen halben Augenblick«, rief Bilbo, den noch immer der peinliche Gedanke plagte, gefressen zu werden. Glücklicherweise hatte er einmal etwas Ähnliches gehört. Nachdem er sich gesammelt hatte, fiel ihm die Antwort ein. »Wind! Wind natürlich«, sagte er und war so zufrieden, daß er auf der Stelle ein neues Rätsel ersann. Das wird diesem häßlichen kleinen Untergrundwesen ganz schön zu schaffen machen, dachte er.

»Das Auge im blauen Gesicht
sah ein Auge im grünen Gesicht.
›Sieht genau aus wie mein Auge‹,
sagte das erste Auge.
›Doch so tief unten blinzle ich nicht.
Ich stehe droben im blauen Gesicht.‹«

»Ss, ss, ss«, sagte Gollum. Er war nun schon eine so lange Zeit unter der Erde, daß er die Welt oben beinahe vergessen hatte. Aber gerade als Bilbo anfing zu hoffen, daß der Kerl nicht würde antworten können, kamen diesem Erinnerungen an längst vergangene Zeiten, als er noch mit seiner Großmutter in einem Loch in der Böschung eines Flusses gehaust hatte. »Ss, ss, ss, mein Schatz«, sagte er, »Sonne auf Gänseblümchen, jawohl, das bedeutet es.«

Aber diese ganz gewöhnlichen oberirdischen Alltagsrätsel langweilten Gollum. Auch erinnerten sie ihn an Tage, da er noch nicht so einsam und schleimig und häßlich war, und das verdarb ihm die Laune. Noch schlimmer – sie machten ihn hungrig. Deshalb versuchte er es diesmal mit einem schwierigeren und ungemütlicheren Rätsel:

»Man kann es nicht sehen, kann's nicht aufstören,
kann es nicht fressen und kann's auch nicht hören,
liegt hinter den Sternen und unterm Gestein,
rieselt in alle Höhlen hinein,
kommt zuerst und folgt auch zuletzt,
löscht alles Leben, bis keiner mehr schwätzt.«

Unglücklicherweise für Gollum hatte Bilbo dieses Rätsel vorher schon einmal gehört, und so war die Antwort ihm geläufig. »Das Dunkel!« sagte er und mußte sich nicht einmal den Kopf kratzen oder die Stirn runzeln.

»Der Schrein ohne Deckel, Schlüssel, Scharnier
birgt einen goldenen Schatz, glaub es mir!«

sagte er, um Zeit zu gewinnen, damit er sich eine wirklich harte Nuß ausdenken konnte. Er glaubte, dies sei ein furchtbar leichtes Rätsel, obgleich er nicht in den üblichen Worten gefragt hatte.

Aber für Gollum war es unerwartet schwer. Er zischte vor sich hin, und doch konnte er nicht antworten; er wisperte nur und gurgelte.

Nach einer Weile wurde Bilbo ungeduldig. »Nun, was ist es?« fragte er. »Und die Antwort ist nicht etwa ein überkochender Kessel, wie Ihr vielleicht denkt. Jedenfalls muß ich das aus dem Geräusch schließen, das Ihr da eben von Euch gebt.«

»Gebt uns eine Chance, gebt uns bloß eine Chance, mein Schatz – ss – ss!«

»Nun«, fragte Bilbo, nachdem er lange genug gewartet hatte, »wie steht es mit Eurer Antwort?«

Aber plötzlich erinnerte sich Gollum an Nestdiebereien vor langer Zeit, und wie er am Flußufer saß und seine Großmutter ihn das Aussaugen lehrte. »Eier sind's«, zischte er, »Eier sind's!« Gleich fragte er weiter:

»Atemlos lebt es,
kalt wie der Tod schwebt es,
fühlt keinen Durst, und doch trinkt es,
trägt ein Kettenhemd, und nie klingt es.«

Auch Gollum glaubte seinerseits, daß dies ein furchtbar leichtes Rätsel wäre, da er selbst immerzu an die Antwort dachte. Aber er konnte sich in diesem Augenblick an nichts Besseres erinnern, das Eierrätsel hatte ihn zu sehr aufgeregt. Trotzdem war es eine schwer zu knackende Nuß für den armen Bilbo, der nie, wenn er es eben vermeiden konnte, etwas mit Wasser zu schaffen haben wollte. Ich kann mir vorstellen, daß ihr die Antwort wißt oder daß ihr sie leicht erraten könnt. Denn ihr sitzt jetzt gemütlich zu Hause und schwebt nicht in der schrecklichen Gefahr, gefressen zu werden, was immerhin das Denken stört. Bilbo saß und räusperte sich ein- oder zweimal. Aber die Antwort fiel ihm nicht ein.

Nach einer Weile begann Gollum vergnügt sich selbst zuzuzischen. »Ist es hübsch, mein Schatzzz? Ist es sssaftig? Knirrrscht es nicht köstlich?« Und dann begann er Bilbo aus der Finsternis anzustarren.

»Einen halben Augenblick«, sagte der Hobbit zitternd. »Ich gab Euch eben auch eine sehr lange Chance.«

»Rasch, rasch!« sagte Gollum und fing an, aus seinem Boot ans Ufer zu klettern, um sich an Bilbo heranzumachen. Aber als er seinen großen Fuß mit den Schwimmhäuten ins Wasser setzte, sprang vor Angst ein Fisch heraus und fiel Bilbo auf die Zehen.

»Uff«, sagte Bilbo, »das ist ja kalt und klamm!« Und da

hatte er die Lösung des Rätsels. »Ein Fisch! Ein Fisch!« rief er. »Es ist ein Fisch!«

Gollum war schrecklich enttäuscht, aber Bilbo Beutlin platzte mit einem anderen Rätsel heraus, so schnell er nur konnte, und Gollum mußte in sein Boot zurücksteigen, um besser nachdenken zu können.

»Keinbein lag auf Einbein,
Zweibein saß auf Dreibein,
Vierbein ging auch nicht leer aus.«

Es war wirklich nicht die rechte Zeit für ein solches Rätsel, aber Bilbo war in Eile. Falls er es zu einer anderen Zeit gestellt hätte, dann, ja dann hätte Gollum vielleicht einige Schwierigkeiten gehabt, es zu raten. Aber da sie gerade von Fisch gesprochen hatten, war »Keinbein« wirklich nicht schwer – und folglich war auch der Rest leicht. »Fisch auf einem kleinen Tisch, ein Mensch vor dem Tisch auf einem Stuhl, und die Katze hat die Gräten« – so lautet natürlich die Antwort, und Gollum ließ damit nicht lange auf sich warten. Aber jetzt ist es Zeit, dachte er, etwas furchtbar Schweres zu fragen. Und dies war sein Rätsel:

»Etwas, das alles und jeden verschlingt:
Baum, der rauscht, Vogel, der singt,
frißt Eisen, zermalmt den härtesten Stein,
zerbeißt jedes Schwert, zerbricht jeden Schrein,
schlägt Könige nieder, schleift ihren Palast,
trägt mächtigen Fels fort als leichte Last.«

Der arme Bilbo saß im Dunkeln und dachte an all die schrecklichen Riesen und Ungeheuer, von denen er jemals in alten Sagen gehört hatte – aber nicht einer von ihnen hatte all diese furchtbaren Taten vollbracht. Er hatte das Gefühl, daß die Antwort ganz anders lauten und daß er sie eigentlich wissen müßte, aber er konnte nicht daraufkommen. Bilbo begann sich zu fürchten, und das ist schlecht fürs Nachdenken. Schon kroch Gollum wieder aus seinem Boot, platschte ins Wasser und schob sich aufs Ufer. Bilbo konnte die Augen auf sich zukommen sehen. Seine Zunge schien ihm am Gaumen zu kleben. Er wollte schreien: »Gebt mir mehr Zeit! Gebt mir mehr Zeit!« Aber alles, was mit einem plötzlichen Quieken dabei herauskam, war: »Zeit! Zeit!«

Durch einen Glücksfall war Bilbo gerettet. Denn »Zeit« war des Rätsels Lösung.

Gollum war wieder einmal enttäuscht, und jetzt wurde er böse, und das Spiel wurde ihm langweilig. Es hatte ihn richtig hungrig gemacht, und diesmal ging er nicht zurück in das Boot: Er setzte sich im Dunkeln neben Bilbo nieder. Das war für den Hobbit schrecklich ungemütlich und brachte ihn schier um den Verstand.

»Es muß noch eine Frage sein, mein Schatz, gewiß, gewißß, gewißß. Noch eine Frage, gewiß, gewißß«, sagte Gollum.

Aber Bilbo gelang es nicht, eine Frage auszudenken, denn das schmutzige, nasse, kalte Wesen hockte neben ihm, betatschelte und beknuffte ihn. Er kratzte sich, er kniff sich, und noch immer fiel ihm nichts ein.

»Wass soll's ssein, wass soll's ssein?« sagte Gollum.

Bilbo kniff sich und schlug sich vor den Kopf. Er langte nach seinem kleinen Schwert. Dann griff er sogar mit der anderen Hand in die Tasche. Und dort fand er den Ring, den er im Gang aufgehoben und ganz vergessen hatte.

»Was habe ich da in meiner Tasche?« fragte er laut. Er sprach eigentlich zu sich selbst, aber Gollum dachte, es sei ein Rätsel, und war schrecklich aufgeregt.

»Das ist nicht fair!« zischte er. »Das ist nicht fair, nicht wahr, mein Schatz? Zu fragen, was das da in seiner garsstigen kleinen Taschsche hat?«

Als Bilbo merkte, daß Gollum diese Frage für ein Rätsel hielt, und weil er im Augenblick nichts Besseres wußte, blieb er dabei. »Was habe ich da in meiner Tasche?« sagte er noch lauter.

»S-s-s-s-s«, zischte Gollum. »Es muß uns dreimal raten lassen, mein Schatz, dreimal!«

»Gut, schießt los!« erwiderte Bilbo.

»Seine Hände!« sagte Gollum.

»Falsch«, rief Bilbo, der glücklicherweise gerade seine Hand herausgezogen hatte. »Ratet weiter!«

»S-s-s-s-s«, sagte Gollum und war aufgeregter denn je. Er dachte an alles, was er in seinen eigenen Taschen hatte: Fischgräten, Orkzähne, nasse Muscheln, ein Stückchen Fledermausflügel, einen scharfen Stein, mit dem er seine Krallen wetzte, und anderes ekliges Zeug. Er überlegte angestrengt, was andere Leute wohl in ihren Taschen haben könnten.

»Ein Messer!« sagte er schließlich.

»Falsch«, antwortete Bilbo, der sein Messer vor einiger Zeit verloren hatte. »Letztes Mal!«

Jetzt war Gollum viel aufgeregter als bei der Eierfrage. Er zischte und gurgelte und schaukelte vorwärts und rückwärts, patschte mit den Füßen auf den Boden, wand und krümmte sich. Aber er wagte nicht, die letzte Chance aufs Spiel zu setzen.

»Los«, sagte Bilbo. »Ich warte!« Es sollte kühn und munter klingen, aber er war gar nicht sicher, wie dieses Spiel enden würde, ob Gollum richtig riet oder nicht.

»Die Zeit ist vorbei!« sagte Bilbo.

»Schnur – oder gar nichts!« schrie Gollum, der nun nicht fair blieb, denn er versuchte es mit zwei Lösungen zugleich.

»Beides falsch!« rief Bilbo sehr erleichtert. Und er sprang sogleich auf die Füße, lehnte den Rücken an die nächste Wand und zog sein kleines Schwert heraus. Er wußte natürlich, daß das Rätselspiel heilig und auch sehr alt war und daß selbst verschlagene Wesen sich hüteten, beim Spiel zu betrügen. Aber er spürte, daß er diesem schleimigen Kerl nicht trauen konnte, denn würde er auch im Notfall sein Versprechen halten? Bestimmt wäre ihm jede Entschuldigung recht, wenn er sich drum herumdrükken könnte. Und schließlich war die letzte Frage kein echtes Rätsel im Sinne der alten Regeln.

Aber wie dem auch sei, Gollum griff ihn nicht sofort an. Er konnte das Schwert in Bilbos Hand sehen. Er saß still, zitterte und flüsterte. Endlich konnte Bilbo nicht länger warten.

»Nun?« sagte er. »Wie ist das mit Eurem Versprechen? Ich möchte jetzt gehen. Ihr müßt mir den Weg zeigen.«

»Haben wir das gesagt, mein Schatz? Diesem häßlichen kleinen Beutlin den Weg hinaus zeigen, gewiß, gewiß. Aber was hat er in seinen Taschen, he? Keine Schnur, Schatz, aber nichts auch nicht. O nein, gollum!«

»Das braucht Euch jetzt nicht mehr zu kümmern«, sagte Bilbo. »Ein Versprechen ist ein Versprechen.«

»Verdrießlich ist der Kleine, Schatz, ist ungeduldig«, zischte Gollum. »Aber er muß warten, ja, das muß er. Wir können nicht so schnell die Gänge hinauf. Wir müssen uns erst etwas holen, ja, erst etwas, das uns helfen kann.«

»Gut, aber schnell!« sagte Bilbo, erleichtert bei dem Gedanken, daß Gollum fortgehen wollte. Er nahm an, daß er nur eine Entschuldigung vorbrachte und gar nicht zurückkehren würde. Wovon hatte Gollum doch gesprochen? Was konnte er dort draußen auf dem dunklen See so Nützliches haben? Aber er irrte sich. Gollum beabsichtigte durchaus, zurückzukehren. Er war jetzt wütend und hungrig. Und er war ein elendes, verschlagenes Wesen, und seinen Plan hatte er längst.

Nicht weit weg lag seine Insel, von der Bilbo nichts wußte. Dort hatte er wertlosen Kram versteckt, darunter aber etwas ganz Wunderbares, eine Kostbarkeit: Es war ein Ring, ein goldener Ring, ein kostbarer Ring.

»Mein Geburtstagsgeschenk!« wisperte er sich selbst zu, wie so oft schon in den endlosen finsteren Tagen. »Das brauchen wir jetzt, ja, das brauchen wir jetzt.«

Er wollte den Ring holen, denn der Ring war ein Kleinod von besonderer Macht. Wer ihn auf den Finger steckte, wurde unsichtbar. Nur im vollen Sonnenlicht konnte er gesehen werden, und dann auch nur durch den Schatten, der obendrein unsicher und schwach war.

»Mein Geburtstagsgeschenk! Ach, was für ein schöner Geburtstag, mein Schatz.« So hatte er es sich selbst immer wieder erzählt. Wer weiß, wie Gollum zu diesem Geschenk gekommen war, damals, vor vielen, vielen Jahren, als solche Ringe noch häufiger waren in der Welt? Vielleicht hätte selbst der Meister, der über diese Ringe verfügte, es nicht sagen können. Anfangs trug Gollum den Ring – bis es ihn ermüdete. Und dann bewahrte er ihn an seinem Körper in einer Tasche auf – bis diese ihn wund rieb. Und jetzt verbarg er ihn gewöhnlich in einem Loch auf seiner Felseninsel, und immerzu kam er und schaute ihn an. Doch manchmal, wenn er es nicht länger ertragen mochte, von ihm getrennt zu sein, oder wenn er sehr hungrig war und Fisch ihn anekelte, setzte er den Ring auf. Dann kroch er die dunklen Gänge entlang und spähte nach Orks aus, die sich verlaufen hatten. Mit dem Ring wagte er sich sogar dorthin, wo Fackeln brannten, obwohl von ihrem Schein seine Augen blinzelten und schmerzten, denn sicher wollte er sein. O gewiß, ganz sicher. Keiner würde ihn sehen, keiner würde ihn bemerken, bevor er nicht seine Finger an der Kehle spürte. Nur wenige Stunden zuvor hatte er ihn noch getragen und einen kleinen Orksprößling gefangen. Wie er gequiekt hatte! Gollum hatte noch ein paar Knochen zum Knabbern zurückgelegt. Aber jetzt wollte Gollum etwas Zarteres.

»Ganz sicher, gewiß«, wisperte er sich selbst zu. »Das hier wird uns nicht sehen, nicht wahr, mein Schatz? Nein. Es wird uns nicht sehen, und sein häßliches kleines Schwert wird ihm nichts nützen, ganz gewiß nichts.«

Dieser heimtückische Gedanke ging ihm durch den Kopf, als er plötzlich von Bilbos Seite glitt, zurück in das Boot patschte und fort in das Dunkel fuhr. Bilbo dachte, er hätte das letzte Mal etwas von ihm gehört. Er wartete jedoch noch eine Weile, denn er hatte keine Ahnung, wie er allein hier hinausfinden sollte.

Plötzlich hörte er einen schrillen Schrei. Der jagte Bilbo einen Schauder den Rücken hinunter. Im Dunkel fluchte und klagte Gollum. Dem Geräusch nach zu urteilen, konnte er nicht weit weg sein – er befand sich ja auf seiner Insel, scharrte hier und scharrte dort, fingerte und suchte vergeblich.

»Wo ist er? Wo issst er?« hörte der Hobbit ihn schreien. »Verschwunden ist er, mein Schatz, verschwunden, verschwunden! Donner und Blitz, mein Schatz ist verschwunden!«

»Was ist los?« rief Bilbo. »Was habt Ihr verloren?«

»Niemand soll uns fragen«, schrie Gollum. »Nicht seine Sache, nein, gollum! Oh, er ist verschwunden, gollum, gollum, gollum!«

»Nun gut«, rief Bilbo. »Aber ich will nicht für immer hier unter der Erde verschwinden. Und ich habe das Spiel gewonnen, und Ihr habt versprochen, mir zu helfen. Kommt also her! Führt mich hinaus, und dann sucht meinetwegen weiter!« So kläglich Gollum auch jammerte, konnte Bilbo doch nicht viel Mitleid in seinem Herzen spüren, und er hatte ein Gefühl, als wenn etwas, das Gollum sich so sehr wünschte, schwerlich etwas Gutes sein konnte. »Kommt schon!« schrie der Hobbit.

»Nein, nicht jetzt, Schatz!« antwortete Gollum. »Wir müssen ihn suchen, er ist verschwunden, gollum.«

»Aber Ihr habt mein letztes Rätsel nicht erraten, und Ihr habt es mir versprochen«, sagte Bilbo.

»Nicht erraten!« schrie Gollum. Und dann kam plötzlich ein scharfes Zischen aus der Finsternis. »Was hat das da in seiner Tasche? Das muß es uns sagen. Das muß es uns zuerst einmal sagen.«

Bilbo sah keinen besonderen Grund, warum er es nicht hätte sagen sollen. Gollums Verstand war schneller als seiner auf die Lösung gekommen. Natürlich, denn er hatte viele Jahre lang diesen einen einzigen Gegenstand bewacht und behütet, denn er hatte immer gefürchtet, daß der Ring gestohlen werden könnte. Aber Bilbo war über die Verzögerung verärgert. Schließlich hatte er das Spiel gewonnen, ziemlich fair, und zu einem sehr gefährlichen Preis. »Antworten werden geraten und nicht gegeben«, sagte er.

»Aber es war keine anständige Frage«, sagte Gollum. »Kein richtiges Rätsel, Schatz, nein.«

»O ja. Und wenn es jetzt um eine gewöhnliche Frage geht«, erwiderte Bilbo, »so habe ich zuerst gefragt. Also: Was habt Ihr verloren? Antwortet Ihr zuerst!«

»Was ist in der Tasche?« Das zischende Geräusch klang näher und schärfer, und als Bilbo hinschaute, sah er zu seinem Schrecken, daß zwei kleine, helle Punkte ihn anstarrten. Verdacht war in Gollum aufgestiegen, und deshalb brannte das Licht in seinen Augen mit fahler Flamme.

»Was habt Ihr verloren?« drang Bilbo in ihn.

Aber jetzt war das Licht in Gollums Augen zu grünem Feuer geworden und kam sehr rasch näher. Gollum saß wieder in seinem Boot. Wild paddelte er an das dunkle Ufer zurück. Und in ihm kochte eine solche Wut, aus Verlust und Verdacht genährt, daß selbst das Schwert kein Schrekken mehr für ihn war.

Bilbo konnte nicht wissen, was dieses sonderbare Wesen so erzürnt hatte, aber er sah, daß Gollum ihn, koste es, was es wolle, ermorden wollte. Gerade noch zur rechten Zeit drehte er sich um und rannte blindlings die dunklen Gänge hinauf, die er gekommen war. Er hielt sich dicht an der Wand und tastete sich mit der linken Hand weiter.

»Was hat das da in seinen Taschen?« hörte er es laut hinter sich zischen, und dann hörte er das Patschen, als Gollum aus seinem Boot sprang. Was habe ich denn bloß? sagte Bilbo zu sich selbst, als er so daherkeuchte und weiterstolperte. Er steckte seine linke Hand in die Tasche. Der Ring fühlte sich sehr kalt an, als er auf seinen tastenden Zeigefinger glitt.

Das Zischen war dicht hinter ihm. Bilbo drehte sich um und sah Gollums Augen wie kleine grüne Lampen den Gang heraufkommen. Entsetzt versuchte Bilbo schneller zu laufen, aber plötzlich stießen seine Zehen gegen eine Unebenheit des Bodens, und patsch, fiel er längelang hin und begrub sein kleines Schwert unter sich.

Im nächsten Augenblick hatte Gollum ihn eingeholt. Doch bevor Bilbo etwas tun konnte, Atem holen, sich aufrichten oder sein Schwert schwingen, war Gollum vorbeigelaufen, ohne ihn zu bemerken, wobei er mächtig fluchte und wisperte.

Was sollte das bedeuten? Gollum konnte doch im Finstern sehen! Bilbo bemerkte selbst von hinten den bleichen Lichtschimmer von Gollums Augen. Mühsam erhob er sich und zog sein Schwert, das jetzt wieder schwächer leuchtete. Dann folgte er vorsichtig, denn nichts anderes konnte man jetzt tun. Es wäre unsinnig gewesen, zu Gollums See hinabzusteigen. Wenn er Gollum folgte, so würde ihm dieser vielleicht, ohne es zu beabsichtigen, einen Weg zum Entwischen zeigen.

»Verflucht soll's sein, verflucht soll's sein!« zischte Gollum.

»Verflucht sei dieser Beutlin! Er ist fort! Was hat er in seinen Taschen? Oh, wir wissen's, wir wissen's, mein

Schatz! Er hat's gewiß, er muß es haben, mein Geburtstagsgeschenk!«

Bilbo spitzte die Ohren. Ihm dämmerte des Rätsels Lösung. Er beeilte sich ein bißchen und kam so nahe an Gollum heran, wie er es gerade noch wagen konnte. Gollum lief sehr rasch weiter und schaute nicht zurück, aber er drehte seinen Kopf nach allen Seiten, wie Bilbo an dem schwachen Schimmer an den Wänden erkennen konnte.

»Mein Geburtstagsgeschenk! Verflucht, wie konnten wir es bloß verlieren, mein Schatz? Ja, so ist es: Als wir diesen Weg zuletzt entlangkamen, als wir dem häßlichen jungen Quieker den Hals herumdrehten. So war es. Verflucht, es fiel herunter, nach all den Jahren! Es ist weg, gollum.«

Auf einmal setzte Gollum sich hin und fing an zu weinen, ein pfeifendes, gurgelndes Geräusch, das schrecklich anzuhören war. Bilbo blieb stehen und drückte sich ganz dicht an die Stollenwand. Nach einer Weile hörte Gollum auf zu weinen und begann zu sprechen. Er schien mit sich selbst zu streiten.

»Es ist Unsinn, zurückzugehen und zu suchen. Nein. Wir erinnern uns nicht mehr an alle Stellen, an denen wir gewesen sind. Und das hat keinen Zweck. Der Beutlin hat ihn in der Tasche. Der häßliche Schnüffler hat ihn gefunden, das wissen wir jetzt.

Wir denken es, mein Schatz, aber wir denken es bloß. Wir können es nicht wissen, wenn wir nicht dieses häßliche Geschöpf finden und ausquetschen. Aber es weiß nicht, was mit dem Geschenk los ist, nicht wahr? Es hat es nur in der Tasche. Es weiß es nicht, und es kann damit nicht weit kommen. Es verirrt sich, das häßliche, neugierige Ding. Es weiß den Weg nicht hinaus. Das hat es doch selbst gesagt.

Es hat das gesagt, ja. Aber es ist tückisch. Es sagt nicht, was es meint. Es wollte nicht sagen, was es in seiner Tasche hat. Es weiß es. Es weiß einen Weg herein, es muß auch einen Weg hinaus wissen, ja. Es ist auf dem Weg zur Hintertür. Zur Hintertür, das ist es. Dann werden es die Orks erwischen. Den Weg kann es nicht hinaus, Schatz.

Sss, ss, gollum! Orks! Aber, wenn es unser Geschenk hat, unser kostbares Geschenk, dann werden die Orks es bekommen, gollum! Sie werden es finden, sie werden auch herausfinden, was mit ihm los ist. Wir werden nie wieder sicher sein, nie wieder, gollum! Einer der Orks wird ihn anstecken, und dann wird ihn niemand sehen. Er wird da sein – aber man wird ihn nicht sehen. Nicht einmal unsere klugen Augen werden ihn bemerken. Und heimlich und tückisch wird er ankommen und uns fangen, gollum, gollum!

Dann Schluß mit den Reden, Schatz, wir müssen uns beeilen. Wenn Beutlin den Weg genommen hat, müssen wir schnell sein und nachschauen. Los! Er kann nicht weit sein. Mach schnell!«

Mit einem Sprung kam Gollum auf die Beine und rannte schlotternd mit großer Geschwindigkeit los. Bilbo rannte hinter ihm her, noch immer vorsichtig, obgleich er jetzt am meisten fürchtete, über eine andere Unebenheit zu stolpern und mit einem Krach hinzufallen. In seinem Kopf wirbelten Hoffnung und Staunen wild durcheinander. Anscheinend war der Ring, den er besaß, ein Zauberring: Er machte unsichtbar! Natürlich hatte er in sehr alten Geschichten von solchen Ringen schon gehört. Aber es war schwer zu glauben, daß er wirklich einen gefunden hatte, durch Zufall. Immerhin, dies war geschehen: Gollum mit seinen leuchtenden Augen war vorbeigelaufen, nur eine Armbreite an ihm vorbei.

Weiter ging's, Gollum pitschte und patschte voran, zischend und fluchend, und Bilbo folgte ihm so leise, wie es nur ein Hobbit kann. Bald kamen sie an Stellen, an denen Bilbo auf seinem Wege herab festgestellt hatte, daß sich zu beiden Seiten Gänge öffneten. Gollum begann sie sogleich abzuzählen.

»Einer links, ja. Einer rechts, ja. Zwei rechts, ja, ja. Zwei links, ja, ja.« Und so immer weiter.

Als die Zahlen wuchsen, wurde er langsamer und fing an, unsicher und weinerlich zu werden, denn er ließ seinen See immer weiter und weiter hinter sich zurück. Er bekam es mit der Angst zu tun. Orks konnten in der Nähe sein, und er hatte seinen Zauberring verloren. Endlich blieb er bei einer niedrigen Öffnung stehen.

»Sieben rechts, sechs links, ja!« wisperte er. »Hier ist es. Hier ist der Weg zur Hintertür, gewiß. Hier ist der Durchgang!«

Er schaute hinein und fuhr zurück. »Aber wir dürfen nicht weitergehen, Schatz, wir dürfen nicht. Da unten sind Orks. Massenweise Orks. Wir riechen sie. Sss!

Was sollen wir tun? Verdammt und verflucht! Wir müssen hier warten, Schatz, ein bißchen warten und aufpassen.«

So kamen sie an einen toten Punkt. Gollum hatte zwar Bilbo zum Weg hinaus geführt, aber Bilbo konnte nicht hinein! Da saß Gollum wie ein dicker Haufen mitten in der Öffnung, und seine Augen glommen kalt, während er zwischen den Knien von einer Seite zur anderen schaukelte.

Bilbo kroch leiser als eine Maus weg von der Wand, aber Gollum richtete sich plötzlich auf, schnüffelte, und seine Augen wurden grün. Er zischte leise, aber gefährlich. Er konnte den Hobbit nicht sehen, aber jetzt war er auf der Hut, und er hatte andere Sinne, die die Finsternis geschärft hatte: Hören und Riechen. Er spreizte seine flachen Hände auf dem Boden, er schien sich zu ducken, sein Kopf streckte sich vor, und seine Nase berührte fast den Felsboden. Obgleich Gollum im Schimmer seiner Augen nur ein schwarzer Schatten war, konnte Bilbo doch sehen (oder fühlen), daß er gespannt war wie eine Bogensehne, gesammelt zum Sprung.

Bilbo hörte fast auf zu atmen und machte sich steif. Er

war verzweifelt. Fort mußte er, weg aus der gräßlichen Finsternis, solange ihm noch ein bißchen Kraft blieb. Er mußte kämpfen. Er mußte das widerliche Wesen erdolchen, seine Augen auslöschen, er mußte es töten, sonst wurde er selbst von ihm getötet. Aber ein fairer Kampf war es nicht. Bilbo war unsichtbar, und Gollum hatte kein Schwert. Genaugenommen hatte Gollum noch gar keinen ernsthaften Mordversuch gemacht. Aber Bilbo fühlte sich elend, allein und verloren. Ein plötzliches Verstehen, ein Mitleid, mit Entsetzen gemischt, stieg in seinem Herzen auf: ein Widerschein von endlos gleichförmigen Tagen ohne Licht und Hoffnung auf Änderung, harter Stein, kalter Fisch, Kriechen und Flüstern. Alle diese Gedanken flogen in Sekundenschnelle an Bilbo vorüber. Er zitterte. Und dann, ganz plötzlich im nächsten Augenblick, gleichsam von neuer Kraft gepackt, sprang er vorwärts.

Es war kein großer Sprung für einen Mann. Aber es war ein Sprung im Dunkeln. Genau über Gollums Kopf hinweg sprang er, sieben Fuß vor und drei in die Höhe. In der Tat, ein gefährlicher Sprung, denn er hätte sich um ein Haar den Schädel an der niedrigen Stollendecke eingerannt.

Gollum warf sich zurück und schnappte zu, als der Hobbit über ihn hinwegflog – aber zu spät. Seine Hände grapschten in dünne Luft, und Bilbo, der genau auf seine stämmigen Füße fiel, rannte davon, den neuen Gang hinab. Er wandte sich nicht einmal um, um zu sehen, was Gollum tat. Er hörte anfangs das Zischen und Fluchen dicht hinter seinen Fersen. Dann hörte es auf. Und plötzlich erreichte ihn ein Schrei, der das Blut gerinnen machte, ein Schrei voller Haß und Verzweiflung. Gollum war besiegt. Er wagte nicht, weiterzugehen. Er hatte verloren: seinen Raub und das einzige, das er jemals geliebt hatte, seinen Schatz. Der Schrei ließ Bilbos Herz zum Zerspringen schlagen, doch er setzte seinen Weg fort.

Da erreichte ihn die Stimme, schwach wie ein Echo, aber

voll schrecklicher Drohung: »Dieb, Dieb, Dieb! Beutlin! Wir hassen den Dieb, wir hassen ihn, wir hassen ihn für alle Ewigkeit!«

Dann herrschte Schweigen. Aber auch das Schweigen schien Bilbo voll schrecklicher Drohung. Ob die Orks schon so nahe sind, daß er sie gerochen hat? dachte er. Dann haben sie auch sein Schreien und Fluchen gehört. Vorsicht jetzt, Bilbo Beutlin, oder dieser Weg wird zu Schlimmerem führen!

Der Durchgang war niedrig und schlecht gebaut. Aber für einen Hobbit war es nicht allzu schwierig, abgesehen davon, daß er trotz aller Vorsicht mit seinen armen Zehen mehrfach an scheußliche, zackige Steine stieß. Ein bißchen niedrig für Orks, wenigstens für die großen, dachte Bilbo, der nicht wußte, daß selbst die großen, die Orks des Gebirges, mit größter Geschwindigkeit tief gebückt, die Hände fast auf dem Boden, daherrennen können.

Bald führte der Gang, der anfangs leicht abgefallen war, wieder aufwärts, und nach einer Weile stieg er sogar steil an. Das hemmte Bilbos Eile. Aber schließlich hatte auch dieser Anstieg ein Ende. Der Gang wand sich um eine Ecke und stieg ab, und dort unten sah Bilbo an der Außenwand einer Biegung endlich einen Lichtschimmer. Es war kein roter, wie von einem Feuer oder von einer Laterne, sondern fahles Tageslicht. Da begann Bilbo zu rennen.

So schnell wie seine Beine ihn trugen, lief er um die letzte Biegung und gelangte plötzlich in einen offenen Raum, in dem das Licht nach all den schrecklichen Stunden in der Finsternis ihn mit seiner Helligkeit blendete.

In Wirklichkeit war es allerdings nur ein schmaler Sonnenstreif, der durch den Torweg fiel, denn das große steinerne Tor stand offen. Bilbo zwinkerte – und dann sah er plötzlich die Orks: Orks in voller Bewaffnung, die mit gezogenen Schwertern im Torweg saßen und Eingang und Ausgang mit weit aufgerissenen Augen bewachten. Die

Aufregung war unverkennbar. Die Wachen waren in Alarmbereitschaft.

Sie sahen ihn schneller, als er sie sah. Entweder war es ein Zufall oder ein letzter Trick des Ringes, ehe er seinen neuen Herrn anerkannte – er stak nicht mehr an Bilbos Finger. Mit Freudengeheul stürzten sich die Orks auf ihn.

Wie das Echo von Gollums Jammer ließen Angst und Verlassenheit Bilbos Herz erbeben. Er vergaß, sein Schwert zu ziehen, fuhr nur mit beiden Händen in die Taschen – und da lag der Ring noch in der linken Tasche, und er glitt auf Bilbos Finger. Die Orks hielten erschrocken an. Sie konnten keine Spur von Bilbo sehen. Er war verschwunden. Sie schrien ein paarmal ebenso laut wie vorhin, aber es klang nicht mehr so freudig.

»Wo ist er?« schrien sie.

»Lauft den Gang hinauf!« riefen mehrere.

»Diesen Weg!« brüllten die einen. »Nein, den Weg!« brüllten andere. »Paßt auf das Tor auf!« bellte der Hauptmann.

Pfiffe gellten, Waffen schlugen aneinander, Schwerter rasselten, Orks fluchten und schimpften, rannten hierhin und dorthin, einer fiel über den anderen, und dabei wurden sie furchtbar wütend. Es war eine schreckliche Schreierei und Verwirrung.

Bilbo war es angst und bange, aber da er begriff, was geschehen war, kroch er rasch hinter ein dickes Faß, das Trinkwasser für die Orkwache enthielt. Nun war er aus dem Weg und wurde weder angerempelt noch erwischt, noch zu Tode getrampelt.

Ich muß an das Tor heran! sagte er immer wieder zu sich selbst. Aber es dauerte eine ganze Weile, bis er den verzweifelten Versuch wagte und sich auf ein haarsträubendes Blindekuhspiel einließ. Der Platz wimmelte von Orks. Der arme kleine Hobbit wich einmal da, einmal dort aus. Er wurde von einem Ork über den Haufen geworfen, der aber nicht ergründen konnte, womit er da bloß zusammengerasselt war. Bilbo kroch auf allen vieren weg, schlüpfte gerade noch zur rechten Zeit zwischen den Beinen des Hauptmanns durch, erhob sich und rannte zum Tor.

Es stand zwar noch immer einen Spalt offen, aber ein Ork hatte es in dem Durcheinander fast zugeschlagen. Bilbo versuchte, sich durch den Spalt zu quetschen. Er quetschte sich und quetschte sich und kam keinen Zoll voran. Es war entsetzlich, zwischen Torkante und Torpfosten waren seine Knöpfe steckengeblieben. Er konnte nach draußen ins Freie sehen: Da führten ein paar Stufen hinab in ein enges Tal zwischen hohen Bergen. Die Sonne kam hinter einer Wolke hervor und schien leuchtend auf den Torplatz – aber Bilbo hing fest.

Plötzlich schrie drinnen einer der Orks: »Da ist ein Schatten an der Tür. Da steht jemand draußen!«

Bilbos Herz rutschte in die Hose. Er wand sich mit letzter Kraft wie ein Aal. Abgeplatzte Knöpfe sprangen in alle Richtungen. Endlich war er draußen, mit zerrissenem Mantel und zerrissener Jacke, und schon hüpfte er wie eine Ziege die Stufen hinab, während die verdutzten Orks seine hübschen Messingknöpfe von der Torschwelle auflasen.

Natürlich kamen sie bald hinter ihm drein, brüllten und grölten und jagten zwischen den Bäumen umher. Aber sie mögen die Sonne nicht: Sie macht ihre Knie weich und ihre Köpfe schwindlig. Bilbo sprang hinein und hinaus aus dem Schatten der Bäume, er rannte schnell und lautlos und hielt sich aus der Sonne. Sie konnten ihn nicht erwischen, zumal er ja den Ring trug. Da kehrten sie murrend und schimpfend zurück, um das Tor zu bewachen. Bilbo war entkommen.

Raus aus der Bratpfanne, rein ins Feuer

Bilbo war den Orks entwischt, aber er wußte nicht, wo er war. Er hatte Kapuze, Mantel, Verpflegung und Pony verloren, seine Knöpfe waren weg und seine Freunde auch. Er marschierte und marschierte, bis die Sonne im Westen unterging – hinter den Bergen. Ihre Schatten fielen über Bilbos Weg, und er schaute zurück. Dann schaute er vorwärts und sah nur noch Bergketten und Hänge, die sich zu den Tälern neigten, und gelegentlich sah er auch fern weite Ebenen durch die Bäume schimmern.

»Donnerwetter!« rief er aus. »Mir scheint, ich bin schon auf der anderen Seite der Nebelberge! Wo in aller Welt mögen Gandalf und die Zwerge jetzt sein? Ich kann nur hoffen, daß sie sich nicht mehr dahinten in den Klauen der Orks befinden!«

Er marschierte weiter, aus dem kleinen Hochtal hinaus, über den Bergrand hinweg und den jenseitigen Hang hinab. Aber während der ganzen Zeit wurde ein sehr unangenehmer Gedanke immer stärker in ihm. Er überlegte, ob er nicht als Besitzer des Zauberringes in die furchtbaren Stollen und Gänge zurückkehren müsse, um seine Freunde zu suchen. Gerade hatte er sich zu der Ansicht durchgekämpft, daß dies seine unumgängliche Pflicht sei – er fühlte sich ganz elend bei diesem Gedanken –, da hörte er Stimmen.

Bilbo hielt an und lauschte. Es klang nicht nach Orks. Also kroch er vorsichtig weiter. Er befand sich auf einem steinigen Pfad, der sich in das Tal hinabschlängelte und der linker Hand von einer Felswand flankiert war. Auf der anderen Seite fiel der Boden ab, und es gab unterhalb des Pfades kleine Schluchten, über deren Rand Büsche und niedrige Bäume hingen. In einer dieser Schluchten hörte er unter dem Gebüsch jemand reden.

Lautlos kroch Bilbo näher, und plötzlich sah er zwischen zwei großen Felsbrocken einen Kopf mit einer roten Kapuze darüber: Es war Balin auf Ausguck. Am liebsten hätte unser Hobbit in die Hände geklatscht und vor Freude losgeschrien, aber er tat es nicht. Noch immer trug er den Ring am Finger, denn er fürchtete, auf etwas Unerwartetes oder Unerfreuliches zu stoßen. Und nun sah er, daß Balin ihn geradewegs anschaute – und ihn nicht bemerkte. Die werden ganz schön überrascht sein, dachte er, als er in die Büsche am Rand der Schlucht kroch. Unten stritt Gandalf mit den Zwergen. Sie besprachen alles, was in den Stollen mit ihnen geschehen war, stritten und überlegten, was nun geschehen müßte. Die Zwerge brummten, und Gandalf sagte, daß sie keinesfalls ihre Reise fortsetzen und Mister Beutlin in den Händen der Kobolde lassen könnten. Sie müßten herausfinden, ob er noch lebte oder tot war, und sie müßten unbedingt versuchen, ihn zu retten.

»Schließlich ist er mein Freund«, sagte der Zauberer, »und gewiß kein schlechter Kerl. Ich fühle mich verantwortlich für ihn. Ach, wenn ihr ihn nur nicht verloren hättet!«

Die Zwerge brummten, warum Gandalf den Hobbit überhaupt mitgenommen hätte, warum er nicht bei ihnen geblieben und seinen Freunden ordentlich gefolgt wäre und warum der Zauberer nicht jemand mit mehr Verstand ausgesucht hätte. »Bisher hat er uns mehr Verdruß als Nutzen gebracht«, sagte einer. »Wenn wir jetzt noch einmal in diese scheußlichen Stollen hinein müssen, um ihn zu suchen, dann zum Henker mit ihm! Das ist meine Meinung.«

Gandalf antwortete ärgerlich: »Ich war es, der ihn mitnahm, und ich bringe keine Leute mit, die nichts taugen. Entweder helft ihr mir, ihn zu suchen, oder ich gehe und lasse euch in der Klemme sitzen, und ihr könnt zusehen, wie ihr wieder herauskommt. Wenn wir ihn wiederfinden, werdet ihr danke schön sagen, noch ehe das Unternehmen zu Ende ist. Warum bloß habt Ihr ihn fallen lassen, Dori?«

»Ihr hättet ihn auch fallen lassen«, sagte Dori, »wenn plötzlich ein Ork von hinten aus der Finsternis Eure Knie geschnappt, Euch ein Bein gestellt und in den Hintern getreten hätte!«

»Aber warum habt Ihr ihn dann nicht wieder aufgepackt?«

»Lieber Himmel! Ihr könnt fragen! Überall fochten und bissen die Orks im Dunkeln, jeder fiel über irgendwen und irgendwas. Beinahe hättet Ihr meinen Kopf mit Glamdring abgehauen, und Thorin stach hier und dort und überall mit Orkrist herum. Dann ließt Ihr auf einmal einen Blitzstrahl dazwischenfahren, und wir sahen die Orks brüllend zurückrennen. Ihr rieft: ›Folgt mir alle nach!‹, und verflixt, es hätten Euch auch alle folgen sollen. Wir dachten das jedenfalls. Zum Abzählen blieb keine Zeit, wie Ihr ganz gut wißt, oder wolltet Ihr abzählen, als wir zwischen den Torwachen hindurchpreschten, raus aus dem unteren Tor und kopfüber, kopfunter bis hierher? Und hier sind wir jetzt – und ohne den Meisterdieb, verwünscht noch einmal!«

»Und hier ist auch der Meisterdieb!« sagte Bilbo und kam in ihre Mitte heruntergestapft, wobei er den Ring vom Finger gleiten ließ.

Donnerwetter, wie sie da aufsprangen! Sie schrien vor Überraschung und schließlich auch vor Erleichterung alle durcheinander. Gandalf war ebenso erstaunt, aber wahrscheinlich mehr erfreut als die anderen. Er rief Balin und sagte ihm, was er von einem Ausguckmann hielt, der die Leute ohne Warnung gleich zu ihnen heranspazieren ließ. Indessen stieg die Achtung der Zwerge vor Bilbo durch diese Geschichte ganz außerordentlich. Wenn sie bisher noch immer gezweifelt hatten, daß er wirklich ein Meisterdieb erster Klasse war (Gandalfs Worten zum Trotz), so zweifelten sie nun nicht länger daran. Am meisten war Balin überrascht; aber nicht nur Balin, jeder sagte, daß es ein ausnehmend geschickter Streich war.

Bilbo war sehr zufrieden, daß man ihn so lobte. Innerlich lachte er, sagte aber nichts über den Ring. Und als sie ihn fragten, wie er es geschafft habe, antwortete er: »Oh, ich bin nur vorwärts gekrochen, wißt ihr – sehr vorsichtig natürlich und ganz lautlos.«

»Wirklich gut, denn bisher ist nicht mal eine vorsichtige und leise Maus unter meiner Nase weggehuscht, ohne daß ich sie bemerkt hätte«, sagte Balin. »Ich ziehe meine Kapuze vor Euch.« Und das tat er dann auch. »Balin, zu Euren Diensten«, sagte er.

»Euer Diener: Mister Beutlin«, entgegnete Bilbo.

Dann wollten sie alles über seine Abenteuer hören, alles, seit sie ihn verloren hatten, und er setzte sich nieder und erzählte seine Erlebnisse von hinten bis vorn – ausgenommen die Geschichte von dem Ring. (Nicht gerade jetzt, dachte er.)

Sie waren besonders an dem Rätselkampf interessiert und schauderten bei der Beschreibung Gollums.

»Und dann fiel mir keine andere Frage ein, als er so dicht neben mir saß«, endete Bilbo, »und ich sagte: ›Was ist in meiner Tasche?‹ Und das konnte er dreimal nicht erraten. Da sagte ich: ›Wie steht's mit Eurem Versprechen? Zeigt mir den Weg hinaus!‹ Aber er kam an und wollte mich töten, und ich rannte weg und fiel hin, und er verlor mich im Dunkeln. Dann folgte ich ihm, denn ich hörte ihn mit sich selbst reden. Er dachte, in Wirklichkeit würde ich den Weg doch kennen, und so ging er den richtigen Weg entlang. Und dann setzte er sich in den Eingang, und ich konnte nicht vorbei. Da sprang ich über ihn hinweg und entkam und rannte zum Tor hinunter.«

»Und die Wachen?« fragten sie. »Waren keine Wachen da?«

»O ja! Massenweise. Aber ich legte sie herein. Dann blieb ich in der Tür hängen, die nur einen Spalt offen war, und verlor Dutzende von Knöpfen dabei«, sagte er und blickte traurig an seinen zerrissenen Kleidern herab. »Aber ich habe mich richtig durchgequetscht – und hier bin ich nun.«

Die Zwerge betrachteten ihn mit einem ganz neuen Respekt, als er davon sprach, wie er die Wachen hereingelegt hatte, wie er über Gollum hinweggesprungen war und sich durchgequetscht hatte, als ob das gar nicht sehr schwer und aufregend gewesen wäre.

»Was habe ich euch gesagt?« meinte Gandalf lachend. »An Mister Beutlin ist mehr dran, als ihr denkt.« Unter seinen buschigen Augenbrauen jedoch sandte er Bilbo einen seltsamen Blick zu, während er dies sagte, und der Hobbit überlegte, ob Gandalf erraten habe, was er wohlweislich ausgelassen hatte.

Dann mußte Bilbo selbst einige Fragen stellen, denn obgleich den Zwergen gerade alles von Gandalf erklärt worden war, hatte der Hobbit es doch nicht mit angehört. Er wollte wissen, auf welche Weise der Zauberer wieder aufgetaucht und wo sie nun alle waren.

Dem Zauberer, um die Wahrheit zu sagen, kam es durchaus nicht ungelegen, seine Gescheitheit noch einmal zu beweisen. Und so berichtete er Bilbo, daß ihm sowohl als auch Elrond die Gegenwart übler Orks in diesen Teilen des Gebirges durchaus bekannt gewesen wäre. Aber ihr Haupttor befand sich früher an einem ganz anderen Paß, an einem Paß, über den zu reisen viel leichter war, so daß die Orks oft genug Leute aufgriffen, die in der Nähe ihrer Türen übernachteten. Offensichtlich hatte man deshalb diesen Weg aufgegeben, und die Orks mußten den neuen Eingang gerade auf jener Paßhöhe angelegt haben, über die die Zwerge gekommen waren – kürzlich erst, denn dieser Paß war bisher ganz sicher gewesen.

»Ich muß einmal sehen, ob ich nicht einen mehr oder weniger netten Riesen finde, der den Sack dort wieder zumacht«, sagte Gandalf, »oder es gibt bald überhaupt keinen Weg mehr über das Gebirge.«

Kaum hatte Gandalf Bilbos Schrei gehört, als er auch schon begriff, was da vor sich ging. Mit dem Blitz, der die nach ihm greifenden Orks niederstreckte, hatte er sich in den Spalt gezwängt, gerade als er zuschnappte. Er folgte den Treibern und ihren Gefangenen bis zur großen Halle, und dort setzte er sich nieder und zauberte so gut, wie er es in der Finsternis überhaupt konnte.

»Es war ein heikles Geschäft«, sagte er. »Anzünden – und nichts wie weg!«

Aber Gandalf hatte sich natürlich ganz besonders mit Feuer- und Lichtzaubereien beschäftigt (selbst der Hobbit hatte niemals die zauberhaften Feuerwerke auf den Mittsommergesellschaften des alten Tuk vergessen, wie ihr euch erinnert). Den Rest wissen wir schon – ausgenommen, daß Gandalf über die Hintertür genau Bescheid wußte, jenen unteren Ausgang, an dem Bilbo seine Knöpfe verlor. Dieses untere Tor war übrigens jedermann wohlbekannt, der mit diesen Gegenden des Gebirges vertraut war. Aber es bedurfte eines Zauberers, damit man in den unterirdischen Gängen den Kopf nicht verlor und die rechte Richtung fand.

»Dieses Tor bauten sie vor vielen Jahren«, sagte er, »einesteils, um einen Fluchtweg zu besitzen, falls einmal einer gebraucht wurde. Andernteils benutzten sie es als Ausfalltor in die Länder auf der andern Seite, in die sie nachts noch immer einfallen und wo sie großes Unheil stiften. Niemals ist es unbewacht, und niemand ist es bisher gelungen, dieses Tor ein für allemal zu sperren. Jetzt werden sie es doppelt bewachen«, bemerkte Gandalf lachend.

Auch die anderen lachten. Recht betrachtet, hatten sie zwar viel verloren, aber sie hatten den Großen Ork getötet und viele andere Kerle auch, und schließlich waren sie entkommen. Man konnte also sagen, daß sie doch das Bestmögliche erreicht hatten.

Aber der Zauberer rief sie zu vernünftigen Überlegungen zurück. »Jetzt, da wir ein wenig ausgeruht sind, müssen wir sofort aufbrechen«, sagte er. »Sie werden zu Hunderten hinter uns her sein, wenn erst die Nacht kommt. Und die Schatten werden schon länger. Sie können unsere Fährten noch nach Stunden riechen. Wir müssen also etliche Meilen hinter uns bringen, ehe es dämmert. Wenn das Wetter gut bleibt, haben wir ein wenig Mondlicht, und das kann man Glück nennen. Nicht, daß die Orks das Mondlicht scheuen. Aber es wird uns helfen, uns besser zurechtzufinden.«

»O ja!« antwortete der Zauberer auf einige weitere Fragen des Hobbits. »Drinnen in den Orkgängen verliert man den Sinn für die Zeit. Heute ist Donnerstag, und es war Montag nacht oder Dienstag morgen, als wir gefangen wurden. Wir sind viele Meilen gelaufen und mitten durch das Herz des Gebirges gekommen, und jetzt sind wir auf der anderen Seite – ein schönes Stück haben wir dabei abgeschnitten. Aber wir sind nun nicht an jener Stelle, an die unser Paßweg uns gebracht hätte. Wir sind zu weit nördlich herausgekommen und haben eine nicht sehr angenehme Gegend vor der Nase. Außerdem sind wir hier noch sehr hoch oben. Los, jetzt müssen wir weiter!«

»Ich bin so schrecklich hungrig«, klagte Bilbo, der plötzlich gewahr wurde, daß er seit der vorvorigen Nacht nichts mehr gegessen hatte. Denkt bloß, was das für einen Hobbit heißt! Sein Magen fühlte sich ganz leer und schlaff an, und seine Beine waren richtig weich, jetzt, da die Aufregung vorüber war.

»Ich kann es nicht ändern«, sagte Gandalf, »es sei denn, Ihr fragt die Orks höflich, ob sie Euch das Pony und Euren Verpflegungssack zurückgeben wollen.«

»Nein, vielen Dank«, entgegnete der Hobbit.

»Gut also, wir müssen uns den Gürtel enger schnallen und weitertrotten – oder wir werden zu Hackfleisch gemacht, und das dürfte in jedem Fall schlimmer sein als selbst keines haben.«

Als sie so marschierten, blickte Bilbo nach allen Seiten, ob nicht etwas Eßbares zu finden wäre. Aber die Brombeeren standen gerade erst in der Blüte. Nüsse gab es natürlich auch nicht, nicht einmal Weißdornbeeren. Er knabberte ein bißchen Sauerampfer, trank aus einem kleinen Gebirgsbach, der den Weg kreuzte, und aß drei wilde Erdbeeren, die er am Ufer fand. Aber das half nicht viel.

Sie marschierten und marschierten. Der holprige Pfad verschwand. Die Büsche und das hohe Gras zwischen den Felsbrocken, die von Kaninchen abgefressenen Rasenflekke, der Thymian, der Salbei, der Majoran und die gelben Felsenrosen – alles blieb zurück, und plötzlich standen sie hoch oben an einem breiten, steilen Hang aus losem Geröll, dem Überbleibsel eines Erdrutsches. Als sie mit dem Abstieg begannen, rollten Schutt und Kiesel unter ihren Füßen weg. Bald kamen krachend die größeren Gesteinsbrocken hinterher und rissen andere Stücke mit. Überall unter ihnen glitt und rollte es. Felsklötze wurden angestoßen und auf die Reise geschickt; sie krachten mit wehenden Staubfahnen und tosendem Lärm hinunter. Es dauerte nicht lange, und der ganze Hang über ihnen und unter ihnen schien in Bewegung geraten zu sein. Sie rutschten mit, fielen aufeinander, und das alles geschah in einem furchtbaren Tohuwabohu von scheppernden, rutschenden, krachenden Steinen, Schutt und Geröll.

Die Bäume unten retteten sie. Sie schlitterten nämlich bis zum Rand eines Kiefernwaldes, der von den tief unten gelegenen, dunklen Talwäldern bis zum Steilabfall hinaufreichte. Einige fanden Halt an den Stämmen und schwangen sich in die unteren Zweige, andere (wie der kleine Hobbit) fanden hinter einem Baum Schutz gegen den Steinschlag. Bald war die Gefahr vorbei, der Bergrutsch hatte aufgehört, und es war nur noch ein letztes, schwaches Aufkrachen zu vernehmen, wenn die schwersten Brocken des aufgestörten Gesteins tief unten durch das Farnkraut und über die Kiefernwurzeln rumpelten und wirbelten.

»Schön, das hat uns ein gutes Stück weitergebracht«, sagte Gandalf. »Und selbst Orks, die hinter uns her sind, dürften Mühe haben, hier leise herunterzukommen.«

»Das nehme ich auch an«, brummte Bombur. »Aber sie werden es nicht schwer finden, uns ein paar Bumser auf den Kopf tanzen zu lassen.«

Die Zwerge (und mit ihnen Bilbo) fühlten sich keineswegs wohl. Sie rieben ihre zerschundenen und zerschlagenen Beine und Füße.

»Unsinn! Wir müssen uns sofort seitwärts wenden, weg vom Steinschlag, und wir müssen uns beeilen.«

Die Sonne war längst hinter den Bergen verschwunden. Schon wurden die Schatten tief, obgleich man durch die Bäume und über die Wipfel der tiefer stehenden Kiefern hinweg weit in der Ferne den Abendschein auf den Ebenen jenseits sehen konnte. So rasch es ihnen möglich war, humpelten sie die sanften Hänge eines Kiefernwaldes hinunter, einen schräglaufenden Pfad entlang, der geradewegs nach Süden führte. Zuweilen durchquerten sie ein richtiges Meer von Farnkräutern, deren hohe Wedel bis über Bilbos Kopf ragten, zuweilen wanderten sie völlig lautlos über einen dicken Teppich von Kiefernnadeln. Und während der ganzen Zeit wurde die Waldesdämmerung immer schwerer und die Waldesstille immer tiefer. An diesem Abend wehte kein Lüftchen, so daß nicht einmal das leiseste Seufzen in den Baumkronen zu hören war.

»Müssen wir immer noch weiter?« fragte Bilbo, als es so dunkel geworden war, daß er gerade noch Thorins Bart neben sich fliegen sah, und so still, daß ihm das Atmen der Zwerge wie ein lautes Blasen vorkam. »Meine Zehen sind wund und krumm, meine Beine tun weh, und mein Magen beutelt sich wie ein leerer Sack.«

»Noch ein bißchen weiter«, sagte Gandalf.

Das bißchen kam ihnen wie ein halbes Weltalter vor, aber dann gelangten sie plötzlich an einen offenen Fleck, wo keine Bäume wuchsen. Der Mond war aufgegangen und schien auf die Lichtung herab. Irgendwie kam es allen vor, als ob es kein guter Platz wäre, obgleich nichts Verdächtiges zu sehen war.

Plötzlich hörten sie unten am Hügel ein Heulen, ein langes, schauerliches Heulen. Es wurde von einem andern Geheul an ihrer rechten Seite beantwortet, ihnen schon ein gutes Stück näher gerückt, und dann von einem, das von links und ganz aus der Nähe kam. Es waren Wölfe, die den Mond anheulten, Wölfe, die sich versammelten!

Zu Hause, in der Nähe von Mister Beutlins Höhle, gab es keine Wölfe. Aber Bilbo kannte das Heulen. Er hatte es oft genug in Geschichten beschrieben gefunden. Einer seiner älteren Vettern (einer von der Tukseite), der ein großer Weltreisender war, ahmte es zuweilen nach, um ihn zu erschrecken. Es aber aus dem finsteren Wald unter dem weißen Mondlicht zu hören – das war zuviel für Bilbo. Selbst Zauberringe nützen nicht viel bei Wölfen, besonders nicht bei jenem üblen Pack, das im Schatten des von Orks besetzten Gebirges lebte, jenseits der Einödgrenze an den Ufern des Unbekannten. Wölfe dieser Art wittern schärfer als Orks. Um euch zu fangen, brauchen sie euch nicht erst zu sehen!

»Was sollen wir machen, was sollen wir bloß machen!« schrie Bilbo. »Den Orks entwischt, um von den Wölfen geschnappt zu werden!« rief er, und es wurde zu einem Sprichwort, obgleich wir heute bei ähnlich unangenehmen Situationen sagen: Raus aus der Bratpfanne, rein ins Feuer!

»Hinauf in die Bäume, rasch!« befahl Gandalf, und sie rannten zu jenen Bäumen am Rand der Lichtung, die niedrige Äste besaßen oder so schlank waren, daß man sie leicht erklettern konnte. Sie fanden sie schneller als jemals sonst, das könnt ihr euch vorstellen, und sie kletterten so hoch hinauf, wie sie es den Ästen gerade noch zumuten konnten. Ihr würdet laut gelacht haben (aus sicherer Entfernung), wenn ihr die Zwerge mit ihren herabbaumelnden Bärten in den Bäumen hättet hocken sehen, wie alte übergeschnappte Herren, die sich wie Schulbuben benahmen. Fili und Kili saßen in der Krone einer hohen Lärche, die wie ein enormer Weihnachtsbaum aussah. Dori, Nori, Ori, Oin und Gloin saßen ein wenig bequemer in einer stämmigen Kiefer mit regelmäßigen, in Zwischenräumen wie Speichen herausragenden Ästen. Bifur, Bofur, Bombur und Thorin saßen in einer anderen Kiefer. Dwalin und Balin hatten eine hohe Tanne erklettert, die nur wenige Äste besaß, und nun versuchten sie, einen Sitzplatz im Grün des Wipfels zu finden.

Gandalf, der ein gutes Stück größer war als alle anderen, hatte einen Baum gefunden, in den keiner hätte klettern können, eine mächtige Kiefer, die genau am Rand der Lichtung stand. Er war fast ganz verborgen im Astwerk. Aber als er nun herausspähte, hättet ihr sehen können, wie seine Augen im Mondlicht schimmerten.

Und Bilbo? Er konnte überhaupt auf keinen Baum hinauf und hüpfte von Stamm zu Stamm wie ein Kaninchen, das sein Loch verloren hat und hinter dem ein Hund her ist.

»Ihr habt schon wieder den Meisterdieb verloren«, sagte Nori zu Dori und schaute hinab.

»Auf meinem Rücken kann ich nicht immer Meisterdiebe spazierentragen«, erwiderte Dori. »Stollen hinunter und Bäume hinauf! Für wen haltet Ihr mich eigentlich? Bin ich Gepäckträger?«

»Er wird gefressen, wenn wir nichts unternehmen«, sagte Thorin, denn das Heulen kam jetzt von allen Seiten näher und näher. »Dori!« rief er, denn Dori saß zuunterst in dem besten Kletterbaum, »rasch, gebt Mister Beutlin die Hand!«

In Wirklichkeit war Dori trotz seiner Brummerei ein prächtiger Bursche. Doch der arme Bilbo konnte seine Hand nicht erreichen, selbst als Dori bis zum untersten Ast geklettert war und seinen Arm, so weit es nur irgend ging, hinunterstreckte. Dori kletterte also ganz vom Baum herunter und ließ Bilbo sich auf seine Schultern stellen.

Gerade in diesem Augenblick jagten die Wölfe heulend auf die Lichtung. Hunderte von Augen starrten unsere Gesellschaft mit einem Mal an. Aber Dori ließ Bilbo nicht im Stich. Er wartete, bis der Hobbit von seinen Schultern in die Zweige geklettert war, und dann sprang er hinterher. Gerade zur rechten Zeit! Ein Wolf schnappte nach seinem Mantel, als er sich aufschwang, und beinahe hätte er ihn erwischt. Es verging keine Minute, da lungerte auch schon das ganze Pack jaulend um den Baum, sprang am Stamm hoch, die Augen glühten, und die Zungen hingen heraus.

Aber selbst die wilden Warge (so wurden die üblen Wölfe von dieser Seite der Einödgrenze genannt) können nicht auf Bäume klettern. Eine Zeitlang war man in Sicherheit. Glücklicherweise war es warm und nicht windig. Es ist nicht sehr angenehm, wenn man längere Zeit in einem Baum sitzen muß. Aber in Kälte und Wind erst, mit Wölfen, die unten rund herum auf einen warten, sind Bäume eine ganz besonders unangenehme Sitzgelegenheit.

Diese Lichtung war augenscheinlich ein Versammlungsplatz der Wölfe. Immer noch kamen neue an. Sie ließen Wachen am Fuß des Baumes zurück, in dem Dori und Bilbo saßen. Dann schnüffelten sie umher, bis sie alle anderen Baumverstecke ausgemacht hatten. Diese bewachten sie ebenfalls, während der Rest (Hunderte und Hunderte Wölfe schienen es zu sein) abzog und sich zu einem großen Kreis in der Lichtung niederkauerte. Genau in der Mitte des Kreises lag ein mächtiger Grauwolf. Er sprach zu ihnen in der furchtbaren Sprache der Warge. Gandalf verstand sie. Bilbo verstand nichts, aber es schauderte ihn, denn es klang, als ob es sich um nichts als tückische Grausamkeiten handelte – was es in Wirklichkeit ja auch war.

Dann und wann antworteten im Kreis alle Warge ihrem grauen Anführer, und ihr schreckliches Geschrei ließ den Hobbit fast aus seiner Kiefer fallen.

Obgleich Bilbo kein Wort verstand, möchte ich euch doch berichten, was Gandalf hörte. Warge und Orks halfen oft einander bei ihren üblen Vorhaben. Zwar wagen sich Orks gewöhnlich nicht weit aus ihren Bergen heraus, außer wenn sie vertrieben werden und sich einen neuen Unterschlupf suchen müssen oder wenn sie in den Krieg ziehen (glücklicherweise war das seit langer Zeit nicht mehr geschehen). Aber in jenen Tagen unternahmen sie allerlei Streifzüge, um Nahrungsmittel zu rauben oder Sklaven, die für sie arbeiten mußten. Dann nahmen sie oft die Warge als Kumpane und teilten den Raub mit ihnen. Manchmal ritten sie auf Wargen wie Menschen auf Pferden. Nun schien es, daß gerade für diese Nacht ein großer Orkstreifzug geplant war. Die Warge waren gekommen, um die Orks zu treffen, aber die Orks hatten sich verspätet. Der Grund war zweifellos der Tod des Großen Ork und die Aufregung, die von den Zwergen, Bilbo und dem Zauberer verursacht worden war. Wahrscheinlich jagten sie noch immer hinter ihnen her.

Trotz der Gefahren dieses abgelegenen Landes waren kühne Menschen kürzlich von Süden her zurückgekehrt. Sie fällten Bäume, um sich feste Plätze in den lichteren Talwäldern und entlang den Flußufern zu bauen. Sie waren zahlreich und tapfer und vorzüglich ausgerüstet, und selbst die Warge wagten es nicht, sie am hellichten Tag anzugreifen, besonders, wenn mehrere Menschen beisammen waren. Aber nun hatten die Warge verabredet, mit Hilfe der

Orks bei Nacht einige der dem Gebirge am nächsten liegenden Ansiedlungen zu überfallen. Wäre ihr Plan gelungen, dann hätte niemand den nächsten Tag gesehen, alle wären getötet worden – bis auf die wenigen, die die Orks als Gefangene in ihre Höhlen geschleppt hätten.

Das war eine schreckliche Geschichte, was Gandalf da hörte, nicht nur wegen der tapferen Waldmenschen und ihrer Frauen und Kinder, sondern auch wegen der Gefahr, in die er und seine Freunde geraten waren. Die Warge waren ärgerlich und verblüfft, daß sie sie ausgerechnet auf ihrem Versammlungsplatz vorfanden. Sie mußten sie für Freunde der Waldmenschen halten, die zum Spionieren gekommen waren und Nachricht über die Absichten der Warge hinunter in die Täler bringen wollten. Das aber hätte Wölfe und Orks in eine furchtbare Schlacht verwickelt, anstatt ihnen Gefangene einzubringen und Menschen, die, plötzlich aus dem Schlaf geweckt, mühelos verschlungen werden konnten. Die Warge hatten also keineswegs die Absicht, abzuziehen und die Gesellschaft da oben in den Bäumen entkommen zu lassen, jedenfalls nicht vor dem nächsten Morgen. Vorher aber, sagten sie, würden die Orksoldaten aus den Bergen eintreffen. Und Orks können auf Bäume klettern, oder sie fällen sie ganz einfach.

Nun könnt ihr verstehen, warum Gandalf, während er ihrem Heulen und Kläffen zuhörte, sich zu fürchten begann. Wenn er auch ein Zauberer war, so spürte er doch, daß er mit seinen Freunden auf einem ausnehmend schlechten Platz saß und, recht betrachtet, noch lange nicht entkommen war. Aber er gab die Hoffnung nicht auf, obgleich er von seinem luftigen Sitz aus, der noch dazu von Wölfen umringt war, nicht viel unternehmen konnte. Gandalf sammelte große Kiefernzapfen von den Zweigen seines Baumes. Dann brannte er einen mit heller, blauer Flamme an und warf ihn zischend in den Kreis der Wölfe hinunter. Der Kienzapfen traf einen auf den Rücken, und sofort fing sein zottiges Fell Feuer. Entsetzlich kläffend sprang der Warg hin und her. Dann folgte ein neuer Wurf und wieder einer, einer in blauen Flammen, einer in roten und einer in grünen. Die Kiefernzapfen zersprangen auf der Erde mitten im Kreis und zerstoben in bunten Funken und Rauch. Ein besonders großer traf den Anführer der Wölfe auf die Nase. Er sprang zehn Fuß hoch in die Luft. Dann raste er im Kreis herum, raste und biß, und in Angst und Entsetzen schnappte er sogar nach den anderen Wölfen.

Die Zwerge und Bilbo schrien und jubelten. Die Raserei der Wölfe war grausig anzusehen, ihr Aufruhr erfüllte den ganzen Wald. Wölfe fürchten seit jeher das Feuer, und dies war das schrecklichste und unheimlichste, das ihnen je begegnet war. Wenn ein Funke in ihr Fell schoß, setzte er sich fest und brannte sich ein, und wenn sie sich nicht schnell auf der Erde wälzten, standen sie bald in Flammen. Überall auf der Lichtung wälzten sich Wölfe, die die Funken auf ihren Rücken zu löschen versuchten, während diejenigen, die bereits brannten, heulend umherrasten und andere in Brand setzten – bis ihre eigenen Freunde sie wegjagten. Schreiend und jammernd flohen sie die Hänge hinunter, um Wasser zu suchen.

»Was ist das bloß für ein Aufruhr heut nacht im Wald?« fragte der Fürst der Adler. Schwarz saß er im Mondlicht auf der Spitze eines einsamen Gipfels in den Felsen des östlichen Gebirgsrandes. »Ich höre die Stimme der Wölfe! Sind die Orks wieder einmal auf Unheil aus in den Wäldern?«

Er erhob sich in die Luft, und sogleich erhoben sich von den Felsen auf beiden Seiten zwei Wachen und folgten ihm. Sie kreisten hinauf in den Himmel und schauten hinab auf den Ring der Wölfe: ein winziger Fleck, tief unten. Aber Adler haben scharfe Augen und können winzige Dinge auf große Entfernung erkennen. Der Fürst der Adler aus den

Nebelbergen hatte Augen, mit denen er, ohne zu zwinkern, in die Sonne blicken und mit denen er ein Kaninchen, das sich eine Meile tief unten auf der Erde bewegte, selbst im Mondlicht ausmachen konnte. Obgleich er die Gesellschaft in den Bäumen nicht bemerkte, konnte er doch das Hinundherrennen der Wölfe und die winzigen Feuerblitze erkennen. Schwach drangen das Heulen und Klagen aus der großen Tiefe bis zu ihm hinauf. Auch konnte er den Schimmer des Mondes auf den Speeren und Helmen der Orks sehen, als lange Züge dieses verschlagenen Volkes aus ihrem Ausfalltor den Berg hinabkrochen und sich in den Wald ergossen.

Adler sind keine freundlichen Vögel. Manche sind feige und grausam. Aber die alte Rasse der nördlichen Gebirge, die mächtigsten aller Vögel, war stolz und stark und edelherzig. Diese Vögel mochten die Orks nicht und fürchteten sie auch nicht. Wenn sie überhaupt Notiz von ihnen nahmen (selten nur, denn solche Geschöpfe fraßen sie nicht), dann schwangen sie sich über sie und trieben sie kreischend in ihre Höhlen zurück. Oft genug vereitelten sie so die üblen Taten der Orks. Die Orks ihrerseits haßten die Adler und fürchteten sie. Aber sie konnten weder ihre luftigen Horste erreichen noch sie auf andere Art aus den Bergen vertreiben.

In dieser Nacht war der Fürst der Adler sehr neugierig, was dort unten vor sich ging. Er befahl zahlreiche andere Adler zu sich. Sie flogen sogleich von den Bergen fort, flogen langsam kreisend immer tiefer zum Ring der Wölfe und ihrem Treffplatz mit den Orks hinab.

Das war eine glückliche Wendung, denn schrecklich genug ging es dort unten zu. Die Wölfe, die Feuer gefangen hatten und in den Wald gerannt waren, hatten ihn an mehreren Stellen in Brand gesetzt. Es war Hochsommer. Und auf der Ostseite des Gebirges hatte es lange Zeit nicht mehr geregnet. Vergilbte Farnkräuter, dürre Zweige, der dichte Nadelteppich und abgestorbene Bäume standen bald in Flammen. Rund um die Lichtung der Warge loderte das Feuer. Doch die Wolfswachen verließen die Bäume nicht. Verrückt und rasend geworden, sprangen sie heulend um die Stämme, verwünschten die Zwerge in ihrer schrecklichen Sprache; die Zungen hingen ihnen aus dem Maul, und ihre Augen leuchteten rot und feurig wie die Flammen.

Dann kamen plötzlich laut schreiend die Orks angerannt. Sie dachten, es sei eine Schlacht mit den Waldmenschen im Gange. Aber als sie erfuhren, was in Wirklichkeit vorging, setzten sie sich vor Lachen auf den Boden oder schwangen ihre Speere und schlugen mit den Schäften gegen die Schilde. Orks fürchten das Feuer nicht, und bald hatten sie einen Plan gemacht, der ihnen sehr spaßig vorkam. Einige versammelten alle Wölfe auf einen Haufen. Andere stapelten Farn und Strauchwerk um die Baumstämme. Wieder andere liefen umher und stampften und traten und schlugen, bis nahezu alle Flammen gelöscht waren. Aber bei den Bäumen, in denen die Zwerge saßen, machten sie das Feuer nicht aus, ja, sie nährten es mit Laub, dürren Ästen und Farnkraut. Bald hatten sie einen Ring von Feuer und Rauch um die Zwerge gelegt. Nach außen ließen sie den Ring nicht weiterfressen, aber allmählich schloß er sich so eng, daß die züngelnden Flammen die Scheiterhaufen unter den Bäumen erreichten. Rauch biß Bilbo in die Augen. Er konnte die Hitze der Flammen spüren. Und durch den Rauch sah er die Orks immer rundherum im Kreis wie Menschen um ein Mittsommer-Freudenfeuer tanzen. Außerhalb des Ringes der mit ihren Speeren und Äxten tanzenden Krieger standen die Wölfe in respektvoller Entfernung, lauerten und warteten.

Bilbo konnte hören, wie die Orks ein schreckliches Lied anstimmten:

»Fünfzehn Vögel in fünf hohen Föhren,
singt und laßt euch vom Feuer nicht stören!
Doch diesen Vögeln fehlen die Schwingen.
Sagt, was soll man mit ihnen beginnen?
Sind sie am Ende zu mager geraten,
holt schnell das Fett, um sie lecker zu braten!«

Dann hielten sie inne und riefen: »Fliegt weg, kleine Vögel! Fliegt weg, wenn ihr könnt! Kommt herunter, kleine Vögel, oder ihr werdet in euren Nestern gebraten! Singt, singt, kleine Vögel! Warum singt ihr denn nicht?«

»Trollt euch, Kinderchen!« rief Gandalf als Antwort. »Es ist verboten, Vogelnester auszunehmen. Kleine Jungen werden bestraft, wenn sie mit Feuer spielen.« Er sagte das, um sie wütend zu machen und ihnen zu zeigen, daß er sich nicht einschüchtern ließ, obgleich er natürlich Angst hatte, und das, obwohl er ein Zauberer war. Aber sie kehrten sich nicht daran, fuhren fort zu singen, und bald hatten die Flammen Gandalfs Baum erfaßt, und die anderen Bäume brauchten auch nicht mehr zu warten. Die Borke faßte Feuer, in den unteren Ästen begann es zu krachen.

Da kletterte Gandalf in die Spitze seiner Kiefer. Im Wipfel angekommen, ließ er plötzlich seinen Zauberstab furchtbare Blitze speien; Gandalf war fertig zum Sprung hinab von der Höhe, mitten in die Speere der Orks hinein. Das wäre sein Ende gewesen. Gewiß, er hätte viele von ihnen niedergestreckt, wenn er sich wie ein Donnerschlag auf sie heruntergestürzt hätte – aber er sprang nicht, denn in diesem Augenblick glitt der Fürst der Adler herab, griff ihn mit seinen Klauen, und weg war er.

Die Orks schrien vor Wut und Überraschung auf. Laut kreischte der Fürst der Adler: Gandalf hatte ihn bewogen, die großen Vögel, die ihn begleiteten, erneut zurückfliegen zu lassen. Sie kamen wie riesige schwarze Schatten herab.

Die Wölfe jaulten und knirschten mit den Zähnen. Die Orks schrien und stampften vor Wut und schleuderten ihre schweren Speere vergeblich in die Luft. Über ihnen rauschten die Adler. Das dunkle Sausen ihrer schlagenden Schwingen warf sie zu Boden oder trieb sie davon. Mit ihren Klauen zerrissen sie den Orks das Gesicht. Andere Vögel flogen in die Baumwipfel und ergriffen die Zwerge, die so hoch hinaufgekrabbelt waren, wie sie es nur wagen konnten.

Aber der arme kleine Bilbo wurde wieder einmal beinahe vergessen! Er schaffte es gerade noch, Doris Bein zu schnappen, als Dori als letzter von allen weggetragen wurde. Und so stiegen sie aus dem Tumult und den Flammen auf. Bilbo baumelte in der Luft, und seine Arme drohten zu zerreißen.

Tief unter ihnen irrten Wölfe und Orks überall in den Wäldern umher. Einige wenige Adler kreisten noch immer über dem Schlachtfeld. Die Flammen in den Bäumen sprangen plötzlich hoch über die äußersten Wipfelzweige hinaus. Prasselnd gingen sie in Feuer auf. Bilbo war wirklich zur rechten Zeit entkommen!

Bald wurde der Brandschein unter ihnen schwächer, erstarb zu einem roten Glühen auf schwarzem Grund. Die Adler flogen mit Gandalf, den Zwergen und dem Hobbit hoch in den Himmel hinauf, stiegen während der ganzen Zeit in mächtig weiten Kreisen. Diesen Flug vergaß Bilbo nie. Er baumelte an Doris Fersen und jammerte: »Meine Arme, meine Arme!« Aber Dori stöhnte: »Meine Beine, meine Beine!«

Das schönste war, daß die Höhenluft Bilbo schwindlig machte. Gewöhnlich wurde es ihm schon merkwürdig zumute, wenn er über den Rand einer kleinen Klippe schaute, und Leitern hatte er niemals gemocht, geschweige denn Bäume (da er bisher noch nicht in die Verlegenheit gekommen war, vor Wölfen fliehen zu müssen). So könnt ihr euch vorstellen, wie ihm alles davonschwamm, wenn er zwischen seinen baumelnden Zehen hindurch nach unten blickte, die dunklen Länder tief unter sich, und hier und da eine Felswand oder einen Strom in den Ebenen im Mondlicht aufleuchten sah.

Die bleichen Spitzen des Gebirges kamen näher: mondhelle Felszacken, die aus schwarzen Schatten herausstachen. Ob Sommer oder nicht – es kam Bilbo eisig kalt vor. Er schloß die Augen und überlegte, ob er sich noch länger festhalten konnte. Dann stellte er sich vor, was geschehen würde, wenn er es nicht mehr täte. Er fühlte sich sterbenskrank.

Der Flug endete gerade zur rechten Zeit, kurz bevor seine Arme nachgaben. Er ließ Doris Fersen los und fiel auf die rauhe Plattform eines Adlerhorstes. Da lag er nun, ohne ein Wort zu sagen, und in seinen Gedanken mischten sich Staunen und Furcht – Staunen, daß er aus dem Feuer errettet worden war, und Furcht, daß er von diesem engen Fleck in die tiefen Schatten ringsum hinabstürzen könnte. Sein Kopf brummte nach all den entsetzlichen Abenteuern der letzten drei Tage, in denen es nahezu nichts zu essen gegeben hatte. Und er hörte sich selbst laut sagen: »Jetzt weiß ich, wie es einem Stück Speck zumute ist, wenn es plötzlich mit einer Gabel aus der Pfanne gepickt und zurück in die Speisekammer gelegt wird.«

»Nein, das wißt Ihr nicht!« hörte er antworten. »Der Speck weiß, daß er früher oder später zurück in die Pfanne wandert. Wir hoffentlich nicht. Außerdem sind Adler keine Gabeln!«

»O nein, kein bißchen wie Gabeln«, sagte Bilbo, setzte sich auf und betrachtete ängstlich den Adler, der dicht neben ihm kauerte. Er wunderte sich, was für einen Unsinn er noch geredet hatte und ob es der Adler vielleicht krummgenommen habe. Einem solchen Vogel sollte man nicht rauhbeinig kommen, wenn man nur so groß wie ein Hobbit ist und noch dazu nachts in einem Adlerhorst sitzt.

Der Adler wetzte nur seinen Schnabel an einem Stein, strich seine Federn glatt und nahm keine Notiz.

Bald kam ein anderer Vogel herangeflogen. »Der Fürst der Adler bittet Euch, die Gefangenen zur großen Felsplatte zu bringen«, schrie er und strich wieder ab. Der schweigsame Vogel nahm Dori sogleich in seine Klauen, flog fort mit ihm in die Nacht und ließ Bilbo allein.

Der Hobbit hatte kaum noch Kraft, darüber nachzudenken, was der Bote mit den Gefangenen gemeint hatte. Und als er sich gerade vorstellte, wie er, einem Kaninchen gleich, zum Nachtmahl zerrissen wurde, kam auch die Reihe an ihn.

Der Adler kehrte zurück, griff mit seinen Klauen von hinten Bilbos Jacke und schwang sich in die Luft. Diesmal flog er nur einen kurzen Weg. Bilbo, zitternd vor Angst, wurde auf einer breiten Felsplatte an einer Gebirgswand niedergelegt. Hier herauf führte kein Weg, es sei denn, man konnte fliegen. Und einen Weg hinab gab es auch nicht, es sei denn, man sprang über einen Abgrund. Bilbo fand all die anderen mit dem Rücken zur Bergwand sitzen. Der Fürst der Adler war ebenfalls da und sprach mit Gandalf.

Es schien, als ob Bilbo nach allem doch nicht verspeist werden sollte. Der Zauberer und der Adlerfürst kannten einander. Offenbar standen sie auf freundschaftlichem Fuß. Tatsächlich hatte Gandalf, der oft im Gebirge gewesen war, den Adlern einst einen Dienst erwiesen und ihren Fürsten von einer Pfeilwunde geheilt. Wie ihr also seht, bedeutete »Gefangene« nichts anderes als Gefangene, die aus den Händen der Orks errettet worden waren, und nicht Gefangene der Adler. Als Bilbo der Rede Gandalfs lauschte, erfuhr er, daß sie nun endlich wirklich und wahrhaftig aus den schrecklichen Bergen entkommen würden. Der Zauberer besprach mit dem Großen Adler den Plan, wie man die Zwerge, ihn selbst und Bilbo weit forttragen und unten auf ihrem Weg durch die Ebenen absetzen konnte.

Der Fürst der Adler wollte sie keinesfalls dorthin bringen, wo Menschen lebten. »Mit ihren großen Eibenbogen schießen sie auf uns«, sagte er, »denn sie glauben, wir wären hinter ihren Schafen her. Und wenn es ein andermal wäre, hätten sie sogar recht. Nein! Wir sind froh, daß wir den Orks ihr Spiel verdorben haben und Euch unseren Dank abstatten konnten. Aber wir wollen unsere Haut nicht für Zwerge zu Markte tragen.«

»Sehr richtig«, bemerkte Gandalf. »Bringt uns, wohin und so weit Ihr wollt! Wir sind Euch schon genug zu Dank verpflichtet. Aber inzwischen sterben wir vor Hunger.«

»Ich bin schon beinahe tot«, sagte Bilbo mit weicher, leiser Stimme, die niemand hörte. »Dem kann vielleicht abgeholfen werden«, erwiderte der Fürst der Adler.

Später hättet ihr ein leuchtendes Feuer auf der Felsplatte sehen können und rundherum die Gestalten der Zwerge, die da kochten und brutzelten, und ein feiner Bratengeruch breitete sich aus. Die Adler hatten trockenes Holz heraufgebracht, Kaninchen, Hasen und ein kleines Schaf. Die Zwerge dagegen hatten alle anderen Vorbereitungen übernommen. Bilbo aber fühlte sich viel zu weich in den Knien, um zu helfen. Übrigens war es auch nicht das Richtige für ihn, Kaninchen das Fell über die Ohren zu ziehen oder Fleisch zu zerlegen, denn er war es gewohnt, daß sein Fleischer ihm alles fertig ins Haus lieferte. Oin und Gloin hatten die Zunderbüchse verloren (Zwerge benutzen selbst heute noch keine Streichhölzer). Nachdem Gandalf das Feuer in Gang gesetzt hatte, legte er sich ebenfalls nieder.

So endeten die Abenteuer in den Nebelbergen. Bald war Bilbos Magen wieder voll. Er fühlte sich wohl und spürte, daß er zufrieden einschlafen würde, obgleich er in Wirklichkeit Brot und Butter den an den Stöcken gerösteten Fleischstücken vorgezogen hätte. Er rollte sich ein und schlief auf den harten Felsen besser als jemals in seinem Federbett daheim. Aber während der ganzen Nacht träumte er von seinem Haus, wanderte im Schlaf durch die verschiedenen Zimmer und suchte etwas, das er nicht finden konnte. Ja, er konnte sich nicht einmal entsinnen, wie es aussah.

Ein sonderbares Quartier

Am nächsten Morgen wachte Bilbo mit der frühen Sonne auf. Sie leuchtete ihm mitten ins Gesicht. Er sprang auf die Beine, um auf die Uhr zu sehen und den Teekessel aufzusetzen – und fand, daß er keineswegs zu Hause war. So setzte er sich also wieder und sehnte sich vergeblich nach Waschlappen und Bürste. Keins von beiden war zu haben, und zum Frühstück gab es weder Tee noch geröstete Brotscheiben, noch gebratenen Speck, es gab nichts als kaltes Hammelfleisch und Kaninchen. Und danach mußte er sich für einen neuen Flug fertigmachen.

Diesmal durfte er auf den Rücken des Adlers klettern und zwischen den Schwingen Halt suchen. Der Flugwind rauschte über ihn hinweg, und er schloß die Augen. Die Zwerge schrien gerade »Auf Wiedersehen!« und versprachen, den Fürsten der Adler zu belohnen (wenn sie es jemals könnten), als fünfzehn große Vögel sich von der Felsplatte erhoben. Die Sonne stand noch ganz niedrig im Osten. Der Morgen war kühl, und Nebel lagen in den Tälern und Schluchten und wehten da und dort um die Gipfel und Kuppen der Berge. Bilbo öffnete vorsichtig ein Auge, und da sah er, daß die Vögel schon sehr hoch flogen, die Welt weit fort war und die Berge hinter ihnen in der Ferne zurückblieben. Er schloß die Augen wieder und klammerte sich fester.

»Kneif mich nicht!« sagte der Adler. »Du brauchst dich nicht wie ein Kaninchen zu fürchten, auch wenn du aussiehst, als wärst du eins. Wir haben einen schönen Morgen und angenehmen Wind. Was ist besser als Fliegen?«

Bilbo hätte am liebsten gesagt: »Ein warmes Bad und danach ein spätes Frühstück im Garten.« Aber er dachte, es sei besser, überhaupt nichts zu sagen, und so löste er seinen Klammergriff ein bißchen.

Nach einer guten Weile mußten die Adler wohl den Punkt erspäht haben, auf den sie zusteuerten, denn obgleich sie in gewaltiger Höhe flogen, schwenkten sie ein und glitten in großen Spiralen tiefer. So flogen sie lange Zeit, und schließlich öffnete der Hobbit abermals seine Augen. Die Erde lag schon viel näher, und unter ihnen gab es Bäume, die nach Eichen und Ulmen aussahen, und weites Grasland, das ein Fluß durcheilte. Aber mitten aus dem Lauf des Flusses, der sich links und rechts vorbeiwinden mußte, erhob sich ein mächtiger Fels, ja geradezu ein Felsenberg, wie ein letzter Außenposten des fernen Gebirges, den ein Riese unter den Riesen Meilen hinaus in die Ebene geschleudert haben mußte.

Rasch schwangen sich die Adler nacheinander auf die Kuppe dieses Felsens und setzten dort ihre Passagiere ab. »Fahrt wohl«, riefen sie, »wo auch immer ihr hinfahrt, bis ihr am Ende eurer Reise wieder wohlbehalten in euren Horsten landet!« Unter Adlern ist dies das übliche höfliche Abschiedswort.

»Möge der Wind unter euren Schwingen euch dorthin tragen, wo die Sonne zieht und der Mond wandert«, antwortete Gandalf, der die korrekte Antwort kannte.

So nahmen sie Abschied. Und obgleich der Fürst der Adler in späteren Tagen König aller Vögel wurde, obgleich er eine goldene Krone trug und seine Häuptlinge goldene Halsketten (aus dem Gold geschmiedet, das ihnen die Zwerge gaben) – sah Bilbo sie niemals wieder, ausgenommen hoch in der Luft und weit weg in der Schlacht der fünf Heere. Aber da dies erst ans Ende dieser Geschichte gehört, wollen wir jetzt nichts mehr darüber sagen.

Auf der Kuppe des Felsenberges gab es eine ebene Fläche. Ein gut erhaltener Pfad führte mit zahlreichen Stufen hinunter zum Fluß, den eine Furt aus mächtigen, flachen Steinen bis hinüber zum jenseitigen Grasland durchquerte. Am Fuß der Stufen lag gleich bei der steinernen Furt eine kleine Höhle (eine sehr ordentliche Höhle mit feinem Kiesgrund). Hier versammelte sich die Gesellschaft und beredete, was nunmehr getan werden mußte.

»Es hat mir sehr am Herzen gelegen, euch alle (wenn möglich) heil und sicher über das Gebirge zu bringen«, sagte der Zauberer, »und nun habe ich es mit Geschick und Glück auch wirklich geschafft. In der Tat sind wir jetzt viel weiter nach Osten gekommen, als ich jemals euch begleiten wollte. Denn schließlich ist dieses Abenteuer nicht meine eigene Sache. Ehe es zu Ende geht, werde ich mich noch einmal bei euch blicken lassen, aber in der Zwischenzeit habe ich mich noch um einige andere dringende, unaufschiebbare Geschäfte zu kümmern.«

Die Zwerge seufzten und schauten ganz verzweifelt drein, und Bilbo weinte sogar. Sie hatten sich schon an den Gedanken gewöhnt, daß Gandalf den ganzen Weg bei ihnen bleiben und ihnen aus allen Schwierigkeiten helfen würde. »Ich will jetzt nicht gleich in diesem Augenblick verschwinden«, sagte er. »Ich kann einen oder zwei Tage zugeben. Wahrscheinlich kann ich euch auch aus eurer jetzigen heiklen Lage helfen, und ich brauche selbst ein bißchen Hilfe. Wir haben nichts zu essen, kein Gepäck, keine Ponys zum Reiten, und ihr wißt nicht einmal, wo ihr seid. Nun, das kann ich euch immerhin sagen. Ihr seid noch immer ein paar Meilen nördlich von dem Pfad, dem wir weiter gefolgt wären, wenn wir den Bergpaß nicht in wilder Eile verlassen hätten. Sehr wenig Leute leben hier in dieser Gegend – wenn sich nichts geändert hat, seit ich das letzte Mal hier vorbeigekommen bin, und das ist einige Jahre her. Aber es gibt jemand hier, den ich kenne und der nicht weit weg von diesem Felsen wohnt. Dieser Jemand schlug auch die Stufen in den großen Fels – in den Carrock, so nennt er ihn, glaube ich. Er kommt nicht oft hierher, jedenfalls nicht am Tage, und es wäre auch nicht gut, hier auf ihn zu warten. Genaugenommen würde es sogar sehr gefährlich sein. Wir müssen ihn aufsuchen. Und wenn alles gut geht bei unserer Begegnung, dann werde ich weiterziehen und euch wie die Adler ein ›Fahrt wohl, wohin auch immer ihr fahrt!‹ zurufen.«

Sie baten ihn, sie nicht zu verlassen. Sie boten ihm Drachengold und Silber und Juwelen an, aber er wollte seine Absicht nicht ändern. »Wir werden sehen«, sagte er, »und ich denke, ich habe schon jetzt etwas von eurem Drachengold verdient – vorausgesetzt, ihr könnt es überhaupt bekommen.«

Da hörten sie auf, in ihn zu dringen. Sie zogen ihre Kleider aus und badeten im Fluß, der an der Furt nicht sehr tief war, aber klar und steinig. Als die Sonne, die jetzt stark und warm herabschien, sie getrocknet hatte, waren sie erfrischt, aber immer noch wund und zerschlagen und ein bißchen hungrig. Bald überquerten sie die Furt (wobei sie den Hobbit trugen), und dann begann der Marsch durch das lange grüne Gras und entlang den Baumzeilen der breitarmigen Eichen und der hohen Ulmen.

»Und warum wird er der ›Carrock‹ genannt?« wollte Bilbo wissen, als er neben Gandalf hertrottete.

»Er nannte ihn den ›Carrock‹, weil Carrock eben sein Wort dafür ist. Solche Felsen nennt er eben Carrocks, und dieser eine ist schlechterdings *der* Carrock, weil er der einzige in der Nähe seiner Wohnung ist und er ihn gut kennt.«

»Wer nennt ihn so? Wer kennt ihn gut?«

»Der Jemand, von dem ich sprach – eine wirklich große Persönlichkeit. Ihr müßt sehr höflich sein, wenn ich euch ihm vorstelle. Ich werde euch übrigens nur ganz allmählich vorstellen, immer nur paarweise. Und ihr müßt vorsichtig sein, ihn nicht verärgern, oder wer weiß, was sonst geschieht. Er kann schrecklich sein, wenn er böse wird, aber er ist prachtvoll, wenn er gute Laune hat. Trotzdem warne ich euch: Es ist schnell geschehen, daß er böse wird.«

Die Zwerge kamen alle heran, als sie den Zauberer so zu Bilbo sprechen hörten. »Ist das die Persönlichkeit, zu der Ihr uns jetzt hinführt?« fragten sie. »Konntet Ihr nicht jemand finden, der ein bißchen sanftmütiger ist? Könntet Ihr das alles nicht ein bißchen deutlicher erklären?« – und so fort.

»Ja, gewiß! Nein, das konnte ich nicht. Und ich habe schon sehr sorgfältig erklärt«, antwortete der Zauberer ärgerlich. »Wenn ihr mehr wissen müßt – sein Name ist Beorn. Er ist sehr stark, und außerdem ist er ein Pelzwechsler.«

»Was, ein Kürschner und Fellhändler, ein Mann, der Kaninchen Angoras und Seidenhasen nennt, wenn er nicht gar ihre Felle unter der Hand in Feh verwandelt?«

»Guter Gott im Himmel, nein, nein, nein!« sagte Gandalf. »Seid kein Narr, Mister Beutlin, wenn Ihr es verhindern könnt. Und im Namen aller guten Geister, erwähnt nie das Wort Kürschner oder Pelzhändler, solang Ihr hundert Meilen im Umkreis seines Hauses seid, noch Bettvorleger, Pelzumhang, Pelzkragen, Muff oder andere solch unglückseligen Wörter! Er ist ein Pelzwechsler. Er wechselt seinen Pelz: Manchmal ist er ein mächtiger, schwarzer Bär, manchmal ist er ein großer, starker, schwarzhaariger Mensch mit gewaltigen Armen und langem Bart. Ich kann euch nicht viel mehr erzählen, und es sollte auch genug sein. Einige behaupten, er sei ein Bär, der von den großen, alten Bären des Gebirges abstammt, die dort oben lebten, ehe die Riesen kamen. Andere wiederum meinen, er sei ein Mann, der von jenen ersten Menschen abstammt, die noch lebten, ehe Smaug oder die anderen Drachen in diesen Teil der Welt kamen und ehe die Orks aus dem Norden in die Berge eindrangen. Ich kann es nicht sagen, obgleich ich glaube, daß das letzte wahr ist. Ihm selbst stellt man besser keine Fragen.

Jedenfalls, er steht unter keinem anderen Zauber als unter seinem eigenen. Er lebt in einem Eichenwald und bewohnt ein mächtiges Holzhaus. Und als Mensch hält er Rinder und Pferde, die beinahe ebenso wunderbar sind wie er selbst. Sie arbeiten für ihn und sprechen zu ihm. Er ernährt sich nicht von ihnen, jagt und ißt auch keine wildlebenden Tiere. Er besitzt Bienenstöcke über Bienenstöcke mit großen, grimmigen Bienen, und meist lebt er von Sahne und Honig. Als Bär streift er weit umher. Einmal sah ich ihn nachts ganz allein auf der Kuppe des Carrocks sitzen. Er schaute dem Mond zu, der in den Nebelbergen unterging. Und da hörte ich ihn in der Sprache der Bären brummen: ›Der Tag wird kommen, da werden sie verderben, und ich werde zurückkehren!‹ Deshalb also glaube ich, daß er einmal aus dem Gebirge kam.«

Bilbo und die Zwerge hatten nun genug, worüber sie nachdenken konnten, und sie fragten nicht weiter. Sie hatten noch immer einen langen Weg vor sich. Hügelauf und hügelab stolperten sie. Es wurde sehr heiß. Manchmal rasteten sie unter den Bäumen, und dann fühlte Bilbo sich so hungrig, daß er Eicheln gegessen hätte, wenn sie reif genug gewesen und schon auf den Boden gefallen wären.

Es war Nachmittag, als sie bemerkten, daß große blühende Flächen rund um sie auftauchten und daß es immer dieselben Pflanzen waren, die beieinander wuchsen, als ob jemand sie angepflanzt hätte. Insbesondere gab es Klee, im Wind wehende Flächen von rotem Fuchsklee und Purpurklee und weite Strecken von kurzem, weißem und süß nach Honig duftendem Steinklee. Ein Brummen und Schwirren und Dröhnen erfüllte die Luft. Überall summten Bienen umher. Und was für Bienen! Nie hatte Bilbo ähnliche gesehen. Wenn eine mich stechen sollte, dann schwelle ich an, bis ich noch einmal so dick bin, dachte er.

Sie waren größer als Hornissen, und die Drohnen ein gut Teil dicker als euer Daumen, und die gelben Streifen auf ihren tiefschwarzen Körpern schimmerten wie glühendes Gold.

»Wir kommen näher«, sagte Gandalf. »Wir haben den Rand seiner Bienenweiden erreicht.«

Nach einer Weile gelangten sie zu einem Gürtel von hohen und sehr alten Eichen und hinter ihnen zu einer stattlichen Dornhecke, durch die man weder hindurchschauen noch hindurchkriechen konnte.

»Am besten, ihr wartet hier«, sagte der Zauberer zu den Zwergen. »Und wenn ich rufe oder pfeife, so kommt hinterher – ihr werdet sehen, welchen Weg ich gehe –, aber immer nur in Paaren, denkt daran, etwa mit fünf Minuten Abstand. Bombur ist der dickste und kann für zwei zählen. Er kommt am besten allein und zuletzt. Los, Mister Beutlin! Irgendwo dahinten ist ein Gatter.« Und damit ging er die Hecke entlang und nahm den erschrockenen Hobbit mit.

Sie kamen bald zu einem hohen, breiten Holzgatter, hinter dem sie Gärten und eine Gruppe niedriger Holzhäuser sehen konnten. Einige waren mit Stroh gedeckt und aus roh behauenen Baumstämmen errichtet: Scheunen, Ställe, Schuppen und ein langes, niedriges Holzhaus. Innen, an der Südseite der großen Hecke, standen unglaublich viele Bienenkörbe in Reihen, deren oberer Teil glockenförmig aus Stroh gefertigt war. Die ganze Luft war vom Lärm der fort- und zufliegenden und der ein- und auskriechenden Bienen erfüllt.

Der Zauberer und der Hobbit drückten das schwere, knarrende Gatter auf und gingen einen breiten Pfad hinunter zum Haus. Einige glatte, glänzende, wohlgepflegte Pferde trabten über den Rasen heran und betrachteten sie aufmerksam mit klugen Gesichtern. Dann galoppierten sie zu den Gebäuden davon.

»Sie berichten ihm von der Ankunft Fremder«, sagte Gandalf.

Bald erreichten sie einen Innenhof, der an drei Seiten von dem Holzhaus und seinen beiden langen Flügeln umschlossen war. Mitten im Hof lag ein großer Eichenstamm, daneben zahlreiche gekappte Äste. Dicht dabei stand ein gewaltig großer Mann mit dichtem schwarzem Bart und schwarzem Haar; die bloßen Arme und Beine waren mit dicken Muskeln bepackt. Er trug einen wollenen Überwurf hinab bis zu den Knien und lehnte sich auf eine große Axt. Die Pferde standen bei ihm und hatten ihre Nasen auf seine Schultern gelegt.

»Uff, da sind sie!« sagte er zu den Pferden. »Gefährlich sehen sie nicht aus. Mit den beiden könnt ihr mich allein lassen.« Er lachte ein gewaltig rollendes Lachen, legte seine Axt nieder und kam heran.

»Wer seid Ihr, und was wünscht Ihr?« fragte er barsch, als er vor ihnen stand und Gandalf wie einen Turm überragte. Was Bilbo anging, so hätte dieser bequem zwischen seinen Beinen hindurchspazieren können und würde, ohne den Kopf einzuziehen, nicht einmal den Saum des braunen Überwurfs berührt haben.

»Ich bin Gandalf«, sagte der Zauberer.

»Namen nie gehört«, knurrte der Mann. »Und wer ist dieser kleine Bursche?« fragte er, bückte sich herab und warf unter seinen buschig schwarzen Augenbrauen hervor einen Blick auf Bilbo.

»Dies ist Mister Beutlin, ein Hobbit aus guter Familie und von untadeligem Ruf«, antwortete Gandalf.

Bilbo verbeugte sich. Er hatte keinen Hut, den er abnehmen konnte, und die vielen fehlenden Knöpfe waren ihm sehr peinlich. »Ich bin ein Zauberer«, fuhr Gandalf fort. »Falls Ihr noch nichts von mir gehört habt, so habe ich doch von Euch gehört. Aber vielleicht habt Ihr von meinem guten Vetter Radagast gehört, der dicht am Südrand des Nachtwaldes wohnt.«

»Ja, habe ich. Für einen Zauberer kein schlechter Bursche. Für gewöhnlich sehe ich ihn dann und wann«, sagte Beorn. »Gut, jetzt weiß ich, wer Ihr seid oder wer Ihr vorgebt zu sein. Was wünscht Ihr?«

»Um Euch die Wahrheit zu gestehen: Wir haben unser Gepäck verloren und beinahe sogar den Weg, und wir brauchen dringend Hilfe oder wenigstens Rat. Ich kann wohl sagen, daß es uns bei den Orks im Gebirge ziemlich schlecht ergangen ist.«

»Orks?« fragte der große Mann schon weniger schroff. »Oho, so ist das, Ihr hattet Ärger mit den Orks? Warum seid Ihr ihnen denn in die Quere gelaufen?«

»Es lag keineswegs in unserer Absicht. Sie überraschten uns bei Nacht auf einem Paß, den wir überqueren mußten. Wir kamen aus dem Land drüben im Westen – aber das ist eine lange Geschichte.«

»Dann kommt herein und erzählt sie mir, falls es nicht den ganzen Tag dauern soll«, sagte der Mann und führte sie durch ein dunkles Tor, durch das man aus dem Hof ins Haus gelangte.

Sie gelangten in eine weite Halle, in deren Mitte sich ein offener Herd befand. Obgleich es Sommer war, brannte hier ein Holzfeuer, und der Rauch stieg auf zum rußgeschwärzten Gebälk, wo er sich seinen Weg durch eine Öffnung im Dach hinaus ins Freie suchte. Sie gingen durch die düstere Halle, die nur durch das Feuer und das Rauchloch erhellt war, und kamen durch eine kleinere Tür in eine Art Vorbau, der auf Pfosten aus einzelnen Baumstämmen ruhte. Der Vorbau lag nach Süden. Drinnen war es warm. Noch erfüllten die schräg einfallenden Strahlen der untergehenden Sonne den Raum und vergoldeten draußen mit ihrem Glanz den Garten. Dieser Garten war voll von Blumen, die bis zu den Stufen heraufdrängten.

Hier setzten sie sich auf Holzbänke nieder, während Gandalf seinen Bericht begann. Bilbo ließ die Beine baumeln und betrachtete inzwischen die Blumen, wobei er rätselte, was für Namen sie wohl haben mochten, denn er hatte kaum die Hälfte von ihnen jemals zuvor gesehen.

»Ich kam über das Gebirge mit einem oder zwei meiner Freunde«, sagte der Zauberer.

»Oder zwei? Ich kann bloß einen sehen, zudem nur einen sehr kleinen«, entgegnete Beorn.

»Schön, um die Wahrheit zu sagen, ich wollte Euch nicht mit einer ganzen Schar von uns behelligen, ehe ich nicht herausgefunden hatte, ob Ihr beschäftigt wart. Ich werde einmal rufen, wenn es erlaubt ist.«

»Los, ruft nur!«

Also pfiff Gandalf einen langen, schrillen Pfiff, und sogleich kamen Thorin und Dori um die Hausecke über den Gartenweg und stellten sich mit vielen Verbeugungen vor ihnen auf.

»Mit einem oder drei Freunden, meintet Ihr also!« bemerkte Beorn. »Aber das sind keine Hobbits, das sind Zwerge!«

»Thorin Eichenschild, zu Euren Diensten! Dori, zu Euren Diensten!« sagten die beiden Zwerge und verbeugten sich aufs neue.

»Ich brauche eure Dienste nicht, schönen Dank«, sagte Beorn, »aber ich nehme an, ihr braucht meine. Ich bin nicht sehr erbaut von Zwergen. Aber wenn es wahr ist, daß Ihr Thorin seid (Sohn des Thrain, Sohn des Thror, so nehme ich an) und daß Euer Freund ein vernünftiger Kerl ist und ihr Feinde der Orks seid und in meinem Land nicht auf Unfug aus seid – übrigens, worauf seid ihr überhaupt aus?«

»Sie sind unterwegs, um das Land ihrer Väter zu besuchen, drüben, ostwärts des Nachtwaldes«, warf Gandalf ein, »und es ist reines Mißgeschick, daß wir überhaupt in Euer Land geraten sind. Wir überquerten den Hochpaß, der uns zu dem Weg südlich von Eurem Land geführt haben würde, wenn uns nicht diese üblen Orks angegriffen hätten – wie ich Euch gerade erzählen wollte.«

»Dann los, fahrt fort!« sagte Beorn, der wirklich nicht sehr höflich war.

»Es war ein schrecklicher Sturm. Die Steinriesen waren draußen und warfen Felsbrocken, und oben auf dem Scheitel des Passes suchten wir Schutz in einer Höhle, der Hobbit und ich und einige unserer Gefährten ...«

»Nennt Ihr zwei einige?«

»Gut, nein. In der Tat, mehr als zwei waren dabei.«

»Wo sind sie? Getötet, gefressen, heimgezogen?«

»Nein, keineswegs. Sie sind offenbar noch nicht alle auf mein Pfeifen gekommen. Vermutlich Schüchternheit. Ihr seht, wir sind sehr besorgt, es könnte Euch zuviel werden, uns alle gastfrei aufzunehmen.«

»Los, pfeift! Ich muß wohl eine Gesellschaft freihalten, scheint mir, und auf einen oder zwei mehr kommt es dabei nicht an«, knurrte Beorn.

Gandalf pfiff, aber Nori und Ori waren schon da, ehe er aufhörte, denn Gandalf, wie ihr euch erinnert, hatte ihnen befohlen, zu Paaren alle fünf Minuten zu erscheinen.

»Hallo!« sagte Beorn. »Ihr kamt ganz schön rasch – wo hattet ihr euch versteckt? Kommt her, meine Stehaufmännchen!«

»Nori, zu Euren Diensten, Ori, zu ...«, fingen sie an. Aber Beorn unterbrach sie.

»Schönen Dank. Wenn ich eure Hilfe brauche, frage ich schon danach. Setzt euch und fahrt mit der Geschichte fort, sonst ist es fürs Abendbrot Zeit, ehe sie zu Ende ist.«

»Kaum waren wir eingeschlafen«, fuhr Gandalf fort, »da öffnete sich eine Spalte im Höhlengrund – Orks kamen heraus, griffen den Hobbit und die Zwerge und unsere ganze Ponytruppe ...«

»Die ganze Ponytruppe? Was wart ihr denn – ein Wanderzirkus? Oder habt ihr Güter in Massen transportiert? Oder nennt ihr sechs gewöhnlich schon eine Truppe?«

»O nein! Es waren in der Tat mehr als sechs Ponys, denn auch wir waren mehr als sechs – und, nun – da sind noch zwei weitere!« Gerade in diesem Augenblick erschienen Balin und Dwalin und verbeugten sich so tief, daß ihre Bärte den Steinboden fegten. Zuerst starrte der große Mann sie recht finster an, aber sie taten wirklich ihr Bestes, furchtbar nett und höflich zu sein. Unaufhörlich nickten sie, bückten, verbeugten sich und schwenkten ihre Kapuzen vor den Knien (in typischer Zwergenmanier), bis er aufhörte, sie finster anzublicken und in ein gewaltiges Gelächter ausbrach. Sie sahen zu komisch aus.

»Truppe, ja, das stimmt«, sagte er. »Eine komische Truppe. Kommt herein, ihr lustigen Kerle, und wie heißt ihr? Ich brauche eure Dienste nicht, ich brauche jetzt nur eure Namen. Und dann setzt euch und hört mit der Wackelei auf.«

»Balin und Dwalin«, sagten sie und wagten es nicht, sich beleidigt zu fühlen. Plumps, saßen sie auf dem Boden und schauten ziemlich überrascht dabei aus.

»Nun also weiter«, sagte Beorn zu dem Zauberer.

»Wo war ich? O ja – ich wurde nicht gegriffen. Ich erschlug einen oder zwei Orks mit einem Blitz ...«

»Gut!« knurrte Beorn. »In einem solchen Fall ist es ausgezeichnet, ein Zauberer zu sein.«

»... und schlüpfte durch den Spalt, bevor er sich schloß. Ich folgte ihnen hinunter bis zur Haupthalle, die von Orks nur so wimmelte. Der Große Ork war da mit dreißig oder vierzig bewaffneten Wachen, und ich sagte mir: Selbst wenn sie nicht mit Eisen aneinandergekettet wären – was könnte ein Dutzend Leute gegen so viele Orks ausrichten?«

»Ein Dutzend! Das ist das erstemal in meinem Leben, daß ich acht ein Dutzend nennen höre! Oder habt Ihr noch ein paar Stehaufmännchen mehr, die bis jetzt nicht aus ihrer Kiste gehopst sind?«

»Ja, gewiß, hier scheint gerade noch ein Pärchen angekommen zu sein – Fili und Kili, glaube ich«, sagte Gandalf, als diese beiden jetzt auftauchten, lächelten und sich verbeugten.

»Genug!« sagte Beorn. »Setzt euch und seid still. Weiter, Gandalf!«

So fuhr Gandalf mit seiner Geschichte fort, bis er zum Kampf in der Finsternis kam, zur Entdeckung des unteren Ausgangs und ihrem Schrecken, als sie merkten, daß Mister Beutlin verlorengegangen war. »Wir zählten uns und fanden, daß kein Hobbit mehr bei uns war. Wir waren nur noch vierzehn!«

»Vierzehn! Das ist das erstemal, daß ich höre, zehn weniger eins sei vierzehn. Ihr meint neun, oder Ihr habt mir noch nicht alle Namen genannt.«

»Gut, natürlich, Ihr habt ja Oin und Gloin noch nicht gesehen. Und – wirklich, da sind sie ja! Ich hoffe, Ihr verzeiht ihnen, daß sie Euch behelligen.«

»Oh, laßt sie nur alle kommen! Los, ran! Kommt her, ihr beiden, und setzt euch. Aber, schaut her, Gandalf, selbst jetzt haben wir nur Euch selbst, zehn Zwerge und den Hobbit, der verlorenging. Das macht elf (plus ein Abhandengekommener) und nicht vierzehn – es sei denn, daß Zauberer anders zählen als andere Leute. Aber jetzt, bitte, fahrt fort.«

Beorn versuchte, so gut es ging, sich nichts anmerken zu

lassen, aber in Wirklichkeit war er schon sehr gespannt. In alten Tagen hatte er gerade den Teil des Gebirges, den Gandalf beschrieb, sehr gut gekannt. Er nickte und brummte, als er vom Wiederauftauchen des Hobbits hörte, von ihrem Herunterkrabbeln am Geröllhang und dem Wolfsring in den Wäldern.

Als Gandalf zu der Baumkletterei kam (mit all den Wölfen unten zu ihren Füßen), stand er auf und murmelte: »Ich wünschte bloß, ich wäre dabeigewesen! Ich hätte ihnen mehr als Feuerwerk gegeben!«

»Gewiß«, sagte Gandalf und war sehr froh, daß seine Geschichte Eindruck machte, »ich tat, was ich konnte. Da hingen wir, unter uns wurden die Wölfe verrückt, da und dort ging der Wald in Flammen auf – und gerade jetzt kamen die Orks aus den Bergen und entdeckten uns. Sie brüllten vor Entzücken und sangen Spottlieder auf uns: ›Fünfzehn Vögel in fünf hohen Föhren ...‹ «

»Du meine Güte!« brummte Beorn. »Glaubt bloß nicht, daß Orks nicht zählen können. Sie können es. Zwölf sind nicht fünfzehn, und das wissen sie auch.«

»Und ich auch. Da waren auch Bifur und Bofur dabei. Ich habe bisher nicht gewagt, sie Euch vorzustellen, aber da sind sie schon.«

Bifur und Bofur kamen heran. »Und ich!« keuchte Bombur, der hinter ihnen herschnaufte.

Er war fett und ärgerlich dazu, daß man ihn als letzten zurückgelassen hatte. Deshalb hatte er sich geweigert, fünf Minuten länger zu warten, und war den anderen beiden unmittelbar gefolgt.

»Gut, jetzt sind wirklich fünfzehn von euch da. Und weil Orks zählen können, vermute ich, daß dies alles war, was da in den Bäumen hing. Vielleicht können wir jetzt die Geschichte ohne weitere Unterbrechung zu Ende hören.«

Mister Beutlin sah ein, wie klug Gandalf gewesen war. Die Unterbrechungen hatten Beorn in Wirklichkeit nur noch gespannter gemacht auf die Geschichte, und die Geschichte hatte ihn davon abgehalten, gleich die Zwerge wie verdächtige Bettler zum Teufel zu jagen. Wenn er es irgend einrichten konnte, lud Beorn nie Besuch in sein Haus. Er hatte nur sehr wenige Freunde, und diese lebten ein gutes Stück weiter weg. Auch lud er nie mehr als zwei gleichzeitig ein. Jetzt aber hatte er fünfzehn Fremde in seiner Vorhalle sitzen!

Mit der Zeit hatte Gandalf seinen Bericht beendet, von der Rettung durch die Adler erzählt und wie sie alle zum Carrock gebracht worden waren. Die Sonne war inzwischen hinter den Gipfeln der Nebelberge versunken, und die Schatten in Beorns Garten waren lang geworden.

»Eine ausgezeichnete Geschichte!« sagte er. »Die beste, die ich seit langer Zeit gehört habe. Wenn alle Bettler eine solch gute zu erzählen hätten, würden sie mich umgänglicher finden. Ihr mögt sie vielleicht nur erfunden haben – ein Abendbrot habt ihr in jedem Fall verdient. So. Jetzt wollen wir etwas zu essen heranschaffen!«

»Ja, bitte!« sagten alle miteinander. »Und vielen Dank!«

Im Innern der Halle war es jetzt fast ganz dunkel geworden. Beorn klatschte in die Hände, und herein trabten vier wunderschöne weiße Ponys und mehrere große langgliedrige graue Hunde. Beorn sagte etwas zu ihnen in einer seltsamen Sprache. Es war, als ob Tierlaute zu Sätzen gefügt wären. Sie liefen wieder hinaus und kamen bald mit Fackeln im Maul zurück, die sie am Feuer entzündeten und in niedrigen Klammern an die Säulen der Halle steckten, die um den mittleren Kamin standen. Die Hunde konnten auf ihren Hinterbeinen laufen und Gegenstände mit ihren Vorderpfoten herantragen. Rasch holten sie Tafeln und Gestelle von den Seitenwänden und stellten sie nahe beim Feuer auf.

Da hörte man ein Bäh-bäh-bäh, und herein kamen einige

schneeweiße Schafe, die von einem kohlschwarzen Widder geführt wurden. Eines trug eine weiße Tischdecke, in deren Rand Tierfiguren gestickt waren, andere trugen Teebretter auf ihren breiten Rücken, mit Töpfen, flachen Schüsseln, Messern und hölzernen Löffeln, die ihnen die Hunde abnahmen und schnell auf die Tischgestelle legten. Diese waren sehr niedrig, niedrig genug, daß selbst Bilbo bequem daran sitzen konnte. Ein Pony schob zwei niedrige Bänke mit breiten binsengeflochtenen Sitzflächen und kurzen, dicken Füßen für Gandalf und Thorin heran und dann ans gegenüberliegende Tischende Beorns mächtigen schwarzen Stuhl, der von gleicher Art war (Beorn saß sehr bequem darin und streckte seine großen Beine weit unter den Tisch). Das waren alle Stühle, die er in seiner Halle hatte. Worauf aber sollten die anderen sitzen? Sie wurden nicht vergessen. Die Ponys rollten runde, trommelförmige Baumklötze herein, die fein und sauber geglättet und selbst für Bilbo niedrig genug waren. So saßen sie bald alle wohlversorgt an Beorns Tafel, und die Halle hatte seit vielen Jahren nicht mehr eine solche Versammlung gesehen.

Da stand nun eine Mahlzeit vor ihnen, wie sie sie seit ihrem Besuch im Haus an der Einödgrenze und ihrem Abschied von Elrond nicht mehr erlebt hatten. Das Licht der Fackeln und des Feuers flackerte rund um sie her, und auf der Tafel standen zwei hohe rote Bienenwachskerzen. Während der ganzen Mahlzeit erzählte Beorn in seiner tiefen, rollenden Stimme Geschichten über die wilden Gegenden auf dieser Seite des Gebirges und besonders über den dunklen und gefährlichen Wald, der einen Tageritt weit sich vor ihnen von Nord nach Süd erstreckte und den Weg nach Osten versperrte: der schreckliche Nachtwald.

Die Zwerge lauschten und schüttelten ihre Bärte, denn sie wußten, daß sie sich bald in diesen Wald hineinwagen mußten und daß nach der Überquerung des Gebirges dies die schlimmste aller Gefahren war, die sie zu bestehen hatten, ehe sie in den Herrschaftsbereich des Drachen gelangten. Als das Essen vorüber war, fingen sie an, ihre eigenen Geschichten zu erzählen, aber Beorn schien schläfrig zu werden und ihnen wenig Aufmerksamkeit zu schenken. Sie sprachen meist von Gold und Silber und Juwelen, von Gegenständen des Schmiedehandwerks, doch Beorn nahm daran keinen Anteil: In seiner Halle gab es nichts aus Gold und Silber, und außer den Messern war kaum etwas aus Metall gefertigt.

Vor ihren hölzernen Methumpen saßen sie lang noch am Tisch. Von draußen kam die Nacht.

Die Feuer in der Mitte der Halle wurden mit frischen Holzklötzen neu aufgebaut, die Fackeln wurden gelöscht, und noch immer saßen sie im Licht der tanzenden Flammen. Die Säulen der Halle standen hochaufgerichtet hinter ihnen, ihr oberer Teil in Dunkelheit gehüllt wie die Bäume des Waldes. Ob es nun Zauberei war oder nicht – Bilbo schien es, als ob er ein Geräusch hörte wie Wind in den Zweigen, der am Gebälk rüttelte, und wie das Schreien der Eulen. Bald sank ihm der Kopf vor Schläfrigkeit vornüber, und die Stimmen versanken in weiter Ferne – da wachte er mit einem Ruck auf.

Die große Tür krachte und wurde ins Schloß geworfen. Beorn war gegangen. Die Zwerge saßen mit gekreuzten Beinen um das Feuer, und gerade jetzt fingen sie an zu singen. Die Verse erzählten vom Wind, der über die dürre Heide hinwegbrauste, Rauchschwaden über dem Drachenlager im Einsamen Berg zerfetzte, dann unter dem Mond, der sein altes, vergilbtes Segel setzte, die Welt verließ und in der sterntiefen Nacht die riesigen Seen der Finsternis aufwühlte.

Bilbo fing wieder an einzunicken. Plötzlich stand Gandalf auf.

»Es ist Zeit für uns, schlafen zu gehen«, sagte er. »Für uns, aber nicht für Beorn, nehme ich an. In seiner Halle sind wir heil und sicher aufgehoben. Aber ich warne euch alle, vergeßt nicht, was Beorn uns sagte, ehe er ging: ›Ihr dürft nicht hinausgehen, ehe die Sonne kommt, bei Leib und Leben nicht!‹«

Bilbo stellte fest, daß seitwärts auf einem Aufsatz zwischen Pfeilern und Außenwand Lager bereitet wurden. Für ihn gab es eine kleine Strohmatratze und wollene Decken. Sehr froh krabbelte er hinein, auch wenn es Sommerzeit war. Das Feuer war niedergebrannt, und er schlief ein. Doch in der Nacht wachte er auf: Das Feuer war zu glimmender Asche zerfallen; die Zwerge und Gandalf schliefen, nach ihrem Atmen zu urteilen. Der hoch stehende Mond, der durch das Rauchloch im Dach blickte, hatte einen weißen Fleck auf den Boden gezeichnet.

Von draußen aber waren ein Brummen zu hören und ein Geräusch, als ob ein großes Tier vor der Tür scharrte. Bilbo überlegte, was das bedeuten mochte, ob es Beorn in seiner Verzauberung wäre und ob er als Bär hereinkommen und sie töten würde. Er tauchte unter seine Decken, verbarg seinen Kopf und fiel schließlich wieder in Schlaf, obgleich er sich doch so sehr fürchtete.

Es war heller Morgen, als er aufwachte. Einer von den Zwergen war in dem dunklen Winkel, in dem er lag, über ihn gestolpert und mit einem Plumps von dem Aufsatz auf den Hallenboden heruntergerollt. Es war Bofur, und er murrte, als Bilbo seine Augen öffnete.

»Steh auf, du Faulpelz«, sagte er, »oder es bleibt nichts mehr zu frühstücken übrig für dich.«

Auf sprang Bilbo. »Frühstück!« rief er. »Wo ist das Frühstück?«

»Zum größten Teil in unserem Bauch«, antworteten die anderen Zwerge, die in der Halle umhergingen. »Aber was wir übriggelassen haben, steht draußen in der Vorhalle. Wir haben uns nach Beorn umgesehen, die ganze Zeit, nachdem die Sonne aufging, aber keine Spur von ihm gefunden. Abgesehen von dem Frühstück, das wir draußen vorfanden.«

»Wo ist Gandalf?« fragte Bilbo und sah zu, daß er möglichst rasch etwas zu essen fand.

»Oh! Fort und irgendwo draußen«, sagten sie ihm. Aber auch vom Zauberer keine Spur an diesem Tag. Kurz vor Sonnenuntergang betrat er die Halle, wo der Hobbit und die Zwerge gerade ihre Abendmahlzeit einnahmen, die ihnen, wie schon den ganzen Tag, Beorns wunderbare Tiere auftrugen. Von Beorn hatten sie seit der letzten Nacht weder etwas gesehen noch gehört, und sie waren schon sehr verwundert.

»Wo ist unser Gastgeber, und wo seid Ihr selbst den ganzen Tag geblieben?« riefen sie alle zugleich.

»Eine Frage immer hübsch nach der anderen – und das erst nach dem Abendbrot! Seit dem Frühstück habe ich keinen Bissen mehr gegessen.«

Schließlich schob Gandalf Teller und Krug von sich – er hatte zwei ganze Brotlaibe verspeist (mächtig bestrichen mit Butter, dazu Honig und dicke Sahne), und dann hatte er noch ein Viertel Met getrunken. Er holte seine Pfeife hervor. »Ich will die zweite Frage zuerst beantworten«, sagte er. »Donnerwetter, ist dies ein herrlicher Platz für Rauchringe!« Und in der Tat – für lange Zeit konnten sie nichts anderes aus ihm herausbringen. Er war viel zu beschäftigt, Rauchringe aufsteigen zu lassen, die rund um die Hallenpfeiler schwebten und die unterschiedlichsten Formen und Farben annahmen. Zum Schluß mußten sie sich gegenseitig durch das Loch im Gebälk hinausjagen. Von draußen wird es sehr seltsam ausgesehen haben, wie ein Rauchring nach dem anderen in die Luft stieg, grüne, blaue, rote, silbergraue, gelbe, weiße, große und dünne, kleine, die durch große hindurchzogen und sich zu Achten vereinigten oder wie ein Schwarm Vögel davonstoben.

»Ich habe Bärenfährten aufgespürt«, sagte er endlich.

»Es muß wohl eine richtige Bärenversammlung heut nacht hier draußen stattgefunden haben. Ich merkte bald, daß die Fährten nicht allein von Beorn herrühren konnten: Sie waren viel zu zahlreich und verschieden groß. Ich würde sagen, es waren kleine Bären, große Bären, gewöhnliche Bären und riesenhafte Bären, die da vom Beginn der Nacht bis fast zum Morgengrauen getanzt haben. Sie kamen aus nahezu allen Richtungen, ausgenommen vom Westufer des Flusses, vom Gebirge. In diese Richtung führte bloß eine einzige Fährte – und diese kam nicht, sondern führte nur von hier dorthin. Ich folgte ihr bis zum Carrock. Dort verschwand sie im Fluß, aber für mich war das Wasser zu tief und die Strömung zu stark, um hinüberzuwechseln. Es ist leicht, wie ihr euch erinnert, von hier aus durch die Furt den Carrock zu erreichen, aber auf der anderen Seite ragt er wie eine Klippe aus einem Strom voller Wirbel. Meilenweit mußte ich suchen, ehe ich eine Stelle fand, an der der Fluß breit und seicht genug war, damit ich watend und schwimmend hinüberkam. Und dann mußte ich die Meilen zurückgehen und die Fährte wieder aufnehmen. Inzwischen war es zu spät geworden, ihr lange weiter zu folgen. Sie führte geradewegs auf die Kiefernwälder an der Ostseite der Nebelberge zu, wo wir unsere hübsche kleine Zusammenkunft mit den Riesenwölfen vorletzte Nacht hatten. Und damit hoffe ich, auch eure erste Frage beantwortet zu haben«, endete Gandalf, und er saß eine Weile schweigsam da.

Bilbo glaubte, er hätte erraten, was Gandalf meinte. »Was sollen wir machen«, rief er, »wenn er alle Wölfe und Orks herbeiholt? Wir werden gefangen und umgebracht werden! Aber Ihr sagtet doch, Beorn wäre keineswegs ihr Freund!«

»So sagte ich. Seid nicht albern! Besser wär's, Ihr würdet ins Bett gehen, denn Euer Verstand fängt an zu schnarchen.«

Bilbo fühlte sich zermalmt, und da ihm nichts anderes einfiel, ging er zu Bett. Und während die Zwerge noch sangen, schlief er ein und zerbrach sich dabei noch immer seinen kleinen Kopf Beorns wegen, bis er von Hunderten von schwarzen Bären träumte, die draußen im Hof immerzu rund und rund ihre langsamen, schwerfälligen Tänze tanzten. Dann wachte er auf, als jeder andere schlief, und er hörte das gleiche Kratzen, Schnaufen, Scharren und Brummen wie vordem.

Am nächsten Morgen wurden sie durch Beorn selbst geweckt. »So, ihr seid also noch hier«, rief er. Er hob den Hobbit auf und lachte. »Nicht von Riesenwölfen oder Orks oder bösen Bären gefressen, wie ich sehe«, und er klopfte Mister Beutlin höchst respektlos auf die Weste. »Das kleine Kaninchen ist wieder prall und fett von Milch und Honig.« Er lachte. »Kommt und holt Euch noch mehr!«

So gingen sie alle mit ihm zum Frühstück. Beorn war ganz verändert. Er schien allerbester Laune und brachte sie mit seinen Geschichten zum Lachen. Sie brauchten sich auch nicht lange zu wundern, wo er so lange geblieben und warum er so freundlich zu ihnen geworden war, denn er erzählte es ihnen selbst. Er war über den Fluß gegangen und geradewegs auf das Gebirge zu – woraus ihr schließen könnt, wie rasch er auf den Füßen war; jedenfalls als Bär. Die verbrannte Wolfslichtung bewies ihm, daß dieser Teil ihrer Geschichte wahr sein mußte. Aber er hatte mehr als das gefunden: Er hatte einen Riesenwolf, einen Warg, gefangen und einen Ork dazu, die durch die Wälder streiften. Von diesen erfuhr er allerlei Neuigkeiten: Die Orkpatrouillen jagten noch immer mit den Wargen hinter den Zwergen her, und sie waren schrecklich zornig über den Tod des Großen Ork und weil dem Wolfhauptmann die Nase verbrannt worden und so mancher aus seiner Garde durch das Feuer des Zauberers umgekommen war. Soviel erzählten sie Beorn, als er sie zum Reden zwang. Aber er vermutete, daß da noch mancher böse Streich vorbereitet wurde und daß ein Überfall der ganzen Orkarmee und der verbündeten Wölfe zu fürchten war, ein Überfall in die Länder im Schatten des Gebirges, um die Zwerge zu erwischen oder Rache an Menschen und allen Wesen zu nehmen, die sie beherbergt haben mochten.

»Eure Geschichte war eine gute Geschichte«, sagte Beorn, »aber jetzt, da ich sicher bin, daß sie wahr ist, gefällt sie mir noch einmal so gut. Ihr müßt schon entschuldigen, daß ich mich nicht auf euer Wort verlassen habe. Wenn ihr selbst am Rand des Nachtwaldes lebtet, würdet ihr keinem trauen, es sei denn, ihr kennt ihn wie euren Bruder oder noch besser als diesen. Wie die Sache steht, so kann ich euch nur sagen, daß ich, so schnell ich konnte, zurückeilte, um mich zu vergewissern, daß ihr sicher seid und euch jede Hilfe, die in meiner Macht steht, zuteil wird. Nach alldem werde ich freundlicher über Zwerge denken. Den Großen Ork erschlagen, wer das bedenkt!« Er lachte zornig in sich hinein.

»Was habt Ihr mit dem Ork und dem Warg gemacht?« fragte Bilbo plötzlich.

»Kommt und seht!« sagte Beorn, und sie folgten ihm um das Haus. Ein Orkkopf stak auf dem Gatter, und ein Wargfell war draußen an einen Baumstamm genagelt. Beorn war ein schrecklicher Feind. Aber jetzt war er ihr Freund, und Gandalf hielt es für klug, ihm ihre ganze Geschichte zu erzählen und den Grund für ihre Reise, so daß sie alle nur mögliche Hilfe von ihm bekommen konnten.

Und dies versprach er für sie zu tun: Er wollte jedem ein Pony geben und Gandalf ein Pferd für den Marsch bis zum Wald. Dazu sollten sie Nahrungsmittel haben, die bei sorgfältigem Gebrauch für Wochen reichen und die so verpackt sein sollten, daß sie so leicht wie irgend möglich zu tragen waren: Nüsse, Mehl, verschlossene Krüge mit getrocknetem Obst, rote, irdene Töpfe mit Honig, Zwieback, der sich lange halten würde und von dem schon eine Handvoll notfalls für einen langen Marsch genügte. Seine Herstellung war eines seiner Geheimnisse. Aber es war Honig darin, wie in den meisten seiner Nahrungsmittel. Sie schmeckten gut, obgleich sie durstig machten. Wasser, so sagte er, brauchten sie auf dieser Seite des Waldes nicht mitzuschleppen, denn es gäbe Bäche und Quellen genug am Weg. »Aber euer Pfad durch den Nachtwald ist dunkel, gefährlich und schwierig«, fügte er hinzu. »Wasser ist dort nicht leicht zu finden, und Nahrungsmittel schon gar nicht. Die Zeit für Nüsse ist noch nicht gekommen (obgleich sie kommen und sogar vorübergehen kann, ehe ihr die andere Seite erreicht), und Nüsse sind von allem, was dort wächst, das einzige zum Essen. Die Wildnis ist finster und sonderbar und unberechenbar. Ich will euch mit Häuten versorgen, in denen ihr Wasser mitnehmen könnt, auch will ich euch Bogen und Pfeile geben. Aber ich zweifle sehr, ob irgend etwas im Nachtwald wirklich genießbar ist. Einen Fluß gibt es dort, der schwarz und rasch fließend euren Pfad kreuzt. Trinkt ja nicht aus ihm und badet nicht darin, denn ich habe gehört, daß er verzaubert ist und Schlafmüdigkeit und Vergessen bringt. Und in dem trüben Schatten dieses Waldes werdet ihr nichts Genießbares oder Ungenießbares schießen können, ohne den Pfad zu verlieren. Den Pfad aber dürft ihr niemals verlassen, aus keinem noch so wichtigen Grund.

Das ist alles, was ich euch raten kann. Jenseits des Waldrandes kann ich euch so gut wie gar nicht helfen. Ihr müßt euch auf euer Glück, euren Mut und die Lebensmittel verlassen, die ich euch mitgebe. Mein Pferd und meine Ponys müßt ihr am Rand des Waldes, darum muß ich euch bitten, zurückschicken. Ich wünsche euch guten Weg, und mein Haus steht euch offen, wenn ihr je diesen Weg zurückkommt.«

Sie dankten ihm mit vielen Verbeugungen und dem Schwenken ihrer Kapuzen und manchem »zu Euren Diensten, o Herr der großen hölzernen Hallen!« Aber ihr Herz sank ihnen bei diesen ernsten Worten in die Hose, und sie spürten, daß das Abenteuer viel gefährlicher war, als sie angenommen hatten – denn selbst wenn sie alle Gefahren des Weges bestanden, so wartete doch noch der Drache am Ende auf sie.

Den ganzen Morgen waren sie geschäftig bei ihren Vorbereitungen. Am frühen Nachmittag aßen sie zum letztenmal mit Beorn, und nach der Mahlzeit bestiegen sie die Streitrosse, die er ihnen lieh. Sie riefen ihm manchen Abschiedsgruß zu und ritten eilig zum Gatter hinaus.

Als sie die hohen Hecken im Osten von Beorns eingefriedetem Land hinter sich ließen, wandten sie sich nach Norden und später nach Nordwest. Auf seinen Rat hin strebten sie nicht mehr dem Hauptweg quer durch den Wald zu, der südlich seines Landes begann und der Alte Nachtwaldweg genannt wurde. Wären sie dieser Straße gefolgt, so hätte ein kleiner Wasserlauf aus dem Gebirge sie bis zum Gewaltigen Fluß geführt, viele Meilen südlich vom Carrock. An diesem Punkt lag eine tiefe Furt, die sie hätten kreuzen können – wenn sie ihre Ponys noch gehabt hätten. Auf der anderen Seite führte ein schmaler Steig zum Saum des Nachtwaldes und zum Beginn des Alten Nachtwaldweges. Aber Beorn hatte sie gewarnt, daß sich gerade auf diesem Steig oft Orks herumtrieben, während der Waldweg selbst, wie er gehört hatte, zugewachsen war und am östlichen Ende gar nicht mehr benutzt wurde und in unwegsame Sümpfe führte. Außerdem lag der Ostausgang so weit südlich des Einsamen Berges, daß sie von dort einen langen und schwierigen Marsch nach Norden hätten antreten müssen.

Nördlich des Carrocks schloß sich der Saum des Nachtwaldes dichter an die Ufer des Gewaltigen Flusses an, und obgleich hier auch das Gebirge näher herankam, hatte Beorn ihnen geraten, diesen Weg zu gehen. Denn an einer Stelle, die nur wenige Tagesritte nördlich des Carrocks lag, fand sich der Eingang eines kaum bekannten Pfades quer durch den Nachtwald, der geradewegs auf den Einsamen Berg zulief.

»Die Orks«, hatte Beorn gesagt, »werden noch hundert Meilen nördlich vom Carrock den Gewaltigen Fluß nicht überqueren und um mein Haus – nachts ist es wohlgeschützt! – einen großen Bogen machen; aber dennoch: Ich würde rasch reiten. Denn wenn sie ihren Überfall bald ausführen, so kreuzen sie den Fluß im Süden und streifen den ganzen Waldrand ab, um euch den Weg abzuschneiden, und Warge rennen rascher als Ponys. Kurz: Es ist sicherer, wenn ihr euch nach Norden wendet, selbst wenn es scheint, als rittet ihr zurück und gerietet wieder in die Nähe ihres Reiches. Denn das werden sie am wenigsten erwarten; und sie werden länger reiten müssen, wenn sie euch fangen wollen. Reitet nun los, so schnell ihr könnt!«

Deshalb also ritten sie jetzt schweigsam, galoppierten, wo der Grund grasig und eben war; das Gebirge lag finster zu ihrer Linken, und die Linie des Flusses mit seinen Bäumen rückte immer dichter heran. Die Sonne hatte sich gerade dem Westen zugewandt, als sie aufbrachen, und am Abend lag sie golden auf dem Land. Es war schwer, gerade jetzt an eine Verfolgung durch Orks zu denken, und als so manche Meile sie von Beorns Haus trennte, fingen sie wieder an zu reden und zu singen und vergaßen den finsteren Waldweg, der vor ihnen lag. Aber am Abend, als die Dämmerung kam und die Gipfel des Gebirges im Sonnenuntergang glühten, machten sie Rast und stellten eine Wache auf, und die meisten schliefen mit schweren Träumen ein, in denen das Geheul jagender Wölfe widerklang und das Geschrei der Orks.

Doch der nächste Morgen zog strahlend und klar herauf.

Es lag herbstlich weißer Nebel auf der Erde, und die Luft war kalt. Als die Sonne sich rot im Osten erhob, zergingen die Nebelbänke, und als die Schatten noch lang waren, zogen die Zwerge weiter. So ritten sie noch zwei weitere Tage, und während der ganzen Zeit sahen sie nichts anderes als Gras und Blumen und Vögel und einzelne Bäume und gelegentlich kleine Rudel Hirsche, die ästen oder am Nachmittag im Schatten ruhten. Manchmal sah Bilbo Geweihe aus dem hohen Gras ragen, und zuerst dachte er, es wären abgestorbene Baumäste.

Am dritten Abend hatten sie es sehr eilig, vorwärts zu kommen, denn Beorn hatte gesagt, sie würden den Eingang des Nachtwaldes früh am vierten Tag erreichen. Sie ritten also nach Einbruch der Dämmerung immer noch weiter, im Mondenschein bis tief in die Nacht. Als das Licht zu schwinden begann, war es Bilbo, als ob er dann und wann auf seiner Rechten oder auf seiner Linken die dunklen Umrisse eines großen Bären in gleicher Richtung trotten sah. Aber als er es wagte, Gandalf darauf aufmerksam zu machen, antwortete der Zauberer nur: »Still, schaut nicht hin!«

Am nächsten Tag brachen sie noch vor der Dämmerung auf, obgleich ihre Nachtruhe nur kurz gewesen war. Sobald es hell wurde, sahen sie den Wald auf sich zukommen, als ob er sie erwarte – eine schwarze und finstere Wand. Das Land stieg allmählich an, und es war dem Hobbit, als ob ein großes Schweigen sie fest umschloß. Wenige Vögel sangen noch. Es gab kein Rotwild, selbst Kaninchen waren nicht mehr zu entdecken. Nachmittags endlich erreichten sie den Rand des Nachtwaldes und rasteten unter dem gewaltig überhängenden Laubwerk der äußeren Bäume. Ihre mächtigen Stämme waren knorrig, ihre Zweige ineinander verschlungen, ihre Blätter dunkel und lang. Efeu wuchs an ihnen empor und hing bis zur Erde herab.

»Ja, hier ist der Nachtwald«, sagte Gandalf, »der größte aller Wälder in der nördlichen Welt. Ich hoffe, euch gefällt sein Anblick. Jetzt müßt ihr diese vorzüglichen Ponys heimsenden, die ihr euch geliehen habt.«

Am liebsten hätten die Zwerge zu murren begonnen, aber der Zauberer sagte, sie seien nicht ganz gescheit. »Beorn ist nicht so weit weg, wie ihr glaubt, und es wäre jedenfalls besser, ihr würdet euer Versprechen halten, denn er ist ein schrecklicher Gegner. Die Augen von Mister Beutlin sind schärfer als eure, falls ihr nicht ebenfalls Nacht um Nacht nach Einbruch der Dunkelheit einen großen Bären neben uns wandern oder in der Ferne im Mondlicht unser Lager beobachten saht. Nicht nur, um für euch zu wachen und euch zu führen, sondern auch, um acht auf die Ponys zu haben. Beorn mag euer Freund sein, aber er liebt seine Tiere wie Kinder. Ihr könnt nicht ermessen, was es heißt, daß er Zwerge so weit und so schnell auf ihnen reiten ließ, noch was geschehen würde, falls ihr versuchen solltet, die Ponys mit in den Wald zu nehmen.«

»Und was geschieht mit dem Pferd?« fragte Thorin. »Ihr habt nichts davon gesagt, daß es ebenfalls zurückgesandt wird.«

»Nein. Ich schicke es auch nicht zurück.«

»Und wie ist es mit Eurem Versprechen?«

»Das ist meine Sache. Ich schicke es nicht. Ich reite es nämlich zurück!«

Da wußten sie, daß Gandalf sie am Saum des Nachtwaldes verlassen würde, und sie waren verzweifelt. Aber was sie auch sagen mochten – nichts konnte seinen Entschluß ändern.

»Nun, wir hatten uns damit auseinandergesetzt, als wir auf dem Carrock landeten«, sagte er. »Unnütz, darüber zu streiten. Ich habe, wie ich euch sagte, einige dringende Geschäfte im Süden. Und ich habe mich schon genug verspätet, als ich mich abrackerte mit euch. Ehe alles vorbei ist, werden wir uns möglicherweise wieder begegnen – hinwiederum natürlich vielleicht auch nicht. Das hängt von eurem Glück und eurem Mut und Spürsinn ab; und ich gebe euch Mister Beutlin mit auf den Weg. Schon vorher habe ich euch gesagt, daß mehr in ihm steckt, als ihr glaubt. Ihr werdet nicht allzulang brauchen, das herauszufinden. Seid ein bißchen vergnügter, Bilbo – schaut nicht so sauer drein! Und ihr, Thorin und Kumpanei, seid auch zuversichtlicher und nicht so betrübt! Schließlich ist dies eure Expedition. Denkt an den Schatz am Ende und vergeßt den Wald und den Drachen wenigstens bis morgen früh!«

Am nächsten Morgen sagte er noch immer dasselbe. So blieb also nichts anderes übrig, als die Wasserschläuche an einer klaren Quelle zu füllen, die sie dicht neben dem Waldeingang fanden, und die Ponys abzupacken. Sie verteilten das Gepäck, so gerecht sie es konnten, obgleich Bilbo dachte, daß seine Last schrecklich schwer sei. Der Gedanke gefiel ihm gar nicht, daß er mit all diesem Kram auf dem Rücken Meilen um Meilen dahintrotten sollte.

»Macht Euch nichts draus«, sagte Thorin. »Es wird nur allzu bald leichter werden. Nicht lang, und ich fürchte, daß jeder von uns sich sein Gepäck schwerer wünscht, dann nämlich, wenn das Essen knapper wird.«

Endlich nahmen sie Abschied von den Ponys und drehten ihnen die Köpfe heimwärts. Sie trabten fröhlich davon und schienen glücklich zu sein, dem finsteren Nachtwald ihre Schweife zu zeigen. Als sie davonzogen, hätte Bilbo schwören können, daß etwas wie ein Bär den Schatten der Bäume verließ und rasch hinter ihnen hertrabte.

Jetzt sagte auch Gandalf Lebewohl. Bilbo saß auf der Erde und kam sich sehr unglücklich vor. Er wünschte sich neben den Zauberer aufs hohe Pferd. Nach dem Frühstück (einem sehr ärmlichen) war Bilbo in den Wald gegangen, und es schien ihm, als ob er schon am Morgen finster wie die Nacht und sehr geheimnisvoll war. Man fühlt sich bewacht und beobachtet, sagte sich Bilbo.

»Auf Wiedersehen!« sagte Gandalf zu Thorin. »Und auf Wiedersehen euch allen! Stracks durch den Wald geht jetzt euer Weg. Verlaßt ihn nie – weicht ihr ab, dann möchte ich wetten, ihr findet ihn niemals wieder und werdet aus dem Nachtwald nicht herauskommen. Und dann, vermute ich, sehe weder ich noch sonst irgendwer euch jemals wieder.«

»Müssen wir wirklich hindurch?« stöhnte der Hobbit.

»Ja, ihr müßt«, erwiderte der Zauberer, »– falls ihr auf die andere Seite kommen wollt! Entweder hindurch oder aufgeben. Und ich erlaube Euch nicht, jetzt zurückzukehren, Mister Beutlin. Ich schäme mich, daß Ihr solche Gedanken habt. Ihr müßt an meiner Stelle Obacht auf all diese Zwerge geben«, fügte er lachend hinzu.

»Nein, nein!« sagte Bilbo. »Das meinte ich ja gar nicht. Ich meinte, ob es da nicht einen Weg drum herum gibt?«

»Den gibt es, wenn es euch nichts ausmacht, zweihundert Meilen etwa nach Norden zu wandern oder das Doppelte nach Süden. Aber selbst dann würdet ihr keinen sicheren Weg finden. Es gibt keine sicheren Wege in diesem Teil der Welt. Erinnert euch: Ihr habt die Einödgrenze überschritten und müßt euch hier überall auf allerlei Späße gefaßt machen. Ehe ihr den Nachtwald im Norden umgehen könnt, würdet ihr mitten in die Hänge der Grauen Berge geraten, und die sind einfach vollgestopft mit Orks, Hobkobolden und Ungeheuern übelster Art. Und ehe ihr den Wald im Süden umgehen könntet, würdet ihr in das Land des Geisterbeschwörers kommen. Und gerade Euch, Bilbo, brauche ich keine Geschichten über diesen schwarzen Hexenmeister zu erzählen. Ich rate euch gut: Geht niemals in Gegenden, die sein finsterer Turm überragt! Haltet euch an euren Waldweg, bleibt tapfer, hofft auf das Beste, und mit einer riesengroßen Scheibe Glück könnt ihr eines Tages wieder herauskommen und die Langen Sümpfe unter euch liegen sehen und hinter ihnen, weit im Osten, den Einsamen Berg, wo der gute alte Smaug haust – und ich hoffe, daß er euch nicht erwartet.«

»Ein großer Trost, Tatsache«, knurrte Thorin. »Lebt wohl! Wenn Ihr nicht mit uns gehen wollt, dann zieht besser jetzt ab ohne weitere Reden!«

»Gut, lebt wohl, und buchstäblich: Lebt wirklich wohl!« sagte Gandalf, er wandte sein Pferd und ritt hinab nach Westen. Aber er konnte der Versuchung nicht widerstehen, das letzte Wort zu behalten. Ehe er außer Rufweite war, drehte er sich noch einmal um, legte die Hände an den Mund und rief ihnen etwas zu. Ganz schwach hörten sie seine Stimme aus der Ferne: »Lebt wohl! Seid vernünftig, paßt gut auf euch auf – und verlaßt niemals den Pfad!«

Dann galoppierte er davon und war bald außer Sicht. »Oh, lebt nur wohl und verschwindet!« brummten die Zwerge, die wütend waren, denn Gandalf zu verlieren, das hatte sie in Schrecken versetzt. Und jetzt begann der gefährlichste Teil ihrer Unternehmung. Ein jeder schulterte das schwere Gepäck und die Wasserschläuche, wandte sich aus dem Licht, das auf den Ländern draußen lag, und tauchte in den Wald ein.

Fliegen und Spinnen

Sie zogen in einfacher Reihe dahin. Der Eingang des Weges sah wie ein Torbogen zu einem dunklen Stollen aus. Zwei große Bäume, die sich einander zuneigten, bildeten das Eingangsgewölbe. Die Bäume waren schon viel zu alt, von Efeu erdrosselt und flechtenbehangen, um mehr als nur wenige schwarz verfärbte Blätter zu tragen. Der Pfad selbst war schmal und wand sich bald links, bald rechts um die

Stämme. Nicht lange, und das Licht des Eingangs war nur noch ein kleiner, leuchtender Ausschnitt weit hinter ihnen. Die Stille war so tief, daß ihre Füße dumpf auf dem Boden widerhallten, während alle Bäume sich überzulehnen und zu lauschen schienen.

Als ihre Augen sich an die Finsternis gewöhnt hatten, konnten sie ein Stückchen nach jeder Seite in eine Art düster grünes Glimmen schauen. Gelegentlich fiel ein Lichtstrahl, der das Glück hatte, durch das Blätterdach hoch oben zu dringen, ohne vom Gewirr des Astwerks und dem verfilzten Verhau der unteren Zweige aufgefangen zu werden, wie ein schmaler, schimmernder Dolch vor ihnen auf den Boden. Aber das geschah selten, und bald hörte auch das auf.

Im Wald gab es schwarze Eichhörnchen. Als Bilbos scharfe, forschende Augen sich eingewöhnt hatten, konnte er hin und wieder einen Blick auf sie werfen, wenn sie über den Pfad fegten oder hinter den Stämmen davontrippelten. Es gab auch andere sonderbare Geräusche, Grunzen, Schnaufen, Rascheln im Unterholz und in den Blättern, die sich an einigen Stellen zu unglaublich hohen Haufen aufgetürmt hatten. Aber von wem die Geräusche herrührten – das konnte er nicht entdecken. Das Scheußlichste, was ihnen begegnete, waren die Spinngewebe: dunkle, dichte Spinngewebe mit außerordentlich dicken Fäden, oft zwischen den Bäumen, oft auch wirr in den unteren Zweigen auf allen Seiten der Stämme. Aber kein Netz war quer über den Pfad gespannt. Hielt nun ein Zauber ihn frei, oder gab es sonst einen besonderen Grund – sie konnten es nicht erraten.

Es dauerte nicht allzulange, da begannen sie diesen Wald aus ebenso tiefem Herzen zu hassen wie die Stollengänge der Orks, nur schien ihnen der Nachtwald noch unendlicher zu sein. Immer weiter mußten sie ziehen, und schon lange wünschten sie sich heiß und innig ein bißchen Sonne und ein Stückchen blauen Himmel und sehnten sich nach einem Windhauch auf ihrem Gesicht. Unter dem Dach des Waldes aber rührte sich die Luft nicht. Hier gab es nur ewig währende Stille, Finsternis und Moder. Selbst die Zwerge spürten das, obgleich sie doch gewohnt waren, in der Erde zu graben und lange Zeit ohne Licht und Sonne zu leben. Aber der Hobbit, der Höhlen nur dazu benutzte, um eine Wohnung hineinzubauen, der jedoch nie einen einzigen Sonnentag darin verbrachte, merkte, wie es ihm allmählich den Hals zuschnürte.

Die Nächte waren am schlimmsten. Es wurde pechfinster – nicht, was ihr so pechfinster nennt, sondern es war wirklich finster wie Pech: so schwarz, daß man in der Tat rein gar nichts sah. Bilbo hielt die Hand vor seine Nase, aber er konnte sie nicht sehen. Nun, vielleicht ist es doch nicht richtig zu sagen, daß sie rein nichts sahen: Sie sahen Augen. Dicht aneinandergedrückt schliefen sie und wachten reihum. Als die Reihe an Bilbo kam, konnte er rund um sich ein Schimmern in der Schwärze sehen und zuweilen gelbe, rote oder grüne Augenpaare, die ihn aus kurzer Entfernung anstarrten und dann langsam verblaßten und verschwanden und allmählich wieder von einer anderen Stelle her zu glühen begannen. Manchmal schimmerten sie auch von den Zweigen dicht über ihm herab, und das war das entsetzlichste. Aber die Augen, die er am meisten verabscheute, waren bleiche, knollige, schreckliche Augen. Insektenaugen, dachte er, keine Säugetieraugen! Allerdings, sie sind viel zu groß dafür.

Obgleich es noch nicht sehr kalt war, versuchten sie, nachts Wachfeuer zu unterhalten; aber das gaben sie bald wieder auf. Es lockte Hunderte und aber Hunderte Augen an, obgleich die Wesen, welcher Art sie auch immer sein mochten, sehr vorsichtig waren und niemals ihren Körper in dem kleinen Flackerlicht des Feuers sehen ließen. Schlimmer aber: Es zog Tausende von dunkelgrauen und schwarzen Nachtfaltern an, von denen einige fast so groß wie eure Hand waren, und die schwirrten und flatterten ihnen um die Ohren. Das hielten sie nicht aus, und die riesenhaften Fledermäuse, die so schwarz waren wie ein Zylinderhut, gaben ihnen den Rest. Sie verzichteten auf Wachfeuer und saßen in der Nacht und dösten in der gewaltigen, unheimlichen Dunkelheit vor sich hin.

All dies nahm kein Ende, und dem Hobbit schien es, als seien Jahre und Jahre vergangen. Außerdem war er stets hungrig, denn sie gingen außergewöhnlich vorsichtig mit ihren Vorräten um. Wie die Tage so einander folgten und der Wald doch immer derselbe blieb, fingen sie an, ängstlich zu werden. Die Lebensmittel würden nicht ewig reichen. Längst waren sie knapp geworden. Sie versuchten, Eichhörnchen zu schießen, und vergeudeten viele Pfeile, bevor sie eines zur Strecke brachten. Aber als sie es brieten, schmeckte es scheußlich, und sie schossen nie wieder auf Eichhörnchen.

Durstig waren sie auch, denn sie besaßen nicht viel Wasser, und während der ganzen Zeit hatten sie weder eine Quelle noch einen Bach gesehen. So stand es mit ihnen, als sie eines Tages ihren Pfad von einem fließenden Gewässer versperrt fanden. Es floß schnell und mächtig dahin, obgleich es an ihrem Pfad gar nicht so breit war. Es war schwarz oder sah in der Dämmerung jedenfalls schwarz aus. Gut nur, daß Beorn sie gewarnt hatte, sonst hätten sie von diesem Fluß getrunken, gleichgültig, wie auch immer seine Farbe war. Und ihre leer gewordenen Wasserschläuche hätten sie ebenfalls am Ufer gefüllt. Jetzt aber waren sie einzig darauf bedacht, den Fluß zu kreuzen, ohne einen Tropfen von diesem Wasser auf die Haut zu bekommen. Es hatte hier einmal eine Holzbrücke gegeben, aber sie war verfault und verfallen, und nur die zerbrochenen Uferpfosten waren übriggeblieben.

Bilbo, der am Ufer kniete und hinüberstarrte, schrie:

»Dort ist ein Boot am anderen Ufer! Warum in aller Welt kann es nicht auf unserer Seite liegen?«

»Wie weit ist es weg?« fragte Thorin, denn mittlerweile hatten sie gemerkt, daß Bilbo von allen die schärfsten Augen besaß.

»Nicht allzu weit. Ich möchte annehmen, nicht mehr als zwölf Ellen.«

»Zwölf Ellen! Ich dachte, es wären mindestens dreißig, aber meine Augen sind nicht mehr so gut wie noch vor hundert Jahren. Trotzdem, zwölf Ellen sind ebenso gut und so schlecht wie eine ganze Meile. Wir können keine zwölf Ellen springen, und wir dürfen es auch nicht wagen, zu waten oder zu schwimmen.«

»Kann einer von euch ein Tau werfen?«

»Wozu soll das gut sein? Das Boot ist gewiß festgebunden – selbst wenn wir einen Haken hineinwerfen können, was ich noch bezweifle ...«

»Ich glaube aber nicht, daß es angebunden ist«, sagte Bilbo, »obgleich ich bei diesem Licht natürlich nicht sicher sein kann. Mir scheint, es ist bloß ein Stück aufs Ufer gezogen worden, und das ist dort, wo der Pfad ins Wasser führt, nicht sehr hoch.«

»Dori ist der Stärkste, aber Fili der Jüngste, und außerdem sieht er am besten«, entschied Thorin. »Kommt her, Fili, und schaut, ob Ihr das Boot sehen könnt, von dem Mister Beutlin spricht.«

Fili meinte, er sähe es. Und nachdem er eine lange Weile hinübergestarrt hatte, um die Richtung festzustellen, brachten ihm die anderen eine Leine. Sie hatten mehrere Leinen mitgenommen, und am Ende der längsten befestigten sie einen der großen Eisenhaken, die sie sonst dazu benutzten, um das Gepäck an ihre Schultergurte zu hängen. Fili nahm den Haken in die Hand, wog ihn eine Weile und schleuderte ihn dann über den Fluß.

Patsch, er fiel ins Wasser. »Nicht weit genug!« sagte

Bilbo, der nach drüben starrte. »Ein paar Ellen mehr, und Ihr hättet das Boot getroffen, versucht es noch einmal. Der Zauber, glaub ich, ist nicht so stark, daß ein bißchen nasses Tau Euch gefährlich werden kann.«

Als er es zurückgezogen hatte, nahm Fili zwar den Haken wieder auf, aber mißtrauisch blieb er doch. Diesmal warf er mit größerer Kraft.

»Ruhig, ruhig!« sagte Bilbo. »Ihr habt den Haken mitten in den Wald drüben geworfen. Zieht ihn vorsichtig zurück.« Fili holte langsam die Leine ein, und nach einer Weile sagte Bilbo: »Sorgfältig jetzt! Sie liegt auf dem Boot. Haltet bloß den Daumen, daß der Haken faßt!«

Er faßte. Die Leine wurde straff – und Fili zog vergeblich. Kili kam ihm zu Hilfe, und dann Oin und Gloin. Sie zerrten und ruckten, und plötzlich fielen sie alle auf den Rücken. Bilbo, der noch immer Ausschau hielt, ergriff die Leine und lenkte mit einem Stock das kleine Boot, das über den Fluß geschossen kam. »Hilfe!« schrie er, und Balin kam gerade recht, um das Boot zu ergreifen, ehe es von der Strömung erfaßt wurde.

»Es war also doch angebunden«, sagte Balin und betrachtete die abgerissene Fangleine, die noch herabhing. »Das war ein guter Ruck, meine Lieben. Und ein Glück, daß unsere Leine stärker war!«

»Wer setzt zuerst über?« fragte Bilbo.

»Ich«, antwortete Thorin, »und Ihr geht mit, und Fili und Oin und Gloin und Dori; als nächste Ori und Nori, Bifur und Bofur; als letzte Dwalin und Bombur.«

»Ich bin immer der letzte, das paßt mir gar nicht«, brummte Bombur. »Laßt diesmal einen anderen an den Schluß.«

»Wenn Ihr nicht so fett wäret! Da Ihr es aber seid, müßt Ihr bei der leichtesten und letzten Bootslast sein. Fangt nicht an, gegen Befehle zu murren, oder es wird Euch noch etwas Übles zustoßen.«

»Ruder gibt es nicht. Wie wollt Ihr das Boot ans andere Ufer zurückbringen?« fragte der Hobbit.

»Gebt mir ein anderes Stück Leine und einen anderen Haken«, sagte Fili, und als alles bereit war, warf er ihn in die Finsternis nach vorn und so hoch, wie er nur konnte. Da Haken und Leine nicht herunterfielen, mußten sie wohl in den Zweigen festhängen. »Steigt ein«, sagte Fili, »und einer holt das Boot an der Leine hinüber, die drüben in den Zweigen sitzt. Ein anderer muß den Haken nehmen, den wir zuerst benutzten, und wenn wir sicher auf der anderen Seite sind, haken wir das Boot damit an, und ihr könnt es zurückziehen.«

Auf diese Weise gelangten sie bald alle sicher ans andere Ufer des verzauberten Flusses. Dwalin war gerade mit der Taurolle am Arm aus dem Boot geklettert, und Bombur (der noch immer murrte) machte sich bereit, ihm zu folgen, als etwas Böses sich ereignete. Vor ihnen auf dem Pfad war das Geräusch flüchtender Hufe zu hören, und aus dem Dämmer tauchten plötzlich die Umrisse eines fliehenden Hirsches auf. Er raste mitten in die Zwerge und warf sie wie ein Kegelspiel um, dann setzte er zu einem Sprung an. Hoch, mit einem mächtigen Satz, sprang er und über das Wasser hinweg. Aber das andere Ufer rettete ihn nicht. Thorin war der einzige, der sich auf den Füßen gehalten und noch seinen Verstand beisammen hatte. Sogleich nach der Landung hatte er für den Fall, daß ein verborgener Hüter des Bootes erschiene, den Bogen gespannt und einen Pfeil aufgelegt. Und jetzt sandte er einen schnellen und sicheren Schuß hinter dem springenden Tier her. Als der Hirsch das jenseitige Ufer erreichte, stolperte er. Die Schatten verschlangen ihn, aber sie hörten den Hufschlag stokken, und es wurde still.

Noch ehe sie zu Ehren dieses Schusses in lautes Lob ausbrechen konnten, vernichtete ein schreckliches Klagegeschrei mit einem Schlage alle Gedanken an Hirschbraten.

»Bombur ist hineingefallen! Bombur ertrinkt!« schrie Bilbo. Es war nur zu wahr. Bombur hatte kaum einen Fuß an Land, als der Hirsch auf ihn zugerast kam und über ihn hinwegsetzte. Bombur war gestolpert, hatte dabei das Boot vom Ufer weggestoßen und war selbst ins Wasser geplumpst. Seine Hände rutschten an den glitschigen Uferwurzeln ab, während das Boot langsam abzog und verschwand.

Sie konnten gerade noch Bomburs Kapuze über dem Wasser sehen, als sie zum Ufer rannten. Schnell warfen sie ihm eine Hakenleine zu. Seine Hand ergriff sie, und sie zogen ihn an Land. Er war von Kopf bis Fuß durchnäßt, natürlich, aber das war nicht das Schlimmste. Als sie ihn aufs Ufer legten, war er schon fest eingeschlafen. Seine Hand umklammerte so zäh die Leine, daß sie den Griff nicht zu lösen vermochten. Und er blieb in tiefstem Schlaf, trotz allem, was sie mit ihm anstellten.

Noch immer standen sie um ihn herum, verwünschten ihr Mißgeschick und Bomburs Ungeschicktheit und klagten über den Verlust des Bootes, der es ihnen unmöglich machte, nach dem Hirsch zu suchen. Da hörten sie fernes Hörnerblasen im Wald und Laute, die wie das Kläffen von Hunden klangen. Sie wurden ganz still. Und als sie sich niedersetzten, schien es ihnen, als ginge nördlich des Pfades eine große Jagd durch den Wald. Freilich, sehen konnten sie nicht das geringste.

So saßen sie für eine lange Weile und wagten nicht, sich zu bewegen. Mit einem Lächeln auf seinem wohlgenährten Gesicht schlief Bombur weiter, als wäre er nun glücklich all die Sorgen los, mit denen sie sich herumschlagen mußten. Aber auf dem Pfad vor ihnen erschienen plötzlich einige weiße Tiere, eine Hindin und zwei Hirschkälbchen. Sie waren ebenso schneeweiß, wie der Hirsch schwarz gewesen war. Vor den tiefen Schatten leuchteten sie hell auf. Noch ehe Thorin den Mund aufmachen konnte, waren drei von den Zwergen aufgesprungen und hatten mehrere Pfeile verschossen. Keiner schien getroffen zu haben. Die Tiere wandten sich um und verschwanden ebenso leise zwischen den Bäumen, wie sie aufgetaucht waren. Vergeblich schossen die Zwerge hinter ihnen her.

»Halt! Halt!« schrie Thorin. Aber es war zu spät. Die aufgeregten Zwerge hatten ihre letzten Pfeile vergeudet, und die Bogen, die Beorn ihnen mitgegeben hatte, waren jetzt nutzlos.

Eine trübsinnige Gesellschaft waren sie in dieser Nacht, und ihre Stimmung wurde in den folgenden Tagen nur noch schlechter. Sie hatten den verzauberten Fluß überquert, aber hier sah der Weg genauso verloren aus wie auf der anderen Seite, und der Wald schien unverändert. Wären sie jedoch vertrauter mit diesem Wald gewesen und hätten die Bedeutung der Jagd und der weißen Tiere, die vor ihnen auf dem Weg aufgetaucht waren, richtig eingeschätzt, so hätten sie gewußt, daß sie jetzt auf den Ostrand zugingen. Bald würden sie, wenn sie Mut und Hoffnung behielten, zu dünnstämmigeren Bäumen und sonnenbeschienenen Stellen kommen.

Aber sie wußten es nicht, und überdies schleppten sie sich mit dem schweren Bombur ab – so gut es ging und zu viert der Reihe nach, während die anderen das Gepäck aufteilten. Wenn dies in den letzten Tagen nicht so leicht geworden wäre, hätten sie es nie geschafft. Doch ein schlummernder, lächelnder Bombur war ein schlechter Ersatz für ein Gepäck voll guter Lebensmittel – auch wenn es noch so schwer sein mochte. In wenigen Tagen kam dann auch die Zeit, wo es praktisch nichts mehr zu essen und zu trinken gab. Im Wald sahen sie ebenfalls nichts Genießbares, nur Pilze und sonderbare Kräuter mit fahlen Blättern und von unerfreulichem Geruch.

Etwa vier Tagemärsche nach dem verzauberten Fluß kamen sie an eine Stelle, die meist von Buchen bestanden war. Anfangs waren sie geneigt, erleichtert den Wechsel zu begrüßen, denn hier gab es kein Unterholz, und die Schatten waren nicht so tief. Es herrschte ein grünliches Licht an beiden Seiten des Pfades. Aber das Licht zeigte ihnen nur endlose Reihen von geraden, grauen Stämmen, wie Säulen einer riesigen Halle im Zwielicht. Man spürte einen Lufthauch und das Sausen des Windes, aber es klang schwermütig. Raschelnd segelten ein paar Blätter herab und erinnerten sie daran, daß es draußen Herbst werden wollte. Ihre Füße stöberten durch die Blätter zahlloser anderer Herbstzeiten, Blätter, die von den tiefen, roten Teppichen des Waldes über den Rand des Pfades trieben.

Bombur schlief immer noch, und sie waren völlig ausgepumpt. Zuweilen hörten sie ein beunruhigendes Gelächter; zuweilen auch Singen in der Ferne. Das Lachen war kein Orkgelächter, sondern rührte von hellen Stimmen her, und das Singen war sehr schön. Doch es klang unheimlich und fremdartig, und es war ihnen nicht wohl dabei. Sie beeilten sich, so rasch es ihre schwachen Kräfte erlaubten, diese Gegend hinter sich zu lassen.

Zwei Tage später merkten sie, daß der Pfad sich zu neigen begann. Nicht lange, und sie fanden sich in einem Tal, das fast ganz von einem mächtigen Schlag Eichen ausgefüllt war.

»Ist dieser verfluchte Wald immer noch nicht zu Ende?« fragte Thorin. »Da muß einmal jemand auf einen Baum klettern und sich umsehen. Am besten, er nimmt den höchsten Baum, der gleich hier am Weg steht.«

Natürlich war mit diesem Jemand Bilbo gemeint. Sie wählten ihn, denn wenn der Späher überhaupt Erfolg haben sollte, so mußte er den Kopf über die höchsten Kronen erheben können und leicht genug sein, damit die obersten und dünnsten Äste ihn trugen. Der arme Mister Beutlin hatte sich nie groß im Baumklettern geübt, aber sie hoben ihn in die unteren Äste einer riesenhaften Eiche, die unmittelbar neben dem Pfad wuchs, und dann mußte er sich emporarbeiten, so gut er es konnte. Er bahnte sich seinen Weg durch das verfilzte Astgewirr hindurch und bekam manchen Zweig ins Auge. Grün und schwarz schmierte ihn die alte Rinde der größeren Äste ein. Mehr als einmal rutschte er aus und hielt sich gerade noch im letzten Augenblick fest, aber schließlich, nach einer schrecklichen Anstrengung an einer schwierigen Stelle, wo es auch nicht einen einzigen passenden Ast zu geben schien, gelangte er bis nahe an den Wipfel heran. Während der ganzen Zeit kam es ihm vor, als ob Spinnen in dem Baum hausten, und er machte sich Sorge, auf welche Weise er wohl wieder hinunterklettern sollte (wenn er nicht gerade hinunterfallen wollte).

Schließlich steckte er seinen Kopf durch das Blätterdach, und da sah er die Spinnen. Aber es waren nur kleine, von gewöhnlicher Größe, und sie jagten hinter den Schmetterlingen her. Bilbos Augen wurden vom Licht nahezu geblendet. Er hörte die Zwerge von tief unten heraufrufen, aber antworten konnte er nicht – festhalten und blinzeln, das war alles, was er zunächst tun konnte. Die Sonne schien außerordentlich hell, und es dauerte lange, bis er sich daran gewöhnt hatte. Aber danach sah er um sich einen Ozean aus düsterem Grün, den da und dort eine Brise kräuselte. Und überall segelten Hunderte von Schmetterlingen. Ich nehme an, es war eine Art Purpurschillerfalter, ein Schmetterling, der die Wipfel der Eichenwälder liebt, aber diese waren keineswegs purpurn, sondern tief samtschwarz ohne irgendeine Zeichnung.

Bilbo betrachtete lange die Nachtschillerfalter und genoß den Wind in seinen Haaren und im Gesicht. Aber schließlich erinnerte ihn das Geschrei der Zwerge, die vor Ungeduld unten aufstampften, an seine eigentliche Aufgabe. Es stand nicht gut. Sosehr er sich anstrengte, er konnte kein Ende absehen. Bäume und Blätter in jeder Richtung.

Sein Herz, das beim Anblick der Sonne und beim Gruß des Windes fröhlich geworden war, sank ihm in die Hose: Da gab es nichts, mit dem er die da unten hätte aufmuntern können. In Wirklichkeit aber, wie ich schon sagte, waren sie nicht mehr weit vom Rand des Waldes entfernt. Und wenn Bilbo so viel Orientierungssinn gehabt hätte, zu erkennen, daß sein Ausguckbaum, obgleich selbst sehr hoch, doch nur im Grund eines breiten Tales stand, so hätte er gewußt, daß von seinem Wipfel aus ringsum die Bäume wie an den Rändern einer großen Schüssel sich auftürmten und daß man von hier aus nicht ermessen konnte, wie groß der Wald wirklich war. Aber diesen Sinn hatte Bilbo nicht, und er kletterte voll Verzweiflung hinab. Er erreichte den Boden zerkratzt, erhitzt und elend und konnte im Dämmerlicht unten zunächst nichts unterscheiden. Sein Bericht machte die anderen genauso trübselig und elend, wie er selbst war.

»Der Wald geht nach allen Richtungen hin endlos weiter! Was sollen wir bloß tun? Und wozu ist es nütze, einen Hobbit auszuschicken!« schrien sie, als ob es seine Schuld wäre. Sie kümmerten sich keinen Pfifferling um die Schmetterlinge und wurden nur noch zorniger, als er von der wunderschönen Brise dort oben erzählte, die sie nicht spüren konnten, weil sie viel zu schwerfällig waren, um hinaufzuklettern.

An diesem Abend aßen sie ihre letzten Krümel, und das erste, was sie am nächsten Morgen spürten, war nagender Hunger. Und das nächste, daß es regnete und daß hier und dort ein Tropfen schwer auf den Waldboden schlug. Dies hinwiederum erinnerte sie daran, daß sie vor Durst geradezu ausgebrannt waren und nichts daran ändern konnten. Man kann einen schrecklichen Durst nicht dadurch löschen, daß man unter Rieseneichen steht und auf den Glückszufall eines Regentropfens wartet, der einem auf die

Zunge fällt. Das einzige bißchen Trost kam ganz unerwartet von Bombur.

Er erwachte plötzlich, setzte sich auf und kratzte sich den Kopf. Er konnte nicht herausfinden, wo er war, noch warum er solchen Hunger hatte. Er hatte alles vergessen, was seit jenem Maimorgen vor langer Zeit geschehen war, als sie ihre Reise begonnen hatten. Das letzte, an das er sich erinnerte, war die Gesellschaft im Haus des Hobbits. Sie hatten große Schwierigkeiten, ihm die ganze Reisegeschichte mit all den unglaublichen Abenteuern begreiflich zu machen.

Als er hörte, daß es nichts zu essen gab, setzte er sich hin und weinte, denn er fühlte sich schwach und wacklig in den Knien. »Warum bin ich überhaupt erwacht!« rief er. »Ich hatte solch wunderschöne Träume. Mir träumte, ich ginge in einem Wald, der ganz ähnlich aussah wie dieser, spazieren. Nur war er durch Fackeln an den Bäumen erleuchtet, von Lampen, die von den Ästen herabhingen, und von Feuern, die auf dem Boden brannten. Ein großes Fest wurde da gefeiert und nahm überhaupt kein Ende. Ein Waldlandkönig saß dort mit einer Blattkrone, es wurde fröhlich gesungen, und ich könnte die Herrlichkeiten weder zählen noch beschreiben, die es da zu essen und zu trinken gab.«

»Ihr braucht es gar nicht erst zu versuchen«, sagte Thorin. »Wirklich, wenn Ihr nichts anderes erzählen könnt, dann seid besser still. Wir hatten sowieso schon genug Scherereien mit Euch. Wärt Ihr jetzt nicht aufgewacht, so hätten wir Euch mit Euren idiotischen Träumen im Wald liegengelassen. Es macht kein Vergnügen, Euch nach Wochen spärlichster Ernährung spazierenzutragen.«

Es blieb nichts anderes übrig, die Gürtel mußten fester um die leeren Mägen geschnallt werden, die leeren Säcke und das Gepäck wurden geschultert, und dann stolperten sie weiter den Pfad entlang. Sie hatten wenig Hoffnung, das Ende zu erreichen, ehe sie sich hinlegen und den Hungertod sterben mußten. So gingen sie noch den ganzen Tag, langsam und mühsam, während Bombur stöhnte, seine Beine würden ihn nicht mehr tragen, und er wünschte bloß, sich hinlegen und schlafen zu können.

»Nein, das kommt nicht in Frage!« sagten sie. »Laßt Eure Beine auch ihr Päckchen schleppen, wir haben Euch lange genug getragen.«

Wie dem auch sei, plötzlich weigerte er sich, auch nur einen Schritt weiterzugehen, und warf sich auf den Boden. »Geht weiter, wenn ihr Lust habt«, sagte er. »Ich für meinen Teil ziehe es vor, hier zu liegen, zu schlafen und vom Essen zu träumen, wenn ich es anders nicht haben kann. Ich hoffe bloß, daß ich nie wieder aufwache.«

Gerade in diesem Augenblick rief Balin, der ein bißchen voraus war: »Was war denn das? Mir kam es vor, als schimmerte da ein Licht aus dem Wald.«

Sie strengten ihre Augen an, und es schien ihnen, als ob sie ein gutes Stück entfernt etwas Rotes in der Dunkelheit schimmern sahen. Und dann blinkten immer mehr Lichter daneben auf. Selbst Bombur erhob sich, und sie rannten darauf zu, ohne sich darum zu kümmern, ob dort am Ende Trolle oder Orks auf sie warteten. Die Lichter waren gerade vor ihnen links vom Weg, und als sie auf deren Höhe gekommen waren, sahen sie deutlich Fackeln und Feuer unter den Bäumen brennen – jedoch ein gutes Stück weg von ihrem Pfad.

»Das sieht ja aus, als ob meine Träume Wahrheit würden«, sagte Bombur, der schnaufend herankam. Er wollte geradewegs in den Wald hinein und auf die Lichter zugehen. Aber die anderen erinnerten sich nur allzugut an die Warnung Gandalfs und Beorns.

»Ein Fest würde nichts Gutes bedeuten, wenn wir lebendig nicht wieder zurückkommen könnten«, sagte Thorin.

»Aber ohne Fest werden wir auch nicht am Leben bleiben«, antwortete Bombur, und Bilbo stimmte ihm herzlich bei. So stritten sie eine lange Weile vorwärts und rückwärts, bis sie schließlich übereinkamen, ein paar Späher loszuschicken, die sich an die Lichter heranmachen und mehr darüber herausfinden sollten. Aber sie kamen nicht überein, wer geschickt werden sollte – keiner war gerade scharf darauf, verlorenzugehen und seine Freunde nie wiederzufinden. Am Ende hatte trotz aller Warnungen der Hunger das letzte Wort, denn Bombur fuhr fort, all die guten Sachen zu beschreiben, die dort seinem Traum zufolge auf dem Waldfest verspeist wurden. So verließen alle den Pfad und stürzten sich gemeinsam in den Wald.

Nachdem sie ein ganzes Stück gekrochen und geschlichen waren, schielten sie um die Baumstämme herum und gewahrten eine Lichtung, wo einige gefällte Bäume lagen und der Grund geebnet war. Viel Volk gab es dort, das nach Elben ausschaute. Alles war grün und braun gekleidet, und man saß im Kreis auf zurechtgesägten Klötzen. Ein Feuer brannte in der Mitte, Fackeln waren rings an den Bäumen befestigt. Aber der schönste Anblick war doch, daß alles aß und trank und lustig lachte.

Der Duft des gerösteten Fleisches war so wunderbar, daß keiner die Meinung der anderen abwartete. Alle standen gleichzeitig auf und stolperten auf den Kreis zu mit dem einzigen Gedanken, etwas Eßbares zu erbetteln. Doch kaum hatte der erste die Lichtung betreten, als mit einem Schlag, wie durch Zauberei, die Lichter verlöschten. Jemand trat hastig das Feuer aus, und es schoß wie Raketen in glühenden Funken auf und verzischte. Vollständige Dunkelheit umgab sie. Keiner konnte den anderen finden – jedenfalls dauerte es geraume Zeit. Wie irre tappten sie in der Finsternis umher, fielen über Stämme, stießen mit Getöse gegen Bäume, schrien und machten einen Spektakel, daß auf Meilen alles im Wald wach geworden sein mußte. Am Ende hatten sie es aber geschafft. Sie fanden wieder zu einem Haufen zusammen und zählten sich mühsam, indem sie einander abtasteten. Inzwischen hatten sie natürlich ganz und gar vergessen, in welcher Richtung ihr Pfad lag, und so waren sie hoffnungslos verloren – zumindest bis zum Morgen.

Es blieb nichts anderes übrig, sie mußten sich, wo sie gerade waren, für die Nacht einrichten. Sie wagten es nicht einmal, auf dem Boden nach Krümeln zu suchen, aus Furcht, wieder einander zu verlieren. Aber sie hatten sich noch nicht lange hingelegt – Bilbo wurde gerade erst schläfrig –, als Dori, der die erste Wache hatte, aufgeregt flüsterte: »Die Lichter kommen wieder heraus! Da! Mehr als vorhin!«

Da sprangen sie alle zugleich auf die Füße. Ja, ganz sicher, nicht weit weg waren Massen funkelnder Lichter zu sehen. Sie hörten ganz klar Stimmen und Lachen. Langsam krochen sie einer hinter dem andern darauf zu, jeder hielt sich am Rockschoß des Vordermannes fest. Als sie näher kamen, sprach Thorin: »Diesmal kein Drauflosstürzen! Keiner darf aus dem Versteck, ehe ich es sage. Ich werde Mister Beutlin allein vorschicken, damit er mit ihnen reden kann. Vor ihm werden sie sich nicht fürchten.« (Aber ich mich vielleicht vor ihnen? dachte Bilbo.) »Jedenfalls hoffe ich, daß sie ihm nichts antun.«

Als sie an den Rand des Lichtkreises kamen, stießen sie hinterrücks den armen Bilbo nach vorn. Noch ehe er Zeit fand, seinen Ring anzuziehen, stolperte er mitten in den Schein der Feuer und Fackeln. Das war schlecht. Die Lichter verloschen wie beim erstenmal, und völlige Finsternis stürzte herab.

Wenn sie vordem unter Schwierigkeit einander wiederfinden konnten, so war es diesmal viel schlimmer. Und den Hobbit konnten sie überhaupt nicht finden. Jedesmal, wenn sie abzählten, kamen sie bloß auf dreizehn. Sie schrien und riefen: »Bilbo Beutlin! Hobbit! Zum Henker mit ihm! He, Hobbit, verflucht, wo steckt Ihr bloß?« Aber es kam keine Antwort.

Sie wollten gerade alle Hoffnung aufgeben, als Dori aus purem Glück über Bilbo stolperte. In der Dunkelheit schlug er längelang hin über etwas, das er für einen Baumstamm hielt. Aber dann fand er, daß es der Hobbit war, zusammengerollt wie ein Kater und in tiefem Schlaf. Es war nicht einfach, ihn wach zu bekommen, und als er wach war, war er gar nicht entzückt davon.

»Ich hatte solch einen hübschen Traum«, brummte er, »und darin kam die allerprächtigste Mahlzeit vor.«

»Guter Himmel! Es geht ihm wie Bombur«, sagten sie. »Erzählt uns nichts von Träumen, Traumessen taugen nichts, und für uns fällt sowieso nichts ab dabei.«

»Sie sind das Beste, was ich an diesem grausligen Platz bekommen kann«, murmelte Bilbo, als er sich neben den Zwergen niederlegte und seinen Schlaf und seinen Traum wiederzufinden suchte.

Aber es waren nicht die letzten Lichter im Wald. Später, als es schon sehr tief in der Nacht, vielleicht schon gegen Morgen sein mochte, kam Kili, der die Wache hatte, weckte alle und flüsterte: »Eine richtige Lichterglut ist dort vorn, gar nicht weit weg – Hunderte von Fackeln und viele Feuer. Als ob sie durch Zauberei angezündet worden wären. Hört bloß das Singen und die Harfen!«

Nachdem sie eine Weile gelegen und gelauscht hatten, merkten sie, daß sie einfach nicht widerstehen konnten. Sie mußten näher herangehen und versuchen, Hilfe zu erlangen. Sie standen auf. Und diesmal war das Ergebnis vernichtend. Das Fest, das sie belauschten, war größer und prächtiger als die vorhergehenden. Zu Häupten einer langen Reihe von Festgästen saß ein Waldlandkönig mit einer Blattkrone im goldenen Haar – genau, wie Bombur die Gestalt aus seinem Traum beschrieben hatte. Das Elbenvolk reichte Humpen von Hand zu Hand und über die

Feuer hinweg. Einige spielten Harfe, und viele sangen. In ihr schimmerndes Haar waren Blumen gewunden. Grüne und weiße Edelsteine blitzten hell an ihren Kragen und Gürteln, Gesichter und Lieder strahlten Frohsinn aus. Laut und klar klangen ihre Lieder in die Nacht. Da trat Thorin in ihre Mitte.

Plötzlich wurde es totenstill. Alle Lichter verlöschten. Die Feuer gingen in schwarze Rauchschwaden auf. Asche und Ruß wehten den Zwergen in die Augen, und aufs neue schallte der Wald von ihrem Klagen und Geschrei wider.

Bilbo rannte immerzu im Kreis herum (vielmehr dachte er das) und rief unaufhörlich: »Dori, Nori, Ori, Oin, Gloin, Fili, Kili, Bombur, Bifur, Bofur, Dwalin, Balin, Thorin Eichenschild!« Während andere, die er weder sehen noch fühlen konnte, genau das gleiche rings um ihn taten (mit einem gelegentlichen »Bilbo!« dazwischen). Aber das Geschrei der anderen trieb immer weiter davon, wurde schwächer, und nach einer Weile, so schien es Bilbo, wurden gellende Hilfeschreie daraus. Das geschah jedoch schon aus großer Entfernung. Der Lärm erstarb schließlich ganz. Bilbo blieb allein in der regungslosen Dunkelheit zurück.

Es war einer der schlimmsten Augenblicke für Bilbo. Aber nach einer Weile sagte er sich, daß es unsinnig sei, irgend etwas zu unternehmen, ehe der Tag kam und mit ihm ein bißchen Helligkeit, und daß es ganz falsch wäre, jetzt umherzutappen, sich müde zu machen, und das obendrein ohne Hoffnung auf ein gutes Frühstück. So setzte er sich mit dem Rücken an einen Baum, und nicht zum letztenmal wanderten seine Gedanken zu der weit entfernten Hobbithöhle mit ihren wunderbaren Speisekammern zurück. Er war tief in Gedanken an Speck und Eier, geröstetes Brot und Butter versunken, als er etwas seine Haut berühren fühlte. Es war wie ein starker, klebrig zäher Strick, der sich quer über die linke Hand zog; und als er sich bewegen wollte, fand er, daß seine Beine schon von demselben Zeug eingeschnürt waren. So war er noch nicht ganz aufgesprungen und lag schon auf der Nase.

In diesem Augenblick kam die Riesenspinne, die, während er vor sich hin duselte, ihn geschäftig eingewoben hatte, von hinten heran und warf sich auf ihn. Bilbo konnte nur ihre Augen sehen, aber er fühlte ihre haarigen Beine, die sich damit abrackerten, die entsetzlichen Fäden um ihn herumzuwickeln. Welch ein Glück, daß er noch rechtzeitig zu Verstand gekommen war! Bald hätte er sich überhaupt nicht mehr rühren können. Er mußte, wie die Dinge standen, verzweifelt kämpfen, bevor er frei kam. Er schlug das Tier zuerst einmal mit den Fäusten ab, denn es versuchte, ihn zu vergiften, damit er stillhielt (wie es die kleinen Spinnen mit Fliegen machen). Aber dann erinnerte Bilbo sich an sein Schwert, und er riß es aus der Scheide. Die Spinne sprang zurück, und er fand Zeit, seine Beine zu befreien. Danach war die Reihe an ihm, anzugreifen. Die Spinne war augenscheinlich nicht mit Wesen vertraut, die solch einen Stachel an der Seite trugen, sonst würde sie rascher zurückgesprungen sein. Bilbo kam ihr zuvor, ehe sie ausweichen konnte, und er traf sie mit seinem Schwert mitten zwischen die Augen. Da wurde sie irre und sprang und tanzte und warf ihre Beine in schrecklichen Zuckungen, bis Bilbo sie mit einem zweiten Streich tötete. Doch dann stürzte Bilbo selbst vornüber und erinnerte sich für eine lange Weile an nichts mehr.

Als er wieder zu sich kam, herrschte um ihn das gewöhnliche düstergraue Licht des Waldtages. Die Spinne lag tot neben ihm, und seine Schwertklinge war schwarz gefleckt. Aber irgendwie hatte der Tod der Riesenspinne, die er in der Finsternis ganz allein ohne die Hilfe des Zauberers oder der Zwerge besiegt hatte, aus Mister Beutlin einen anderen Hobbit gemacht. Er spürte, daß er ein anderer geworden war, wilder und kühner, trotz eines leeren Magens. Sein Schwert wischte er am Gras ab und steckte es zurück in die Scheide. »Ich will dir einen Namen geben«, sagte Bilbo zu seinem Schwert. »Du sollst Stachel heißen.«

Dann machte er einen Erkundungsstreifzug. Der Wald war stumm und grimmig. Bilbo mußte zu allererst einmal seine Freunde suchen, die wahrscheinlich nicht weit waren, falls sie nicht von den Elben (oder von schlimmeren Wesen) gefangen worden waren. Bilbo spürte, daß es gefährlich war zu rufen, und überlegte eine lange Zeit, in welcher Richtung wohl der Pfad lag und in welcher Richtung er zuerst nach den Zwergen fahnden sollte.

»Oh, warum erinnerten wir uns nicht an Beorns und Gandalfs Rat!« klagte er. »Jetzt stecken wir in der Klemme. Ich wünschte bloß, wir wären zusammen, denn es ist furchtbar, ganz allein zu sein.«

Am Ende legte er sich, so gut es ging, die Richtung zurecht, aus der in der Nacht die Hilferufe gekommen waren – und mit gutem Glück (er hatte schon von Geburt her eine ordentliche Portion davon) riet er mehr oder weniger richtig, wie ihr gleich sehen werdet.

Nachdem er sich also entschieden hatte, schlich er mit äußerster Vorsicht los. Hobbits verstehen sich besonders in Wäldern auf lautloses Pirschen, wie ich euch schon gesagt habe. Außerdem hatte Bilbo, ehe er aufbrach, den Ring an den Finger gesteckt. Und deshalb konnten die Spinnen ihn weder sehen noch kommen hören.

In aller Heimlichkeit hatte er schon ein Stück Wegs hinter sich gebracht, als er voraus einen dichten schwarzen Fleck ausmachte, pechschwarz selbst in diesem Wald noch, wie ein Streif Mitternacht, den der Tag nicht aufhellen konnte. Als er näher herankam, sah er, daß die Schwärze von Spinnweben herrührte, eine dicht hinter und über der anderen. Und plötzlich sah er auch die riesigen, schrecklichen Spinnen dort in den Zweigen über ihm hocken, und – Ring hin und Ring her – er zitterte vor Angst, daß sie ihn entdecken könnten. Hinter einem Baum stehend, beobachtete er eine Zeitlang eine Gruppe von Spinnen, und in der lautlosen Stille des Waldes entdeckte er, daß diese widerwärtigen Geschöpfe miteinander sprachen. Ihre Stimmen klangen wie ein Knirschen und Zischen, aber Bilbo konnte vieles, was sie sagten, aufschnappen. Sie sprachen über die Zwerge!

»Das war ein scharfer Kampf. Aber er war die Sache wert«, sagte eine. »Sie haben ohne Frage ein ekelhaft dickes Fell. Aber ich wette, es ist innen ein guter Saft drin.«

»Klar, die schmecken gut, wenn sie ein bißchen abgehangen sind«, bemerkte eine andere.

»Laßt sie nicht zu lange hängen«, fügte eine dritte hinzu. »Sie sind nicht so fett, wie sie sein sollten. Ich glaube, sie haben in letzter Zeit nicht gut genug zu fressen bekommen.«

»Tötet sie, sage ich euch«, zischte eine vierte, »tötet sie gleich und hängt sie danach noch eine Weile auf.«

»Die sind jetzt garantiert tot«, fing die erste wieder an.

»Das sind sie nicht. Ich sah den einen eben noch strampeln. Sie kommen gerade zu sich, würde ich sagen, nach einem wunderbaren Schlaf. Ich werde es euch zeigen.«

Damit rannte die fette Spinne ein Tau entlang, bis sie zu einem Dutzend Bündeln gelangte. Sie hingen in einer Reihe von einem hohen Ast herab. Bilbo war entsetzt, als er sie so zum erstenmal im Dämmerschatten baumeln sah. Aus manchen Bündeln ragte ein Zwergenfuß heraus, oder hier und da kam eine Nasenspitze, ein Endchen Bart oder der Zipfel einer Kapuze zum Vorschein.

Die Spinne rannte zum dicksten Paket (ich wette, es ist der arme alte Bombur, dachte Bilbo) und zwickte fest in die herausragende Nase. Ein unterdrückter Schrei drang aus dem Bündel, ein Fuß zuckte und trat der Spinne hart in den Bauch – es war also noch Leben in Bombur! Der Tritt klang, als ob einer einen schlaffen Fußball getreten hätte, und die wütende Spinne fiel vom Zweig herab, konnte sich jedoch gerade noch rechtzeitig mit ihrem eigenen Faden fangen.

Die anderen lachten. »Du hast vollkommen recht!« riefen sie. »Das Fleisch lebt noch und keilt aus.«

»Dem werde ich gleich ein Ende machen«, zischte die Spinne und kletterte auf den Ast zurück.

Bilbo erkannte, daß jetzt der Augenblick gekommen war, da er etwas unternehmen mußte. Er konnte nicht zu den Bestien hinaufgelangen, und zum Schießen hatte er auch nichts bei sich. Aber als er sich umschaute, sah er zahlreiche Steine in einer Mulde liegen, die nach einem ausgetrockneten kleinen Wasserlauf aussah. Bilbo war ein ausgezeichneter Kieselsteinschütze, und es dauerte nicht lange, da hatte er einen hübschen, glatten, eirunden Kiesel gefunden, der angenehm in der Hand lag. Als Junge war er ganz eingefuchst auf das Steinewerfen, so daß Kaninchen und Eichhörnchen, ja Vögel sogar, schnell wie ein Blitz ihm aus dem Weg wischten, wenn er sich bloß bückte. Und selbst als Erwachsener hatte er einen guten Teil seiner Zeit mit Scheibenwerfen, Wurfbolzen, Herzenschießen, Kegelschieben und anderen ruhigen Spielen zugebracht, bei denen es ums Zielen und ums Werfen geht. Wirklich, er konnte allerhand mehr als Rauchringe blasen, Rätsel raten und kochen, allerhand, das aufzuzählen ich bisher einfach noch nicht die Zeit gefunden habe. Und auch jetzt bleibt keine Zeit dazu. Während er Steine auflas, hatte die Spinne Bombur erreicht, dem das letzte Stündlein geschlagen hatte. Im selben Augenblick aber warf Bilbo. Der Stein schlug der Spinne platt auf den Kopf, und sie fiel bewußtlos vom Baum, patschte auf die Erde, und all ihre Beine waren ineinander verwickelt.

Der nächste Stein pfiff durch ein dickes Netz, zerriß die Fäden und traf die Spinne, die in der Mitte saß: Ein Schlag, und sie war tot. Aber dann gab es Aufruhr in der Spinnenkolonie, das kann ich euch erzählen, und die Zwerge wurden darüber fast vergessen. Den Hobbit konnten die Spinnen zwar nicht sehen, aber sie erfaßten sehr gut die Richtung, aus der die Steine kamen. Blitzschnell rannten und schwangen sie sich auf Bilbo zu, wobei sie ihre Fäden nach allen Seiten auswarfen, bis die Luft von fliegenden Schlingen erfüllt schien.

Bilbo jedoch entschlüpfte zu einem anderen Platz. Es kam ihm der Gedanke, daß er die wütenden Spinnen weiter weg von den Zwergen locken sollte, so weit er konnte. Er mußte sie neugierig, rasend und verrückt machen. Als etwa fünfzig an der Stelle angekommen waren, wo er eben noch gestanden hatte, warf er ein paar weitere Steine nach ihnen und auch auf andere, die im Hintergrund geblieben waren. Dann tanzte er um die Bäume und fing an, ein Lied zu singen, das sie aufbringen und ihm alle auf den Hals laden sollte – und auch die Zwerge sollten seine Stimme hören. Und so sang Bilbo:

»Alte, fette Spinne, spinn dich ein im Baum,
alte, fette Spinne, siehst mich nicht im Traum!
Atterkopp!
Atterkopp!
Hast du keinen Faden, fällst du aus dem Baum!

Alte, faule Tratsche, schiel nicht um den Ast,
alte, faule Tratsche, hätt'st du mich gefaßt!
Atterkopp!
Atterkopp!
Willst du mich erwischen? Fällst ja schon vom Ast!«

Das war vielleicht nicht besonders schön, aber schließlich müßt ihr bedenken, daß er ganz allein dichtete und noch dazu in einem sehr unangenehmen Augenblick. Indessen, er erreichte, was er wollte. Er sang und stampfte und warf noch ein paar weitere Steine: Da waren praktisch fast alle Spinnen hinter ihm her. Einige ließen sich gleich auf den Boden fallen, andere rasten die Äste entlang, schwangen sich von Baum zu Baum oder warfen neue Fangleinen in die dunklen Zwischenräume. Viel schneller, als Bilbo erwartet hatte, kamen sie auf seinen Radau heran. Sie waren schrecklich wütend. Ganz abgesehen von den Steinen, hat keine Spinne es gern, wenn sie Atterkopp genannt wird. Und faule Tratsche ist natürlich eine Beleidigung, die sich niemand gefallen läßt.

Bilbo hastete zu einem anderen Platz. Aber mehrere Spinnen waren zu allen erdenklichen Stellen der Lichtung gerannt, in der sie hausten, und spannten eifrig kreuz und quer Sperren zwischen die Baumstämme. Sehr bald würde der Hobbit in ein undurchdringliches Netz geraten – das war jedenfalls die Absicht. Bilbo stand in der Mitte der umherjagenden und spinnenden Riesenachtfüßler. Er nahm seinen ganzen Mut zusammen und sang ein neues Lied:

»Die ganze lahme Lümmelei
wirft Netze aus, mich zu fangen.
Einen besseren Braten findet ihr nicht –
doch müßt ihr mich erst erlangen!

Reißt doch die blöden Augen auf,
ihr fetten und faulen Gesellen:
Doch wer einen fixen Kerl fangen will,
muß es geschickter anstellen.«

Und damit wandte er sich um und fand, daß der letzte Durchlaß zwischen zwei hohen Stämmen von einem Netz verschlossen war – aber glücklicherweise nicht von einem richtigen Netz, sondern bloß von einigen mächtigen Strängen doppelten Spinnengarns, das übereilt vorwärts und rückwärts von Stamm zu Stamm geschlungen war. Da riß er sein Schwert heraus. Er schlug die Stricke entzwei und rannte singend davon.

Die Spinnen sahen das Schwert, obgleich ich vermute, daß sie nicht wußten, was es war. Und dann kam die ganze Gesellschaft auf dem Boden und in den Ästen hinter dem Hobbit hergerast, haarige, zuckende Beine, Beißscheren und schnappende Spinnenmäuler, Augen, die vor schäumender Wut brannten. Sie folgten ihm in den Wald, so tief Bilbo es eben wagte. Dann stahl er sich stiller als eine Maus zurück.

Sein bißchen Zeit war kostbar, das wußte er. Wenn den Spinnen die Jagd verleidet war, würden sie zu ihren Bäumen, in denen die Zwerge hingen, zurückkehren. In dieser kurzen Spanne mußte er sie retten. Der schlimmste Teil der Aufgabe war, auf den langen Ast zu kommen, von dem die Bündel herunterbaumelten. Ich glaube nicht, daß er es geschafft hätte, wenn nicht eine Spinne glücklicherweise im Baum ein Seil hätte hängen lassen. Obgleich es an Bilbos Hand klebte und ins Fleisch riß, kletterte er mit seiner Hilfe hinauf – um einer alten, verschlagenen, feisten Wachspinne in die Finger zu laufen, die bei den Gefangenen zurückgeblieben war. Sie war eifrig dabei, sie zu zwikken, um festzustellen, wer wohl der saftigste wäre. Sie hatte schon vor, das Festmahl zu beginnen, während die anderen noch draußen umherjagten. Aber Mister Beutlin hatte es eilig, und ehe die Spinne begriff, was geschah, fühlte sie Bilbos Stachel und rollte tot vom Ast.

Bilbos nächste Aufgabe war es, einen der Zwerge zu befreien. Aber wie sollte er das anstellen? Wenn er den Aufhänger durchschnitt, würde der arme Kerl, patsch, auf die Erde bumsen, und die Erde war ein gutes Stück tiefer. Er schob sich also den Ast entlang (was die bejammernswerten Zwerge wie reifes Obst tanzen und baumeln ließ) und erreichte das erste Bündel.

Fili oder Kili, dachte er beim Anblick der blauen Kapuze, die oben ein wenig herausschaute. Sieht mehr nach Fili aus, dachte er dann, als er eine lange Nase aus der Verschnürung ragen sah. Indem er sich tief vorbeugte, glückte es Bilbo, die meisten der starken, klebrigen Stricke, mit denen das Opfer eingespult war, zu zerschneiden. Und dann kam in der Tat mit Treten und Gestrampel Fili zum Vorschein. Ich fürchte, Bilbo mußte bei seinem Anblick lachen, denn Fili, der mit seinen steifen Armen und Beinen ruderte, tanzte mit den Spinnenseilen unter den Achselhöhlen genau wie eines jener lustigen Spielzeuge umher, die man an einer Strippe hopsen läßt.

Jedenfalls wurde Fili auf den Ast gezogen, und dann tat er sein Bestes, um Bilbo zu helfen – obgleich er sich sehr elend fühlte und krank vom Spinnengift war. Eine halbe Nacht und den ganzen nächsten Tag hatte er fest verschnürt hängen müssen und nur die Nase zum Atmen frei gehabt. Es dauerte sehr lange, bis er das widerliche Klebzeug von Augen und Brauen los war, und was seinen Bart anging, so mußte er den größten Teil abschneiden. Unterdessen fingen sie an, zuerst einen, dann einen weiteren Zwerg hochzuziehen und freizusäbeln. Keinem ging es besser als Fili, und manchem ging es schlechter. Einige waren kaum in der Lage gewesen, richtig zu atmen (wie man sieht, sind lange Nasen manchmal doch sehr nützlich). Und andere wieder waren stärker vergiftet worden.

Auf diese Weise retteten sie Kili, Bifur, Bofur, Dori und Nori. Der arme alte Bombur war so erschöpft – er war als fettester Brocken immerzu gekniffen und geknufft worden –, daß er vom Ast herunterrollte und mit einem Plumps auf die Erde fiel – glücklicherweise auf dürres Laub. Da lag er also. Aber es hingen noch immer fünf Zwerge am Ende des Astes, als die ersten Spinnen zurückkamen und noch viel wütender waren als vordem.

Bilbo lief gleich zum Astansatz und schlug alle zurück,

die heraufgekrabbelt kamen. Als er Fili rettete, hatte er seinen Ring abgenommen und vergessen, ihn wieder anzustecken. Da zischten und sprudelten sie auch schon los: »Jetzt sehen wir dich, du widerliches kleines Geschöpf! Wir fressen dich und lassen bloß noch Haut und Knochen im Baum hängen. Uff! Er hat einen Stachel? Na warte, wir fassen ihn doch, dann wird er einen Tag oder zwei mit dem Kopf nach unten hängen!«

Während dies geschah, beschäftigten sich die Zwerge mit dem Rest der Gefangenen und zerschnitten die Stricke mit ihren Messern. Bald waren alle frei, obgleich es durchaus nicht klar war, was jetzt geschehen würde. Die Spinnen hatten sie zwar ohne große Mühe in der vergangenen Nacht überwältigt – aber die Zwerge waren nicht darauf gefaßt gewesen, und es war finster. Diesmal jedoch sah es nach einem entsetzlichen Kampf aus.

Plötzlich bemerkte Bilbo, daß einige Spinnen sich um den armen Bombur dort unten geschart hatten, ihn wieder fesselten und dabei waren, ihn wegzuschleppen. Bilbo stieß einen Schrei aus und schlug auf die Spinnen vor ihm ein. Sie machten Platz, und er stolperte und stürzte den Baum hinunter mitten in den Haufen unten auf der Erde hinein. Sein kleines Schwert war für sie ein ganz neuartiger Stachel. Wie er hin und her zuckte! Er glänzte vor Entzücken, wenn er zustach. Ein halbes Dutzend brachte er so zur Strecke, ehe der Rest sich zurückzog und den armen Bombur dem Hobbit überließ.

»Runter, kommt herunter!« rief er den Zwergen auf dem Ast zu. »Bleibt nicht da oben, ihr werdet eingesponnen!«, denn er sah ringsum an den Nachbarbäumen Spinnen emporkriechen und die Äste über den Zwergen entlanglaufen.

Da kamen die Zwerge auch schon herab, kletternd, springend, plumpsend, elf auf einen Haufen, und die meisten waren noch ganz schwindlig und konnten ihre Beine kaum gebrauchen. Da waren sie also, zwölf an der Zahl, wenn man Bombur einrechnete, der auf der einen Seite von seinem Vetter Bifur, an der anderen von seinem Bruder Bofur gestützt wurde. Und Bilbo tanzte um sie herum und schwang seinen Stachel. Hunderte von wütenden Spinnen glotzten sie von allen Seiten an. Es sah ziemlich hoffnungslos aus.

Dann begann die Schlacht. Einige Zwerge hatten Messer, andere Knüppel, und alle konnten sich Steine verschaffen. Bilbo aber hatte seinen Elbendolch. Immer aufs neue schlugen sie die Spinnen ab, und viele Angreifer wurden getötet. Aber lang konnte es so nicht weitergehen. Bilbo war fast gänzlich ausgepumpt. Fest auf den Beinen standen sowieso nur vier von den Zwergen, und bald würden sie alle wie müde Fliegen überwältigt werden. Schon webten die Spinnen ihre Fangnetze rund um sie von Baum zu Baum.

Am Ende fiel Bilbo kein anderer Plan ein, als die Zwerge in das Geheimnis des Ringes einzuweihen. Es gefiel ihm gar nicht, aber etwas anderes blieb ihm nicht übrig.

»Ich verschwinde jetzt«, sagte er. »Ich ziehe die Spinnen hinter mir her – wenn ich kann. Und ihr müßt zusammenbleiben und euch in der entgegengesetzten Richtung davonmachen. Hier links – das ist etwa die Seite, wo wir zuletzt die Elbenfeuer sahen.«

Es war gar nicht einfach, ihnen all das in ihre schwindligen Köpfe einzutrichtern, während das Geschrei in den Ohren dröhnte, die Knüppelschläge prasselten und die Steine surrten. Aber schließlich merkte Bilbo, daß er nicht länger zögern durfte. Die Spinnen zogen ihren Kreis immer enger. Rasch steckte er den Ring an, und zum größten Erstaunen der Zwerge verschwand er.

Bald hörte man von rechts unter den Bäumen das Lied von den lahmen Lümmeln und das andere vom Atterkopp. Das brachte die Spinnen ganz durcheinander. Sie stellten den Angriff ein, und einige rannten der Stimme nach. »Atterkopp« machte sie so böse, daß sie ihren Verstand verloren. Dann führte Balin, der Bilbos Plan besser als die anderen begriffen hatte, einen Angriff. Die Zwerge drängten sich zu einem Haufen zusammen, und mit einem wahren Hagelschauer von Steinen trieben sie die Spinnen nach links und brachen durch den Ring. Hinter ihnen hörte plötzlich das Schreien und Singen auf.

Mit der verzweifelten Hoffnung, daß sich Bilbo bloß nicht einfangen ließ, rannten sie weiter – aber keinesfalls schnell genug. Sie waren krank und todmüde, und ihr Laufen war nur noch ein Gehinke und Gehumpel, obgleich die Spinnen dicht hinter ihnen her waren. Dann und wann mußten sie sich stellen und die Viecher abschlagen, die sie eingeholt hatten, und schon waren einige Spinnen in den Bäumen über ihnen und warfen ihre langen Klammerseile herab.

Es sah sehr ungemütlich für sie aus, als plötzlich Bilbo auftauchte und sich von der Seite her unerwartet in die überraschten Spinnen stürzte.

»Lauft zu! Lauft zu!« rief er. »Überlaßt mir die Säbelei!«

Und dann fing er an. Er stach vorwärts und rückwärts, durchschnitt die Fäden der Spinnen, hackte nach ihren Beinen und stach nach ihren fetten Bäuchen, wenn sie ihm zu nahe kamen. Die Spinnen schwollen vor Wut, geiferten und schäumten und zischten entsetzliche Flüche über ihn. Aber sie hatten tödliche Angst vor dem zurückgekehrten Stachel und wagten nicht, in seine Nähe zu kommen. Sie mochten fluchen, soviel sie wollten: Ihre Beute zog langsam, aber stetig davon. Es war schrecklich mühevoll und dauerte, so schien es, viele Stunden. Aber am Ende, gerade als Bilbo spürte, daß er seine Hand auch nicht zu einem einzigen Streich mehr heben konnte, gaben die Spinnen auf, folgten ihnen nicht mehr, sondern zogen enttäuscht in ihren düsteren Winkel zurück.

Da merkten die Zwerge, daß sie an den Rand eines jener Ringe gelangt waren, in denen Elbenfeuer gebrannt hatten.

Ob es jedoch eines der Feuer war, das sie in der vergangenen Nacht gesehen hatten, das konnten sie nicht sagen. Aber es schien, als ob ein freundlicher Zauber an solchen Plätzen wohnte, den die Spinnen nicht mochten. Jedenfalls war das Licht hier frischer grün, das Laubdach weniger dicht und bedrohlich, und sie hatten endlich die Möglichkeit, zu rasten und Atem zu schöpfen.

Da lagen sie nun, schnauften und atmeten schwer. Aber bald ging die Fragerei los. Sie wollten die Geschichte mit dem Unsichtbarwerden ganz genau erklärt haben, und der gefundene Ring beschäftigte sie so sehr, daß sie für eine Weile ihre eigenen Sorgen vergaßen. Besonders Balin bestand darauf, die Gollumgeschichte ausführlich nebst sämtlichen Rätseln immer und immer noch einmal zu hören und vor allem das, was den Ring betraf. Aber die Zeit verging, das Licht wurde schwächer, und dann wurden ganz andere Fragen gestellt. Wo waren sie nur, wo war der Pfad, wo gab es etwas zu essen, und was sollten sie als nächstes unternehmen? Das fragten sie immer aufs neue, und es schien, als ob sie von dem kleinen Bilbo die Antwort erfahren wollten. Daraus ist zu ersehen, daß sie ihre Meinung über Mister Beutlin geändert hatten und er in ihrer Achtung sehr gestiegen war (und anders hatte es Gandalf ja auch nicht vorausgesagt). In der Tat, sie vermuteten, daß er sich bereits einen wundervollen Plan ausgedacht hatte, ihnen zu helfen, und jammerten nicht mehr soviel. Sie wußten sehr wohl, daß sie bald ihren letzten Puster getan hätten, wenn Bilbo nicht gewesen wäre, und sie dankten ihm mehr als einmal dafür. Einige standen sogar auf und verbeugten sich vor ihm bis auf die Erde, obgleich sie bei dieser Anstrengung vornüber fielen und eine ganze Weile überhaupt nicht mehr auf die Beine kommen konnten. Daß sie die Wahrheit über sein Verschwinden erfuhren, minderte ihre Wertschätzung Bilbos in keiner Weise. Sie sahen, daß er sowohl Verstand als auch Glück hatte und obendrein einen Zauberring, was allen zusammen sehr nützlich war. Sie lobten ihn in der Tat so sehr, daß Bilbo schon glaubte, irgendwie müsse doch wirklich etwas von einem kühnen Abenteurer an ihm sein. Er würde sich jedoch noch unvergleichlich kühner vorgekommen sein, wenn es jetzt etwas zu essen gegeben hätte.

Aber es gab nichts, rein gar nichts. Und keiner war überhaupt noch in der Lage, herumzustöbern oder gar nach dem verlorenen Pfad zu fahnden. Der verlorene Pfad! Kein anderer Gedanke wollte mehr in Bilbos müden Kopf kommen. Er saß und starrte die endlosen Baumreihen vor sich an, und nach einer Weile wurden sie alle wieder still. Alle, ausgenommen Balin.

Lange nachdem die anderen aufgehört hatten zu reden und nachdem ihnen die Augen zugefallen waren, murmelte er noch immer und lachte in sich hinein: »Gollum! Jetzt geht mir ein Licht auf! Er ist an mir vorbeigeschlichen – nun ist es mir klar. Lautlos dahergekrochen, nicht wahr, Mister Beutlin? Knöpfe überall auf der Torschwelle! Guter alter Bilbo – Bilbo – bo – bo – bo« – damit schlief er ein, und für eine lange Weile herrschte völliges Schweigen.

Ganz plötzlich öffnete Dwalin ein Auge und blickte sie der Reihe nach an. »Wo ist Thorin?« fragte er.

Sie erschraken furchtbar. Natürlich, da lagen nur dreizehn, zwölf Zwerge und ein Hobbit. Wo aber war Thorin? Sie zerbrachen sich den Kopf, welch böses Verhängnis ihm widerfahren sein mochte. War es Zauberei, oder war er in die Fänge finsterer Ungeheuer geraten? Schauer liefen ihnen über den Rücken, wie sie so verloren im Wald hockten. Und als der Abend in schwarze Nacht überging, fiel einer nach dem andern in schweren Schlaf voll schauriger Träume. Darin müssen wir sie jetzt liegen lassen. Im übrigen waren sie viel zu krank und zu müde, um Wachen aufzustellen oder wenigstens der Reihe nach die Augen aufzuhalten.

Thorin aber war viel eher als die anderen gefangen worden. Ihr erinnert euch, wie Bilbo einem Baumstamm gleich in tiefen Schlaf gefallen war, als er in den Lichtkreis der Elben eindrang? Als nächster war Thorin gefolgt. Und als die Lichter verloschen, stürzte er um wie ein verzauberter Stein. Aller Lärm der Zwerge, die sich in der Nacht verirrt hatten, alles Geschrei, als sie von den Spinnen gefangen und gefesselt wurden, ja selbst das Getöse der Schlacht am folgenden Tag war ungehört über ihn hinweggegangen. Dann waren die Waldelben gekommen, hatten ihn gebunden und fortgetragen.

Die Feiernden waren natürlich Waldelben gewesen, und Waldelben sind alles andere als ein hinterhältiges Volk. Wenn sie einen Fehler haben, so ist es ihr ausgesprochenes Mißtrauen gegen Fremde, und obgleich ihr Zauber sehr stark war, blieben sie doch selbst in jenen Tagen äußerst vorsichtig. Sie unterschieden sich sehr von den Hochelben des Westens. Sie waren gefährlicher als diese und auch nicht so weise. Die meisten von ihnen (und auch ihre in den Bergen zerstreut lebenden Verwandten) stammten von jenen uralten Stämmen ab, die niemals nach Faerie in den Westen gezogen waren. Dort lebten die Lichtelben, die Unterirdischen (oder Gnomen) und die See-Elben seit langer, langer Zeit. Sie waren schöner, weiser und geschickter geworden, hatten ihren besonderen Zauber erfunden und ihre Kunstfertigkeit vervollkommnet, so daß sie schöne und wunderbare Dinge herstellen konnten, ehe sie in die Weite Welt zurückkehrten. In der Weiten Welt hielten sich die Waldelben im Zwielicht auf, das vor dem Aufgang von Sonne und Mond herrschte. Danach wanderten sie in den Wäldern umher, die unter dem Sonnenaufgang heranwuchsen. Waldsäume, von denen sie auf Jagd ziehen oder im Mond- und Sternenlicht weit in das offene Land hinaus rennen und reiten konnten, mochten sie besonders gern. Als die Menschen kamen, zogen sie sich immer mehr in die

Dämmerung zurück. Aber es waren und blieben Elben. Und Elben sind gute Wesen.

In einer großen Höhle, einige Meilen vor dem Ostrand des Nachtwaldes, lebte zur Zeit unserer Geschichte ihr größter König. Vor ihren hohen Steintoren floß ein Strom hinaus in die Sümpfe, die sich am Fuß der Waldhöhen ausbreiteten. Diese Höhle, von der unzählige kleinere nach allen Seiten abzweigten, wand sich mit all ihren Durchlässen und Hallen tief unter der Erde dahin. Aber sie war heller und gesünder als jede Orkbehausung und weder so tief noch so gefährlich. Die Untertanen des Königs lebten und jagten ja meistens in den offenen Wäldern. Draußen besaßen sie Hütten auf der Erde und in den Zweigen. Ihre Lieblingsbäume waren Buchen. Die Königshöhle indessen diente als Palast, feste Schatzkammer und in Kriegszeiten dem Volk als Festung.

Hier war auch das Verlies für die Gefangenen. Deshalb schleppten sie Thorin dorthin – nicht sehr rücksichtsvoll, denn Zwerge mochten sie nicht leiden, und überdies hielten sie Thorin für einen Feind. In alten Tagen hatten sie sogar Krieg mit einigen Zwergengeschlechtern geführt, die sie bezichtigten, ihren Schatz gestohlen zu haben. Anstandshalber muß aber gesagt werden, daß die Zwerge die Sache anders darstellten. Sie behaupteten nämlich, sie hätten nur genommen, was ihnen zustand. Der Elbenkönig habe mit ihnen ausgehandelt, sie sollten sein Rohgold und sein Silber schmieden und bearbeiten – und hinterher habe er die Bezahlung verweigert. Und in der Tat, wenn der Elbenkönig eine Schwäche hatte, so waren es Schätze – besonders aber Silber und geschnittene weiße Edelsteine. Obgleich sein Hort reich war, war er doch auf immer mehr bedacht, denn noch war sein Schatz nicht so groß wie der Schatz anderer Elbenfürsten aus vergangenen Zeiten. Seine Leute schürften weder Metalle und Edelgestein, noch bearbeiteten sie es. Sie gaben sich nicht mit Handelsgeschäften ab und bestellten auch nicht den Boden. All das war jedem Zwerg wohlbekannt (obgleich Thorins Familie nichts mit dem alten Streit zu tun hatte, von dem ich eben sprach). Infolgedessen war Thorin rechtschaffen wütend, als sie ihren Bann von ihm nahmen und er zur Besinnung kam. Und er nahm sich vor, daß man kein einziges Wort über Gold und Juwelen von ihm hören sollte.

Streng blickte der König Thorin an, als man ihn vor ihn brachte, und stellte viele Fragen. Aber Thorin antwortete bloß, daß er vor Hunger bald umkäme.

»Warum habt Ihr dreimal mein Volk mitten beim Fest angegriffen?« fragte der König.

»Wir haben Euer Volk nicht angegriffen«, antwortete Thorin. »Wir kamen als Bettler, weil wir elenden Hunger hatten.«

»Wo sind Eure Freunde jetzt, und was machen sie?«

»Ich weiß es nicht. Aber ich denke, sie sterben vor Hunger im Wald.«

»Was hattet Ihr im Wald zu schaffen?«

»Essen und Trinken suchen, denn wir hatten Hunger.«

»Aber was führte Euch in den Wald hinein?« fragte der König wütend.

Da schloß Thorin den Mund und wollte kein Wort mehr sagen.

»Wie Ihr wollt!« sagte der König. »Führt ihn fort und setzt ihn hinter Schloß und Riegel, bis er bereit ist, die Wahrheit zu sprechen, und selbst wenn er hundert Jahre dazu braucht.«

Dann fesselten ihn die Elben und sperrten ihn in einen der untersten Kerker, die mit starken Bohlentüren verschlossen waren. Sie gaben ihm viel zu essen und viel zu trinken (allerdings war es nichts sehr Feines). Wie dem auch sei, Waldelben sind keine Orks. Wenn sie Gefangene gemacht haben, benehmen sie sich selbst ihren schlimmsten Feinden gegenüber noch ziemlich gesittet. Die Riesenspinnen waren die einzigen Lebewesen, denen sie keinen Pardon gaben.

So lag der arme Thorin im Verlies des Königs. Und nachdem er dankbar Brot, Fleisch und Wasser zugesprochen hatte, begann er darüber nachzudenken, was aus seinen unglücklichen Freunden geworden sein mochte. Es sollte nicht lang dauern, bis er dahinterkam – aber das gehört zum nächsten Kapitel und ist der Anfang eines anderen Abenteuers, in dem der Hobbit abermals seine Nützlichkeit bewies.

Fässer unverzollt

Am Tag nach der Schlacht mit den Spinnen machten Bilbo und die Zwerge eine letzte verzweifelte Anstrengung, einen Weg hinaus zu finden, ehe sie vor Hunger und Durst umkamen. Sie standen auf und taumelten in die Richtung, die acht von dreizehn für diejenige hielten, in der ihr Pfad lag. Aber sie fanden nie heraus, ob sie recht hatten. Nochmals wurde einer der blassen Waldestage von tiefschwarzer Nacht abgelöst, da sprang plötzlich ringsum ein Lichtschein von vielen Fackeln wie Hunderte von roten Sternen auf. Waldelben mit Bogen und Pfeil rannten auf sie zu und geboten den Zwergen Halt.

An einen Kampf war nicht zu denken, selbst wenn die Zwerge nicht in einem solch elenden Zustand gewesen wären. Sie waren sogar froh, daß sie gefangengenommen wurden. Ihre kleinen Messer, die einzigen Waffen, die sie besaßen, hätten ihnen nichts genützt. Gegen Elbenpfeile, die das Auge eines Vogels im Dunkeln treffen, war Widerstand sinnlos. So hielten sie auf der Stelle an, setzten sich und warteten – alle, außer Bilbo, der seinen Ring ansteckte und sich rasch seitwärts in die Büsche schlug. Auf diese Weise zählten die Elben nie den Hobbit mit, als sie die Zwerge zu einer langen Reihe zusammenbanden und abzählten.

Auch hörten sie nicht, wie er hinter ihrem Fackelschein hertrottete, als sie ihre Gefangenen in den Wald abführten. Jedem Zwerg waren die Augen verbunden – aber das machte keinen großen Unterschied, denn selbst Bilbo, dem die Augen nicht verbunden waren, konnte nicht herausfinden, wohin sie gingen. Und weder er noch die anderen wußten, von wo sie aufgebrochen waren. Bilbo hatte genug damit zu tun, die Fackeln nicht aus den Augen zu verlieren, denn die Elben ließen die kranken, müden Zwerge, so schnell es nur eben ging, vor sich hertraben. Der König hatte Eile geboten. Plötzlich hielten die Fackeln an. Der Hobbit hatte gerade noch Zeit, sie einzuholen, dann überquerten sie eine Brücke. Es war die Brücke, die über den Fluß hin zum Tor des Königspalastes führte. Das Wasser floß dunkel und schnell und mit mächtigem Rauschen unter ihnen dahin, und auf der anderen Seite waren die Türflügel einer gewaltigen Höhle zu sehen, die in einen steilen, baumbestandenen Hang führte. Große Buchen kamen bis zum Ufer herab und tauchten ihre Wurzeln in den Strom.

Über diese Brücke stießen die Elben ihre Gefangenen. Aber Bilbo zögerte. Er schätzte den Anblick von Höhleneingängen nicht. Und so mußte er seinen ganzen Mut zusammennehmen, um seine Freunde nicht im Stich zu lassen. Gerade noch rechtzeitig preschte er hinter den letzten Elben her, ehe die großen Torflügel schallend hinter ihm ins Schloß fielen.

Die Gänge im Innern waren von rotem Fackellicht erhellt, und die Elbenwache sang beim Marsch durch die sich windenden, einander kreuzenden und hallenden Wege. Sie waren anders beschaffen als die Stollen in der Orkstadt: Sie waren schmaler, lagen weniger tief unter der Erde, und es wehte ein reiner Luftstrom darin. In einer großen Halle, deren Pfeiler aus Fels gehauen waren, saß der Elbenkönig auf einem reichgeschnitzten Stuhl. Auf seinem Haupt trug er eine Krone aus Beeren und rotem Laub, denn der Herbst war gekommen. Im Frühling trug er eine Waldblumenkrone. In seiner Hand ruhte ein geschnitztes Eichenzepter.

Die Gefangenen wurden vor ihn geführt, und obgleich er sie grimmig anblickte, befahl er seinen Leuten, die Fesseln zu lösen, denn die Zwerge sahen zerlumpt und elend aus. »Außerdem brauchen sie hier drinnen keine Fesseln«, fügte er hinzu. »Durch die verwunschenen Tore kann keiner entkommen, der einmal hier hereingebracht worden ist.«

Lange und eingehend verhörte er die Zwerge über ihre Absichten, was sie planten und woher sie kamen. Aber er erfuhr nicht mehr von ihnen als von Thorin. Sie waren mürrisch und wütend und beabsichtigten gar nicht erst, höflich zu sein.

»Was haben wir denn verbrochen, o König?« fragte Balin, der jetzt der Älteste unter ihnen war. »Ist es ein Verbrechen, wenn man sich im Wald verirrt, hungrig und durstig ist und von den Spinnen überfallen wird? Sind die Spinnen Eure Haustiere oder Schoßhündchen, daß Ihr wütend werdet, wenn ein paar von ihnen umgekommen sind?«

Eine solche Frage machte den König natürlich nur noch wütender, und er antwortete: »Es ist ein Verbrechen, ohne meine Erlaubnis in meinem Reich umherzustromern. Habt ihr vergessen, wo ihr wart? Habt ihr nicht den Weg benutzt, den mein Volk geschlagen hat? Habt ihr meine Leute nicht dreimal im Wald verfolgt und belästigt, habt ihr nicht die Spinnen mit eurem Geschrei und Getobe aufgebracht? Nach all diesen Friedensbrüchen habe ich wohl ein Recht, zu wissen, was euch hierherführt. Und wenn ihr es mir jetzt nicht sagen wollt, halte ich euch gefangen, bis ihr Sitte und Anstand gelernt habt!«

Dann befahl er, jeden Zwerg in eine Einzelzelle zu sperren und jedem Essen und Trinken zu geben. Aber keiner solle die Erlaubnis haben, die Schwelle seines kleinen Gefängnisses zu überschreiten, bis einer von ihnen willens sei, ihm zu berichten, was er zu hören wünschte. Aber er erzählte ihnen nicht, daß er Thorin gefangenhielt. Es war Bilbo, der es herausfand.

Der arme Mister Beutlin! Es war eine lange, mühselige Zeit, die er hier ganz allein verbrachte, immer verborgen. Niemals wagte er den Ring abzunehmen, kaum, daß er ein Auge Schlaf riskierte, und auch dann mußte er sich die dunkelsten und abgelegensten Winkel suchen, die überhaupt zu finden waren. Um sich zu beschäftigen, begann er, durch den ganzen Königspalast zu wandern. Zauber verschloß die Tore, aber zuweilen, wenn er flink genug war, konnte er hinauswischen. Von Zeit zu Zeit nämlich ritten Gruppen von Waldelben zur Jagd aus (manchmal mit ihrem König an der Spitze), oder sie gingen anderen Geschäften in den Wäldern oder in den Ländern im Osten nach. Wenn Bilbo dann sehr behend war, konnte er dicht hinter ihnen hinausschlüpfen, obgleich das gefährlich war. Mehr als einmal wäre er beinahe von den Torflügeln erwischt worden, wenn sie hinter den letzten Elben zusammenkrachten. Aber wegen seines Schattens wagte er es nicht, sich unter sie zu mischen (obgleich sein Schatten im Fackelschein nur blaß und undeutlich war). Auch hatte er Furcht, daß jemand ihn anrempelte und er auf diese Weise entdeckt wurde. Und wenn er wirklich hinausging, was nicht sehr oft geschah, so war auch dies eine mißliche Sache. Die Zwerge wollte er nicht verlassen, und im übrigen hätte er sowieso nicht gewußt, wohin er ohne sie gehen sollte. Bei den jagenden Elben konnte er nicht die ganze

Zeit mithalten, und so entdeckte er niemals die Wege hinaus aus dem Wald. Es blieb ihm also nichts anderes übrig, als verlassen durch den Wald zu streunen. Immer mußte er fürchten, daß er sich verirrte, bis ihm ein Glücksfall die Rückkehr erlaubte. Außerdem litt er draußen Hunger, denn er war kein Jäger. Aber im Innern der Höhle konnte er immerhin sein Leben dadurch fristen, daß er etwas Eßbares aus der Vorratskammer oder vom Tisch stahl, wenn gerade niemand anwesend war.

Ich komme mir wie ein Einbrecher vor, der nicht mehr ausbrechen kann, dachte er. Ich muß elend weiter einbrechen, immer im selben Haus, Tag für Tag. Das ist das dümmste und ödeste Kapitel bei diesem ganzen verrückten, mühsamen, unerfreulichen Abenteuer! Ich wünschte, ich wäre daheim in meiner Hobbithöhle unter der brennenden Lampe vor dem warmen Kamin! Oft wünschte er auch, daß er dem Zauberer hätte eine Botschaft senden können. Aber das war natürlich ganz unmöglich. Und bald wurde es ihm klar, daß, wenn überhaupt etwas getan werden konnte, es ganz allein, und ohne Hilfe, von Mister Beutlin getan werden mußte.

Schließlich gelang es Bilbo, nachdem er sich ein oder zwei Wochen im Verborgenen herumgedrückt, die Wachen beobachtet, ihnen nachgespürt und jeden sich bietenden Glücksfall wahrgenommen hatte, herauszufinden, wo jeder Zwerg gefangensaß. An den unterschiedlichsten Stellen des Palastes entdeckte er die zwölf Zellen, und nach einer Weile kannte er auch die Wege dorthin sehr gut. Wie groß aber war seine Überraschung, als er eines Tages einige Wachen belauschte und heraushörte, daß da noch ein anderer Zwerg im Gefängnis saß, und zwar an einem besonders tiefen Platz. Er erriet natürlich sofort, daß es sich um Thorin handeln müsse, und nach einer Weile fand er, daß seine Vermutung richtig war. Schließlich konnte er nach großen Schwierigkeiten, als niemand in der Nähe war, sich an ihn heranmachen und ein Wort mit dem Führer der Zwerge wechseln.

Thorin war zu elend, um länger mit seinem Mißgeschick zu hadern, ja, er hatte es sich schon überlegt und wollte dem König alles über den Drachen und die Suche nach dem Schatz erzählen (und das zeigt, wie kleinmütig er geworden war). Da hörte er Bilbos leise Stimme am Schlüsselloch. Zuerst traute er seinen Ohren nicht. Aber dann kam er zu der Überzeugung, daß er sich nicht getäuscht haben konnte. Er ging zur Tür – und hatte eine lange gewisperte Unterredung mit dem Hobbit auf der anderen Seite.

So konnte Bilbo Thorins Botschaft heimlich jedem einzelnen der gefangenen Zwerge übermitteln. Er erzählte ihnen, daß Thorin, ihr Führer, nicht weit weg ebenfalls in einem Kerker saß und daß keiner Auftrag und Zweck der Unternehmung an den König verraten dürfe – jedenfalls nicht, ehe Thorin Weisung gab. Thorins Herz schlug wieder höher, als er erfuhr, wie der Hobbit seine Gefährten aus den Fängen der Spinnen errettet hatte. Aufs neue war er entschlossen, sich nicht beim Elbenkönig loszukaufen, indem er ihm einen Anteil am Schatz versprach, ehe nicht jede Hoffnung auf Flucht zunichte war. Genaugenommen hieß das: Ehe der bemerkenswerte Mister Unsichtbar Beutlin (von dem er allmählich eine sehr hohe Meinung bekam) nicht aufgab, weil ihm nichts Gescheites mehr einfiel.

Alle Zwerge stimmten zu, als sie die Botschaft erhielten. Jeder glaubte, der eigene Schatzanteil (den man schon als Eigentum ansah, trotz der Klemme, in der sie saßen, und trotz des unbesiegbaren Drachens) würde bedenklich leiden, wenn die Waldelben etwas davon forderten. Und so vertrauten sie Bilbo, und das war genau das, was Gandalf vorausgesagt hatte. Vielleicht war dies auch einer der Gründe gewesen, weshalb er fortgegangen und sie verlassen hatte.

Bilbo indessen war in keiner Weise so hoffnungsvoll wie die Zwerge. Er hatte es gar nicht gern, wenn jemand sich auf ihn verließ, und er wünschte herzlich, der Zauberer stünde ihm zur Seite. Aber da war nichts zu machen. Wahrscheinlich lag der ganze unheimliche Nachtwald zwischen ihnen. Er saß und dachte und dachte, und sein Kopf zerplatzte fast dabei. Aber es kam kein erleuchtender Gedanke. Ein Ring, der unsichtbar macht, ist eine feine Sache. Aber unter vierzehn war er nicht viel wert. Und doch konnte Bilbo, wie ihr natürlich schon erraten habt, am Ende doch noch seine Freunde retten. Und das geschah folgendermaßen:

Als Bilbo eines Tages herumschnüffelte, machte er eine spannende Entdeckung: Die großen Tore waren nicht der einzige Eingang zu den Höhlen – ein Wasserlauf strömte unter den tiefsten Bezirken des Palastes dahin und vereinigte sich mit dem Nachtwaldfluß, und zwar ein wenig weiter ostwärts, jenseits des Steilhanges, in den der Haupteingang führte. Wo der unterirdische Fluß den Berg verließ, kam das Felsdach bis dicht auf den Wasserspiegel herab. An dieser Stelle konnte ein Fallgatter hinab in das Flußbett gelassen werden, so daß niemand auf diesem Weg herein- oder hinausgelangen konnte. Dieses Fallgatter jedoch stand nicht selten offen, denn es wurde in beiden Richtungen viel benutzt; wer von draußen hier hereinkam, befand sich in einem finsteren, roh geschlagenen Tunnel, der mitten ins Herz des Berges führte. Aber an einer Stelle, wo dieser Tunnel unter den Höhlen entlangführte, hatte man das Felsdach gesprengt und mit großen, eichenen Falltüren versehen. Sie führten in die königlichen Keller. Da standen Fässer, Fässer und abermals Fässer, denn die Waldelben, und besonders ihr König, waren ganz versessen auf Wein – obgleich in diesen Gegenden keine einzige Rebe wuchs. Der Wein wurde, wie viele andere Güter, weither von ihren Verwandten im Süden gebracht oder auch aus fernen Ländern aus den Weinbergen der Menschen.

Als Bilbo sich hinter den Fässern verbarg, entdeckte er die Falltüren und ihren Verwendungszweck, und als er dort lauerte, belauschte er die königlichen Diener und erfuhr, wie Wein und andere Güter die Flüsse herauf oder auch über Land bis zum Langen See kamen. Dort schien es noch eine Stadt der Menschen zu geben. Sie war auf Pfahlwerk draußen im Wasser erbaut, eine Schutzmaßnahme gegen Feinde aller Art und besonders gegen den Drachen im Berg. Von dieser Seestadt aus wurden die Fässer den Nachtwaldfluß heraufgebracht. Oft waren sie zu mächtigen Flößen zusammengebunden, die den Strom hinauf gerudert oder gestakt wurden. Manchmal wurden sie auch auf flache Boote verladen.

Die Elben hinwiederum warfen die leeren Fässer durch die Falltüren. Dann öffneten sie die Gatter, und hinaus tanzten die Fässer auf dem Rücken des Flusses, bis die Strömung sie weit stromhinab bis zu jener Stelle trug, wo am Ostsaum des Nachtwaldes das Ufer scharf vorsprang. Dort wurden sie gesammelt, zusammengebunden und zurück zur Seestadt geflößt, die im Langen See, gleich an der Mündung des Nachtwaldflusses, lag.

Eine geraume Zeit saß Bilbo hinter seinem Faß und dachte über das Fallgatter nach und überlegte, ob es seinen Freunden zur Flucht verhelfen könnte. Schließlich sah er die Anfänge eines tollkühnen Planes vor sich.

Das Abendessen war gerade den Gefangenen in die Zellen gebracht worden. Dunkel klang der Schritt der Wachen die Gänge hinab. Sie hatten die Fackeln mitgenommen und ließen alles in tiefer Finsternis zurück. Dann hörte Bilbo, wie der Kellermeister dem Befehlshaber der Wache gute Nacht sagte.

»Jetzt kommst du mit«, sagte er, »und versuchst den neuen Wein, der gerade eingetroffen ist. Heut nacht habe ich viel zu tun, denn ich muß den Keller von den leeren Fässern räumen. Doch damit die Arbeit besser von der Hand geht, wollen wir erst einmal einen kräftigen Zug nehmen!«

»Sehr gut«, entgegnete der Befehlshaber der Wache lachend. »Ich werde gern mithalten und probieren, ob der Wein für die königliche Tafel wirklich der richtige ist. Heut nacht ist ein Fest, und da kann man kein schlechtes Zeug hinaufschicken.«

Als Bilbo das hörte, wurde er ganz aufgeregt, denn er sah, daß das Glück mit ihm war und daß er jetzt die Möglichkeit hatte, seinen verzweifelten Plan auszuführen. Er folgte den beiden Elben, bis sie in einen kleinen Keller eintraten und sich an einem Tisch niederließen, auf dem zwei dicke Bocksbeutel standen. Bald fingen sie an zu trinken und fröhlich zu lachen. Bilbo hatte ganz besonderes Glück, denn es muß schon ein sehr starker Wein sein, der Waldelben schläfrig macht. Aber dieser Wein, so schien es, war eine berauschend zu Kopf steigende Lese aus den großen Gärten von Dorwinion und nicht für des Königs Soldaten und Diener bestimmt, sondern einzig und allein für den König selbst – und außerdem für kleinere Karaffen und nicht für des Kellermeisters großen Krug.

Sehr bald sank dem Wachhabenden der Kopf vornüber. Er legte ihn auf die Tischplatte und fiel in Schlaf. Der Kellermeister jedoch, der es nicht zu merken schien, fuhr noch eine Zeitlang fort, mit sich selbst zu reden und zu lachen. Aber bald fiel auch ihm der Kopf auf den Tisch, und er schlief ein und schnarchte neben seinem Freund. Da kroch der Hobbit hinein. Es dauerte gar nicht lang, und der Wachhabende hatte keine Schlüssel mehr, aber Bilbo trabte, so schnell er nur konnte, die Gänge hinunter zu den Zellen. Der große Bund war sehr schwer für seine Arme, und das Herz schlug ihm bis zum Hals (trotz des Ringes), denn er konnte nicht verhindern, daß die Schlüssel dann und wann mit einem lauten Kling oder Klang aneinanderschlugen. Und das jagte ihm jedesmal einen Schauder über den Rükken.

Zuerst schloß er Balins Tür auf. Kaum war der Zwerg draußen, so schloß er wieder sorgfältig ab. Balin war höchst überrascht, das könnt ihr euch denken. Und so froh er war, aus seinem jämmerlichen kleinen Felsenkerker herauszukommen, wollte er doch gleich stehen bleiben und Fragen stellen und genau wissen, was Bilbo vorhatte und noch eine Menge mehr.

»Keine Zeit jetzt!« sagte der Hobbit. »Folgt mir nur. Wir müssen zusammenbleiben und dürfen uns auf keinen Fall voneinander trennen. Alle müssen entkommen oder keiner, und dies ist unsere letzte Chance. Wenn wir erwischt werden, dann mag der liebe Himmel wissen, wohin Euch der König als nächstes steckt – mit Ketten an den Händen und an den Füßen noch obendrein, vermute ich. Redet nicht, seid vernünftig!«

Dann ging er weiter von Tür zu Tür, bis sein Gefolge auf zwölf angewachsen war – von denen keiner sich sehr geschickt anstellte, was natürlich mit der Finsternis und der langen Gefangenschaft zusammenhing. Bilbos Herz drohte jedesmal zu zerspringen, wenn sie sich gegenseitig im Dunkeln anrempelten, wenn sie sich anbrummten oder miteinander flüsterten. Zum Henker mit diesem Zwergenspektakel! sagte er zu sich selbst. Aber alles ging gut, und sie trafen auf keine Wache. Schließlich war in dieser Nacht in den Wäldern und in den oberen Hallen ein großes Herbstfest im Gange. Fast das gesamte Volk des Königs vergnügte sich dort.

Nach vielem Umhertappen erreichten sie weit unten im tiefsten Höhlenbereich und glücklicherweise dicht bei den Kellern Thorins Verlies.

»Donnerwetter!« sagte Thorin, als Bilbo ihm zuraunte, herauszukommen und sich wieder mit seinen Freunden zu vereinen. »Gandalf sprach die Wahrheit, wie gewöhnlich! Ihr seid ein prächtiger Meisterdieb, scheint mir, wenn's soweit ist. Wir sind Euch auf ewig zu Dank verbunden, was auch immer noch geschehen wird. Aber was geschieht jetzt?«

Es war Zeit, seinen Plan zu erklären, soweit Bilbo es überhaupt konnte. Aber er war keineswegs sicher, wie die Zwerge ihn aufnehmen würden. Und in der Tat – seine Befürchtungen waren berechtigt, denn mit einem solchen Gedanken mochten die Zwerge sich nicht im geringsten befreunden. Trotz der Gefahr fingen sie laut zu murren an.

»Wir werden zerquetscht und in Stücke gehäckselt und ersäuft werden obendrein!« murrten sie. »Wir dachten, Euch wäre etwas Vernünftiges eingefallen, als Ihr Euch die Schlüssel beschafftet. Aber dies ist eine verrückte Geschichte.«

»Auch gut«, sagte Bilbo niedergeschlagen und ziemlich verärgert. »Kommt zurück in eure hübschen Zellen. Ich sperre euch alle wieder ein, und ihr könnt bequem darin sitzen und einen besseren Plan ausdenken – aber ich werde vermutlich nie wieder an die Schlüssel kommen, selbst wenn ich noch einmal die Neigung verspüren sollte, es zu versuchen.«

Das war zuviel für sie, und sie schwiegen augenblicks still. Am Ende mußten sie also doch tun, was Bilbo ihnen vorschlug, denn es war offensichtlich unmöglich, einen Weg durch die oberen Hallen zu suchen oder sich einen durch die großen Tore zu bahnen, die am Ende durch Zauber verschlossen waren. Und wenn sie nicht aufgegriffen werden wollten, so mußten sie die Nörgelei in den Gängen aufgeben. Sie folgten also dem Hobbit und krochen in die tiefsten Keller. Sie kamen auch an der Tür vorbei, hinter der der Wachhabende und der Kellermeister zu sehen waren. Die beiden schnarchten noch immer mit einem glücklichen Lächeln auf dem Gesicht. Der Wein von Dorwinion bringt tiefe und angenehme Träume. Am nächsten Tag würde wohl der Befehlshaber der Wache anders dreinschauen, wenn auch der gutmütige Bilbo, ehe sie weiterzogen, sich hineinstahl und ihm die Schlüssel wieder an den Gürtel hängte.

Das wird ihm einen Teil des Ärgers ersparen, der ihm ohne Frage bevorsteht, sagte Mister Beutlin zu sich selbst. Er war kein schlechter Kerl und geradezu höflich zu seinen Gefangenen. Es wird sie sowieso ganz schön aus der Fassung bringen. Sie werden glauben, daß wir einen sehr starken Zauber besitzen, mit dem wir durch all diese verschlossenen Türen hindurchgehen und verschwinden können, ja – aber wir müssen uns mächtig beeilen, damit überhaupt etwas daraus wird!

Balin wurde beauftragt, den Befehlshaber der Wache und den Kellermeister im Auge zu behalten und sofort Warnzeichen zu geben, wenn sie sich rührten. Die anderen schlichen in den benachbarten Keller mit den Falltüren. Da war wenig Zeit zu verlieren. Wie Bilbo wohl wußte, würde es nicht lange dauern, bis einige Elben den Auftrag erhielten, hinunterzusteigen und dem Kellermeister zu helfen, die leeren Fässer durch die Türen in den Strom zu werfen. Die Fässer standen schon reihenweise in der Mitte und warteten bloß darauf, hinuntergestoßen zu werden. Es waren einige Weinfässer dabei. Aber die waren schlecht zu gebrauchen, denn sie konnten nur schwer an einem Ende geöffnet werden, ohne daß es eine Menge Lärm gab. Außerdem konnten sie nicht so leicht wieder sicher verschlossen werden. Aber da standen noch mehr Fässer in der Reihe, die Butter, Äpfel und alles mögliche andere in den Königspalast gebracht hatten.

Bald hatten sie dreizehn beisammen, die geräumig genug für einen Zwerg waren. Einige waren sogar zu geräumig. Als sie hineinkletterten, dachten die Zwerge angstvoll an das Schütteln und Rumpeln, das sie drinnen erleben sollten, obgleich Bilbo sein Bestes tat, um Stroh und anderes Zeug zu finden. Er wollte jeden so ordentlich verpacken, wie es in der kurzen Zeit nur eben möglich war. Schließlich waren zwölf Zwerge verstaut. Thorin hatte viel Verdruß gemacht. Er drehte und wand sich in seinem Faß und knurrte wie ein großer Kettenhund in einer viel zu kleinen Hütte, während Balin, der zuletzt an die Reihe kam, Theater wegen der Luftlöcher machte. Er behauptete zu ersticken, noch ehe der Deckel drauf war. Bilbo hatte getan, was er konnte. Er hatte die Löcher in den Seiten abgedichtet und die Deckel so sicher wie nur möglich eingesetzt. Und jetzt blieb er allein zurück, rannte umher, legte letzte Hand an die Verpackung und hoffte gegen alle Vernunft, daß sein Plan nicht entdeckt würde.

Nicht einen Augenblick zu früh war Bilbo fertig geworden. Höchstens eine oder zwei Minuten, nachdem er Balins Deckel aufgesetzt hatte, kamen Stimmen näher, war Fakkelschein im Gang zu sehen.

Mehrere Elben eilten lachend und schwatzend in die Keller und trällerten ein paar Liedfetzen. Sie hatten ein fröhliches Fest in der Halle verlassen und wollten, so schnell es ging, dorthin wieder zurückkehren.

»Wo ist der alte Galion, unser Kellermeister?« rief einer. »Ich habe ihn heut nacht nicht an den Tischen gesehen. Er sollte doch hier sein und uns zeigen, was zu tun ist.«

»Wenn dieser alte Bummelant sich verspätet, dann werde ich ihm ordentlich die Meinung geigen«, sagte ein anderer ärgerlich. »Ich habe keine Lust, meine Zeit hier zu verschwenden.«

»Ha, ha!« hörte man es plötzlich lachen. »Da hängt der alte Gauner mit dem Kinn überm Krug. Er hat sein eigenes Fest mit seinem Freund, dem Befehlshaber, gefeiert.«

»Schüttelt ihn! Rüttelt ihn!« schrien die anderen ungeduldig.

Aber Galion gefiel es gar nicht, geschüttelt und gerüttelt und obendrein noch ausgelacht zu werden. »Warum kommt ihr so spät?« brummte er. »Hier sitze ich und warte und warte, während ihr da oben trinkt und euren Spaß habt und eure Pflicht darüber vergeßt. Kein Wunder, wenn ich vor Müdigkeit eingeschlafen bin.«

»Kein Wunder?« entgegneten sie. »Nein, der Krug neben Euch erklärt alles viel besser! Kommt, gebt uns eine Kostprobe von Eurem Schlafmittel, ehe wir über die Arbeit herfallen. Den Gefängnisaufseher braucht Ihr nicht mehr zu wecken, der hat sein Teil, wie es scheint.«

Dann tranken sie eine Runde und wurden plötzlich mächtig fröhlich. Aber ihren Verstand verloren sie doch nicht ganz. »Galion!« schrien einige, »Ihr habt Euer Zechgelage offenbar schon recht früh angefangen. Euer Grips war benebelt! Da stecken ja volle Fässer zwischen den leeren – einige sind viel schwerer!«

»Macht weiter«, knurrte der Kellermeister. »Nichts ist schwerer. Nur eure Arme sind bei der Sauferei schwerer geworden. Diese Fässer hier müssen weg, und keine andern. Tut, was ich sage!«

»Gut, schon gut«, antworteten sie und rollten die Fässer zur offenen Falltür. »Es kommt ja auf Euren Kopf, wenn des Königs volle Butterfässer und seine besten Weine in den Fluß geschmissen werden, damit die Seemenschen sich auch ein billiges Fest machen können.«

»Roll, roll, roll und roll,
roll, was leer, und roll, was voll
rums und plumps den Schacht hinunter,
Faß um Faß, das schwappt so munter!«

So sangen sie, als zuerst ein Faß und dann ein anderes zur dunklen Öffnung rumpelte und einige Fuß tief in das kalte Wasser gestoßen wurde. Einige Fässer waren wirklich leer, andere hübsch mit einem Zwerg ausgestopft. Aber hinunter sausten sie alle, eins nach dem anderen. Mit viel Gekrach und Gebumse stürzten sie aufeinander, klatschten ins

Wasser, stießen gegen die Tunnelwände und sausten mit der Strömung davon.

Erst in diesem Augenblick bemerkte Bilbo den schwachen Punkt in seinem Plan. Vielleicht habt ihr ihn schon eine ganze Weile vorher entdeckt und Bilbo ausgelacht. Aber ich vermute, ihr hättet es an seiner Stelle nicht besser gemacht. Bilbo saß weder in einem Faß, noch war jemand da, der ihn hätte einpacken können (selbst wenn die Möglichkeit bestanden hätte). Es sah also ganz danach aus, als würde Bilbo diesmal seine Freunde verlieren (die mittlerweile fast alle durch die dunkle Falltür verschwunden waren), als würde er ein für allemal zurückbleiben und müßte wie ein ewiger Meisterdieb in den Elbenhöhlen auf immer sein Leben fristen. Denn selbst wenn er oben durch die Haupttore einmal entkommen konnte, so hätte ihn nur ein außerordentlicher Glücksfall wieder mit den Zwergen zusammengeführt. Bilbo kannte den Landweg nicht, der zum Sammelplatz der Fässer führte. Er sorgte sich, was in aller Welt ohne ihn mit den Zwergen geschehen würde, denn er hatte noch keine Zeit gefunden, ihnen alles zu erklären, was er erfahren hatte oder was er zu tun für richtig hielt, wenn sie erst einmal den Wald hinter sich hatten.

Während ihm all diese Gedanken durch den Kopf schossen, stimmten die Elben, die sehr lustig waren, am Stromtor ein Lied an. Einige waren schon dabei, an den Tauen zu ziehen, die das Fallgatter hochhoben, damit die Fässer, sobald sie antrieben, gleich hinausschwimmen konnten.

»Rasch den schnellen Strom und weit,
heim, wie ihr gekommen seid:
Treibt aus dunklem Felsengang,
lasset Berg und Elbensang,
laßt den Wald, der schwarz und schwer
kommt von West und Norden her –
grüßt den letzten Wildnisbaum,

spürt den Nachtwind dort am Saum
rauh aus Ost entgegenwehn,
hört das Schilf am Ufer gehn,
hört die Dommel, spürt das Moor,
schickt es seine Nebel vor,
wie es braut und Nacht um Nacht
an den bleichen Tümpeln wacht,
folgt dem hohen Sternengang –
höret der Planeten Klang,
und wenn Frühtau fällt ins Land,
wandert weiter – über Sand,
über Kiesel, über Stein,
treibt in Fall und Schnellen ein –
weit nach Süd, nach Süd und weit
in der Sonne Heiterkeit,
heim zu Weide, Gras und Wind,
grüßt mit großem Horn das Rind,
grüßt die Herden, grünes Land
und der großen Gärten Rand,
Hügel, Hänge, Beerenstrauch,
Blumen, Früchte, Bienen auch –
und der Sonne Heiterkeit,
weit nach Süd, nach Süd und weit –
heim, wie ihr gekommen seid.«

Und damit wurde das allerletzte Faß zu den Falltüren gerollt! Voll Verzweiflung, und weil er einfach nicht wußte, was er sonst tun sollte, klammerte der arme kleine Bilbo sich an dieses letzte Faß und wurde mit ihm über den Rand gestoßen. Rums, da stürzte er ins Wasser hinab, und patsch, da klatschte er in den eisigen Strom, und das Faß tanzte ihm über dem Kopf.

Spuckend tauchte Bilbo wieder auf und klammerte sich wie eine Ratte ans Holz. Aber allen Anstrengungen zum Trotz gelang es ihm nicht, hinaufzuklettern. Jedesmal, wenn er es versuchte, rollte das Faß herum und drückte ihn unters Wasser. Es war eines von den wirklich leeren Fässern, und deshalb schwamm es leicht wie ein Kork. Bilbos Ohren waren voll Wasser, aber er konnte die Elben oben im Keller noch singen hören. Da fielen auf einmal krachend die Falltüren zu, und die Stimmen starben hinweg. Ganz allein trieb Bilbo in dem eiskalten Wasser des dunklen Tunnels dahin – denn Freunde, die in Fässer verpackt sind, kann man in einem solchen Fall ja nicht mitzählen.

Sehr bald tauchte ein grauer Fleck voraus in der Finsternis auf. Bilbo hörte das Knirschen des sich hebenden Fallgatters, und schon befand er sich in der Mitte hopsender, bumsender Massen von Fässern, die eines nach dem andern unter dem Felstor hinaus in den offenen Strom schwammen. Bilbo hatte mehr als genug zu tun, nicht in Stücke zerrieben und zermalmt zu werden. Aber schließlich geriet die rumpelnde Gesellschaft in Bewegung, und ein Faß nach dem andern glitt unter dem Felsbogen ins Freie und trieb davon. Da erkannte er, daß es übel um ihn bestellt gewesen wäre, hätte er jetzt rittlings auf einem Faß gesessen, denn selbst für einen Hobbit blieb kein Platz mehr unter dem plötzlich sehr niedrigen Felsdach des Stromtores.

So trieben sie hinaus und unter den herabhängenden Ästen der Bäume dahin, die beide Ufer säumten. Bilbo fragte sich, wie es seinen Freunden wohl gehen mochte und ob sie in ihren Fässern schon im eingedrungenen Wasser saßen? Einige Fässer trieben sehr tiefliegend an ihm vorbei, und er vermutete, daß Zwerge drinnen waren.

Hoffentlich habe ich die Deckel dicht genug eingesetzt, dachte er. Aber es dauerte nicht lange, da hatte er mit sich selbst genug zu tun und ließ die Zwerge Zwerge sein. Er konnte gerade seinen Kopf über Wasser halten, die Kälte schüttelte ihn, und er fürchtete schon, elendig sterben zu müssen, ehe das Glück sich wandte. Wie lange konnte er sich festhalten? Und Bilbo überlegte, ob er es wagen sollte, loszulassen und zum Ufer zu schwimmen.

Aber das Glück wandte sich ihm bald wieder zu. Die Strudel zogen einige Fässer dicht ans Ufer, und dort hingen sie für eine Weile an einer im Wasser verborgenen Wurzel fest. Bilbo nahm die Gelegenheit wahr, und während sein Faß hübsch festgekeilt war, kletterte er hinauf. Er krabbelte wie eine halb ertrunkene Ratte aufs Faß, und oben legte er sich bäuchlings hin, um das Gleichgewicht besser zu halten. Der Wind wehte zwar kalt, aber das war immer noch besser, als Wasser zu schlucken. Bilbo hoffte nur, er würde nicht plötzlich herunterrollen, wenn die Reise wieder weiterging.

Nach kurzer Zeit machten die Fässer sich frei, drehten und wirbelten mit der Uferströmung davon und trieben in die Mitte hinaus. Da fand Bilbo heraus, daß es tatsächlich so schwierig war, sich oben zu halten, wie er befürchtet hatte. Immerhin – er schaffte es, obgleich es eine elende Plackerei war. Glücklicherweise war Bilbo ziemlich leicht, und das Faß war eins von der dicken, bauchigen Sorte. Und da es außerdem leck war, hatte es Wasser gezogen. Jedenfalls war ihm zumute, als ob er versuchen wollte, ohne Zaum und Steigbügel auf einem breitrückigen Pony zu reiten, das dauernd bestrebt war, sich im Gras zu wälzen.

So trieb Mister Beutlin schließlich zu der Stelle, wo der Wald an beiden Seiten lichter wurde. Er konnte den blassen Himmel zwischen den Bäumen sehen. Plötzlich wurde der dunkle Fluß mächtig und breit, denn er vereinigte sich mit dem Nachtwaldfluß, der rauschend herunter von den Haupttoren des königlichen Palastes kam. Auf dem Spiegel eines matten Wasserstreifs, der nicht mehr länger überschattet war, tanzte der Widerschein von Wolken und Sternen. Die rauschenden Strudel des Nachtwaldflusses trieben die ganze Faßgesellschaft zum Nordufer, in das die Strömung im Laufe der Zeiten eine weite Bucht gefressen hatte. Diese Bucht hatte ein grobkiesiges Ufer mit überhängenden Rändern; ein herausspringendes Kap aus hartem Fels versperrte das östliche Ende. Im seichten Ufersaum rollten die meisten Fässer auf Grund, während einige weiter ostwärts gegen den steinernen Damm rumpelten.

Auf den Ufern aber hielten mehrere Elben Ausguck. Sie stakten und flößten die Fässer im seichten Wasser zusammen, und nachdem alle ordentlich gezählt waren, wurden sie zusammengebunden, vertäut und bis zum Morgen liegengelassen. Arme Zwerge! Bilbo indessen war jetzt nicht so schlecht dran. Er glitt von seinem Faß, watete zum Ufer und schlich sich zu einigen Hütten, die er nicht weit hinter dem Gestade des Flusses entdeckt hatte. Er würde es sich nicht zweimal überlegen, wenn er uneingeladen ein Nachtessen mitnehmen konnte (falls er dazu Gelegenheit fand). Lange genug war er gezwungen gewesen, sich auf diese Weise durchzuschlagen, und mittlerweile hatte er nur zu gut erfahren, was es heißt, wirklichen Hunger zu haben und nicht nur wählerisch vor den Leckerbissen einer wohlgefüllten Speisekammer zu stehen. Bilbo hatte den Schein eines Feuers zwischen den Bäumen gesehen, und das gefiel ihm in seinen tropfenden, zerfetzten Kleidern, die ihm kalt und klamm am Leibe hingen.

Es ist nicht erforderlich, euch viel von den Aufregungen dieser Nacht zu erzählen, denn wir sind nicht mehr allzu weit vom östlichen Endpunkt unserer Reise entfernt, und damit stehen wir vor dem letzten und größten aller Abenteuer.

Machen wir es also kurz. Mit Hilfe des Zauberringes ging zuerst natürlich alles gut, aber Bilbo verriet sich schließlich durch seine nassen Fußspuren und die Tropfen, die er überall, wo er ging und stand, hinterließ. Auch fing ihm die Nase an zu laufen, und wo immer er sich versteckte, wurde er doch entdeckt, weil die schrecklichen Explosionen seines mühsam unterdrückten Genieses ihn verrieten. Sehr bald war im Dorf am Fluß die Hölle los, aber Bilbo entkam in die Wälder und schleppte einen Laib Brot, eine Lederflasche Wein und eine Pastete mit – nichts davon gehörte ihm. Den Rest der Nacht mußte er naß, wie er war, und weit weg von einem Feuer verbringen. Aber er hatte eine Flasche, die ihm half, auch darüber hinwegzukommen, und er duselte sogar ein bißchen auf einem Haufen trockener Blätter ein, obgleich es doch schon spät war im Jahr und die Nacht ungemütlich kühl.

Mit einem besonders lauten Nieser wachte Bilbo wieder auf. Es war schon grauer Morgen, und vom Fluß scholl fröhlicher Lärm herauf. Die Elben bauten ein Floß aus den Fässern, und bald würden sie damit hinunter zur Seestadt fahren. Bilbo nieste noch einmal. Das Wasser tropfte nicht mehr von ihm herab, aber ihm war mächtig kalt. So rasch seine steifen Beine ihn trugen, rannte er zum Fluß hinunter und schaffte es gerade noch, in dem großen Durcheinander unbemerkt aufs Deck des Fässerfloßes zu springen. Glücklicherweise schien die Sonne noch nicht. Er warf also keinen peinlichen Schatten. Und er war sehr dankbar, daß er eine ganze Weile nicht zu niesen brauchte.

Es wurde mächtig mit Stangen im Fluß herumgewühlt. Die Elben, die im seichten Wasser standen, hievten an und schoben fort. Die Fässer, die man zusammengezurrt hatte, krachten und knirschten.

»Das ist eine verteufelt schwere Ladung!« knurrten einige. »Die Fässer schwimmen viel zu tief – manche sind bestimmt nicht leer. Wären sie am Tage angetrieben, so hätten wir mal hineingeschaut«, sagten sie.

»Keine Zeit jetzt!« rief der Flößer. »Stoßt ab!«

Und so trieben sie schließlich davon, langsam zuerst, bis sie das Felsenkap passiert hatten, auf dem andere Elben standen, die sie mit langen Stangen abstießen. Als sie den Hauptstrom erreichten, eilten sie schneller und schneller dem See zu.

Sie waren den Verliesen des Königs entronnen und hatten den Nachtwald durchquert. Aber ob sie noch lebendig oder schon tot waren, das bleibt abzuwarten.

Ein warmes Willkommen

Während sie dahintrieben, wurde das Licht des Tages heller und wärmer. Der Fluß umströmte einen steilen Uferabfall, der von links hereinragte. Dicht an seinem steinigen Fuß schossen klatschend und gurgelnd die dunklen, tiefen Wassermassen vorbei. Plötzlich trat die Klippe zurück. Das Ufer wurde flach. Die Bäume traten zurück, und Bilbo bot sich folgender Anblick:

Weit öffnete sich die Landschaft vor ihm. Überall glänzten Wasserflächen, Einbrüche des Flusses in hundert Windungen, Sümpfe und Teiche mit unzähligen Inselchen. Aber mitten hindurch führte das starke, stetige Stromband, und in der Ferne zeichnete sich, das dunkle Haupt in Wolkenfetzen gehüllt, der Berg ab. Die Nachbarhäupter im Nordosten und das dazwischenliegende tiefere Land konnte man nicht erkennen. Nur dieser eine Berg erhob sich dort und blickte über die Moore hinweg zum Nachtwald herüber. Der Einsame Berg! Bilbo hatte einen langen, abenteuerlichen Weg hinter sich, um ihn zu sehen. Aber er gefiel ihm ganz und gar nicht.

Wie Bilbo nun dem Gespräch der Flößer lauschte und die Bruchstücke des Gehörten zusammensetzte, wurde ihm bald klar, daß er mehr als Glück hatte, wenn er den Berg überhaupt aus dieser Entfernung sehen konnte. So elend seine Gefangenschaft auch gewesen und so ungemütlich seine augenblickliche Lage war (gar nicht erst zu reden von den Zwergen unter dem Floßdeck), so hatte er doch mehr Glück gehabt, als er je geahnt. Die Flößer redeten vom Handel auf den Wasserwegen und vom Anwachsen des Verkehrs auf dem Strom, da die Landwege, die aus dem Osten zum Nachtwald führten, verfallen waren oder nicht mehr benutzt wurden. Und weiter war die Rede von den Menschen vom See und den Waldelben, die sich darüber stritten, wer den Nachtwaldfluß offenhalten und wer die Ufer pflegen und warten sollte. Diese Gegend hatte sich seit den Tagen, als die Zwerge noch in dem Berg wohnten, außerordentlich verändert. Für die meisten Leute war diese Zeit nur dunkle Vergangenheit. Ja selbst in den letzten Jahren und sogar seit den jüngsten Berichten, die Gandalf erhalten hatte, war manches anders geworden. Große Überschwemmungen und Wolkenbrüche hatten alle Flüsse, die ostwärts zogen, anschwellen lassen. Auch hatten sich Erdbeben ereignet, für die einige der Flößer den Drachen Smaug verantwortlich machten (mit einem Fluch oder vielsagendem Kopfnicken zum Berg hin spielten sie auf seine Gegenwart an). Die Sümpfe und Moore hatten sich zu beiden Seiten immer weiter ausgebreitet. Pfade waren verschwunden und mancher Reiter und Wanderer dazu, der versucht hatte, die verlorenen Wege wiederzufinden. Sogar der Elbenweg durch den Nachtwald, dem sie auf Beorns Rat hin gefolgt waren, führte jetzt zu einer zweifelhaften, wenig benutzten Stelle am östlichen Waldessaum. Einzig und allein der Fluß bot noch eine sichere Möglichkeit, von den Rändern des Nachtwaldes zu den vom Berg überragten Ebenen jenseits zu gelangen. Und dieser Fluß wurde vom König der Waldelben überwacht.

So war also Bilbo, wie man sieht, am Ende an den einzigen Weg geraten, der überhaupt etwas taugte. Es hätte Mister Beutlin, der zähneklappernd auf den Fässern hockte, sicher ein wenig getröstet, wenn er gewußt hätte, daß die Nachricht von dieser Reise mittlerweile weit in die Ferne bis zu Gandalf gelangt war und dem Zauberer Sorge und Angst eingeflößt hatte. Seine Geschäfte (die in diese Geschichte nicht hineinspielen) hatte Gandalf abgeschlossen, und er war drauf und dran, Thorin und seiner Gesellschaft zu Hilfe zu eilen. Aber Bilbo wußte es nicht.

Alles, was er wußte, war, daß der Fluß weiter- und weiterströmte, daß er hungrig war, einen scheußlichen Schnupfen hatte und daß er den finsteren Blick nicht leiden mochte, mit dem der Berg, je näher er heranrückte, ihn anstarrte und ihm zu drohen schien. Wie dem auch sei, der Strom nahm nach einer Weile einen mehr südlichen Lauf, der Berg trat zurück, spät am Nachmittag wurden die Ufer felsig, und der Fluß sammelte wieder alle seine Wasser in ein tiefes Bett, und eine rasch dahinbrausende Strömung verlieh dem Floß gute Fahrt.

Die Sonne war schon untergegangen, als der Nachtwaldfluß mit einer zweiten Kehre nach Osten in den Langen See einmündete. Steinige Klippentore mit breiten, groben Kiesbänken bewachten an jeder Seite die Mündung. Der Lange See! Bilbo hatte sich niemals bisher eine solch riesige Wasserfläche vorstellen können, es sei denn, das Meer selbst. Der See war so groß, daß die Ufer drüben schmal und blaß aussahen, und er war so lang, daß das nördliche Ende, das auf den Berg hin zeigte, überhaupt nicht zu sehen war. Einzig von der Karte her wußte Bilbo, daß dort oben, wo jetzt schon die Sterne des Großen Bären funkelten, das Eilige Wasser von Dal herunterkam und zusammen mit dem Nachtwaldfluß diesen Raum, der einmal ein gewaltiges Felsental gewesen sein mußte, mit tiefen Wassern füllte. Am Südausgang ergoß sich der verdoppelte Strom über hohe Fälle und eilte unbekannten Ländern entgegen. In der stillen Abendluft stand der Lärm der herausschießenden Wasser wie ein fernes Dröhnen.

Nicht weit von der Mündung des Nachtwaldflusses aber lag die seltsame Stadt, von der er in den Kellern des Elbenkönigs hatte erzählen hören. Die Stadt war nicht am Ufer erbaut worden, obgleich dort ein paar Hütten und andere Gebäude lagen, sondern weit draußen auf dem See, wo sie vor den Wirbeln des hereinströmenden Flusses durch ein felsiges Vorgebirge geschützt war, das eine ruhige Bucht umschloß. Eine mächtige Holzbrücke schwang sich auf kräftigen Pfählen, die aus Baumstämmen gemacht waren, hinüber zu der geschäftigen hölzernen Stadt. Es war keine Elbenstadt, sondern eine Stadt, bewohnt von Menschen, die es wagten, unter dem Schatten des fernen Drachenberges zu leben. Ihr Handel, der von Süden her den großen Fluß heraufkam, blühte noch immer. Die Güter wurden unterhalb der Fälle auf Karren umgeladen und kamen dann auf kurzem Landweg zur Stadt. Aber in den großen Tagen der Vergangenheit, als Dal im Norden noch reich und glücklich lebte, war auch die Seestadt wohlhabend und mächtig gewesen. Ganze Schiffsflotten hatten die Gewässer bevölkert, Schiffe voll Gold und Schiffe mit Bewaffneten, es hatte Kriege gegeben und Taten, die heute nur noch Legende waren. Die verfaulten Pfähle einer anderen größeren Stadt konnten jetzt an der Küste gesehen werden, wenn das Wasser während der Trockenheit sank.

Aber die Menschen erinnerten sich kaum daran, obgleich der eine oder andere noch immer die Lieder von den Zwergenkönigen des Gebirges sang, von Thror und Thrain aus dem Geschlecht der Durin, vom Einbrechen des Drachen und dem Fall der Fürsten von Dal. Einige sangen auch davon, daß Thror und Thrain zurückkehren und schieres Gold durch das Bergtor am Nordende des Sees fließen würde, ja, daß das ganze Land aufs neue von Lachen und Singen erklingen sollte. Aber diese erbaulichen Geschichten änderten nicht viel an ihrer täglichen Geschäftigkeit.

Kaum war das Fässerfloß in Sicht gekommen, da ruderten auch schon Boote aus dem Pfahlgewirr der Stadt heraus. Laute Rufe begrüßten die Flößer, Taue wurden geworfen, Ruder schlugen im Takt, und bald war das Floß aus dem Strom des Nachtwaldflusses herausgeholt und um die hohe Felsenflanke in die kleine Bucht der Seestadt bugsiert. Dort wurde es an der Landseite und nicht weit vom Kopf der großen Brücke vertäut. Bald würden andere Menschen aus dem Süden kommen und einige Fässer mitnehmen, andere mit Gütern füllen, die sie mitgebracht hatten und die für die Waldelben stromauf bestimmt waren. In der Zwischenzeit ließ man die Fässer, wo sie lagen, denn sowohl die Elben als auch die Menschen gingen zur Seestadt hinüber: Drüben feierten sie ein großes Fest.

Sie wären ganz schön überrascht gewesen, hätten sie mit ansehen können, was unten am Strand geschah, nachdem sie gegangen und die tiefen Schatten der Nacht herabgesunken waren. Zuerst löste Bilbo ein schweres Faß aus dem Verband, stieß es zur Küste und öffnete es. Ein Stöhnen kam von innen, und heraus kroch ein unglückseliger Zwerg. Nasses Stroh hing in seinem zerzausten Bart. Er war so wund und steif, so zerschlagen und zerschunden, daß er sich kaum auf den Füßen halten und die letzten Schritte durch das seichte Wasser tun konnte. Stöhnend legte er sich auf dem Strand nieder. Er hatte einen ausgehungerten, wilden Blick wie ein Hund, der angekettet eine ganze Woche in seiner Hütte vergessen wurde. Es war Thorin. Aber ihr hättet es nur an seiner Goldkette erraten und an der Farbe seiner jetzt sehr schmutzigen und zerlumpten himmelblauen Kapuze mit der fleckigen Silberquaste. Es dauerte geraume Weile, bis er dem Hobbit gegenüber höflich wurde.

»Kurz, seid Ihr lebendig oder tot?« fragte der Hobbit ärgerlich. Wahrscheinlich hatte er vergessen, daß er eine gute Mahlzeit mehr zu sich genommen hatte als die Zwerge. Auch hatte er Arme und Beine frei bewegen können, ganz zu schweigen von der schönen frischen Luft, die er geatmet hatte. »Sitzt Ihr noch in Gefangenschaft oder seid Ihr frei? Wenn Ihr etwas zu essen haben und dieses alberne Abenteuer noch weiter fortsetzen wollt – schließlich ist es Euer Abenteuer und nicht das meinige –, so tätet Ihr besser, mit den Armen zu schlagen, die Beine zu massieren und mir zu helfen, die andern herauszuholen, solange die Gelegenheit noch günstig ist.«

Thorin sah natürlich ein, daß dies richtig war, und nach einigem weiteren Stöhnen stand er auf und half dem Hobbit, so gut er es konnte. Es war eine schwierige, scheußliche Aufgabe, im Finstern im kalten Wasser herumzupatschen und die richtigen Fässer herauszufischen. Mit Abklopfen und Rufen wurden lediglich sechs Zwerge entdeckt, die imstande waren zu antworten. Sie wurden herausgeholt und an Land gebracht, wo sie klagend und jammernd umhersaßen. Sie waren so zerschunden, durchgeschüttelt und klamm, daß sie ihre Befreiung in keiner Weise richtig schätzen oder gar Dankbarkeit empfinden konnten.

Dwalin und Balin waren mit die Unglücklichsten, und man fragte sie am besten gar nicht erst um Hilfe. Bifur und Bofur waren zwar nicht so schlimm zugerichtet und viel trockener geblieben, aber sie legten sich einfach hin und wollten keine Hand rühren. Fili und Kili jedoch, die (für Zwerge) noch jung und auch besser mit viel Stroh und in kleineren Fäßchen verpackt worden waren, kamen sogar lächelnd zum Vorschein. Sie hatten bloß eine oder zwei Beulen davongetragen, und die Steifheit in ihren Beinen verschwand nach einer Weile.

»Ich hoffe bloß, daß ich nie wieder Äpfel riechen muß!« sagte Fili. »Mein Faß war eine Apfeltonne. Dauernd Äpfel zu riechen, wenn man sich kaum rühren kann und kalt und krank vor Hunger ist – das macht einen irre. Ich könnte jetzt stundenlang essen – aber nicht einen einzigen Apfel.«

Mit der willigen Hilfe von Kili und Fili entdeckten Thorin und Bilbo auch die noch fehlenden Gefährten und holten sie heraus. Der arme fette Bombur war entweder eingeschlafen oder bewußtlos. Dori, Nori, Ori, Oin und Gloin waren halb ersäuft und gaben kaum noch Lebenszeichen von sich. Sie mußten einzeln fortgetragen und hilflos auf den Strand gelegt werden.

»Gut. Das wäre geschafft«, sagte Thorin. »Und ich meine, wir sollten nun unserm guten Stern und Mister Beutlin danken. Ich bin sicher, daß er ein Recht darauf hat, dies von uns zu erwarten, obgleich ich wünschte, er hätte die Reise ein wenig angenehmer in die Wege geleitet. Wie dem auch sei – immer noch mehr zu Euren Diensten, Mister Beutlin. Kein Zweifel, wir werden ausgesprochen dankbar sein, wenn wir etwas gegessen und uns wieder ein wenig erholt haben. Inzwischen – was ist das nächste?«

»Die Seestadt«, sagte Bilbo. »Was denn sonst?«

Nichts anderes lag natürlich näher. Thorin, Fili, Kili und der Hobbit verließen also die Gesellschaft und gingen am Ufer entlang zur Brücke. Dort hatte man eine Wache eingerichtet, aber sie hielt nicht sehr sorgfältig Wache. Es war schon zu lange her, daß dies wirklich einmal notwendig gewesen war. Wenn man von den gelegentlichen Streitigkeiten des Flußzolls wegen absah, waren die Menschen mit den Waldelben befreundet. Andere Völker wohnten weit weg, und viele unter den Jüngeren in der Stadt zweifelten offen das Vorhandensein des Drachen an, ja, sie lachten über die Graubärte und alten Mütterchen, die davon erzählten, daß sie in ihren jüngeren Jahren den Drachen durch die Luft hatten fliegen sehen. Darum überrascht es keineswegs, daß die Wachen an ihrem Hüttenfeuer tranken und lachten und weder das Geräusch der Auspackerei noch die Schritte der vier Späher gehört hatten. Deshalb war ihr Erstaunen groß, als Thorin Eichenschild in die Tür trat.

»Wer seid Ihr und was wünscht Ihr?« riefen sie, sprangen auf die Füße und ergriffen ihre Waffen.

»Thorin, Sohn von Thrain, Sohn von Thror, König unter dem Berg!« sagte der Zwerg mit lauter Stimme. Und ganz so schaute er auch aus, trotz seiner zerrissenen Kleider und der schmutzigen Kapuze. Das Gold glitzerte an seinem Hals und auf seinem Gürtel, seine Augen glühten dunkel und tief. »Ich bin zurückgekehrt. Ich will den Meister eurer Stadt sprechen.«

Eine schreckliche Aufregung entstand. Einige der etwas Dümmeren rannten aus der Hütte, als ob sie von dem Berg erwarteten, er sei mitten in der Nacht zu purem Gold geworden und die Wasser des Sees dazu. Der wachhabende Hauptmann trat näher. »Und wer sind diese?« fragte er und zeigte auf Fili, Kili und Bilbo.

»Die Söhne der Tochter meines Vaters«, antwortete Thorin, »Fili und Kili aus dem Geschlecht der Durin und Mister Beutlin, der mit uns gekommen ist.«

»Wenn ihr in Frieden kommt, so legt eure Waffen nieder!« sagte der Hauptmann.

»Wir haben keine«, sagte Thorin. Und das war leider nur zu wahr; die Waldelben hatten ihnen die Messer genommen und das große Schwert Orkrist ebenfalls. Bilbo trug zwar noch sein Kurzschwert, verborgen wie immer, aber er erwähnte es nicht.

»Wir brauchen keine Waffen, denn wir kehren in unser Eigentum zurück, wie es von alters her prophezeit wurde. Auch könnten wir nicht gegen so viele kämpfen. Bringt uns zu eurem Meister!«

»Er feiert ein Fest«, sagte der Hauptmann.

»Ein Grund mehr, uns zu ihm zu führen«, warf Fili ein, der bei dieser feierlichen Begrüßung ungeduldig geworden war. »Wir sind nach unserem langen Weg müde und hungrig und haben kranke Kameraden dabei. Macht also schnell und spart Eure Worte, oder Euer Meister wird Euch etwas zu erzählen haben.«

»So folgt mir also«, sagte der Hauptmann, und mit sechs Mann führte er die vier über die Brücke durch das Stadttor und zum Marktplatz, einer weiten Kreisfläche ruhigen Wassers. Sie war von hohen Pfählen umgeben, auf denen man die größeren Häuser erbaut hatte, und von langen Holzkais, von denen zahlreiche Treppen und Leitern hinunter zum Seespiegel führten. Aus einer großen Halle schimmerten zahlreiche Lichter, erschallte der Lärm vieler, vieler Stimmen. Sie schritten durch die Tore, standen plötzlich zwinkernd im Licht und sahen viel Volk an langen Tischen sitzen.

»Ich bin Thorin, Sohn von Thrain, Sohn von Thror, König unter dem Berg! Ich kehre zurück!« schrie Thorin mit gewaltiger Stimme von der Tür her, ehe der Hauptmann auch nur den Mund aufmachen konnte.

Alles sprang auf. Der Meister der Stadt erhob sich von seinem hohen Stuhl. Aber keiner war so überrascht wie die Flößer aus dem Elbenreich, die am unteren Ende der Halle saßen.

Sie stürzten zum Tisch des Meisters und schrien: »Das sind Gefangene unseres Königs, die entkommen sind, herumstrolchende Zwerge, die keine Auskunft über sich selbst geben konnten. Sie schlichen durch die Wälder und belästigten unser Volk!«

»Ist das wahr?« fragte der Meister. Tatsächlich hielt er das für viel wahrscheinlicher als die Rückkehr des Königs unter dem Berg (wenn eine solche Person überhaupt je gelebt hatte).

»Es ist wahr, daß der Elbenkönig uns ungerechtfertigt den Weg verlegte und uns ohne Grund ins Gefängnis warf, als wir in unser eigenes Land zurückkehrten«, antwortete Thorin. »Aber weder Schloß noch Riegel können unsere

Heimkehr verhindern – wie es aus alten Zeiten prophezeit ist. Und diese Stadt liegt auch nicht im Reich der Waldelben. Ich spreche zum Meister der Stadt der Menschen vom See und nicht zu den Flößern des Elbenkönigs.«

Da zögerte der Meister und blickte von einem zum andern. Der Elbenkönig war sehr mächtig in diesen Gegenden, und der Meister der Stadt wünschte keine Feindschaft mit ihm. Auch hielt er nicht viel von alten Liedern. Ihm stand der Sinn nach Handel und Zoll, Frachten und Gold, und alldem verdankte er Ansehen und Stellung. Andere jedoch hatten eine andere Meinung, und bald wurde die Angelegenheit ohne ihn geregelt. Wie Feuer verbreiteten sich die Neuigkeiten vom Hallentor durch die ganze Stadt. Das Volk jubelte drinnen und draußen. Gedränge und Gerenne herrschte auf den Kais. Einige Leute fingen an, Strophen alter Lieder zu singen, die von der Rückkehr des Königs unter dem Berg handelten. Daß es Thrors Enkel und nicht Thror selbst war, der zurückkehrte, störte sie nicht im geringsten. Andere fielen ein, und der Gesang hallte laut und gewaltig über den See.

»Der König unter dem Berge,
der Herr im edlen Gestein,
der Fürst der silbernen Quellen,
kehrt in sein Eigen heim.

Die Krone wird wieder glänzen,
die Harfe wird neu gespannt,
im goldenen Echo der Hallen
klingt wieder sein Lied ins Land.

Die Wälder unter der Sonne,
sie rauschen, als wehte ein Wind,
das Silber steigt aus den Quellen,
das Gold in Strömen rinnt.

Dann eilen die fröhlichen Flüsse,
dann glänzen die Seen vor Glück,
die Sorgen vergehn und der Kummer:
Der König kehrt wieder zurück!«

So oder ähnlich sangen sie (es gab noch viel mehr Strophen), es wurde gelacht und gelärmt, die Harfe geschlagen und gefiedelt. Selbst die ältesten Großväter konnten sich an eine solche Aufregung in der Stadt nicht erinnern. Sogar die Waldelben fingen an, sich darüber zu wundern, ja, ihnen wurde angst. Natürlich wußten sie nicht, wie Thorin entkommen war, und sie dachten schon, ihr König habe einen ernsten Fehler gemacht. Und was den Meister der Stadt anbetraf, so sah er ein, daß ihm nichts übrigblieb, als dem öffentlichen Tumult zum mindesten für den Augenblick nachzugeben und so zu tun, als glaubte er an das, was dieser Thorin sagte. So ließ er ihn auf seinem eigenen hohen Stuhl sitzen und gab Kili und Fili neben ihm Ehrenplätze. Selbst Bilbo erhielt einen Sitz an der Ehrentafel. In dem großen Durcheinander erwartete man von ihm nicht einmal eine Erklärung, was er mit der ganzen Geschichte zu schaffen habe, denn in den Liedern war schließlich in gar keiner Weise von ihm die Rede.

Nicht lange, und unter erstaunlichen Begeisterungsszenen wurden auch die anderen Zwerge in die Stadt gebracht. Sie wurden verbunden und gefüttert, wurden in die Häuser aufgenommen und verhätschelt, und das auf die allerentzückendste und zufriedenstellendste Weise. Thorin und seinen Gefährten überließ man ein großes Haus, gab ihnen Boote und Ruderer dazu. Die Volksmenge saß draußen und sang den ganzen Tag, falls sie nicht gerade hurra rief, wenn einer der Zwerge seine Nase zeigte.

Einige der Lieder waren alt, aber einige waren auch neuesten Ursprungs und sprachen zuversichtlich von dem plötzlichen Tod des Drachen und ganzen Schiffslasten reicher Geschenke, die den Fluß hinab zur Seestadt kommen sollten. Urheber war der Meister selber; doch diese Lieder gefielen den Zwergen nicht besonders.

Sonst hatte man sie in jeder Weise zufriedengestellt. Rasch waren sie wieder wohlgenährt und kräftig geworden, und in der Tat, in knapp einer Woche hatten sie sich völlig erholt. Sie waren mit neuen Kleidern in den eigenen richtigen Farben ausgestattet, hatten ihre Bärte sauber gekämmt und geschnitten und gingen stolzen Schrittes umher. Thorin sah aus, als ob sein Königreich bereits zurückerobert und Smaug in hübsche kleine Schnitzel zerhackt worden wäre.

Und dann wurden (wie er es vorausgesagt hatte) die Gefühle der Zwerge gegenüber Bilbo Beutlin von Tag zu Tag warmherziger. Es wurde nicht mehr gestöhnt und gemurrt. Die Zwerge tranken auf seine Gesundheit, sie klopften ihm auf den Rücken und machten allerhand Theater mit ihm. Bilbo indessen blieb es gleich, denn er fühlte sich nicht in gehobener Stimmung. Er hatte weder den Anblick des Berges vergessen noch den Gedanken an den Drachen, und außerdem war er schwer erkältet. Drei Tage lang nieste und hustete er. Er konnte überhaupt nicht vor die Tür gehen, und selbst später noch waren seine Ansprachen bei Festlichkeiten beschränkt auf ein: »Hersnichen Dang, beine Herrn!«

Längst waren die Elben mit ihrer Fracht den Nachtwaldfluß hinauf zurückgekehrt. Im Königspalast herrschte große Aufregung. Ich habe leider nie gehört, was mit dem Kellermeister und dem Befehlshaber der Wache geschehen ist. Natürlich war während des Aufenthalts der Zwerge in der Seestadt kein Wort über Schlüssel oder Fässer gesagt worden, und Bilbo achtete peinlich darauf, daß er niemals unsichtbar wurde. Jedoch hatte man mehr erraten, als man wußte, wenn auch Mister Beutlin immer geheimnisumwittert blieb. Wie dem auch sei, der König wußte jetzt Ziel und Absicht der Zwerge, oder vielmehr, er glaubte, er wüßte es. Und zu sich selbst sagte er: Schön, wir werden sehen! Kein Schatz kommt durch den Nachtwald zurück, ohne daß wir auch ein Wort mitreden. Aber ich bin sicher, daß sie ein schlechtes Ende nehmen, und das geschieht ihnen recht. Er glaubte auf keinen Fall, daß Zwerge offen kämpfen und einen Drachen wie Smaug umbringen könnten. Er hatte den starken Verdacht, daß sie irgendeine Dieberei oder etwas Ähnliches vorhatten – und das zeigt, daß er ein gescheiter Elb war, gescheiter als die Menschen der Stadt. Und dennoch, wie wir am Ende sehen, hatte er nicht ganz recht. Er sandte seine Späher aus bis zum Gestade des Sees und so weit nordwärts dem Berge zu, als seine Elben nur zu gehen wagten – und wartete.

Als zwei Wochen vergangen waren, begann Thorin, an den Aufbruch zu denken. Da in der Stadt noch immer helle Begeisterung herrschte, war die Zeit günstig, Hilfe zu erhalten. Es wäre nicht gut gewesen, länger zu warten. So sprach er mit dem Meister und den Stadtvätern und sagte, daß er und seine Gefährten aufbrechen und zum Berg weiterziehen müßten.

Zum ersten Male war der Meister wirklich überrascht und sogar ein wenig beunruhigt. Er fragte sich, ob Thorin am Ende nicht doch ein Abkömmling der alten Könige sein könnte. Nie hatte er es für möglich gehalten, daß die Zwerge sich tatsächlich dem Drachen Smaug nähern würden. Er hatte vielmehr geglaubt, es seien Betrüger, die früher oder später entlarvt würden. Aber er hatte sich geirrt. Thorin war wirklich der Enkel des Königs unter dem Berg, und keiner kann abschätzen, was ein Zwerg nicht alles aufs Spiel setzt, wenn er Rache nehmen und sein Eigentum zurückgewinnen will.

Dem Meister tat es nicht leid, daß er sie ziehen lassen sollte. Es war kostspielig, sie wochenlang zu bewirten, denn ihr Aufenthalt hatte jeden Tag zu einem Feiertag gemacht.

Alle Geschäfte lagen brach. Laß sie ziehen und den alten Smaug behelligen, dann sehen wir ja, was für ein Willkommen ihnen blüht, dachte er. Laut sagte er jedoch: »Ganz bestimmt, o Thorin, Sohn von Thrain, Sohn von Thror! Ihr müßt Euer Eigentum zurückfordern. Die Stunde ist da, wie es vor Zeiten prophezeit wurde. Was wir Euch an Hilfe geben können, soll Euer sein. Wir vertrauen auf Eure Großmut, wenn Ihr Euer Reich wiedergewonnen habt.«

So verließen eines Tages, obgleich es schon tief im Herbst war, die Winde kalt wehten und überall die Blätter fielen, drei große Boote die Seestadt. Sie führten Ruderer, Zwerge, Mister Beutlin und viel Verpflegung an Bord. Pferde und Ponys waren auf Umwegen vorausgeschickt worden, um sie an ihrem Landeplatz zu erwarten. Meister und Magistrat sagten ihnen auf den breiten Stufen der Stadthalle, die hinunter bis zum See führten, Lebewohl. Auf den Kais und aus den Fenstern sang überall das Volk. Die weißen Ruder tauchten ins aufspritzende Wasser, und fort zogen sie nordwärts den See hinauf. Der letzte Abschnitt ihrer langen Reise brach an. Das einzige ganz und gar unglückliche Wesen war Bilbo.

Auf der Türschwelle

Zwei Tage ruderten sie über den Langen See, bogen in das Eilige Wasser ein, und jetzt konnten sie vor sich den Einsamen Berg hoch und grimmig aufragen sehen. Die Strömung war stark, und die Fahrt ging langsam. Am Ende des dritten Tages legten sie am linken, westlichen Ufer an und schifften sich aus. Hier trafen sie ihre Pferde, die weitere Verpflegung und Ausrüstung geschleppt hatten, und die

Ponys, die zu ihrem eigenen Gebrauch bestimmt waren. Sie packten, was sie konnten, auf die Ponys und ließen den Rest als Reserve unter einem Zelt. Aber keiner der Leute aus der Stadt wollte auch nur eine einzige Nacht bei ihnen bleiben, denn der Schatten des Berges war nah.

»Nie und nimmer, ehe nicht die Lieder wahr geworden sind!« sagten sie. In diesen wilden Gegenden war es leichter, an den Drachen zu glauben als an Thorin. Im übrigen hatten ihre Vorräte gar keine Wache nötig, denn das ganze Land war leer und verlassen. Ihre Begleitung sagte also Lebewohl und machte sich rasch auf dem Fluß und den Uferwegen davon, obgleich die Dunkelheit schon heraufgekommen war.

Sie verbrachten eine kalte, einsame Nacht, und ihre Stimmung sank beträchtlich. Am nächsten Tag zogen sie weiter. Balin und Bilbo ritten am Schluß. Jeder von ihnen führte ein schwerbepacktes Handpony neben sich. Die anderen waren ein Stück voraus und suchten einen gangbaren Pfad, denn Wege gab es hier nicht. Sie ritten nach Nordwesten, schräg fort vom Eiligen Wasser, und zogen immer näher und näher auf einen mächtigen Ausläufer des Berges zu, der ihnen nach Süden entgegenkam.

Es war eine mühsame Reise und eine schweigsame und verstohlene dazu. Da klang kein Lied, kein Lachen, kein Harfenspiel, und Stolz und Hoffnung, die sich beim Singen der alten Lieder in ihren Herzen geregt hatten, erstarben langsam. Sie wußten, daß sie nun zum Ende ihrer Reise kamen und daß es ein schreckliches Ende sein konnte. Das Land um sie wurde öde und wüst, obgleich es einmal, wie Thorin ihnen erzählte, grün und freundlich gewesen war. Es gab nur wenig Gras, und es währte nicht lang, da fanden sie weder Baum noch Strauch. Einzig zerborstene und verkohlte Stümpfe berichteten von ihnen. Sie waren in den Verwüstungen des Drachen angelangt, und das Jahr neigte sich dem Ende zu.

Sie erreichten den Fuß des Berges, ohne irgendwelche Gefahren zu bemerken, ja, sie fanden außer der Wildnis, die Smaug rund um sein Lager angelegt hatte, nicht ein einziges Zeichen von ihm. Schwarz und schweigsam lag der Berg vor ihnen, immer höher ragte er auf. Sie errichteten ihr erstes Lager an der Westseite des großen Südausläufers. Der Kamm endete in einer Anhöhe, die den Namen Rabenberg trug. Dort war vor Zeiten ein Wachtposten unterhalten worden. Aber sie wagten nicht, den von allen Seiten leicht überschaubaren Berg zu erklettern.

Ehe sie damit begannen, die westlichen Ausläufer des Berges nach der Geheimtür abzusuchen (an der all ihre Hoffnungen hingen), sandte Thorin Späher aus. Sie sollten Kunde über das Gebiet südlich der »Vordertür« einholen. Er wählte zu diesem Vorhaben Balin, Fili und Kili aus. Bilbo begleitete sie. Sie gingen dicht unter den grauen, schweigsamen Klippen des Rabenberges her. Hier wandte sich das Eilige Wasser fort vom Gebirge, nachdem es in der weiten Talfläche von Dal eine Schleife beschrieben hatte, und floß rasch und mit lautem Getöse hinab auf den Langen See zu. Sein Ufer war kahl und felsig. Steil überragte es den schmalen Strom. Als sie vom hohen Uferrand über das Eilige Wasser, das schäumend und klatschend zwischen gewaltigen Blöcken toste, in die weite Talfläche blickten, die von den Armen des Berges beschattet war, konnten sie die verwitterten Ruinen von Häusern, Türmen und Mauern erkennen.

»Da liegt, was von Dal übrigblieb«, sagte Balin. »Die Berghänge trugen grüne Wälder, und das ganze geschützte Tal war reich und schön in jenen Tagen, als die Glocken noch in der Stadt klangen.« Er sah traurig und zornig aus, als er dies sagte. Damals, als der Drache einbrach, war Balin einer der Gefährten Thorins gewesen.

Sie wagten nicht, dem Fluß auf das Haupttor zu weiter zu folgen. Sie umgingen also das Südende des Vorberges, bis sie, hinter einem Fels verborgen, hinüberspähen und den düsteren Höhlenrachen in einer großen Klippenwand zwischen den Armen des Berges erblicken konnten. Daraus hervor rauschte das Eilige Wasser – Dampf und dunkler Rauch wölkten über ihm aus der Tiefe. Nichts rührte sich, nur Qualm und Wasser und hin und wieder eine schwarze, verdächtige Krähe, die über die Ödnis hinwegruderte. Das einzige Geräusch war Wassertosen und manchmal ein rauher Vogelschrei. Balin schauderte.

»Laßt uns umkehren«, sagte er. »Wir können hier nichts Gutes ausrichten. Und ich mag diese schwarzen Vögel nicht, die wie Späher des Bösen aussehen.«

»Der Drache lebt, und er haust in den Hallen unter dem Berg – jedenfalls schließe ich das aus dem Rauch«, sagte der Hobbit.

»Das beweist noch nichts«, entgegnete Balin, »obgleich auch ich meine, daß Ihr recht habt. Aber Smaug kann auch für eine Weile ausgeflogen sein oder draußen auf dem Berg liegen und Wache halten. Dann würden, glaub ich, noch immer Rauch und Qualm aus dem Tor dringen, denn die Hallen innen müssen bis obenhin von seinem widerlichen Dunst voll sein.«

Mit solch düsteren Gedanken und zu Häupten das rauhe Krähengeschrei, suchten sie ihren mühsamen Weg zurück ins Lager. Es war Juni, als sie in dem freundlichen Haus Elronds zu Gast gewesen waren. Und obgleich jetzt erst der Herbst sich dem Winter zuwandte, schien es ihnen, als wenn jene schöne Zeit Jahre zurück liege. Sie waren allein in der gefährlichen Ödnis und konnten auf keine weitere Hilfe hoffen. Sie waren zwar am Ziel ihrer Reise angekommen, aber anscheinend weiter denn je zuvor vom guten Ende entfernt. Keiner besaß mehr einen Funken Unternehmungsgeist.

Das heißt, so merkwürdig es klingen mag, Mister Beutlin

hatte immer noch ein bißchen mehr davon als die andern. Oft lieh er Thorins Karte, starrte sie lange an und grübelte über die Runen und die Botschaft der Mondschrift, die Elrond gelesen hatte. Er war es auch, der die Zwerge dazu bewegte, endlich die gefährliche Suche nach der geheimen Tür in den Westhängen zu beginnen. Sie verlegten daraufhin ihr Lager in ein langes Tal, das enger war als der breite Grund von Dal. Niedrigere Schultern, die von der Hauptmasse des Berges mit langen, steilen Graten nach Westen in die Ebene griffen, flankierten ihn. Hier waren die Verwüstungen des Drachen nicht so schrecklich, ja, es wuchs sogar ein bißchen Gras für die Ponys. Von diesem Lager im Westen, das den ganzen Tag, bis die Sonne über dem Nachtwald zu sinken begann, im Schatten der Steilhänge lag, plackten sie sich in kleinen Gruppen ab, um Pfade hinauf in den Berg zu finden. Wenn die Karte richtig war, mußte irgendwo hoch über den Klippen am Kopf des Tals die verborgene Tür sein. Aber Tag um Tag kamen sie, ohne eine Spur gefunden zu haben, in das Lager zurück.

Ganz unerwartet fanden sie, was sie suchten. Eines Tages kehrten Fili, Kili und der Hobbit heim, wobei sie zwischen den verstreuten Felsblöcken der Südseite umherkletterten. Es war um die Mittagszeit, und Bilbo kroch hinter einen großen Stein, der allein stand wie eine einsame Säule. Da stieß er auf etwas, das wie roh gehauene Stufen aussah. Die Stufen führten bergan. Aufgeregt folgten die Zwerge und fanden Anzeichen eines schmalen Steiges, der sich oft verlor, aber immer wieder zum Vorschein kam. Der Steig führte weiter bis auf den Kamm des südlichen Grates und brachte sie schließlich zu einem noch schmaleren Felsensims, der nordwärts die Wand des Berges kreuzte. Beim Hinabschauen sahen sie, daß sie genau über den Klippen am Kopf des Tales standen und daß unter ihnen das Lager sich befand. Schweigsam und dicht an die Felswand gedrückt, folgten sie einer hinter dem andern dem Sims, bis die Wand sich öffnete und sie in einen kleinen Steilkessel einbogen, dessen Boden mit Gras bewachsen war, ein kleiner, stiller Raum. Der Eingang zu diesem Kessel konnte wegen der überhängenden Klippe von unten nicht bemerkt werden. Aber auch aus größerer Entfernung sah man ihn nicht, denn er war so schmal, daß er lediglich wie ein dunkler Spalt wirkte. Es war keine Höhle: Von oben schaute der Himmel herein. Aber am hinteren Ende erhob sich eine Wand, die in ihrem unteren, dicht an den Grund anschließenden Teil so glatt und lotrecht wie Mauerwerk war – jedoch konnte man weder Fuge noch Spalt entdekken. Auch deutete nichts auf Pfosten, Sims und Schwelle. Und Riegel, Schließhaken oder Schlüsselloch waren erst recht nicht zu sehen. Aber sie zweifelten nicht daran, daß sie endlich die Geheimtür gefunden hatten.

Sie klopften die Wand ab, sie stießen daran, warfen sich dagegen und beschworen sie, daß sie sich doch bewegen möge. Sie sprachen Bruchstücke halbvergessener Zauberformeln – aber nichts rührte sich. Schließlich setzten sie sich müde zu Füßen der Wand ins Gras, und am Abend begannen sie ihren langen Abstieg.

In dieser Nacht herrschte große Aufregung im Lager. Am Morgen wollten sie aufbrechen. Nur Bofur und Bombur sollten als Wache für die Ponys zurückbleiben und sich um die Lebensmittelvorräte kümmern. Die anderen gingen das Tal hinab, stiegen den gestern gefundenen Pfad hinauf und erreichten den schmalen Sims. Hier konnte man keine Bündel und Lasten tragen, so eng und atemlos steil war er. Ein Abfall von 150 Fuß Höhe stürzte neben ihnen fast lotrecht auf scharfe Felszacken hinab. Aber jeder von ihnen trug eine Rolle Tauwerk fest um die Hüfte gewickelt, und so erreichten sie endlich ohne Zwischenfälle den kleinen, grasigen Kessel.

Hier errichteten sie ihr drittes Lager und hievten, was sie brauchten, mit Tauen aus der Tiefe empor. Auf dieselbe

Weise ließen sie gelegentlich einen der unternehmungslustigeren Zwerge hinab (beispielsweise Kili), um Neuigkeiten auszutauschen oder an der Wache teilzunehmen, während Bofur zum Hochlager heraufgezogen wurde. Bombur indessen wollte weder mit dem Seil noch über den Pfad heraufkommen.

»Ich bin zu fett für solche Flugpartien«, sagte er. »Ich würde bloß schwindlig, träte auf meinen Bart, und dann wärt ihr wieder nur dreizehn. Außerdem sind die aneinandergeknoteten Taue viel zu dünn für mein Gewicht.« Glücklicherweise stimmte das nicht, wie man bald sehen wird.

In der Zwischenzeit untersuchten einige den Sims über der Kesselöffnung und fanden einen Steig, der höher und höher den Berg hinaufführte. Aber sie wagten nicht, ihm ein größeres Stück zu folgen. Auch hätte es nicht viel Nutzen gebracht. Dort oben herrschte eine große Stille, die durch keinen Vogelruf unterbrochen wurde. Nur der Wind pfiff in den Gesteinsspalten. Sie sprachen leise, niemals riefen oder sangen sie, denn Gefahr brütete hinter jedem Fels. Auch die anderen, die sich abmühten, das Geheimnis der Tür zu entdecken, hatten keinen Erfolg. Sie waren viel zu begierig, um sich um die Runen oder die Mondschrift zu kümmern, sondern versuchten rastlos, in der glatten Oberfläche des Felsens herauszufinden, wo die Tür verborgen saß. Sie hatten Spitzhacken und mancherlei anderes Handwerkszeug aus der Seestadt mitgebracht. Zuerst versuchten sie, damit etwas auszurichten. Aber als sie in den Stein schlugen, zersplitterten die Stiele, und der Ruck renkte ihnen fast die Arme aus; der Stahl zerbrach oder verbog sich wie Blei. Ihre Kenntnisse im Stollenbau, das wurde ihnen klar, taugten nichts für den Zauber, der dieses Tor geschlossen hielt. Und das Echo ihrer Klopferei jagte ihnen einen Schrecken nach dem anderen ein.

Bilbo fand das Sitzen auf der Türschwelle eine langweilige und mühselige Beschäftigung. Natürlich gab es da keine richtige Türschwelle; aber sie hatten sich daran gewöhnt, den kleinen, grasigen Platz zwischen Wand und Kesselöffnung spaßeshalber »Türschwelle« zu nennen. Es erinnerte sie an Bilbos Worte, die vor langer Zeit bei der unerwarteten Gesellschaft in der Hobbithöhle gefallen waren. Damals hatte er gesagt, sie brauchten sich bloß auf die Türschwelle zu setzen, und es würde ihnen schon etwas einfallen. Und sitzen und nachdenken taten sie jetzt, oder sie wanderten planlos umher und wurden von Tag zu Tag mürrischer.

Ihr Unternehmungsgeist war bei der Entdeckung des Pfades ein wenig gestiegen, aber jetzt rutschte er wieder in die Stiefel hinunter. Und trotzdem wollten sie nicht aufgeben und davonziehen. Der Hobbit war übrigens keineswegs munterer als die Zwerge. Er wollte nichts anderes mehr tun als mit dem Rücken zur Felswand sitzen und nach Westen durch die Öffnung starren, über die Klippen und über die weiten Länder hinweg bis zu der schwarzen Mauer des Nachtwaldes hin und weiter in jene Fernen, in denen er zuweilen ganz klein und schwach die Nebelberge zu erblicken glaubte. Wenn die Zwerge ihn fragten, was er da mache, so antwortete er: »Ihr sagtet, das Auf-der-Türschwelle-Sitzen und Nachdenken würde meine Aufgabe sein, abgesehen vom Hineinspazieren. Gut. Ich sitze denn und denke nach.« Aber ich fürchte, er dachte nicht viel an seine Aufgabe, sondern an das, was hinter den blauen Felsen lag: das ruhige Westland, der Hügel und seine Hobbithöhle darunter.

Mitten im Gras lag ein großer, grauer Stein. Schwermütig starrte Bilbo ihn an, oder er beobachtete die großen Schnecken. Sie liebten offenbar diesen geschützten Kessel aus kühlem Fels, denn es gab zahlreiche merkwürdig große Schnecken, die langsam ihre klebrigen Silberstreifen über die Felswände zogen.

»Morgen fängt die letzte Herbstwoche an«, sagte Thorin eines Tages.

»Und nach dem Herbst kommt der Winter«, fügte Bifur hinzu.

»Und das nächste Jahr kommt nach diesem«, sagte Dwalin, »und unsere Bärte werden wachsen und über die Klippe hinab ins Tal reichen, ehe hier sich etwas rührt. Was tut unser Meisterdieb eigentlich für uns? Da er einen unsichtbarmachenden Ring hat und angeblich ein ganz besonderer Könner ist, habe ich schon einmal gedacht, er könnte ja durch das Vordertürchen einsteigen und ein bißchen umherspähen.«

Bilbo hörte es, denn die Zwerge saßen über ihm in den Felsen. Ach, du meine Güte! dachte er, die sind ja auf schöne Gedanken gekommen! Stets bin ich es, der ihnen aus Schwierigkeiten helfen soll, zum mindesten, seit der Zauberer uns verlassen hat. Was soll ich tun? Ich habe ja immer geahnt, daß mir am Ende etwas Schreckliches zustoßen wird. Die unglückselige Gegend von Dal wiederzusehen und das qualmende Tor – das ist zuviel für mich!

In dieser Nacht fühlte er sich sehr elend, kaum konnte er schlafen. Am nächsten Tag streunten die Zwerge in allen Richtungen umher. Einige schafften den Ponys unten Bewegung, andere streiften auf dem Berghang umher. Bilbo aber saß den ganzen Tag düster in dem grasigen Kessel, starrte auf den Stein oder blickte durch die enge Öffnung hinaus. Er hatte das sonderbare Gefühl, daß er auf irgend etwas wartete. Vielleicht kommt heute der Zauberer ganz plötzlich zurück, dachte er. Wenn er seinen Kopf hob, konnte er einen Streifen des fernen Waldes sehen. Als die Sonne sich nach Westen wandte, lag goldener Schimmer über den Wipfeln, als ob das Licht in den letzten welken Blättern glühte. Bald sah er den orangefarbenen Ball tiefer und tiefer sinken. Bilbo ging zur Öffnung, und da stand fahl und blaß ein schmaler neuer Mond über dem Rand der Erde.

Genau in diesem Augenblick hörte Bilbo ein scharfes Krachen hinter sich. Im Gras auf dem grauen Stein saß eine ungewöhnlich große Drossel. Sie war nahezu kohlschwarz, und ihre blaßgelbe Brust war dunkel gefleckt. Krach! Sie hatte eine Schnecke gefaßt und schmetterte sie gegen den Stein. Krach! Krach!

Plötzlich verstand Bilbo. Alle Gefahr vergessend, trat er an den Simsrand und rief die Zwerge, laut und mit den Armen winkend, herbei. Die am nächsten waren, kamen über die Felsen herangestolpert oder eilten, so schnell es ging, den Sims entlang. Sie wunderten sich sehr, was in aller Welt wohl geschehen war. Die anderen schrien und wollten aufgehievt werden (außer Bombur natürlich, der schlief).

Schnell erklärte Bilbo. Da wurden sie still. Der Hobbit stand beim grauen Stein. Ungeduldig und mit zitternden Bärten beobachteten die Zwerge. Die Sonne sank tiefer und tiefer, und ihre Hoffnungen begannen zu schwinden. Schließlich versank sie hinter einem Gürtel roter Wolken.

Die Zwerge stöhnten. Aber noch immer stand Bilbo bewegungslos da. Der schmale Mond berührte den Horizont. Der Abend kam. Doch plötzlich, als ihre Hoffnungen schon ganz vernichtet schienen, stieß ein roter Sonnenstrahl wie ein Finger durch einen Wolkenriß. Licht drang durch die Kesselöffnung und fiel auf die glatte Felswand. Die alte Drossel, die von hoch oben mit schiefgelegtem Kopf und kleinen Augenknöpfen zugeschaut hatte, stieß plötzlich einen Pfiff aus. Lautes Krachen folgte. Ein flaches Stück Gestein splitterte vom Fels und fiel herab: Ein kleines Loch erschien etwa drei Fuß über der Erde. Zitternd vor Aufregung, daß die Gelegenheit ungenutzt vorbeigehen könnte, stürzten die Zwerge zur Wand und stemmten sich dagegen – vergebens.

»Der Schlüssel! Der Schlüssel!« rief Bilbo. »Wo ist Thorin?« Thorin eilte herbei.

»Der Schlüssel!« schrie Bilbo. »Der Schlüssel, der bei der Karte war! Versucht es, noch ist Zeit!«

Da kam Thorin und zog den Schlüssel von seiner Halskette. Er steckte ihn in das Loch. Er paßte, und er drehte sich! Schnapp! Das Licht erlosch, und die Sonne sank. Der Mond war verschwunden, und die Nacht griff in die Himmelswölbung.

Jetzt stemmten sie sich alle zusammen gegen die Wand, und langsam gab ein Stück des Felsens nach. Lange, gerade Spalten erschienen und weiteten sich. Eine Tür, fünf Fuß hoch und drei Fuß breit, zeichnete sich ab und schwang langsam und lautlos nach innen. Es war, als ob Finsternis wie ein Rauch aus der Öffnung strömte. Tiefe Finsternis, in der nichts zu erkennen war, lag vor ihren Augen, ein gähnender Rachen, der abwärts in den Berg führte.

Erkundung in der Tiefe

Lange standen die Zwerge in der Dunkelheit vor der Tür und stritten, bis Thorin schließlich sagte: »Jetzt ist die Reihe an unserem hochgeschätzten Mister Beutlin, der sich als ausgezeichneter Kamerad während unserer langen Reise bewährt hat. Er ist ein Hobbit voll Tapferkeit und einem Können, das seine körperliche Größe bei weitem überragt, und, wenn ich das so ausdrücken darf, begünstigt von einem Glück, das alles Übliche und Erlaubte geradezu in den Schatten stellt. Jetzt ist die Zeit für ihn gekommen, den Dienst zu leisten, um dessentwillen er in unsere Gesellschaft aufgenommen wurde. Jetzt ist die Zeit gekommen, daß er sich seinen Lohn verdient.«

Da ihr mit Thorins Redestil bei wichtigen Anlässen vertraut seid, will ich auf weitere Beispiele verzichten, obgleich er noch eine gute Weile so fortfuhr. Sicherlich war es ein wichtiger Anlaß, aber Bilbo wurde ungeduldig. Mittlerweile kannte er Thorin ganz gut und wußte, auf was diese Rede hinauslief.

»Wenn Ihr damit sagen wollt, daß es meine Sache sei, als erster in den geheimen Gang einzudringen, o Thorin Thrainssohn Eichenschild – möge Euer Bart immer länger werden –«, bemerkte er ärgerlich, »so sagt es gleich und ohne Umschweife. Ich könnte es verweigern. Ich habe Euch schon zweimal aus der Klemme geholfen, und das war kaum in unserem ursprünglichen Vertrag mit einbegriffen, so daß ich wohl annehmen darf, bereits einigen Lohn verdient zu haben. Aber da, wie mein Vater zu sagen pflegte, aller guten Dinge drei sind, will ich es diesmal noch nicht verweigern. Vielleicht traue ich meinem Glück mehr zu, als ich es in vergangenen Tagen zu tun pflegte«, er meinte den vergangenen Frühling, ehe er sein Haus verließ; doch das schien ihm Jahrhunderte zurück zu liegen. »Aber ganz gleich, ich werde gehen und mir die Sache sofort einmal anschauen und sie auch gleich erledigen. Nun, wer kommt mit?«

Er erwartete keine Schar von Freiwilligen und war also nicht enttäuscht. Fili und Kili sahen zwar aus, als hätten sie Gewissensbisse – sie standen bloß auf einem Bein –, aber die anderen machten überhaupt keine Anstalten, sich zu melden – ausgenommen der alte Balin, der den Hobbit ins Herz geschlossen hatte. Er sagte schließlich, er wolle mit hineingehen und Bilbo ein Stück begleiten, so daß er immerhin, falls notwendig, nach Hilfe rufen könnte.

Was die Zwerge angeht, so muß man zu ihren Gunsten sagen, daß sie Bilbo für seine Dienste wirklich gut bezahlen wollten. Sie hatten ihn mitgenommen, damit er für sie eine unangenehme Arbeit erledigte, und sie hatten nichts dagegen, wenn der arme kleine Kerl es dann auch tat. Ihrerseits würden sie ihr Bestes tun, um ihn aus Schwierigkeiten zu holen, wie sie es im Falle der Trolle am Beginn ihrer Abenteuer bewiesen hatten, und das, ehe sie den geringsten Anlaß hatten, Bilbo gegenüber dankbar zu sein. Es ist nämlich so: Zwerge sind keine Helden, sondern geschäftskluge Leute mit einer sehr hohen Meinung vom Wert des Geldes. Einige sind ein hinterhältiges und verräterisches Volk. Andere sind nicht von diesem Schlag, wie Thorin und Kumpanei. Sie benehmen sich rechtschaffen, falls man nicht zuviel von ihnen erwartet.

Hinter Bilbo kamen am fahlen Himmel die Sterne heraus – aber tiefe Schwärze verschluckte alles, als er durch das verzauberte Tor kroch und sich in den Berg hineinstahl. Der Weg war viel leichter zu gehen, als er angenommen hatte. Dies war kein Orkgang und keine roh gehauene Waldelbenhöhle. Es war ein Gang, den Zwerge geschaffen hatten, die auf der Höhe ihrer Wohlhabenheit und ihrer Geschicklichkeit standen: gerade wie ein Lineal, glatt der Boden und glatt die Wände. So führte er, gleichmäßig abfallend, unmittelbar hinunter zu einem fernen Ziel in der Finsternis.

Nach einer Weile wünschte Balin dem Hobbit viel Glück und hielt an jenem Punkt, von dem noch schwach der Türumriß zu erkennen und durch einen merkwürdigen Zufall des Echos das Gewisper der Stimmen vor dem Eingang zu hören war. Dann steckte der Hobbit seinen Ring an. Vom Echo wurde er gewarnt, daß er noch größere Sorgfalt walten lassen mußte, als es sowieso schon Hobbitgewohnheit ist. Völlig lautlos schlich er weiter, tiefer, immer tiefer hinab in die Finsternis. Er zitterte vor Furcht, aber sein kleines Gesicht war starr und grimmig. Es war ein ganz anderer Hobbit als jener, der ohne Taschentuch Beutelsend unter dem Berg verlassen hatte. Sehr lange war es her, daß er kein Taschentuch mehr besaß. Leise löste er seinen Dolch in der Scheide, schnallte den Gürtel fester und zog weiter.

Jetzt bist du ganz und gar hineingerasselt, Bilbo Beutlin, sagte er zu sich selbst. Du hast dich damals in der Nacht, als die Gesellschaft bei dir zusammenkam, auf dieses Abenteuer eingelassen, und nun sieh zu, wie du wieder herauskommst. Du liebe Zeit! Für soviel Dummheit muß man bestraft werden! So sagte diejenige Seite in ihm, die mit den Tuks am wenigsten zu schaffen hatte. Ich habe nicht die geringste Erfahrung in drachengehüteten Schätzen. Der ganze Krempel könnte auf ewig hier liegenbleiben, wenn ich bloß jetzt aufwachen und feststellen könnte, daß dieser hundsgemeine Stollen hier meine Eingangshalle daheim wäre.

Aber er wachte nicht auf. Er ging weiter und immer weiter, bis auch der geringste Schimmer der Tür hinter ihm verschwunden war. Bilbo war ganz allein. Auf einmal war es ihm, als würde es wärmer. Glüht da unten nicht etwas, geradewegs vor mir? dachte er.

Wirklich, da glühte etwas, und als er weiterging, wurde es immer deutlicher. Es war kein Zweifel möglich: Ein roter Lichtschein wurde ständig heller. Außerdem war es ohne Frage richtig heiß im Tunnel geworden. Qualmsträhnen zogen an ihm vorbei, und Bilbo fing an zu schwitzen. Auch drang ein Geräusch in seine Ohren, eine Art Blubbern, wie von einem riesigen Topf, der auf einem Feuer rüttelte. Und dazwischen rumorte es wie das Schnurren eines gigantischen Katers. Es wuchs sich zum unmißverständlichen Gurgeln eines Riesentieres aus, das in tiefem Schlaf schnarchte.

Da blieb Bilbo stehen. Und als er endlich weiterging, war es die größte Heldentat, die er je vollbracht hatte. Die schrecklichen Begebenheiten späterhin waren, damit verglichen, ein Nichts. Den wirklichen Kampf focht er ganz auf sich gestellt im Tunnel aus, noch ehe er die überwältigende Gefahr sah, die auf ihn wartete. Nach kurzem Halt also ging er weiter, und ihr könnt euch Bilbo vorstellen, wie er am Ende des Tunnels ankam, einer Öffnung von etwa derselben Größe und Beschaffenheit wie die Geheimtür oben: Des Hobbits kleiner Kopf späht hindurch. Vor ihm liegt in den Wurzeln des Gebirges der unterste Keller, das Verlies der alten Zwerge. Der Raum ist fast dunkel, so daß man seine Größe nur erraten kann. Aber vom Felsboden der Halle steigt ein gewaltiges Glühen auf: das Glühen von Smaug!

Da lag er, der rotgoldene Drache, und war fest eingeschlafen. Ein Rasseln fuhr aus Schlund und Nüstern, Strähnen von Rauch, aber sein Feuer gloste nur schwach im Schlummer. Unter ihm, unter seinen Gliedern und dem mächtigen, aufgeringelten Schwanz, neben ihm und weiter überall auf dem unsichtbaren Boden lagen zahllose Haufen kostbarer Dinge, verarbeitetes und nichtverarbeitetes Gold, Gemmen und Juwelen und Silber, das im Lichtschein rotfleckig schimmerte.

Smaug lag mit zusammengefalteten Flügeln wie eine unendlich große Fledermaus ein wenig auf der Seite, so daß der Hobbit seine Brust erblicken konnte und seinen langen, fahlen Wanst, in dem vom langen Liegen auf dem kostbaren Bett Gemmen und Stücke aus Gold fest verkrustet waren. Hinter Smaug, wo die Wand am nächsten war, konnte man Kettenhemden, Helme und Streitäxte schimmern und Schwerter und Speere hängen sehen. Und dort standen auch in Reihen große Krüge und andere Gefäße, gefüllt mit einem Reichtum, der nicht abzuschätzen war.

Bilbo verschlug es einfach den Atem, das ist das mindeste, was man sagen konnte. Nachdem die Menschen ihre

Sprache verändert hatten, die sie in jenen Tagen voller Wunder von den Elben gelernt, gibt es keine Worte mehr, die seine Verblüffung beschreiben könnten. Bilbo hatte schon früher von Drachenhorten erzählen und singen hören, aber der Glanz, die Wonne, der Bann eines solchen Schatzes hatten ihn bisher nie sehr beschäftigt. Sein Herz war wie verzaubert und von zwergischem Verlangen erfüllt. Reglos starrte er, den furchtbaren Wärter fast vergessend, auf das Gold, das sich weder zählen noch schätzen ließ.

Er starrte, und es war, als ob Jahre vergangen wären, bis er sich von diesem Anblick losriß. Aus dem Schatten der Tür stahl Bilbo sich über den Fußboden zum Rand des nächstliegenden Schatzhügels. Über ihm lag der Drache, eine schauerliche Gefahr selbst noch im Schlaf. Bilbo ergriff einen großen zweihenkligen Pokal, der so schwer war, daß er ihn gerade noch tragen konnte, und schielte ängstlich hinauf zum Drachen. Smaug zuckte mit einer Schwinge, öffnete eine Klaue, sein dröhnendes Schnarchen änderte den Ton.

Da floh Bilbo. Aber der Drache erwachte nicht – nicht jetzt. Er wechselte bloß in eine andere Art Träume hinüber, Träume von Gier und Gewalt, während er in der geraubten Halle lag und der kleine Hobbit sich den ganzen langen Tunnel zurück abmühte. Sein Herz schlug wild, und seine Beine zitterten noch fieberhafter als beim Herweg. Aber doch hielt er seinen Pokal fest, und in seinem Kopf herrschte nur der eine Gedanke: Ich habe es geschafft. Da werden sie Augen machen! Ein Krämer, aber kein Meisterdieb – sagten sie nicht so? In der Tat! Jetzt werde ich solche Sprüche nicht mehr hören!

Und er hörte sie auch nicht mehr. Balin war überglücklich, den Hobbit wiederzusehen. Er war ebenso erfreut wie überrascht. Er hob Bilbo hoch und trug ihn an die frische

Luft. Es war Mitternacht, Wolken hatten die Sterne verdeckt, aber Bilbo lag da mit geschlossenen Augen, schwer atmend und glücklich, daß er die frische Luft wieder in seinen Lungen spüren konnte. Die Ausgelassenheit der Zwerge bemerkte er kaum, hörte nicht, wie sie ihn lobten, spürte nicht, wie sie ihm auf den Rücken klopften und sich und alle ihre Angehörigen auf Generationen hinaus in seinen Dienst stellten.

Noch immer reichten die Zwerge den Pokal einander zu und sprachen mit Begeisterung von ihrem wiedergewonnenen Schatz, als plötzlich ein schreckliches Gerumpel tief im Berg begann. Es war, als ob ein alter Vulkan sich besonnen hätte und einen neuen Ausbruch vorbereitete. Beinahe wäre das Tor hinter ihnen zugeschlagen; ein Stein auf der Schwelle verhinderte es. Aber den langen Tunnel herauf kam aus den fernsten Tiefen der fürchterliche Widerhall von Gebrüll und Getrampel, das den Boden unter ihnen erzittern ließ.

Da vergaßen die Zwerge augenblicks ihre Freude und ihre selbstzufriedene Prahlerei. Voll Angst hockten sie sich hin. Mit Smaug mußten sie eben doch noch rechnen. Es ist nicht gut, wenn man einen lebenden Drachen übersieht, noch dazu, wenn man gleich neben ihm lebt. Drachen können zwar keinen sinnvollen Gebrauch von ihrem Reichtum machen, aber in der Regel kennen sie ihren Besitz bis aufs Gramm, besonders, wenn sie sehr lang darauf gelegen haben. Und Smaug war keine Ausnahme. Aus einem ungemütlichen Traum (in dem ein kleiner, unbedeutender Krieger, der jedoch ein bitteres Schwert und ungewöhnlichen Mut zeigte, eine unerfreuliche Rolle spielte) war er in Halbschlaf hinübergewechselt und aus dem Halbschlaf nun erwacht. Es roch nach etwas Fremdem in der Halle. Ob es ein Luftzug war von dem kleinen Loch dort oben her? Er war nie ganz glücklich damit gewesen, obgleich es so unbedeutend aussah. Voll Mißtrauen schielte er hinauf und ärgerte sich, daß er es nie zugestopft hatte. Kürzlich war es ihm beinahe vorgekommen, als hätte er den schwachen Widerhall eines Klopfens vernommen, das von weit oben bis zu seinem Lager herabgedrungen war. Smaug rührte sich und streckte seinen Hals vor, um zu schnuppern. Da vermißte er den Pokal! Diebe! Feuer! Mord!

Seit er in den Berg gekommen war, hatte Smaug so etwas noch nicht erlebt. Seine Wut überschritt jede Beschreibung. Einer solchen Wut begegnet man nur, wenn reiche Leute, die mehr besitzen, als sie brauchen, etwas verlieren, das ihnen schon lange gehört hat, das sie aber niemals benutzt oder sich überhaupt nur gewünscht haben. Er spie Feuer, die Halle rauchte, er rüttelte an den Festen des Berges. Vergebens warf er seinen Schädel gegen das kleine Loch. Dann rollte er seine ganze Länge zusammen, brüllte wie unterirdischer Donner und raste von seinem tiefen Lager durch das große Tor hinaus in die gewaltigen Gänge des Bergpalastes und hinauf zum Hauptausgang.

Den ganzen Berg abzujagen, bis er den Dieb gefaßt, zertreten und zertrampelt hatte, war sein einziger Gedanke. Er stürzte aus dem Tor. Das Wasser stieg als wütender, pfeifender Dampf auf. Und dann rauschte der glühende Smaug hoch in die Luft und ließ sich in einem Feuerball von grünen und scharlachroten Flammen auf dem Berggipfel nieder. Die Zwerge hörten das schreckliche Rauschen seiner Schwingen. Sie preßten sich gegen die Wände ihrer kleinen Grasterrasse und krochen unter Steine. So hofften sie den furchtbaren Augen des jagenden Drachen zu entgehen.

Hier wären sie alle umgekommen, wenn sie ihren Bilbo nicht gehabt hätten. »Rasch, rasch!« schnaufte er. »Die Tür! Der Tunnel! Hier dürfen wir auf keinen Fall bleiben!«

Durch diese Worte zur Besinnung gebracht, waren sie

kaum dabei, in den Gang zu entwischen, als Bifur einen Schrei ausstieß: »Meine Vettern! Bombur und Bofur – wir haben sie vergessen, sie sind noch unten im Tal!«

»Sie werden erschlagen werden und unsere Ponys auch, und all unsere Vorräte sind verloren!« stöhnten die anderen. »Und wir können nichts daran ändern!«

»Unsinn!« sagte Thorin, der seine Würde wiedergewann. »Wir können sie nicht im Stich lassen. Geht hinein, Mister Beutlin und Balin, Ihr auch, und ihr beiden, Fili und Kili – der Drache soll uns nicht alle haben. Jetzt, ihr anderen, wo sind die Taue? Rasch!«

Dies waren wahrscheinlich die schlimmsten Augenblikke, die sie bis jetzt durchzustehen hatten. Das schreckliche Fauchen des zornigen Smaug hallte droben von den Felswänden wider. In jedem Augenblick konnte er wie ein glühender Strom herunterschießen oder durch die Luft wirbeln und entdecken, wie sie am gefährlichen Steilabfall wie die Irren an den Tauen zogen.

Bofur kam glücklich herauf, und es blieb alles ruhig. Dann kam Bombur schnaufend und japsend hinterher. Die Taue krachten. Aber noch immer blieb alles ruhig. Hierauf folgten Handwerkszeug und Verpflegungsbündel. Und dann brach die Gefahr über sie herein.

Ein schwirrendes Geräusch kam aus der Luft. Rote Lichter tanzten auf den Spitzen der Felsgrate. Der Drache brauste heran.

Kaum hatten sie Zeit, in den Gang zu flüchten und ihre Bündel hineinzuschleppen, als Smaug aus dem Norden heranschoß. Seine Flammen fegten über die Berghänge. Seine mächtigen Schwingen brausten wie brüllender Sturm. Sein heißer Atem verbrannte das Gras vor dem Tor, drang durch den Spalt, den sie offengelassen hatten, und versengte die im Verborgenen Liegenden. Draußen flackerte Feuer, und schwarze Felsschatten tanzten einen wirren Tanz. Dann brach wieder Finsternis herein, als der Drache sich davonmachte. Die Ponys schrien vor Entsetzen, zerrissen die Seile und galoppierten davon. Da schoß der Drache hinab, verfolgte sie und war verschwunden.

»Das ist das Ende unserer armen Tiere«, sagte Thorin. »Nichts, was Smaug einmal gesehen hat, entkommt ihm. Hier sind wir, und hier werden wir bleiben müssen; es sei denn, jemand kommt auf den Gedanken und wandert unter Smaugs Augen die langen Meilen offenen Landes zum Fluß zurück.«

Das war kein angenehmer Gedanke. Sie krochen ein bißchen tiefer in den Gang hinein. Da lagen sie nun und klapperten mit den Zähnen, obgleich es warm und stickig war, bis die Dämmerung durch den Türspalt schimmerte. Dann und wann in der Nacht konnten sie das Gebrüll des fliegenden Drachen hören, der immer noch um die Bergflanken jagte. Manchmal wuchs es an, dann erstarb es wieder.

Die Ponys und die Lagerspuren, die er entdeckt hatte, brachten ihn darauf, daß Menschen stromauf vom See gekommen waren und den Berg von jenem Tal aus erstiegen hatten, wo er die Ponys angepflockt fand. Aber die Tür entzog sich seinen spähenden Augen, und der kleine, hochwandige Kessel hielt die schlimmsten Flammen ab. Lange hatte er vergebens gejagt, bis der Tau seinen Zorn kühlte und er zu seinem goldenen Lager zurückkehrte, um zu schlafen und neue Kräfte zu sammeln. Den Diebstahl aber würde er nie vergessen, nie vergeben, selbst wenn ein Jahrtausend ihn in einen schwelenden Fels verwandeln sollte. Smaug konnte warten. Still und schweigsam kroch er in seine Höhle und schloß die Augen nur halb.

Als der Morgen kam, löste sich der Schrecken der Zwerge ein wenig. Sie sahen ein, daß Gefahren dieser Art schlechterdings unvermeidlich waren, wenn man es mit einem solchen Wächter zu tun hatte, und daß es nicht gut wäre, gerade jetzt die Unternehmung abzublasen. Auch konnten sie gar nicht aus der Falle heraus, wie Thorin schon angedeutet hatte. Ihre Ponys waren davongelaufen oder getötet, und sie hätten schon eine ganze Weile warten müssen, bis Smaugs Wachsamkeit wieder so weit eingeschläfert war, daß sie den langen Weg zu Fuß wagen durften. Glücklicherweise hatten sie von den Vorräten so viel gerettet, daß es für eine Weile reichte.

Sie überlegten lange, was jetzt getan werden sollte. Jedoch es fiel ihnen nichts, aber auch gar nichts ein, wie sie Smaug loswerden konnten. Nun, das war ja schon immer der schwache Punkt in ihren Plänen gewesen. Bilbo fühlte sich veranlaßt, dies zu bemerken. Aber wie es in der Natur von Leuten liegt, die ganz und gar verwirrt sind, so fingen sie jetzt an, gegen den Hobbit zu murren. Ja, sie beschimpften ihn für das, was ihnen erst so sehr gefallen hatte. Bilbo, der den Pokal gestohlen hatte, war jetzt schuld, daß Smaugs Zorn so früh entflammt war.

»Was soll ein Meisterdieb denn anderes tun?« fragte Bilbo ärgerlich. »Ich wurde nicht angestellt, um Drachen zu töten – das ist Kriegshandwerk. Schätze sollte ich stehlen. Ich machte den besten Anfang, den ich machen konnte. Oder habt ihr erwartet, daß ich den ganzen Hort von Thror auf einmal auf dem Rücken herschleppe? Wenn hier jemand zu murren hat, so bin ich es. Ihr hättet fünfhundert Meisterdiebe mitbringen sollen und nicht bloß einen. Es wirft bestimmt ein gutes Licht auf euren Großvater, aber ihr könnt nicht behaupten, daß ihr mir jemals das Riesenausmaß seines Reichtums klargemacht habt. Ich müßte Hunderte von Jahren schleppen, um alles heraufzuholen – falls ich fünfzigmal so groß und Smaug so zahm wie ein Kaninchen wäre.«

Hierauf baten die Zwerge natürlich um Verzeihung. »Was aber schlagt Ihr vor, Mister Beutlin?« fragte Thorin höflich.

»Ich habe im Augenblick keine Idee – falls es Euch um den Abtransport des Schatzes zu tun ist. Das hängt offensichtlich ganz davon ab, ob das Glück sich noch einmal wendet und wir Smaug loswerden können. Mit Drachen fertig zu werden liegt ganz und gar nicht in meiner Linie. Aber ich will mein Bestes tun und darüber nachdenken. Persönlich, das muß ich sagen, habe ich keine Hoffnung, und ich wünschte bloß, ich wäre glücklich wieder zu Hause.«

»Das spielt im Augenblick keine Rolle. Was soll jetzt geschehen, heute?«

»Schön, wenn Ihr wirklich meinen Rat haben wollt, so meine ich, daß wir nichts anderes tun können, als da zu bleiben, wo wir sind. Am Tage können wir bestimmt ohne große Gefahr hinauskriechen und Luft schöpfen. Vielleicht brauchen wir nicht allzulang zu warten und können einen oder zwei zurück zum Lager am Fluß schicken, damit unsere Vorräte ergänzt werden. Aber in der Zwischenzeit sollte nachts jeder schön brav im Tunnel sein.

Und jetzt will ich Euch ein Angebot machen. Ich nehme meinen Ring und schleiche heute mittag hinunter. Denn wenn überhaupt, dann macht Smaug heute mittag ein Nikkerchen. Und dann werde ich ja sehen, was mit ihm los ist. Vielleicht kommt etwas dabei heraus. Jeder Wurm hat seine schwache Stelle, pflegte mein Vater zu sagen, obgleich ich glaube, daß sich dieser Spruch nicht auf persönliche Erfahrung gründete.«

Natürlich nahmen die Zwerge das Angebot sehr gern an. Lange schon war der kleine Bilbo in ihrer Hochachtung gestiegen, ja, jetzt war er der wahre Führer ihrer Unternehmung. Er hatte eigene Pläne und eigene Gedanken.

Als es Mittag wurde, war Bilbo bereit zu einer neuen Expedition hinab in den Berg. Gewiß, gern tat er es nicht, aber da er mehr oder weniger wußte, was auf ihn wartete, war es nicht mehr ganz so schlimm. Hätte er mehr von

Drachen und ihrer Verschlagenheit gewußt, so wäre er furchtsamer gewesen und hätte kaum gehofft, daß er Smaug beim Mittagsschlaf antreffen könnte.

Die Sonne schien, als er losging, aber im Gang herrschte finstere Nacht. Das Licht der fast geschlossenen Tür verblaßte rasch, als Bilbo hinunterstieg. So lautlos waren seine Bewegungen, daß ein sanfter Windhauch kaum weniger Geräusch verursachen konnte. Und deshalb war er ganz schön stolz auf sich, als er sich der unteren Tür näherte. Nur das allerschwächste Glimmen war zu sehen.

Der alte Smaug ist abgekämpft und eingeschlafen, dachte er. Er kann mich nicht sehen, und gehört dürfte er mich auch nicht haben. Nur Mut, Bilbo! Aber entweder hatte er vergessen, oder er hatte nie davon gehört, daß Drachen eine vorzügliche Witterung besitzen. Auch ist es seltsam, aber sie können im Schlaf ein halbes Auge zur Wache offenhalten, falls sie Verdacht hegen.

Smaug sah jedenfalls fest eingeschlafen aus, nahezu tot und dunkel. Kaum einen Schnaufer, der mehr war als ein Hauch unsichtbaren Dampfes, gab er von sich, als Bilbo abermals durch den Eingang spähte. Der Hobbit wollte gerade in die Halle treten, als er plötzlich einen dünnen, durchdringend roten Strahl unter dem hängenden Lid von Smaugs linkem Auge gewahrte. Smaug tat nur so, als ob er schliefe! Er bewachte den Tunneleingang! Hastig flüchtete Bilbo zurück und pries seinen Ring.

Dann sprach Smaug: »Dieb! Ich rieche dich, ich spüre deinen Luftzug. Ich höre deinen Atem. Komm! Bedien dich, hier ist genug!«

Aber so unerfahren war Bilbo nicht in der Drachenkunde, daß er diese Einladung für bare Münze hielt. Und wenn Smaug hoffte, ihn auf diese Weise zum Näherkommen zu bewegen, wurde er enttäuscht. »Nein, vielen Dank, o Smaug, du Fürchterlicher!« erwiderte er. »Ich wollte keine Geschenke von dir haben. Ich wollte dich nur anschauen und sehen, ob du wirklich so groß bist, wie die Geschichten erzählen. Ich glaubte nämlich nicht daran.«

»Glaubst du es jetzt?« fragte der Drache und war ein wenig geschmeichelt, obgleich er kein einziges Wort Bilbos für wahr hielt.

»In der Tat, Lieder und Sagen kommen überhaupt nicht an die Wirklichkeit heran, o Smaug, du größtes und schrecklichstes aller Unglücke«, erwiderte Bilbo.

»Für einen Dieb und Lügner hast du hübsche Umgangsformen«, sagte der Drache. »Mein Name scheint dir wohlvertraut zu sein. Aber ich kann mich nicht erinnern, daß ich dich zuvor schon einmal gerochen hätte. Wer bist du, und woher kommst du, wenn ich fragen darf?«

»Du darfst gern fragen! Ich komme unten vom Berg und unter den Bergen her. Und über die Berge ging es auch. Und durch die Luft. Ich bin derjenige, der unsichtbar kommt.«

»Das glaube ich gern«, sagte Smaug. »Aber das ist gewiß nicht dein gewöhnlicher Name.«

»Ich bin der Spurfinder, der Netzschlitzer, die stechende Fliege. Ich wurde wegen der Glückszahl genommen.«

»Wunderschöne Titel«, hohnlächelte der Drache. »Aber Glückszahlen treffen nicht immer.«

»Ich bin derjenige, der seine Freunde lebendig einsargt, sie ertränkt und dann doch wieder lebendig aus dem Wasser zieht. Ich kam aus dem Ende eines Beutels, aber über mich kam kein Beutel.«

»Das klingt nicht sehr glaubwürdig«, schnaufte Smaug.

»Ich bin der Freund von Bären und der Gast von Adlern. Ich bin ein Ringfinder und Glücksträger. Und ein Faßreiter bin ich auch«, fuhr Bilbo fort, denn er hatte Spaß an der Rätselei gefunden.

»Das ist schon besser«, sagte Smaug. »Aber laß deine Phantasie nicht mit dir durchgehen!«

Dies ist sicher die richtige Art, mit Drachen zu reden,

wenn man seinen eigentlichen Namen nicht verraten will (was sehr klug ist) und durch glattes Verweigern sie nicht schrecklich erzürnen möchte (was sehr unklug wäre). Kein Drache kann dem Zauber einer Rätselsprache widerstehen. Es macht ihm auch nichts aus, wenn er mit den Versuchen, sie zu lösen, Zeit vergeudet. Es gab eine Menge Nüsse für Smaug zu knacken, und Smaug verstand kein Wort (obgleich ihr wahrscheinlich mehr versteht, denn ihr kennt ja die Abenteuer, auf die Bilbo mit diesen Rätseln anspielte). Aber Smaug glaubte, er verstünde genug, und er lachte tief in sein verschlagenes Innere hinein.

Ich dachte es mir schon heute nacht, sagte er höhnisch zu sich selbst. Seemenschen, irgendein Plan dieser elenden, mit Fässern handelnden Seemenschen, oder ich will eine Eidechse sein. Ich bin seit langer, langer Zeit nicht mehr da unten gewesen. Aber das werde ich bald ändern.

»Sehr gut, o Faßreiter!« sagte er laut. »Vielleicht war Faß der Name deines Ponys. Vielleicht auch nicht, obgleich es fett genug war. Du kannst meinetwegen unsichtbar sein – aber gegangen bist du nicht den ganzen Weg. Laß dir erzählen, daß ich heute nacht sechs Ponys gefressen habe. Und die anderen werde ich auch bald fangen und fressen. Als Anerkennung für dieses vorzügliche Frühstück will ich dir zu deinem Besten einen guten Rat geben: Laß dich, soweit du es vermeiden kannst, nicht mit Zwergen ein!«

»Zwerge?« fragte Bilbo und spielte den Überraschten.

»Mach mir nichts vor!« antwortete Smaug. »Ich kenne den Geruch (und den Geschmack) von Zwergen. Nichts kenne ich besser als gerade den. Erzähl mir nicht, daß ich ein von Zwergen gerittenes Pony verspeise und es nicht merke! Du wirst ein übles Ende nehmen, wenn du dich mit solchen Freunden abgibst, Dieb Faßreiter. Mir macht es nichts aus, du kannst umkehren und es ihnen gern erzählen.« Aber er sagte Bilbo nicht, daß ihm da ein weiterer Geruch in der Nase stak, den er ganz und gar nicht herausfinden konnte, den Geruch des Hobbits nämlich. Mit dem hatte er keine Erfahrung, und das verwirrte ihn mächtig.

»Vermutlich bekamst du einen anständigen Lohn für den Pokal, letzte Nacht?« fuhr er fort. »Sag schon, stimmt es? Überhaupt nichts! Das sieht ihnen ähnlich. Und wetten, daß sie draußen herumliegen, während du die gefährliche Arbeit verrichten darfst! Du darfst für sie holen, was du ergattern kannst, wenn ich nicht aufpasse – und das für die da draußen? Und du sollst einen anständigen Anteil erhalten? Glaub es nicht. Wenn du lebend davonkommst, kannst du froh sein.«

Bilbo wurde es allmählich ungemütlich. Jedesmal, wenn Smaugs umherschweifendes Auge, das im Schatten nach ihm suchte, über ihn hinwegblitzte, zitterte er. Ein unerklärliches Verlangen ergriff ihn, herauszukommen, sich zu zeigen und Smaug die Wahrheit zu sagen. Er war in der Tat in ernster Gefahr, dem Drachenzauber zu erliegen. Aber er nahm seinen Mut abermals zusammen und sagte: »Du weißt nicht alles, o Smaug, du Mächtiger! Nicht allein das Gold brachte uns hierher.«

»Ha! Ho! Du gibst das ›uns‹ zu!« lachte Smaug. »Warum sagst du nicht gleich ›uns vierzehn‹ und gibst zu, was ich sage, Mister Glückszahl? Ich freue mich zu hören, daß ihr außer dem Gold noch andere Geschäfte hier zu erledigen habt. In diesem Fall wäre es vielleicht nützlich, hier nicht allzuviel Zeit zu verschwenden! Ich weiß nicht, ob es dir klar geworden ist? Selbst wenn du das Gold Stück um Stück stehlen könntest – was vielleicht hundert Jahre dauern würde –, dann kannst du es gewiß nicht weit schleppen. Was willst du im Gebirge damit? Was willst du im Wald damit? Donner und Blitz! Hast du niemals an die Beute gedacht? Den vierzehnten Teil, vermute ich – so oder so ähnlich, das war doch die Abmachung, nicht wahr? Aber wie steht es mit der Ablieferung, wie mit dem Transport? Wie mit bewaffneten Wachen und Zoll?« Laut lachte Smaug. Er hatte ein hinterhältiges, verschlagenes Herz. Auch wußte er, daß seine Vermutungen nicht weit von der Wirklichkeit entfernt waren. Aber er glaubte, daß die Menschen vom See mit im Spiel waren und daß der größte Teil des Raubes in jener Stadt am Ufer bleiben sollte, die in seinen jungen Tagen einmal Esgaroth geheißen hatte.

Ihr werdet es vielleicht nicht glauben wollen, aber der arme Bilbo war überrumpelt. Bisher hatte er all seine Gedanken und Kräfte darauf gerichtet, zum Berg zu kommen und den Eingang zu finden. Nie hatte er sich den Kopf darüber zerbrochen, wie man den Schatz fortbringen könnte, und gewiß nicht, wie sein eigener Anteil bis nach Beutelsend unterm Berg geschafft werden sollte.

Ein scheußlicher Verdacht wuchs in ihm auf. Hatten auch die Zwerge diesen wichtigen Punkt vergessen, oder lachten sie sich schon die ganze Zeit über ins Fäustchen? Das ist die Wirkung, die Drachenzauber auf den Unerfahrenen hat. Bilbo hätte auf der Hut sein sollen – aber Smaug war eine überwältigende Persönlichkeit.

»Ich will dir etwas verraten«, sagte Bilbo und mußte sich anstrengen, seinen Freunden treu zu bleiben und den Mut zu behalten. »Das Gold war bloß ein Hintergedanke. Wir kamen über den Berg hinweg und unter dem Berg hindurch, auf Wellen und mit dem Wind – aus Rache. Sicher, o Smaug, du unendlich Reicher, du mußt begreifen, daß dein Erfolg dir erbitterte Feinde gemacht hat!«

Jetzt mußte Smaug schrecklich lachen – ein verheerendes Lachen, das Bilbo einfach auf den Boden warf, während hoch droben im Gang die Zwerge zusammenkrochen und sich nichts anderes vorstellen konnten, als daß es mit dem Hobbit ein plötzliches und scheußliches Ende genommen hätte.

»Rache!« schnaufte er, und das Aufglühen seiner Augen erhellte die Halle vom Boden bis zur Decke mit Scharlachblitzen. »Rache! Der König unter dem Berg ist tot, und wo sind seine Nachkommen, die ihn zu rächen wagen? Girion, Fürst auf Dal, ist tot. Und wie ein Wolf unter den Schafen habe ich sein Volk gefressen. Wo sind seine Enkelsöhne, die es wagen, mir zu nahen? Ich töte, wen und wo und wann ich will, und keiner kann mir widerstehen. Ich brachte die alten Krieger um, und solche Krieger gibt es heute in der Welt nicht mehr. Und damals war ich noch jung und zart. Jetzt aber bin ich alt und stark, stark, stark, Dieb dort im Schatten!« Er glotzte zu Bilbo hinüber. »Meine Rüstung ist ein zehnfacher Schild, meine Zähne sind Schwerter, meine Klauen Speere, das Aufschlagen meines Schwanzes ist ein Donnerkeil, meine Schwingen sind Wirbelstürme, und mein Atem bringt den Tod!«

»Ich habe immer geglaubt«, sagte Bilbo mit furchtsamem Räuspern, »daß Drachen unterwärts etwas empfindlicher sind, besonders in der Gegend der, hm, Brust, sagen wir mal. Aber zweifellos, ein so gerüsteter gewaltiger Drache hat daran gedacht.«

Smaug hielt kurz in seiner Prahlerei inne. »Eure Kenntnisse sind veraltet«, schnappte er. »Unten wie oben bin ich mit Eisenschuppen und steinharten Gemmen ausgerüstet. Keine Klinge dringt jemals hindurch.«

»Ich hätte es mir denken können«, sagte Bilbo. »Wirklich, nirgendwo ist einer, der dir das Wasser reichen könnte, o Fürst Smaug, du Undurchdringlicher. Welch eine Herrlichkeit, eine Weste aus feinsten Diamanten zu besitzen!«

»Ja, in der Tat, das ist selten und wundervoll«, erwiderte Smaug, der sich ungewöhnlich geschmeichelt fühlte. Er wußte nicht, daß der Hobbit bei seinem ersten Besuch schon einen Blick auf seine eigentümliche Unterbekleidung geworfen hatte und daß es ihn aus ganz besonderen Gründen gelüstete, noch einmal genauer nachzuschauen. Der

Drache rollte sich herum. »Schau«, sagte er. »Was meinst du dazu?«

»Das ist ja toll! Wunderbar! Vollkommen und fehlerlos! Geradezu verblüffend!« rief Bilbo laut. Aber im Innern dachte er: Alter Narr! Da ist doch ein leerer Fleck an seiner linken Brust, so nackt wie eine Schnecke ohne Haus!

Nachdem er das gesehen hatte, wollte Mister Beutlin auf schnellstem Weg verschwinden. »Sehr schön«, sagte er. »Aber jetzt will ich deine Herrlichkeit nicht länger stören und dich deines vielbenötigten Schlafs nicht länger berauben. Ich glaube, daß Ponys schwer zu fangen sind, wenn sie einen großen Vorsprung haben, und mit Meisterdieben ist das ebenso!« fügte er als Abschiedsgruß hinzu, während er davonjagte und den Gang hinauffloh.

Es war eine unglückselige Bemerkung, denn der Drache spie enorme Flammen hinter ihm her. Und so schnell Bilbo auch geflüchtet sein mochte, war er doch längst nicht weit genug gerannt, als Smaug seinen gräßlichen Kopf gegen den Tunneleingang schlug. Glücklicherweise paßte der mächtige Kopf keineswegs ganz hinein. Aber die Nüstern spien Feuer und Qualmwolken hinter Bilbo her, so daß er beinahe das Bewußtsein verlor. Blind vor Schmerz und Angst stolperte er weiter. Er hatte sich schon sehr geschmeichelt gefühlt, weil er sich so klug mit Smaug unterhalten konnte, aber der Fehlgriff am Schluß brachte ihn zu Verstand.

Lach nie über Drachen, solang sie lebendig sind, Bilbo, du Narr! sagte er zu sich selbst – und das wurde später einer seiner Lieblingssprüche (heute ist es sogar ein Sprichwort). Du hast noch längst nicht dieses Abenteuer hinter dir, fügte er hinzu, und damit sollte er recht haben.

Fast war es Abend geworden, als Bilbo wieder herauskam, stolperte und auf der Türschwelle in Ohnmacht fiel. Die Zwerge brachten ihn wieder zum Bewußtsein und kümmerten sich um seine Brandblasen – so gut sie es konnten. Aber es dauerte noch lange, bis die Haare auf seinem Hinterkopf und auf seinen Fersen wieder richtig nachgewachsen waren. Sie waren versengt und bis auf die Haut hinunter gekräuselt. Seine Freunde taten ihr Bestes, um ihn wieder aufzumuntern. Sie waren begierig auf seinen Bericht, und ganz besonders interessierte es sie, warum der Drache einen solch schrecklichen Spektakel gemacht hatte und auf welche Weise Bilbo entkommen war.

Aber der Hobbit hatte Sorgen, und er fühlte sich unbehaglich. Sie hatten ihre Last damit, überhaupt etwas aus ihm herauszuholen. Nachdem er sich jetzt die Sache noch einmal überlegte, bedauerte er manches, was er zu Smaug gesagt hatte, und er war durchaus nicht darauf versessen, es zu wiederholen. Die alte Drossel saß dicht neben ihm auf einem Felsen und lauschte mit schiefem Kopf auf jedes Wort, das gesprochen wurde. Dies zeigt so richtig, welch schlechte Laune Bilbo hatte: Er nahm einen Stein und warf ihn nach der Drossel. Sie flatterte nur zur Seite und setzte sich gleich wieder.

»Zum Henker mit diesem Vogel!« rief Bilbo ärgerlich. »Ich glaube, er hört zu, und ich kann ihn einfach nicht mehr sehen!«

»Laßt ihn zufrieden!« sagte Thorin. »Drosseln sind freundlich und gutmütig. Dies ist ein sehr alter Vogel, und es kann sein, daß es der letzte Abkömmling jener uralten Rasse ist, die damals zahm in der Umgebung meines Vaters und Großvaters lebte. Es war eine langlebige und zauberische Rasse, und diese Drossel hier kann durchaus ein paar hundert Jahre alt sein. Die Leute von Dal hatten die Gabe, ihre Sprache zu verstehen. Sie benutzten die Drosseln als Boten und schickten sie zu den Menschen an den See und sonstwohin.«

»Schön, und so wird dieser Vogel bald Neuigkeiten nach Seestadt zu bringen haben, falls er darauf aus ist«, sagte

Bilbo, »obgleich ich nicht annehme, daß dort noch irgend jemand übriggeblieben ist, der sich um die Drosselsprache kümmert.«

»Aber warum, was ist denn geschehen?« riefen die Zwerge. »Nun erzählt doch endlich!«

So erzählte Bilbo schließlich alles, woran er sich erinnern konnte, und er vertraute ihnen an, daß er ein sehr unangenehmes Gefühl habe. Er meinte, der Drache habe aus seinen Rätseln über ihre Abenteuer und die Ponys viel zuviel herausgeraten. »Ich bin sicher, Smaug weiß, daß wir von Seestadt gekommen sind und Hilfe von dort erhalten haben. Und ich habe das schreckliche Gefühl, daß sein nächster Ausflug dorthin gehen wird. Ach, ich wünschte bloß, ich hätte nie etwas vom Faßreiter erzählt. In dieser Gegend würde selbst ein blindes Kaninchen gleich an die Menschen vom See denken.«

»Nun ja, wennschon! Es ist nicht mehr zu ändern, und es ist sehr schwer, der Fragerei eines Drachen auszuweichen. Das habe ich oft genug gehört«, sagte Balin, der ihn gerne trösten wollte. »Meiner Meinung nach habt Ihr Euer Bestes getan – Ihr habt etwas sehr Wichtiges herausgefunden. Außerdem seid Ihr lebendig zurückgekehrt, und das ist mehr, als die meisten von denen berichten können, die mit Smaug oder einem anderen von seiner Sippschaft gesprochen haben. Zu wissen, daß der alte Lindwurm auf seiner Diamantenweste eine nackte Stelle hat, ist ein Geschenk des Himmels.«

Dies lenkte das Gespräch in eine andere Bahn, und sie erörterten die Drachentöterei von den mannigfaltigsten historischen und mythischen Gesichtspunkten aus, sprachen aufgeregt über die verschiedenen Hiebe und Haken und Tiefschläge und die unterschiedlichsten Angriffe und Kriegslisten, mit denen die Drachentötereien vollbracht zu werden pflegten. Die allgemeine Meinung war, daß das Umbringen eines schlafenden Drachen gar nicht so leicht war, wie man annehmen sollte, und daß ein solcher Versuch viel leichter mißglücken könnte als ein kühner Frontalangriff. Während der ganzen Zeit lauschte die Drossel auf ihre Worte, bis sie schließlich, als die Sterne herauskamen, still ihre Flügel ausbreitete und davonflog. Doch während sie immer noch sprachen und die Schatten länger wurden, fühlte sich Bilbo immer unglücklicher, und seine dunklen Vorahnungen wuchsen.

Endlich unterbrach er sie. »Ich bin ganz sicher, daß wir an dieser Stelle hier völlig ungeschützt sind«, sagte er, »und ich sehe keinen Grund, warum wir hier noch sitzen. Der Drache hat das schöne frische Gras verbrannt, die Nacht ist gekommen, und es ist kalt geworden. Außerdem habe ich das deutliche Gefühl, daß dieser Platz bald wieder angegriffen wird. Smaug weiß jetzt, wie ich hinunter in seine Halle gekommen bin, und ihr könnt ihm schon zutrauen, daß er auch weiß, wo der Eingang des Stollens liegt. Wenn nötig, zerschlägt er die ganze Bergflanke zu Krümeln, um uns den Eintritt zu verwehren. Und wenn wir dabei zerschmettert werden, so wird ihm das noch lieber sein.«

»Ihr seid ein richtiger Schwarzseher, Mister Beutlin!« sagte Thorin. »Warum hat Smaug das untere Ende nicht blockiert, wenn er so sehr darauf versessen ist, uns nicht herankommen zu lassen? Nichts tat er, sonst hätten wir ihn gehört.«

»Ich weiß es nicht, ich weiß es nicht – vielleicht unterließ er es, weil er mich wieder zu sich hereinlocken wollte, vielleicht auch, weil er auf die Jagd heute nacht wartet oder weil er sein Schlafzimmer nicht demolieren möchte, wenn er es irgend verhindern kann. Aber mir wäre es lieber, wenn ihr darüber nicht strittet. Smaug kann jede Minute herausfahren, und unsere einzige Hoffnung ist, gut in den Stollen zu kommen und die Tür zu schließen.«

Es war ihm so ernst, daß die Zwerge schließlich taten,

was er sagte, obgleich sie das Schließen der Tür vorerst noch aufschoben. Es schien ihnen doch ein verzweifelter Plan zu sein, denn keiner wußte, ob oder wie man die Tür jemals von innen wieder öffnen konnte. Und der Gedanke, auf einem Platz eingesperrt zu sein, dessen einziger Weg hinaus durch das Drachenlager führte, war in keiner Weise verlockend. Auch schien alles ruhig zu bleiben, draußen sowohl als auch drunten im Stollen. Für eine Weile setzten sie sich nicht weit von der halboffenen Tür drinnen im Stollen nieder und fuhren fort in ihrem Gespräch.

Sie sprachen über die hinterhältigen Bemerkungen des Drachen über die Zwerge. Bilbo wünschte, er hätte sie nie gehört oder er könnte wenigstens beruhigt sein, daß die Zwerge es ehrlich meinten. Sie beteuerten nämlich, daß sie überhaupt noch nie daran gedacht hätten, was geschehen würde, wenn der Schatz gewonnen war. »Wir wußten, daß es ein verzweifeltes Abenteuer würde«, sagte Thorin, »und wir wissen es auch jetzt noch. Aber wenn wir den Schatz erobert haben, meine ich, wird auch Zeit genug sein, darüber nachzudenken, was zu tun ist. Und was Euren Anteil angeht, Mister Beutlin, so versichere ich Euch, daß wir mehr als dankbar sind und daß Ihr Euer Vierzehntel sogleich auswählen könnt, wenn wir etwas zum Teilen haben. Es tut mir leid, wenn Ihr Euch um den Transport sorgt, und ich gebe zu, daß die Schwierigkeiten groß sind. Die Länder, durch die wir gekommen sind, werden nicht friedlicher geworden sein. Aber wir werden tun, was wir für Euch tun können, und unseren Kostenanteil übernehmen, wenn die Zeit gekommen ist, glaubt es, oder glaubt es nicht!«

Dann wandte sich das Gespräch dem Schatz selbst und den Gegenständen zu, an die sich Thorin und Balin erinnerten. Sie hätten gern gewußt, ob sie noch alle unberührt in der Halle lagen: die Speere, die für die Heere des großen Königs Bladorthin gefertigt worden waren (er lebte schon lange nicht mehr). Jeder hatte eine dreifach geschmiedete Spitze, ihre Schäfte waren mit kunstreichen Goldarbeiten eingelegt, aber sie waren nie ausgeliefert oder bezahlt worden. Schilde, die für längst gestorbene Krieger hergestellt worden waren. Der große goldene Kelch von Thror, mit zwei Griffen, gehämmert und mit Vögeln und Blumen verziert, deren Augen und Blütenblätter aus Juwelen bestanden. Vergoldete, versilberte, undurchdringliche Kettenhemden. Der Halsschmuck von Girion, Fürst auf Dal, zusammengefügt aus 500 tiefgrünen Smaragden – Girion hatte ihn für die Ausrüstung seines ältesten Sohnes hergegeben. Ein Kettenhemd aus winzig kleinen Ringgliedern, wie es nie zuvor gemacht worden war, denn es bestand aus lauterem Silber, von der Kraft und Stärke dreifach gehärteten Stahls. Aber das Wunderbarste von allem war der große weiße Edelstein, den die Zwerge unter den Wurzeln des Berges gefunden hatten: das Herz des Berges, der Arkenjuwel von Thrain.

»Der Arkenjuwel! Der Arkenstein!« murmelte Thorin in die Finsternis, halb träumend, das Kinn auf die Knie gestützt. »Er war einer Kugel mit tausend Facetten gleich, er schimmerte wie Silber im Schein des Feuers, wie Wasser im Sonnenlicht, wie Schnee unter den Sternen, wie Regen unter dem Mond!«

Bilbo jedoch hatte sich frei gemacht von der verhexten Sehnsucht nach dem Schatz. Während ihres Gesprächs hörte er nur halb zu. Er saß der Tür am nächsten. Mit einem Ohr lauschte er, ob draußen ein Geräusch aufkommen wollte, mit dem andern hörte er über das Gemurmel der Zwerge hinweg, ob weit unten sich etwas regte.

Die Finsternis wurde tiefer und tiefer, und Bilbo wurde immer unruhiger. »Schließt die Tür!« bettelte er. »Ich fürchte diesen Drachen bis ins Mark. Die Stille gefällt mir viel weniger als der Aufruhr in der letzten Nacht. Schließt die Tür, ehe es zu spät ist!«

Etwas in seiner Stimme machte den Zwergen die Geschichte ungemütlich. Thorin schob zögernd seine Träume beiseite, stand auf und trat den Stein fort, der die Tür festhielt. Dann legten sie sich gegen die Tür, und mit einem Schnappen und einem leisen Klingen fiel sie ins Schloß. Keine Spur von einem Schlüsselloch war auf der Innenseite übriggeblieben. Sie waren im Berg eingeschlossen!

Und nicht einen Augenblick zu früh. Kaum waren sie ein Stück in den Tunnel hinabgegangen, als die Bergflanke wie vom Aufkrachen eines Rammbockes getroffen wurde, als hätten Riesen einen Mauerbrecher aus gewaltigen Eichenstämmen dagegengeschleudert. Der Fels dröhnte, die Wände krachten, Steine fielen von der Decke ihnen auf den Kopf. Was bei offener Tür geschehen wäre, möchte ich nicht ausdenken. Sie flohen tiefer in den Tunnel, froh, daß sie noch lebendig waren. Von draußen drang das Gebrüll und Gerumpel des wütenden Smaug herein. Er zerbrach die Felsen zu Splitt, zerschmetterte Wände und Klippen mit den Schlägen seines gewaltigen Schwanzes, bis ihr kleiner, luftiger Lagerplatz, das verbrannte Gras, der Drosselstein, die von Schnecken bedeckten Wände, der schmale Sims und alles andere zu einem Trümmerwirrwarr zerschmettert waren und eine Lawine zersplitterten Gesteins über die Klippe hinab ins Tal stürzte.

In aller Stille hatte Smaug sein Lager verlassen, lautlos war er in die Luft aufgeflogen. Und dann schwebte er langsam und schwer durch die Dunkelheit, wie eine riesige Krähe, hinab mit dem Wind zum Westhang des Berges. Er hoffte, unerwartet irgend etwas oder irgendwen dort fangen und den Tunneleingang erspähen zu können, den der Dieb benutzt hatte. Als er aber niemand und nichts fand, selbst dort nicht, wo der Eingang sein mußte, da entbrannte er in Zorn.

Nachdem er seine Wut ausgelassen hatte, fühlte er sich wohler, und in seinem Herzen dachte er, daß er von dieser

Seite her nie wieder würde gestört werden. Indessen hatte er noch eine andere Rechnung zu begleichen. »Faßreiter!« schnaufte er. »Euer Faß kam von der Wasserseite her, Ihr kamt zweifellos den Strom herauf. Euer Geruch ist mir rätselhaft, aber wenn Ihr schon nicht einer von diesen Menschen am See seid, so hattet Ihr doch ihre Hilfe. Jetzt werde ich ihnen ins Gedächtnis rufen, wer der wahre König unter dem Berg ist!«

Er erhob sich in einer Wolke von Feuer und flog hinweg, südwärts, zum Eiligen Wasser.

Nicht zu Hause

Unterdessen saßen die Zwerge in der Finsternis. Tiefe Stille lastete auf ihnen. Sie aßen wenig und sprachen wenig. Sie konnten die Zeit nicht messen und wagten kaum, sich zu rühren, denn das Gewisper ihrer Stimmen klang rumorend im Tunnel wider. Schliefen sie ein, so wachten sie wieder zu Finsternis und lautloser Stille auf. Nach unzähligen Tagen des Wartens (so schien es ihnen), als sie fast erstickt und betäubt vom Luftmangel waren, konnten sie es nicht länger ertragen. Selbst der Krach des zurückkehrenden Drachen wäre ihnen willkommen gewesen. Sie fürchteten, daß hinter dieser Stille eine seiner verschlagenen Teufeleien steckte. Aber sie konnten nicht auf ewig hier sitzen bleiben.

»Wir wollen versuchen«, sagte Thorin, »ob die Tür zu öffnen ist. Ich muß Wind auf meinem Gesicht spüren, sonst sterbe ich. Lieber von Smaug im Freien zerschmettert werden, als hier drinnen jämmerlich ersticken!« Einige Zwerge standen auf und krochen dorthin zurück, wo die Tür einmal gewesen war. Aber sie fanden, daß das obere Ende des Stollens zerstört und von herabgebrochenem Fels versperrt war. Weder Schlüssel noch Zauber, die diese Tür einmal bewegt hatten, würden sie je wieder öffnen.

»Wir sitzen in der Falle«, stöhnten sie. »Dies ist das Ende. Hier werden wir sterben.«

Aber gerade jetzt, da die Zwerge am verzweifeltsten waren, fühlte Bilbo eine seltsame Erleichterung in seinem Herzen, als ob ein schwerer Alpdruck von ihm gewichen sei. »Kommt!« sagte er. »Solange noch Leben ist, ist auch Hoffnung, wie mein Vater zu sagen pflegte. Und aller guten Dinge sind drei. Ich gehe noch einmal in den Stollen hinunter. Zweimal war ich dort, als ich wußte, daß ein Drache am anderen Ende lauerte. Und jetzt wird der dritte Versuch gewagt, da vermutlich keiner dort unten ist. Jedenfalls: Der einzige Weg hinaus führt hinunter. Und diesmal, meine ich, wäre es am besten für euch, wenn ihr alle mich begleiten würdet.«

In ihrer Verzweiflung stimmten sie zu, und Thorin war der erste, der an Bilbos Seite hinabging.

»Seid bitte wirklich vorsichtig«, wisperte der Hobbit, »und so still, wie ihr nur sein könnt! Kann sein, daß kein Smaug dort unten liegt, aber es kann auch sein, daß er doch dort liegt. Wir wollen keine überflüssigen Gefahren eingehen!«

Tief, tief hinab schlichen sie. Natürlich konnten sich die Zwerge, was Lautlosigkeit angeht, nicht mit dem Hobbit vergleichen. Sie schnauften und scharrten, und der Widerhall vervielfältigte die Geräusche auf schreckliche Weise. Aber wenn Bilbo dann und wann aus Furcht stehenblieb und lauschte – nichts rührte sich dort unten. Kurz vor dem Stollenende – so gut er das abschätzen konnte – streifte Bilbo den Ring an seinen Finger und ging voraus. Aber es war gar nicht nötig: Die Finsternis war vollkommen. Alle waren unsichtbar, mit Ring oder ohne Ring. Die Finsternis war in der Tat so schwarz, daß, als der Hobbit unerwartet den Stollenausgang erreichte, er mit den Händen in die Luft griff, vorwärts stolperte und längelang hinab in die Halle rollte!

Da lag er nun mit dem Gesicht auf dem Boden und wagte nicht, aufzustehen oder auch nur zu atmen. Aber nichts rührte sich. Kein Lichtschimmer war zu sehen. Und doch schien ihm, als er schließlich den Kopf hob, als ob dort etwas Bleiches und Weißes schimmerte, über ihm, weit fort in der Dunkelheit. Sicherlich war es kein Drachenfeuer, obgleich der Gestank des Lindwurms noch schwer in der Halle stand und Bilbo den Drachendunst auf der Zunge schmeckte.

Schließlich konnte es Mister Beutlin nicht länger ertragen. »Verdammter Smaug, elender Wurm!« quietschte er laut. »Hört auf, Verstecken zu spielen! Gebt mir Licht, und dann freßt mich, wenn Ihr mich fangen könnt!«

Schwach lief das Echo durch die unsichtbare Halle. Aber eine Antwort erhielt Bilbo nicht. Er stand auf und wußte nicht, in welche Richtung er gehen sollte.

»Jetzt möchte ich aber doch wissen, was in aller Welt Smaug treibt«, sagte er. »Ich glaube, Smaug ist heute nicht zu Hause (heute morgen, heute nacht, oder was für eine Tageszeit es immer ist). Wenn Oin und Gloin ihre Zunderbüchsen nicht verloren haben, könnten wir vielleicht ein bißchen Licht machen und uns umschauen, ehe sich das Glück wendet. Licht!« schrie er. »Kann jemand Licht machen?«

Die Zwerge hatten sich natürlich furchtbar erschrocken, als Bilbo mit einem Bums über die Stufe hinab in die Halle gefallen war, und sie saßen eng aneinandergedrückt am selben Fleck, wo er sie verlassen hatte.

»Pst, pst!« zischten sie, als sie seine Stimme hörten. Und obgleich ihm dies half, festzustellen, wo sie waren, blieb es das einzige, was er aus ihnen herausbringen konnte. Aber schließlich, als er auf den Boden stampfte und wütend mit seiner schrillen Stimme »Licht!« schrie, gab Thorin nach. Oin und Gloin wurden zurück zum Gepäck an den Anfang des Stollens geschickt.

Nach einer Weile zeigte ein flackernder Schein ihre Rückkehr an. Oin hatte einen kleinen Kienspan in der Hand, und Gloin trug ein ganzes Bündel unter dem Arm. Rasch trottete Bilbo zur Schwelle zurück und nahm die Fackel in Empfang. Doch konnte er die Zwerge nicht dazu überreden, auch die anderen Kienspäne anzuzünden oder zu ihm herunterzukommen. Wie Thorin vorsichtig auseinandersetzte, war Mister Beutlin offiziell noch immer ihr Meisterdieb und Kundschafter. Wenn er es für richtig hielt, ein Licht zu riskieren, so war das seine Sache. Sie würden droben im Stollen auf seinen Bericht warten.

Die Zwerge sahen, wie der kleine, dunkle Umriß des Hobbits, der sein spärliches Licht hoch über sich hielt, in die Halle ging. Dann und wann, als er noch nahe genug war, konnten sie einen Schimmer erhaschen oder ein leises Klingen erlauschen, wenn er über irgend etwas Goldenes stolperte. Das Licht wurde immer kleiner, während er tiefer in die riesige Halle wanderte. Dann begann es aufzusteigen und in der Luft zu tanzen. Bilbo war dabei, den großen Schatzberg zu erklimmen. Bald stand er auf der Spitze, und noch immer ging er weiter. Jetzt sahen die Zwerge, wie er anhielt und sich kurz niederbeugte – aber den Grund kannten sie nicht.

Es war der Arkenjuwel, das Herz des Berges, Bilbo erriet es aus Thorins Beschreibung. Wirklich, zwei solche Edelsteine konnte es nicht geben, selbst in einem so wunderbaren Schatz nicht, nicht in der ganzen Welt. Die ganze Zeit schon hatte dieser weiße Schein vor Bilbo geleuchtet und seine Schritte zu sich hingelenkt. Langsam wurde er zu einer kleinen, bleich leuchtenden Kugel. Und jetzt, da er näher kam, brach sich das schwankende Licht seiner Fackel in dieser Kugel, die in mannigfaltigen Farben aufblitzend funkelte. Endlich blickte Bilbo auf sie hinab, und es verschlug ihm den Atem: Vor seinen Füßen leuchtete der große Edelstein im eigenen inneren Licht. Und doch nahm der Juwel, der von den Zwergen vor langer, langer Zeit aus dem Herzen des Berges ausgegraben, geschnitten und geschliffen worden war, jeden Strahl auf, der auf ihn fiel, und verwandelte ihn in zehntausend Funken weißen Glanzes, durchsetzt mit regenbogenfarbigem Glitzern.

Plötzlich streckte Bilbo, von seinem Zauber angezogen, den Arm nach ihm aus. Seine kleine Hand konnte ihn nicht umschließen. Es war ein großer und schwerer Juwel. Aber er hob ihn auf, schloß die Augen und versenkte ihn in seine tiefste Tasche.

Nun bin ich in der Tat ein Dieb, dachte er. Zwar, irgendwann muß ich es den Zwergen einmal erzählen – aber das hat ja Zeit. Sie haben doch selbst gesagt, daß ich mir meinen Anteil heraussuchen sollte. Nun, wenn ich die Wahl hätte, würde ich dies hier nehmen und ihnen den ganzen Rest überlassen! Dennoch hatte er das unangenehme Gefühl, daß sich das Heraussuchen durchaus nicht auch auf diesen wunderbaren Juwel erstrecken sollte und daß er damit noch Ärger haben würde.

Bilbo ging weiter. Er stieg die andere Seite des großen Schatzberges hinab, und der Schimmer seiner Fackel verschwand aus dem Gesichtskreis der wartenden Zwerge. Aber bald sahen sie ihn weit in der Ferne wieder. Bilbo wanderte zur anderen Seite der Halle hinüber.

Er ging, bis er zu den großen Toren auf der anderen Seite kam, und dort erfrischte ihn ein Luftzug, der jedoch um ein Haar sein Licht ausgeblasen hätte. Zaghaft spähte er durch die Tore und erblickte große Gänge und den undeutlichen Anfang breiter Treppen, die hinauf in die Finsternis führten. Und noch immer hatte er nichts von Smaug gesehen oder gehört. Gerade wollte er umkehren, als ein schwarzer Schatten auf ihn herabschoß und sein Gesicht streifte. Bilbo schrie auf und fuhr zurück, strauchelte und schlug hin. Die Fackel fiel ihm aus der Hand und erlosch.

Bloß eine Fledermaus, hoffe und vermute ich! dachte er jämmerlich. Aber was mache ich jetzt? Wo ist Osten, Süden, Norden und Westen?

»Thorin! Balin! Oin, Gloin, Fili, Kili!« schrie er, so laut er nur konnte – in der weiten, dichten Schwärze war es nur ein schwaches kleines Geräusch. »Hilfe, das Licht ist ausgegangen! Einer soll herkommen und mir helfen!« Zur Zeit hatte ihn all sein Mut verlassen.

Schwach in der Ferne hörten die Zwerge seine Schreie. Das einzige Wort, das sie verstanden, war »Hilfe!«

»Was im Himmel, auf der Erde oder unter ihr ist passiert?« sagte Thorin. »Um den Drachen kann es kaum gehen, sonst würde er jetzt nicht weiterschreien.«

Sie warteten einen Augenblick oder zwei, und noch immer konnte man kein Drachenrumoren hören. Nichts, kein Geräusch, nur Bilbos ferne Stimme. »Kommt, einer von euch, holt ein anderes Licht!« befahl Thorin. »Es scheint, wir müssen unserem Meisterdieb helfen.«

»Ja, jetzt ist die Reihe an uns«, sagte Balin, »und ich bin gern bereit zu gehen. Außerdem ist im Augenblick sicher keine Gefahr zu befürchten.«

Gloin entzündete einige Fackeln, und dann krochen sie alle hinaus, einer nach dem andern, und eilten, so schnell es ging, an der Wand der Halle entlang. Es dauerte auch nicht lange, bis sie Bilbo trafen, der ihnen entgegenkam. Seine Lebensgeister waren wieder erwacht, sobald er das Blinken ihrer Lichter entdeckt hatte.

»Bloß eine Fledermaus und eine verlöschte Fackel, nichts von Belang!« antwortete er auf ihre Fragen. Obgleich sie doch sehr erleichtert waren, hätten sie ihn am liebsten ausgeschimpft, weil er sie wegen einer Nichtigkeit in Schrecken versetzt hatte. Aber was sie erst gesagt hätten, wenn er ihnen in diesem Augenblick vom Arkenjuwel berichtet hätte, das weiß der liebe Himmel. Die flüchtigen Blicke, die sie auf den Schatz werfen konnten, hatten das Feuer in ihren Zwergenherzen neu entfacht. Und wenn das Herz eines Zwerges, selbst des ehrwürdigsten und ordentlichsten, durch Gold und Edelsteine einmal entflammt ist, so wird es kühn und kann sogar grimmig werden.

Man brauchte die Zwerge nicht länger zu drängen. Da sie die Chance einmal hatten, brannten sie richtig darauf, die Halle auszukundschaften. Und für den Augenblick waren sie bereit, zu glauben, daß Smaug nicht zu Hause war. Jeder nahm eine brennende Fackel, und dann irrten ihre erstaunten Blicke erst nach der einen Seite und dann nach der anderen. Sie vergaßen ihre Angst, vergaßen jegliche Vorsicht. Laut sprachen sie, riefen einander zu, hoben die alten Schätze aus dem großen Durcheinander auf oder hingen sie von der Wand ab, hielten sie ins Licht und streichelten sie zärtlich.

Fili und Kili waren besonders guter Laune, denn sie fanden noch zahlreiche goldene Harfen, die mit Silbersaiten bespannt waren. Sie nahmen sie von der Wand und spielten darauf. Und da es Zauberharfen waren (und von dem Drachen, der für Musik nur ein sehr geringes Interesse hatte, nicht berührt worden waren), waren sie noch immer richtig gestimmt. Eine wunderbare Melodie, die hier schon lange nicht mehr erklungen war, erfüllte die dunkle Halle. Aber die meisten Zwerge waren praktischer veranlagt: Sie sammelten Edelsteine, stopften sie in ihre Taschen, und was sie nicht tragen konnten, ließen sie mit einem Seufzer wieder aus der Hand fallen. Thorin war dabei nicht der letzte. Aber unentwegt suchte er an allen Enden etwas, das er nicht finden konnte. Es war der Arkenjuwel; doch vorerst sprach er zu niemandem darüber.

Die Zwerge nahmen jetzt Panzer und Waffen von den

Wänden und rüsteten sich. Thorin sah königlich aus in seinem vergoldeten Kettenhemd. Im Gürtel, der mit scharlachfarbenen Edelsteinen besetzt war, trug er eine Axt mit silbernem Stiel.

»Mister Beutlin«, rief er, »hier ist die erste Rate Eurer Belohnung. Werft Euren alten Rock fort und zieht diesen hier an!«

Damit legte er Bilbo ein kleines Kettenhemd an, das vor langer Zeit für einen jungen Elbenprinzen angefertigt worden war. Es bestand aus Silberstahl, den die Zwerge Mithril nannten. Dazu gehörte ein Gürtel, der mit Perlen und Kristallen bestickt war. Ein leichter Lederhelm, verstärkt durch Stahlreifen, reich geprägt und am Rand mit weißen Edelsteinen besetzt, wurde dem Hobbit auf den Kopf gestülpt.

Ich fühle mich großartig, dachte Bilbo. Aber komisch sieht es bestimmt aus. Wie würden sie zu Hause über mich lachen! Trotzdem, es wäre schön, wenn ich jetzt einen Spiegel zur Hand hätte.

Wie dem auch sei, Mister Beutlin behielt einen klaren Kopf und ließ sich nicht wie die Zwerge vom Gold verzaubern. Lange ehe seine Gefährten aufhörten, die Schätze zu untersuchen, war er es leid geworden. Er setzte sich auf den Boden, unruhig, was diese Herumwühlerei für ein Ende nehmen sollte. Für einen kühlen Trunk aus Beorns hölzernen Humpen würde ich ein gut Teil dieser kostbaren Kelche hingeben! dachte er.

»Thorin!« rief Bilbo laut. »Was jetzt? Wir sind zwar bewaffnet, was vermag aber eine Rüstung gegen Smaug, den Schrecklichen? Dieser Schatz ist noch lange nicht zurückgewonnen. Wir sollten uns jetzt nicht um den Schatz kümmern, sondern um einen Fluchtweg. Wir haben unser Glück schon zu lange auf die Probe gestellt!«

»Ihr sprecht die Wahrheit!« antwortete Thorin und kam wieder zu Verstand. »Wir wollen gehen! Ich werde Euch führen. Nicht in tausend Jahren werde ich die Wege in diesem Palast vergessen.« Dann rief er die anderen. Sie sammelten sich, und während sie ihre Fackeln hoch über den Kopf hielten, durchschritten sie die offenen Tore. Aber sie schauten noch oft genug mit sehnsüchtigen Blicken zurück.

Ihre glitzernden Rüstungen hatten sie mit ihren alten Mänteln bedeckt, ihre bunten Helme mit den zerlumpten Kapuzen. So folgten sie Thorin, eine Kette von kleinen Lichtern in der Finsternis, hielten oft vor Furcht an und lauschten, ob nicht ein Geräusch die Rückkehr des Drachen anzeigte.

Obgleich aller Wandschmuck längst vermodert und zerstört war, besudelt und durch das Kommen und Gehen des Untiers verbrannt, kannte Thorin doch jeden Durchgang und jede Wegkehre. Sie stiegen lange Treppen hinauf, wandten sich und gingen weite, widerhallende Gänge hinab, wandten sich wieder und erstiegen andere Treppen und immer neue Treppen. Sie waren glatt und sauber in den Fels gehauen, breit und angenehm zu gehen. Immer höher hinauf stiegen die Zwerge und stießen auf kein Zeichen von Lebendigem – ausgenommen flüchtige Schatten, die beim Nahen ihrer im Luftzug flackernden Fackeln davonschwirrten.

Allerdings waren die Treppenstufen nicht für Hobbitbeine gemacht, und Bilbo fühlte schon, daß er bald nicht mehr weiterkonnte – da hob sich die Decke, und es öffnete sich ein Gewölbe, das der Lichtschein der Fackeln nicht mehr erreichte. Man konnte einen weißen Schimmer entdecken, der durch eine Öffnung hoch droben hereindrang; die Luft schien frischer. Vor ihnen zeigte sich hinter großen Toren, die halb verbrannt waren und schief in den Angeln hingen, ein schwaches Licht.

»Dies ist Thrors große Halle«, sagte Thorin, »die Fest- und Ratshalle. Jetzt ist das Haupttor nicht mehr weit.«

Sie durchschritten den verwüsteten Raum. Verrottete Tische, Stühle und Bänke lagen umgestülpt, verkohlt und verfault da. Schädel und Gebeine vermoderten zwischen Weinkrügen, Humpen, zerbrochenen Trinkhörnern und Staub. Als sie am anderen Ende einige weitere Türen durchschritten hatten, drang das Geräusch fließenden Wassers an ihre Ohren, und das graue Licht wurde plötzlich heller.

»Der Ursprung des Eiligen Wassers«, sagte Thorin, »von hier aus läuft es zum Haupttor. Folgen wir ihm!«

Aus der dunklen Öffnung einer Felswand sprang sprudelndes Wasser und strömte in Strudeln durch einen engen Kanal, der in alten Tagen durch kenntnisreiche Hände gerade und tief in den Stein gehauen worden war. Neben ihm lief ein gepflasterter Weg, der so breit war, daß mehrere Leute nebeneinander auf ihm gehen konnten. Diesen Weg eilten sie entlang, folgten einer großen Kurve, und plötzlich sahen sie weitflutendes Tageslicht vor sich. Ein hoher Rundbogen erhob sich, an dem noch Überreste alten Schnitzwerks zu erkennen waren, so verwittert, zersplittert und geschwärzt es auch sein mochte. Matte Sonne schimmerte draußen über den ausgreifenden Flanken des Berges, goldene Strahlen fielen auf das Pflaster der Torschwelle.

Über ihnen flatterte ein Schwarm Fledermäuse, den die rauchenden Fackeln aufgeschreckt hatten. Als sie hinausliefen, glitten ihre Füße auf den Steinen aus, die durch das Ein- und Ausfliegen des Drachen glatt und glitschig geworden waren. Vor ihnen stürzte mit mächtigem Rauschen das Wasser zu Tal. Sie warfen ihre blassen Fackeln auf den Boden und starrten mit geblendeten Augen ins Licht. Das Haupttor war erreicht. Draußen, vor ihnen, lag Dal.

»Erstaunlich«, sagte Bilbo. »Nie hätte ich es für möglich gehalten, daß ich einmal meine Nase aus diesem Ausgang stecken könnte. Und nie hätte ich geglaubt, daß es so herrlich sein würde, die Sonne wiederzusehen und den Wind im Gesicht zu spüren. Aber – dieser Wind ist kalt!«

Und so war es in der Tat. Eine schneidend scharfe Brise wehte aus Ost, eine stumme Drohung des nahenden Winters. Der Wind wirbelte über und um die Bergflanken herum ins Tal hinab und seufzte zwischen den Felsen. Nach den langen Tagen und Nächten in der Treibhauswärme der vom Drachen heimgesuchten Höhle zitterten sie nun in der Sonne.

Plötzlich merkte Bilbo, daß er nicht nur müde, sondern auch außerordentlich hungrig war. »Es scheint«, sagte er, »der Morgen geht vorüber, und es dürfte längst Frühstückszeit sein – wenn überhaupt von einem Frühstück die Rede sein kann. Aber ich glaube nicht, daß Smaugs Torschwelle der sicherste Platz für eine geruhsame Mahlzeit ist. Bitte, gehen wir irgendwohin, wo wir für ein Weilchen ruhig sitzen können.«

»Sehr richtig!« entgegnete Balin. »Und ich denke, ich weiß auch den Weg, den wir nehmen sollten. Der alte Ausguckposten auf der südwestlichen Seite des Berges wäre der richtige Platz für uns.«

»Wie weit ist das?« fragte der Hobbit.

»Fünf Stunden Weg, nehme ich an. Es wird sich schwer gehen. Der Pfad vom Haupttor am linken Ufer entlang scheint aufgebrochen zu sein wie ein Sturzacker. Doch schaut her! Von der zerstörten Stadt wendet sich der Fluß plötzlich nach Osten. An diesem Punkt gab es einmal eine Brücke hinüber zu den sehr steilen Felsstufen, die hinauf aufs rechte Ufer führten und weiter zu dem Weg nach dem Rabenberg. Dort gibt es (oder gab es) einen kleinen Pfad, der von diesem Weg abzweigt und sich zum Ausguck hinaufwindet. Eine harte Kletterei, selbst wenn die alten Stufen noch da sind.«

»Du lieber Himmel!« stöhnte der Hobbit. »Noch mehr klettern und noch mehr laufen und alles ohne Frühstück.

Ich möchte bloß wissen, wieviel Frühstücke und andere Mahlzeiten wir in diesem finsteren, uhren- und zeitlosen Loch übergangen haben!«

Genau gesagt, waren zwei Nächte und ein Tag verstrichen, seit der Drache die verwunschene Tür zerschmettert hatte. Aber Bilbo hatte die Zeitrechnung ganz und gar verloren. Ob es nun eine Nacht oder eine ganze Woche Nacht gewesen war – für Bilbo blieb es das gleiche.

»Kommt«, sagte Thorin und lachte. Seine Lebensgeister waren wieder erwacht, und er klimperte vergnügt mit den Juwelen in der Tasche. »Nennt meinen Palast nicht ein finsteres Loch! Wartet bloß, bis er gereinigt ist und neu geschmückt!«

»Das wird gewiß nicht vor Smaugs Tod sein«, sagte Bilbo düster. »Inzwischen – wo mag er stecken? Ich gäbe ein gutes Frühstück dafür, wenn ich es wüßte. Hoffentlich hockt er nicht oben auf dem Gipfel und glotzt auf uns herunter!«

Dieser Gedanke störte die Zwerge sehr, und sie sahen schnell ein, daß Bilbo und Balin recht hatten.

»Wir müssen weg von hier«, sagte Dori. »Mir kommt es vor, als bohrten sich Smaugs Blicke in meinen Rücken.«

»Ein kalter, einsamer Platz«, bemerkte Bombur. »Zu trinken gibt es vielleicht etwas, aber zu essen keine Spur. Eine solche Gegend macht auch einen Drachen hungrig.«

»Kommt, los!« riefen die andern. »Wir wollen Balins Pfad nehmen!«

So stolperten sie zwischen den Blöcken am linken Flußufer weiter – rechter Hand war die Felsmauer pfadlos –, und die Leere und Verwüstung ernüchterten sogar Thorin wieder. Die Brücke, von der Balin gesprochen hatte, fanden sie längst verfallen, und die meisten Brückensteine lagen als glattgeschliffene Blöcke im seichten, brausenden Fluß. Aber ohne große Schwierigkeit konnten sie das Wasser durchwaten. Sie fanden die alten Felsstufen und erkletterten das hohe jenseitige Ufer. Nachdem sie ein kurzes Stück gegangen waren, stießen sie auf den alten Weg und erreichten bald einen tiefen, von Felsen geschützten Einschnitt. Da rasteten sie und hatten endlich ihr Frühstück – so gut das ging, hauptsächlich Cram und Wasser. (Wenn ihr nicht wißt, was Cram ist, so kann ich nur sagen, daß ich das Rezept zwar ebenfalls nicht kenne, aber es ist etwas Zwiebackähnliches. Es hält sich unendlich lange frisch, schmeckt nach nichts, soll sehr kräftigend sein, ist aber gewiß nichts Aufregendes. Im Gegenteil, es ist eigentlich zu nichts anderem nütze als zur Übung der Kauwerkzeuge. Die Menschen vom See stellten es für lange Reisen her.)

Danach ging es weiter. Der Weg wandte sich westwärts, verließ den Fluß, und die breite Schulter des nach Süden weisenden Bergvorsprungs rückte immer näher. Endlich erreichten sie den Bergpfad. Er kletterte steil aufwärts. Einer kraxelte langsam hinter dem andern, bis sie schließlich am späten Nachmittag den Grat erreichten und die winterliche Sonne im Westen untergehen sahen.

Sie entdeckten eine flache Stelle, offen nach drei Seiten. Aber im Norden wurde sie durch eine Felsmauer geschützt, in der sich eine türähnliche Öffnung befand. Von dieser Tür aus hatte man einen weiten Rundblick nach Osten, Süden und Westen.

»Hier«, sagte Balin, »hielten sich in alten Tagen unsre Wachposten auf. Die Tür dort hinten führt in eine aus dem Felsen gehauene kleine Halle, die als Wachraum diente. Es gab mehrere solche Plätze rund um den Berg. Aber in jenen Tagen des Glücks schien Wachsamkeit verlorene Mühe zu sein. Die Posten wurden bequem. Sonst wären wir vielleicht früher vor dem Drachen gewarnt worden, und alles wäre anders gelaufen. Immerhin, hier sind wir für eine Weile in guter Deckung; wir sehen viel und werden selbst nicht gesehen.«

»Das nutzt nichts, wenn man beobachtet hat, wie wir hergekommen sind«, bemerkte Dori, der immer hinauf zum Berggipfel schielte, als ob er Smaug dort oben wie einen Hahn auf der Kirchturmspitze vermutete.

»Wir müssen unser Glück versuchen«, entgegnete Thorin. »Heute können wir sowieso nicht weiter.«

»Hört! Hört!« schrie Bilbo und warf sich auf den Boden.

In der Wachhalle gab es Platz für hundert. Dahinter lag noch eine andere, kleinere Kammer (weiter fort von der kalten Außenseite). Sie war völlig verlassen. Selbst wilde Tiere hatten sie, seit Smaug gekommen war, nicht mehr benutzt. Hier setzten sie ihr Gepäck ab. Einige warfen sich hin und schliefen sogleich ein, aber die andern kauerten sich in der Nähe der Außentür nieder und berieten ihre Pläne. In all ihren Gesprächen kamen sie jedoch immer wieder auf die eine Frage zurück: Wo war Smaug? Sie schauten nach Westen, und dort war kein Zeichen von ihm zu entdecken; im Osten keines, im Süden keines – aber im Süden sammelte sich eine große Schar Vögel. Die Zwerge starrten auf sie hin und wunderten sich. Aber als die ersten kalten Sterne heraufzogen, hatten sie den Grund für diese Versammlung noch immer nicht verstanden.

Feuer und Wasser

Wenn ihr, wie die Zwerge, etwas über Smaug erfahren wollt, so müssen wir zu jenem Abend zurückkehren, als er die Tür zerschmetterte und in rasender Wut davonflog.

Die meisten Menschen der Seestadt Esgaroth waren in ihren Häusern, denn der Wind wehte kalt aus Osten, und sie froren. Aber einige wenige gingen über die Kais und beobachteten, wie sie es gern taten, auf den glatten Flächen des Sees das Licht der Sterne, wenn sie am Himmel aufleuchteten. Von der Stadt aus verdeckte die Silhouette jener niedrigen Vorberge am anderen Ende des Sees, durch die das Eilige Wasser sich von Norden her einen Weg bahnte, nahezu den ganzen Einsamen Berg. Nur den hohen Gipfel konnte man bei klarem Wetter erkennen. Selten nur schauten die Menschen dorthin, denn dieser Gipfel war selbst im Morgenlicht ein unheimlicher Anblick. Nun aber war er in der Finsternis der Nacht gänzlich verschwunden.

Plötzlich leuchtete der Gipfel dennoch auf. Ein flüchtiges Glühen überzog ihn und erlosch wieder.

»Schaut!« sagte einer. »Schaut die Lichter dort wieder! Vergangene Nacht, behaupteten die Wächter, waren sie ebenfalls von Mitternacht bis zur Frühdämmerung zu sehen. Irgend etwas geht dort vor.«

»Vielleicht schmiedet der König unter dem Berg sein Gold«, bemerkte ein anderer. »Lang her, daß er nach Norden zog. Es wird Zeit, daß die alten Lieder wahr werden.«

»Von welchem König redet ihr?« fragte ein dritter mit grimmiger Stimme. »Viel wahrscheinlicher ist, daß das verheerende Feuer vom Drachen stammt, vom einzigen König unterm Berg, den wir je gekannt haben.«

»Geht, Ihr prophezeit immer nur schwarzes Unglück!« erwiderten die anderen. »Alles mögliche, von Überschwemmungen angefangen bis zu vergifteten Fischen. Denkt Euch einmal etwas Hübscheres aus.«

Da leuchtete plötzlich in den Vorbergen ein helles Licht auf, und das Nordende des Sees begann wie schieres Gold zu glühen. »Der König unter dem Berg!« schrien sie. »Sein Kronschatz schimmert sonnengleich, sein Gold trägt jeder Fluß ins Reich. Das Eilige Wasser, seht nur, trägt lauteres Gold aus dem Berg!« riefen sie. Überall öffneten sich Fenster. Eilige Füße rannten über Treppen und durch Gänge.

Ein gewaltiger Begeisterungssturm erhob sich. Aber der

Mann mit der grimmigen Stimme rannte zum Meister. »Der Drache kommt«, schrie er, »oder ich will ein Narr sein! Reißt die Brücke ab! Zu den Waffen, zu den Waffen!«

Plötzlich erklangen warnende Trompeten. Lang hallte das Echo von den Felsküsten zurück. Die Hochrufe brachen ab, die Freude verwandelte sich in Schrecken. Und so geschah es, daß der Drache die Menschen nicht ganz unvorbereitet traf.

Seine Fluggeschwindigkeit war nicht gering, und es dauerte nicht lange, bis sie ihn wie einen Feuerfunken herankommen sahen. Immer gewaltiger, blendend heller wurde der Drache, und die klugen Leute sahen nun ein, daß die Prophezeiungen sich leider ins Gegenteil verkehrten. Noch blieb ihnen ein wenig Zeit. Jedes Gefäß in der Stadt wurde mit Wasser gefüllt. Jeder Krieger war in Waffen, jeder Bolzen und jeder Pfeil lag griffbereit. Die Brücke zum Ufer wurde abgerissen und zerstört, ehe das schreckliche Getöse des nahenden Drachen lauter wurde und der See sich unter dem schaurigen Flügelschlag feuerrot kräuselte.

Mitten in das Geschrei und Jammern brach der Drache über sie herein. Er schwang sich zur Brücke herab – und sah sich überlistet. Die Brücke war verschwunden, und seine Feinde saßen drüben auf einer Insel im tiefen Wasser – zu tief, zu dunkel und zu kalt für einen Drachen. Hätte er sich hineingestürzt, so würde sich ein solcher Dampf erhoben haben, daß das ganze Land ringsum für Tage in dichtem Nebel versunken wäre. Aber der See war mächtiger als Smaug. Sein tiefes Wasser hätte die Feuerglut des Drachen gelöscht, ehe er hinübergelangte.

Brüllend kehrte er um und flog über die Stadt. Ein Hagel dunkler Pfeile prasselte ihm entgegen. Sie klirrten gegen seine Schuppen und Juwelen, entzündeten sich in Smaugs vernichtendem Atem und fielen brennend und aufzischend in den See – ein Feuerwerk, wie man es sich prächtiger nicht vorstellen kann. Das Schwirren der Bogensehnen und das Schrillen der Trompeten machten Smaug blind vor Wut und Zorn. Keiner hatte jahrhundertelang gewagt, ihm eine offene Schlacht zu liefern. Und wenn jener Mann mit der grimmigen Stimme nicht gewesen wäre (Bard war sein Name), so hätte es auch jetzt keiner gewagt. Bard rannte umher und schrie den Bogenschützen Mut zu. Er zwang den Meister, daß er ihnen befahl, bis zum letzten Pfeil zu kämpfen.

Feuer schoß dem Drachen aus dem Maul. Für eine Weile kreiste er hoch in der Luft und erleuchtete den ganzen See. Die Bäume an den Ufern schimmerten wie Kupfer und Blut. Ihre dunklen Schatten irrten gespenstisch am Boden. Dann brach Smaug geradewegs in den Pfeilhagel hinein, tollkühn in seiner Wut, und hatte nicht acht, ob sein Schuppenpanzer den Menschen zugekehrt war oder nicht: Sein einziger Gedanke war, die Stadt in Brand zu setzen.

Feuer sprang von den Strohdächern und von den Balkenenden auf, während Smaug sich immer von neuem herabstürzte, wendete und zurückkehrte. Was nützte es, daß alle Dächer mit Wasser begossen wurden, ehe er kam. Abermals flogen die Wassereimer hundert Hände entlang, wo immer ein Brand ausbrach. Aber immer wieder kehrte der Drache zurück. Ein Schlag mit seinem Schwanz, und die große Halle stürzte krachend zusammen. Hoch sprang die nicht mehr zu erstickende Flammensäule in die Nacht. Noch ein Angriff und noch einer: Der Feuersturm erfaßte ein Haus nach dem anderen, und es krachte zusammen. Kein Pfeil hielt Smaug zurück, keiner verletzte ihn mehr als ein Mückenstich drüben in den Sümpfen.

Schon sprangen an allen Seiten der Inselstadt die Menschen ins Wasser. Frauen und Kinder flüchteten in die Lastboote des Markthafens. Waffen wurden fortgeworfen. Kummer und Trauer herrschten, wo vor noch gar nicht langer Zeit die alten Lieder über die Zwerge und die kommenden frohen und heiteren Zeiten erklungen waren. Jetzt verfluchten sie die Zwerge. Der Meister aber flüchtete zu seinem großen, vergoldeten Boot und hoffte, in der allgemeinen Verwirrung davonrudern und sich in Sicherheit bringen zu können. Bald würde die ganze Stadt vernichtet sein, heruntergebrannt bis auf den dunklen Spiegel des Sees.

Das jedenfalls war Smaugs Absicht. Er hatte nichts dagegen, daß sie in ihre Boote kletterten. Das würde eine schöne Jagd geben! Oder er würde sie auf dem See aushungern. Gingen sie aber an Land, so würde er schon wissen, was er zu tun hatte. Den ganzen Uferwald würde er in Brand setzen, Feld und Weideland ausdorren. Gerade jetzt aber betrieb er die Vernichtung der Stadt wie einen Sport. Seit Jahren hatte ihm nichts mehr solchen Spaß gemacht.

Aber da hielt immer noch eine Schar Bogenschützen zwischen den brennenden Häusern stand. Ihr Führer war Bard mit der grimmigen Stimme und dem steinernen Gesicht. Obgleich seine Freunde ihn wegen der prophezeiten Überschwemmungen und vergifteten Fische verlacht und verspottet hatten, kannten sie doch seinen Wert und seinen Mut. Einer seiner Vorfahren war Girion, Fürst von Dal, dessen Frau und Kind auf dem Eiligen Wasser dem Untergang entronnen waren. Jetzt schoß er mit einem großen Eibenbogen, bis alle seine Pfeile – ein einziger ausgenommen – verschossen waren. Dicht neben ihm prasselten die Flammen. Seine Kameraden verließen ihn. Er spannte den Bogen zum letzten Male.

Plötzlich flatterte aus dem Dunkel etwas auf seine Schulter. Er erschrak – aber es war nur eine alte Drossel. Furchtlos ließ sie sich dicht neben seinem Ohr nieder und brachte seltsame Nachricht. Bard wunderte sich, daß er die Sprache der Drossel verstehen konnte. Aber er war ja ein Sohn von Dal.

»Warte!« sagte sie zu ihm. »Der Mond kommt herauf. Schau auf die linke Seite von Smaugs Brust, wenn er über dir kreist!« Und während Bard staunend zuhörte, erzählte sie ihm, was im Berg geschehen und was dort oben gesprochen worden war.

Dann zog Bard die Bogensehne bis ans Ohr. Der Drache flog niedrig kreisend zurück, und als er herankam, erhob sich der Mond über dem Ostufer und versilberte Smaugs gewaltige Schwingen.

»Pfeil«, sagte der Bogenschütze, »schwarzer Pfeil, ich habe dich als letzten aufgespart. Du hast nie gefehlt, immer habe ich dich wiedergefunden. Ich habe dich von meinem Vater erhalten, und auch er erhielt ihn als Erbe aus alten Tagen. Wenn du wirklich aus den Schmieden des wahren Königs unter dem Berg kommst, so flieg jetzt, und Glück sei mit dir!«

Der Drache schoß tiefer denn je herab, und als er sich wandte, versprühte seine untere Panzerseite im Mondlicht weißes Edelsteingeglitzer – aber ein einzelner Fleck blieb stumpf. Der große Eibenbogen schwirrte, und der schwarze Pfeil verließ in gradem Flug die Sehne, geradewegs hinauf zu jenem stumpfen Fleck in der linken Brustseite, über dem sich die Vordertatze zum Schlag erhoben hatte. Der Pfeil schlug ein – und Widerhaken, Schaft und Feder verschwanden, so scharf war sein Flug. Mit einem Schrei, der Menschen ertauben ließ, Bäume fällte und Steine zersplitterte, schoß Smaug feuerspeiend in die Höhe, überschlug sich und krachte von oben zu Tode getroffen herab.

Mitten in die Stadt fiel der Drache. In seinem Todeskampf schlug er Esgaroth in funkensprühende Trümmer. Der See brach herein. Eine gewaltige Dampfwolke erhob sich, weiß vor der tiefen Finsternis unter dem Mond. Ein Zischen, ein aufschießender Wirbel – dann war Stille. Und dies war das Ende von Smaug und Esgaroth, nicht aber von Bard.

Der Mond stieg höher und höher, und der Wind blies laut und kalt. Er drehte seltsam verzwirnte Wolkensäulen und jagende Fetzen aus dem weißen Nebel, trieb ihn fort nach Westen und zerfetzte ihn über den Sümpfen am Rande des Nachtwaldes. Wie schwarze, kleine Pünktchen trieben zahlreiche Boote über den See, und der Wind trug die Stimmen der Menschen von Esgaroth über das Wasser, die ihre verlorene Stadt, ihr Hab und Gut und ihre zerstörten Häuser beklagten. Indessen war trotz allem Anlaß genug, dankbar zu sein – wenn man es auch gerade in diesem Augenblick nicht von ihnen erwarten konnte. Mindestens drei Viertel der Stadtbevölkerung war mit dem Leben davongekommen. Ihre Wälder, Weiden und Felder, das Vieh und die meisten ihrer Boote waren heil geblieben. Und der Drache war tot. Was das bedeutete, hatten sie noch gar nicht begriffen.

Am westlichen Ufer sammelten sich die jammernden Menschen. Sie froren im kalten Wind. Ihre erste Verbitterung machte sich Luft gegen den Meister, der die Stadt allzu rasch verlassen hatte, während mancher noch bereit war, sie zu verteidigen.

»Er mag einen gescheiten Kopf haben, was Geschäfte angeht, besonders für seine eigenen«, murrten einige. »Aber wenn es ernst wird, dann ist kein Verlaß auf ihn.« Und sie priesen Bards Mut und seinen letzten wunderbaren Schuß. »Wenn er bloß nicht gefallen wäre«, klagten alle. »Wir würden ihn zum König machen. Bard, der Drachenschütze, aus dem Geschlecht von Girion! Welch ein Jammer, daß er tot ist!«

Mitten in ihre Rede trat eine große Gestalt aus dem Schatten der Nacht, triefend vor Nässe, das schwarze Haar wirr über Gesicht und Schulter hängend – aber der Stolz sprach aus seinen Augen.

»Bard ist nicht tot!« sagte er. »Er tauchte unter und verließ schwimmend Esgaroth, als der Feind geschlagen war. Ich bin Bard aus dem Geschlecht von Girion. Ich bin der Drachentöter.«

»König Bard! König Bard!« schrien sie, indessen der Meister mit den Zähnen knirschte.

»Girion war Fürst auf Dal, nicht König von Esgaroth!« sagte er. »In der Seestadt wählten wir von jeher unter den Alten und Weisen einen Meister aus. Nie haben wir die Herrschaft kriegerischer Männer geduldet. Laßt euren König Bard zurück in sein angestammtes Reich gehen – durch seinen Mut ist Dal frei geworden. Nichts hindert seine Rückkehr. Und jeder, der will, kann mit ihm gehen, wenn ihm die kalten Steine im Schatten des Berges lieber sind als die grünen Ufer des Sees. Wer gescheit ist, bleibt hier, denkt an den Wiederaufbau der Stadt und genießt, wenn es soweit ist, ihren Frieden und Reichtum.«

»Wir wollen König Bard!« schrie das in der Nähe stehende Volk ihm als Antwort zu. »Wir haben genug von Geldzählern und alten Männern!« Und die weiter entfernt Stehenden nahmen den Ruf auf und schrien: »Hoch der Bogenschütze und nieder mit den Geldzählern!«, bis das Geschrei das ganze Ufer entlang widerhallte.

»Ich bin der letzte, der Bard, den Bogenschützen, gering achtet«, sagte der Meister vorsichtig (denn Bard stand dicht neben ihm). »Heute nacht hat er sich einen hervorragenden Platz unter den Wohltätern unserer Stadt verdient. Er ist wert, daß man zahlreiche, unsterbliche Heldenlieder über ihn singt. Aber, warum, o Volk«, und dabei reckte sich der Meister auf seine Fußspitzen und sprach sehr laut und klar, »warum schiebt ihr alle Schuld auf mich? Für welchen Fehler wollt ihr mich absetzen? Wer weckte den Drachen aus seinem Schlaf, das möchte ich fragen? Wer erhielt von uns reiche Geschenke und großmütige Hilfe und machte uns glauben, daß die alten Lieder wieder wahr würden? Wer rechnete mit unserem guten Herzen und unserer Leichtgläubigkeit? Wie sah denn das Gold aus, das sie als

Dank zu uns den Fluß herab geschickt haben? Drachenfeuer und Vernichtung! Von wem also sollten wir die Wiedergutmachung des Schadens fordern, die Hilfe für unsre Witwen und Waisen?«

Wie ihr seht, hatte dieser Mann seine Stellung als Meister der Stadt Esgaroth nicht umsonst erhalten. Der Erfolg seiner Rede war, daß das Volk seinen Wunsch nach einem neuen König für den Augenblick völlig vergaß und Thorin und seine Gesellschaft zur Zielscheibe seines Ärgers machte. Ungezügelte, bittere Worte wurden laut. Einige von denen, die damals die alten Lieder am lautesten gesungen hatten, schrien sich jetzt heiser, daß die Zwerge den Drachen vorsätzlich gegen sie aufgestachelt hätten!

»Ihr Narren!« sagte Bard. »Warum Schande und Zorn auf diese unglücklichen Geschöpfe laden? Ohne Zweifel kamen sie zuerst im Feuer um, als Smaug sich gegen uns wandte.« Dann aber, mitten in seiner Rede, rührte sich der Gedanke in seinem Herzen, daß der märchenhafte Schatz jetzt ohne Hüter und Eigentümer im Berg lag, und er schwieg plötzlich. Er dachte an die Worte des Meisters, dachte an die wiederaufgebaute Stadt Dal, über der goldene Glocken klingen sollten, wenn er nur die Menschen finden konnte für dieses Werk.

Schließlich erhob er seine Stimme abermals: »Dies ist nicht die Zeit für böse Worte, Meister. Auch sollten wir nicht gerade jetzt gewichtige Veränderungen erwägen. Arbeit wartet auf uns. Ich diene Euch noch immer. Nach einer gewissen Zeit jedoch werde ich vielleicht noch einmal über Eure Worte nachdenken und mit jedem, der mir folgen will, nach Norden ziehen.«

Damit schritt er davon, um bei der Anlage der Lager zu helfen und für die Kranken und Verwundeten zu sorgen. Aber der Meister starrte finster hinter ihm her und blieb auf seinem Fleck sitzen. Er dachte viel nach und sagte wenig – wenn es nicht gerade darum ging, Leute herbeizurufen, die ihm Feuer zum Wärmen und etwas zu essen bringen sollten.

Überall, wohin Bard jetzt auch ging, fand er, daß sich unter dem Volk die Gespräche über den gewaltigen Schatz, der nun nicht mehr bewacht wurde, wie ein Lauffeuer verbreitet hatten. Die Leute sprachen nur noch von dem Schadenersatz, den sie bald erhalten würden, darüber hinaus von Reichtümern, mit denen sie die verlockenden Dinge aus dem Süden kaufen wollten. Das munterte sie bei ihrer harten Arbeit ordentlich auf. Und das war gut so, denn die Nacht war bitter kalt. Ein Dach über dem Kopf konnten nur wenige erhalten (der Meister hatte eines), und Lebensmittel gab es auch nur in sehr beschränktem Maße (selbst beim Meister waren sie knapp). Durch die Nässe und Kälte und die Sorgen dieser Elendsnacht wurde mancher, der unverletzt die Vernichtung der Stadt überstanden hatte, krank und starb. Und die folgenden Tage sahen viel Unglück und Hunger.

Unterdessen hatte Bard die Zügel in die Hand genommen. Er gab die Anordnungen, wie er es für gut hielt (jedoch stets im Namen des Meisters). Es war eine schwere Aufgabe, das Volk zu führen und die Vorbereitungen zum Schutz und zur Unterbringung der Menschen zu treffen. Wahrscheinlich wären die meisten in dem harten Winter gestorben, der allzu rasch auf diesen Herbst folgte, wenn keine Hilfe gekommen wäre. Aber die Hilfe kam bald. Bard hatte sofort Eilboten flußauf in den Wald geschickt, um Hilfe beim Elbenkönig zu erbitten. Diese Boten waren auf ein aufbrechendes Heer gestoßen, obwohl erst drei Tage nach dem Tod von Smaug vergangen waren.

Von den Vögeln, die sein Volk liebten, und von eigenen Kundschaftern hatte der Elbenkönig die Neuigkeit erfahren. Er wußte also, was geschehen war. Denn in der Tat, die Aufregung unter allem, was an der Grenze des vom Drachen verwüsteten Landes Flügel trug, war nicht gering. Die Luft war von kreisenden Vogelschwärmen erfüllt, und die rasch fliegenden Eilboten schossen kreuz und quer über den Himmel. Über dem Saum des Nachtwaldes pfiff und schrie und flötete es in allen Vogelsprachen. Weit über dem Wald verbreitete sich das Wort: »Smaug ist tot!« Laub raschelte, erschreckt hielten alle den Atem an. Und noch ehe der Elbenkönig fortritt, hatte die Nachricht sich nach Westen bis zu den Fichtenwäldern der Nebelberge verbreitet. Beorn in seinem Holzhaus hatte sie gehört, und die Orks hielten Rat in ihren finsteren Höhlen.

»Das wird die letzte Nachricht von Thorin Eichenschild sein«, sagte der König. »Ich fürchte, er wäre besser mein Gast geblieben. Wie dem auch sei, es bläst ein schlechter Wind«, fügte er hinzu, »der bringt keinem Gutes.« Denn auch er hatte die Sage von dem märchenhaften Reichtum Thrors nicht vergessen. So kam es, daß Bards Botschafter ihn mit zahlreichen Speerträgern und Bogenschützen auf dem Marsch fanden. In mächtigen Scharen sammelten sich Krähen über seinem Heer, denn sie dachten, daß ein Krieg bevorstünde, wie es ihn seit langen Zeiten in diesen Gegenden nicht mehr gegeben hatte.

Aber als der König Bards Bittgesuch vernahm, hatte er Mitleid, denn er war der Fürst eines guten und freundlichen Volkes. So änderte er die Richtung, und anstatt geradewegs zum Einsamen Berg zu marschieren, eilte er, dem Fluß folgend, zum Langen See. Da er nicht genug Boote und Flöße für sein Heer hatte, war er gezwungen, den langsameren Fußweg zu wählen. Er sandte jedoch große Mengen von Vorräten auf dem Wasserweg voraus. Indessen, Elben sind leichtfüßig, und obgleich sie in jenen Tagen wenig an Märsche gewöhnt und die verräterischen, unsicheren Landstriche zwischen dem Nachtwald und dem Langen See ihnen kaum vertraut waren, ging der Zug schnell voran. Bereits am fünften Tag nach Smaugs Tod erreichten sie die Seeufer und schauten auf die Trümmer von Esgaroth.

Sie wurden herzlich willkommen geheißen, und das verwundert gewiß nicht. Die Menschen und ihr Meister waren bereit, als Gegenleistung für die Hilfe des Elbenkönigs zukünftig jeden Handel abzuschließen.

Ihre Pläne waren bald gemacht. Der Meister blieb mit den Kindern und Frauen, den Alten und Kranken zurück. Einige Handwerker und viele geschickte Elben gesellten sich zu ihnen. Es wurden Bäume gefällt und Holz gesammelt, das man ihnen aus dem Nachtwald den Fluß herab zuschickte. Dann begannen sie, für den nahenden Winter Vorsorge zu treffen und zahlreiche Hütten am Ufer zu errichten. Auch planten sie unter der Leitung des Meisters eine neue Stadt, die noch schöner und großzügiger als die alte angelegt werden sollte – allerdings nicht am selben Platz. Sie verlegten sie weiter nordwärts, höher das Ufer hinauf, denn sie hatten für alle Zeiten Furcht vor dem Wasser, in dem der tote Drache lag. Nie wieder würde er zu seinem goldenen Schlaflager zurückkehren. Kalt wie Stein lag er auf dem Grund der Untiefe ausgestreckt. Dort konnte man noch viele Jahre lang bei ruhigem Wetter seine gewaltigen Knochen zwischen den zerstörten Pfählen der alten Stadt sehen. Aber nur wenige wagten es, den verfluchten Ort zu überqueren, und keiner versuchte je, in das zitternde Wasser hinabzutauchen und die kostbaren Juwelen zu bergen, die von seinem verrottenden Panzer herabfielen.

Alle waffenfähigen Männer aber und der größte Teil der Mannschaft des Elbenkönigs machten sich zum Aufbruch bereit, nach Norden zum Einsamen Berg. So durchschritt am elften Tage nach dem Fall der Stadt die Vorhut das Felsentor am Ende des Sees und erreichte die vom Drachen verwüsteten Länder.

Die Wolken sammeln sich

Und nun wollen wir zu Bilbo und den Zwergen zurückkehren. Die ganze Nacht hindurch wachte einer von ihnen, aber als der Morgen kam, hatte keiner Anzeichen einer Gefahr gehört oder gesehen. Immer dichter jedoch sammelten sich die Vogelschwärme. Ihre Scharen kamen von Süden geflogen. Und unaufhörlich schrien und klagten die Krähen, die den Berg nie verlassen hatten.

»Etwas Merkwürdiges geschieht!« sagte Thorin. »Die Zeit für den Herbstzug ist vorbei. Und dies sind Vögel, die im Land bleiben. Da sind Stare und ganze Scharen von Finken, und weiter drüben kreisen zahllose Aaskrähen, als sollte hier eine Schlacht stattfinden.«

Plötzlich zeigte Bilbo hinaus: »Da ist auch die alte Drossel wieder!« rief er. »Sie ist offenbar davongekommen, als Smaug die ganze Bergseite zerschmetterte. Aber ich vermute, daß die Schnecken droben vernichtet wurden.«

Wirklich, die alte Drossel war wieder da. Und als Bilbo auf sie zeigte, flog sie heran und setzte sich dicht vor ihnen auf einen Stein. Dann schlug sie mit den Schwingen und sang. Endlich legte sie den Kopf schief, als ob sie lauschte, und wieder sang sie, und wieder lauschte sie.

»Ich glaube, sie will uns etwas sagen«, meinte Balin. »Aber ich kann leider der Rede dieser Vögel nicht folgen, sie ist zu schnell und zu schwierig. Könnt Ihr sie vielleicht verstehen, Beutlin?«

»Nicht sehr gut«, entgegnete Bilbo (genaugenommen konnte er überhaupt nichts verstehen). »Aber der alte Bursche scheint furchtbar aufgeregt zu sein.«

»Ich wünschte bloß, es wäre ein Rabe«, sagte Balin.

»Und ich dachte, Ihr könntet Raben nicht leiden! Mir schien, Ihr wäret ihnen lieber aus dem Weg gegangen, als wir hier heraufkamen.«

»Das waren Krähen! Verdächtig aussehende, häßliche Gesellen und roh obendrein. Ihr hättet bloß hören sollen, was für Schimpfworte sie hinter uns herriefen. Raben jedoch sind ganz anders. Für gewöhnlich herrschte große Freundschaft zwischen ihnen und Thrors Volk. Oft brachten sie uns geheime Nachrichten. Sie wurden mit blitzenden Gegenständen belohnt, auf die sie rein närrisch waren und die sie in ihren Nestern verbargen. Sie leben viele Jahre, ihr Gedächtnis ist lang, und sie überliefern die Weisheit ihren Kindern. Als ich noch ein junger Zwergenbursche war, kannte ich manchen von den Raben persönlich. Diese Anhöhe wurde Rabenberg genannt, weil ein gescheites, berühmtes Rabenpaar hier hauste, der alte Carc und seine Frau. Sie nisteten genau über dem Wachraum. Aber ich glaube nicht, daß sich noch einer vom alten Stamm hier aufhält.«

Kaum hatte er geendet, als die Drossel einen schrillen Pfiff ausstieß und unverzüglich davonflog.

»Wir verstehen sie nicht«, sagte Balin, »aber ich bin sicher, daß dieser alte Vogel uns verstanden hat. Haltet gut Wache und seht zu, was geschieht.«

Nicht lange, und sie hörten ein Flügelschlagen. Die Drossel kehrte zurück. Und mit ihr kam ein uralter, fast blinder Vogel, der nur noch schwerfällig flog und einen kahlen Kopf hatte. Es war ein hochbetagter, außerordentlich großer Rabe. Steif setzte er sich vor ihnen auf den Boden, schlug müde ein paarmal mit den Schwingen und hüpfte Thorin entgegen.

»O Thorin, Sohn von Thrain, und Balin, Sohn von Fundin«, krächzte er (Bilbo verstand, was er sagte, denn er benutzte die gewöhnliche und nicht die Vogelsprache). »Ich bin Roäc. Sohn von Carc. Carc ist tot, aber Ihr kanntet ihn einst gut. Es ist zwar schon einhundertdreiundfünfzig Jahre her, daß ich aus dem Ei kroch, aber nie werde ich vergessen, was mein Vater mir sagte. Jetzt bin ich Herr der großen Bergraben. Wir sind nur wenige, aber wir erinnern uns gut an den König der alten Zeiten. Die meisten meines Volkes sind unterwegs, denn es stehen im Süden wichtige Ereignisse bevor, Ereignisse, die Euch freuen, aber auch andere, die Euch Sorge machen werden. Schaut, die Vögel kommen aus Süd und Ost und West zum Berg und nach Dal zurück, denn das Wort geht um: Smaug ist tot!«

»Tot! Tot?« schrien die Zwerge. »Tot! Dann haben wir unnütz Angst vor ihm gehabt – dann ist der Schatz unser!« Sie sprangen auf und vollführten Luftsprünge vor Freude.

»Ja, tot«, sagte Roäc. »Die Drossel hier – mögen ihr nie die Federn ausfallen – sah ihn sterben. Wir dürfen ihren Worten glauben. Sie sah ihn in der Schlacht von Esgaroth fallen, drei Nächte zuvor, beim Aufgang des Mondes.«

Es dauerte geraume Zeit, bis Thorin die Zwerge dazu brachte, still zu sein und den Nachrichten des Raben weiter zu lauschen.

Als er schließlich die ganze Geschichte des Kampfes erzählt hatte, fuhr Roäc fort: »Soweit die erfreuliche Seite, Thorin Eichenschild. Ihr könnt ohne Gefahr zu Eurem Palast zurückkehren. Der ganze Schatz ist Euer – im Augenblick. Aber viele versammeln sich, nicht nur die Vögel. Die Nachricht vom Tod des Wächters ist weit und breit im Land umgegangen, und die Sage, die Jahr um Jahr von dem Reichtum Thrors erzählt wurde, ist nie aus dem Gedächtnis geschwunden. Viele sind begierig, einen Anteil an der Beute zu bekommen. Schon ist ein Elbenheer im Anmarsch, und die Aaskrähen sind mit ihnen, denn sie hoffen auf Kampf und Schlacht. Am See murren die Menschen, daß sie all ihr Leid den Zwergen verdanken, denn sie sind obdachlos, und viele starben. Smaug vernichtete ihre Stadt. Auch sie wollen einen Teil von Eurem Schatz, ob Ihr nun lebt oder ob Ihr tot seid.

Eure Klugheit muß entscheiden, was Ihr tun wollt. Aber dreizehn – das ist nur ein kleiner Rest des mächtigen Volkes von Durin, das einmal hier lebte und heute weit zerstreut ist. Wenn Ihr auf meinen Rat hören wollt, so traut nicht dem Meister der Seemenschen, sondern dem, der den Drachen mit seinem Bogen erschossen hat. Es ist Bard aus dem Stamm derer von Dal, Abkomme Girions; er ist ein grimmiger, aber gerechter Mann. Wir möchten nach all der Verwüstung wieder Frieden sehen zwischen Zwergen und Menschen und Elben – wie es früher war. Aber es kann Euch viel Gold kosten. Ich habe gesprochen.«

Da brach Thorin in Zorn aus. »Unser Dank, Roäc, Carcs Sohn!« sagte er rauh. »Ihr und euer Volk sollen nicht vergessen werden. Aber kein Gran unseres Goldes soll Dieben oder Gewalttätigen zufallen, solange wir noch einen Atemzug tun. Wenn Ihr uns mehr noch zu Dankbarkeit verpflichten wollt, so bringt uns Nachricht über jeden, der heranzieht. Auch möchte ich Euch bitten, wenn einer von euch noch jung und stark beschwingt ist: Sendet Boten zu unseren Verwandten in den Bergen des Nordens, westlich oder östlich von hier, und erzählt ihnen von unserer gefährlichen Lage. Aber fliegt zuerst zu meinem Vetter Dain in die Eisenberge, denn er hat viele gut bewaffnete Leute und wohnt uns am nächsten. Bittet ihn um höchste Eile!«

»Ich heiße diesen Entschluß weder gut noch schlecht«, krächzte der Rabe, »aber ich will tun, was getan werden kann.« Damit flog er langsam davon.

»Zurück jetzt zum Berg!« schrie Thorin. »Wir haben wenig Zeit zu verlieren!«

»Und wenig zu essen!« fügte Bilbo hinzu, der auf diesem Gebiet stets praktisch dachte. Für ihn war das Abenteuer mit dem Tode Smaugs zu Ende – ein großer Irrtum übrigens –, und er würde den größten Teil seines Anteils hingegeben haben, um den drohenden Streit friedlich zu lösen.

»Zurück zum Berg!« schrien die Zwerge, als ob sie ihn nicht gehört hätten. So mußte Bilbo mit ihnen gehen.

Da euch die Ereignisse schon bekannt sind, wißt ihr, daß die Zwerge noch einige Tage vor sich hatten. Sie erkundeten abermals die Höhlen und fanden, wie sie es vermutet hatten, daß nur das Haupttor als einziges offengeblieben war. Alle anderen Tore (ausgenommen natürlich die kleine Geheimtür) waren seit langem von Smaug zerstört und gesperrt worden. Nicht eine Spur war übriggeblieben. Sie begannen also hart zu arbeiten, denn sie mußten den Haupteingang befestigen und einen neuen Pfad anlegen, der ins Tal hinabführte. Werkzeuge der alten Bergarbeiter, Steinbrecher und Bauleute fanden sich massenweise. Zwerge waren in solchen Aufgaben noch immer sehr geschickt.

Während ihrer Arbeit brachten die Bergraben ihnen fortlaufend Nachrichten. Sie hörten, daß der Elbenkönig sich zum See gewandt hatte, und so blieb ihnen noch eine Atempause. Noch besser, sie erfuhren, daß drei ihrer Ponys entkommen waren und wild an den Ufern des Eiligen Wassers umherstreiften, nicht weit von dem Platz, wo sie den Rest ihrer Vorräte gelassen hatten. Und während die anderen in ihrer Arbeit fortfuhren, wurden Kili und Fili unter der Führung eines Raben ausgesandt, um die Ponys zu fangen und soviel sie tragen konnten mitzubringen.

Vier Tage waren sie unterwegs, und inzwischen hatten sie erfahren, daß die vereinigten Heere der Menschen und Elben dem Berg zueilten. Aber jetzt wuchs ihr Mut, denn sie hatten für einige Wochen zu essen – hauptsächlich Cram, versteht sich, und Cram hatten sie sehr satt; trotzdem ist Cram immer noch besser als gar nichts.

Schon war das Tor durch eine Quadermauer gesperrt, die zwar ohne Mörtel gebaut, aber nichtsdestoweniger mächtig und hoch war. Scharten waren ausgespart, durch die man beobachten (oder schießen) konnte – aber einen Eingang hatten die Zwerge nicht frei gelassen. Hinein und hinaus kletterten sie mit Leitern. Material hievten sie mit Tauen hoch. Für den Austritt des Flusses hatten sie unter der Mauer einen niedrigen Gewölbebogen gebaut. Aber gleich vor dem ehemaligen Eingang war das enge Bett des Flusses so erweitert worden, daß eine breite Wasserfläche sich von der Bergwand bis zu den Fällen erstreckte, über die der Fluß hinunterstürzte. Wenn man nicht schwimmen wollte, konnte man sich dem Eingang nur noch auf einem ganz schmalen Sims dicht entlang der rechten Klippe (von draußen gesehen) nähern. Fili und Kili hatten die Ponys nur bis zu den Stufen über der alten Brücke gebracht. Dort waren sie abgeladen und reiterlos zurück nach Süden zu ihren Besitzern geschickt worden.

Dann kam eine Nacht, in der vor ihnen in Dal viele Lichter von Lagerfeuern und Fackeln aufflammten.

»Sie sind da!« rief Balin. »Und ihr Lager ist sehr groß. Sie müssen unter dem Schutz der Dämmerung auf beiden Seiten des Flusses ins Tal gekommen sein.«

In dieser Nacht schliefen die Zwerge wenig. Noch war das Morgenlicht schwach, als eine Schar sich ihnen näherte. Hinter ihrer Mauer beobachteten die Zwerge, wie die Leute das Tal entlangzogen und langsam heraufkletterten. Nicht lange, und man konnte erkennen, daß es Menschen vom See waren, kriegsmäßig bewaffnet, und Bogenschützen der Elben. Schließlich kletterten die ersten über die wüsten Blöcke und erschienen oben am Beginn der Fälle. Groß war ihre Überraschung, als sie die breite Wasserfläche vor sich sahen und das Tor von einer Mauer frisch gehauener Quadern versperrt.

Als sie so dastanden, auf die Mauer zeigten und durcheinanderredeten, rief Thorin ihnen zu: »Wer seid ihr« (er rief mit sehr lauter Stimme), »die ihr kommt, als wolltet ihr Krieg tragen zu den Toren von Thorin, Sohn von Thrain, König unter dem Berg. Was wollt ihr?«

Aber sie antworteten nicht. Einige wandten sich rasch zurück, die anderen gafften noch eine Weile das Tor an und seine Befestigung, und dann folgten sie ebenfalls. An diesem Tag wurde das Lager verlegt, mitten zwischen die ausgreifenden Bergflanken. Die Felsen hallten von Stimmen und Liedern wider, wie sie es für eine lange, lange Zeit nicht mehr getan hatten. Auch Elbenharfen waren zu hören und süß klingende Musik. Und wie das Echo heraufdrang, war es, als erwärmte sich die kalte Luft, und ein Duft von Waldblumen und Frühling stieg zu den Zwergen herauf.

Da wünschte Bilbo nichts sehnlicher, als aus der dunklen Festung zu entfliehen. Er wollte hinuntergehen und an der Fröhlichkeit und dem Schmaus am Lagerfeuer teilnehmen. Auch einige der jüngeren Zwerge waren gerührt und murmelten, daß ihnen ein anderer Ausgang ihres Abenteuers lieber gewesen wäre und daß sie dieses Volk draußen besser als Freunde willkommen heißen sollten. Doch Thorin schaute finster drein.

Dann brachten auch die Zwerge Harfen und Instrumente aus dem alten Schatz und musizierten, um sein Gemüt zu beschwichtigen. Aber ihr Lied war dem der Elben nicht vergleichbar. Es ähnelte sehr dem alten Gesang, den sie in Bilbos kleiner Hobbithöhle angestimmt hatten.

Doch dieses Lied gefiel Thorin. Er lächelte wieder und wurde fröhlich. Sogleich berechnete er die Entfernung zu den Eisenbergen und wie lang es dauern würde, bis Dain den Einsamen Berg erreichen konnte, falls er sogleich aufgebrochen war. Aber Bilbos Herz wurde schwer: Die Rede klang allzu kriegerisch.

Am nächsten Morgen sahen sie früh eine Schar Speerträger den Fluß überqueren und das Tal heraufkommen. Mit sich führten sie das grüne Banner des Elbenkönigs und das blaue Banner vom See. Sie kamen heran, bis sie dicht vor der Mauer unter dem Eingang standen.

Wieder rief ihnen Thorin mit lauter Stimme zu: »Wer seid ihr, die ihr in Waffen zu den Toren Thorins, des Sohns von Thrain, König unter dem Berg, kommt?« Diesmal erhielt er Antwort.

Ein großer Mann schritt nach vorn, dunkles Haar, grimmiges Antlitz, und er schrie: »Gruß, Thorin! Warum verschanzt Ihr Euch wie ein Räuber in seiner Höhle? Noch sind wir keine Feinde. Wir freuen uns, daß Ihr, was keiner zu hoffen wagte, noch am Leben seid. Wir kamen und nahmen an, daß wir niemand mehr hier am Leben fänden. Jetzt aber, da wir Euch hier treffen, ist es angebracht, Unterhandlung zu führen und Rat zu halten.«

»Wer seid Ihr, und worüber wollt Ihr unterhandeln?«

»Ich bin Bard. Durch meine Hand wurde der Drache erschlagen und Euer Schatz befreit. Geht Euch das nichts an? Mehr noch: Ich bin Abkomme und rechtmäßiger Erbe Girions von Dal, und in Eurem Schatz befindet sich manches aus seinem Schatz und seiner Stadt, was der alte Smaug gestohlen hat. Ist das nicht eine Angelegenheit, über die gesprochen werden muß? Weiter zerstörte Smaug in seiner letzten Schlacht die Wohnungen der Menschen von Esgaroth, und noch diene ich ihrem Meister. Ich will für ihn sprechen und fragen, ob Ihr kein Herz habt für die Sorgen und das Elend seines Volkes? Sie halfen Euch in Eurem Elend, und als Dank habt Ihr, wenn auch ungewollt, ihnen einzig Zerstörung gebracht.«

Nun, dies waren ehrliche und gerechte Worte, so stolz und grimmig sie auch gesprochen wurden. Bilbo dachte, daß Thorin dies auch sogleich zugeben würde. Natürlich erwartete Bilbo nicht, daß sich irgend jemand jetzt daran erinnerte, wie einzig und allein er die verwundbare Stelle des Drachen entdeckt hatte. Und daran tat er gut, denn keiner erwähnte es. Aber Bilbo hatte auch nicht damit gerechnet, was Gold, auf dem ein Drache lange gebrütet hat, für eine unwiderstehliche Macht ausübt. Und was in den zwergischen Herzen vorgeht, blieb ihm immer ein Rätsel.

Viele Stunden hatte Thorin bei diesem Schatz verbracht. Tief hatte sich die Begierde in ihm festgefressen. Obgleich er hauptsächlich nach dem Arkenjuwel gefahndet hatte, war er doch von mancher anderen Herrlichkeit, die dort umherlag, gewaltig angezogen worden. Es waren Kleinodien, mit denen sich viele alte Erinnerungen an Sorge und Arbeit verbanden.

»Ihr setzt Eure anfechtbarste Forderung an die letzte und wichtigste Stelle«, antwortete Thorin. »Kein Mensch hat Anspruch auf den Schatz meines Volkes, weil Smaug, der ihn stahl, ihm Haus und Leben raubte. Der Schatz gehört nicht ihm. Also können auch Smaugs Untaten nicht damit bezahlt werden. Güter und Hilfe, die wir den Menschen vom See verdanken, werden wir anständig bezahlen – in angemessener Frist. Aber nichts geben wir unter Druck und Gewalt her, nicht einen roten Heller. Solange ein bewaffnetes Heer vor unserer Tür liegt, betrachten wir es als einen hergelaufenen Haufen von Räubern und Strauchdieben. Ich möchte bloß wissen, welches Erbteil Ihr unserer Verwandtschaft zuerkannt hättet, wenn Ihr den Schatz unbewacht und uns erschlagen gefunden hättet.«

»Die Frage ist berechtigt«, antwortete Bard. »Doch Ihr seid nicht tot, und wir sind keine Räuber. Mehr noch, der Reiche soll über alle Rechtsansprüche hinweg mit dem Bedürftigen Mitleid haben, der sich seiner annahm, als er selbst bedürftig war. Außerdem sind meine anderen Ansprüche unbeantwortet geblieben.«

»Wie ich schon sagte: Mit bewaffneten Menschen, die

vor meinem Tor liegen, verhandle ich nicht. Und mit dem Volk des Elbenkönigs, den ich in wenig guter Erinnerung habe, schon gar nicht. In dieser Auseinandersetzung ist kein Platz für sie! Packt Euch jetzt, ehe die Pfeile schwirren! Wenn Ihr noch einmal mit mir reden wollt, so schickt zuerst das Elbenheer heim in die Wälder, wohin es gehört! Und dann kehrt zurück und legt Eure Waffen nieder, wenn Ihr der Torschwelle naht!«

»Der Elbenkönig ist mein Freund. Er hat dem Volk am See in seiner Not beigestanden, und das, ohne daß es einen Anspruch hatte, einzig aus freundnachbarlicher Hilfe«, antwortete Bard. »Wir geben Euch Zeit, Eure Worte zu bereuen. Nehmt Euren Verstand zusammen, ehe wir wiederkehren!« Dann gingen sie ins Lager zurück.

Noch ehe einige Stunden verflossen waren, kamen die Bannerträger zurück. Trompeter traten vor und bliesen ein Signal.

»Im Namen von Esgaroth und im Namen des Waldes«, rief einer, »wir sprechen zu Thorin, Thrains Sohn Eichenschild, der sich selbst König unter dem Berg nennt. Wir fordern ihn auf, die vorgetragenen Ansprüche anzuerkennen. Sonst sei er zum Feinde erklärt. Als mindestes soll er ein Zwölftel des Schatzes an Bard, den Drachentöter und rechtmäßigen Erben von Girion, ausliefern. Von seinem Teil wird Bard Hilfe an Esgaroth leisten. Aber wenn Thorin Freundschaft und Ansehen in den Ländern draußen genießen will, wie seine Vorväter es taten, dann mag er auch vom eigenen Teil beitragen zur Hilfe für die Menschen vom See.«

Da ergriff Thorin einen Hornbogen und schoß einen Pfeil auf den Sprecher. Er schlug in den Schild und blieb zitternd stecken.

»Wenn das Eure Antwort ist«, erwiderte der Sprecher, »so erkläre ich den Berg für belagert. Ihr sollt erst abziehen können, wenn Ihr selbst um Frieden und Unterhandlung bittet. Rechnet nicht mit bewaffneten Angriffen – wir liefern Euch Eurem Gold aus. Eßt es auf, wenn es Euch gefällt!«

Damit eilten die Botschafter rasch davon. Die Zwerge blieben zurück und waren sich selbst überlassen. So grimmig war Thorin geworden, daß keiner, selbst wenn er gewollt, es gewagt hätte, ihn zu tadeln. Aber in Wirklichkeit schienen die meisten Thorins Meinung sogar zu teilen – ausgenommen vielleicht der alte, dicke Bombur und Fili und Kili. Bilbo mißbilligte natürlich den ganzen Verlauf der Angelegenheit. Er hatte mehr als genug vom Berg. Und drinnen belagert zu werden, war ganz und gar nicht nach seinem Geschmack.

»Der ganze Ort stinkt noch immer nach dem Drachen«, brummte er, »das macht mich krank. Und dieses Cramzeug bleibt mir einfach im Halse stecken.«

Ein Dieb in der Nacht

Elend langsam gingen die Tage vorüber. Die meisten Zwerge brachten ihre Zeit damit zu, den Schatz zu ordnen und aufzustapeln. Und jetzt sprach auch Thorin vom Arkenjuwel Thrains und bat sie eindringlich, in jeder Ecke nach ihm zu suchen.

»Denn der Arkenjuwel meines Vaters«, sagte er, »ist mehr wert als ein ganzer Fluß aus Gold, und für mich ist er überhaupt jenseits aller Werte. Diesen Stein erkläre ich als mein ausschließliches Eigentum, und ich werde mich an jedem rächen, der ihn findet und verbirgt.«

Bilbo hörte das und bekam es mit der Angst zu tun. Er überlegte, was wohl geschehen würde, wenn man den Arkenjuwel bei ihm fände – eingewickelt in ein Bündel alter Fetzen, die er als Kopfkissen benutzte. Trotzdem erwähnte er kein Wort, denn als das Elend dieser Tage immer größer wurde, begann ein Plan in ihm zu reifen.

Es änderte sich nichts. Die Zeit verging. Aber eines Tages brachten Raben die Nachricht, daß Dain mit mehr als fünfhundert Zwergen von den Eisenbergen herbeieilte und nur noch zwei Tagemärsche von Dal entfernt war. Sie rückten von Nordosten an.

»Unbemerkt werden sie den Berg nicht erreichen«, sagte Roäc, »und ich fürchte, es wird im Tal zur Schlacht kommen. Eine Schlacht aber heiße ich nicht gut. Denn obgleich Dains Zwerge ein kampfgewohntes Volk sind, werden sie kaum in der Lage sein, das Heer, das Euch belagert, zu besiegen. Und selbst wenn es ihnen gelingt – was werdet Ihr dabei gewinnen? Winter und Schnee folgen Dain auf den Fersen. Wie wollt Ihr Lebensmittel ohne die Freundschaft und das Wohlwollen der Länder ringsum erhalten? Der Schatz wird dann wahrscheinlich Euer Tod sein, obgleich es keinen Drachen mehr gibt!«

Aber Thorin lenkte nicht ein. »Winter und Schnee werden auch den Menschen und Elben den Spaß verleiden«, sagte er. »Und das Kampieren im verwüsteten Feld wird ihnen schwer zu schaffen machen. Mit meinen Freunden hinter ihnen und dem Winter über ihnen wird es sich leichter verhandeln lassen.«

In dieser Nacht raffte Bilbo sich auf. Der Himmel war schwarz und mondlos. Als es vollständig dunkel geworden war, begab er sich in eine Ecke der Halle gleich am Tor und zog aus seinem Bündel ein Seil hervor. Den Arkenjuwel wickelte er in einen Lappen. Dann kletterte er auf die Quadermauer. Nur Bombur stand oben, denn an ihm war die Reihe, zu wachen. Die Zwerge stellten immer nur einen Posten auf.

»Es ist mächtig kalt«, sagte Bombur. »Ich wünschte, wir hätten ein Feuer hier oben, wie sie es drunten im Lager haben.«

»Drinnen ist es warm genug«, erwiderte Bilbo.

»Das mag sein. Aber ich habe bis Mitternacht hier draußen auszuhalten«, brummte der dicke Zwerg. »Kein schönes Geschäft. Nicht, daß ich so vermessen wäre, eine andere Meinung als Thorin zu haben – möge sein Bart immer länger wachsen –, aber er hatte schon seit jeher einen verflucht steifen Nacken.«

»Nicht so steif wie meine Beine«, sagte Bilbo. »Ich bin hundemüde von diesen Treppen und Steingängen. Ich würde viel darum geben, wenn ich ein bißchen Gras an meinen Zehen spüren könnte.«

»Und ich würde viel darum geben, wenn ich einen kräftigen Schluck in meiner Kehle spüren und nach einem guten Abendbrot in einem weichen Bett liegen könnte.«

»Bedaure, ich kann es Euch nicht verschaffen, denn die Belagerung ist leider noch nicht aufgehoben. Aber ich habe schon lange keine Wache mehr gehabt, und wenn Ihr wollt, übernehme ich Eure. Heut nacht kann ich sowieso keinen Schlaf finden.«

»Ihr seid ein guter Kerl, Mister Beutlin. Ich nehme Euer Angebot gerne an. Ist irgend etwas los, so weckt mich zuerst, denkt daran! Ich liege in der inneren Halle gleich links. Es ist nicht weit.«

»Geht nur!« sagte Bilbo. »Ich wecke Euch um Mitternacht, und dann könnt Ihr den nächsten Posten wachrütteln.«

Kaum war Bombur gegangen, da streifte Bilbo seinen Ring an, befestigte das Tau, glitt die Mauer hinunter und war verschwunden. Fünf Stunden hatte er vor sich. Bombur würde schlafen (er konnte jederzeit schlafen, und seit dem Abenteuer im Nachtwald versuchte er immer wieder, noch einmal der wunderbaren Träume von damals habhaft zu werden). Alle anderen arbeiteten unten mit Thorin. Es war unwahrscheinlich, daß einer heraufkam, ehe die Reihe, Wache zu halten, an ihm war – auch Fili oder Kili nicht.

Es war sehr dunkel. Und als Bilbo den kürzlich erst angelegten Steig verlassen hatte und zum unteren Flußlauf hinunterkletterte, war ihm der Weg unbekannt. Endlich gelangte er zu jener Flußbiegung, wo er, wenn er das Lager erreichen wollte, das Wasser überqueren mußte. Das Flußbett war dort zwar seicht, aber auch sehr breit, und es war für einen kleinen Hobbit durchaus nicht leicht, hinüberzugelangen. Er hatte es indessen fast geschafft, als er auf einem runden Stein ausglitt und mit einem Aufklatschen ins kalte Wasser fiel. Kaum war er das andere Ufer hinaufgeklettert, zitternd und unter Gespritze, als Elben mit brennenden Laternen im Dunkel nach der Ursache des Geräuschs suchen kamen.

»Das war kein Fisch!« sagte einer. »Das muß ein Spion sein. Tut die Laternen weg. Sie helfen ihm mehr als uns, falls es dieses merkwürdige kleine Wesen ist, das ihr Diener sein soll.«

»Diener, in der Tat!« schnaufte Bilbo. Und mitten in seinem Schnaufen mußte er herzhaft niesen. Sogleich stürzten die Elben auf das Geräusch zu.

»Macht Licht an!« sagte Bilbo. »Ich bin hier, falls ihr mich sucht!« Und er streifte den Ring ab und sprang hinter einem Stein hervor.

Trotz ihrer Überraschung ergriffen sie Bilbo sofort. »Wer seid Ihr? Seid Ihr der Hobbit von den Zwergen? Was macht Ihr hier? Wie konntet Ihr so weit durch unsere Postenkette kommen?« fragten sie ihn.

»Ich bin Mister Bilbo Beutlin«, antwortete er, »ein Gefährte von Thorin, wenn ihr es wissen wollt. Euren König kenne ich gut vom Sehen – vielleicht kennt er mich nicht so gut. Aber Bard wird sich meiner erinnern. Und Bard möchte ich jetzt sprechen.«

»Wirklich!« sagten sie. »Und was habt Ihr dabei vor?«

»Das, meine guten Elben, ist meine eigene Sache. Aber wenn ihr jemals in eure Wälder heimkehren und diesen trostlos kalten Platz verlassen wollt«, antwortete er zähneklappernd, »dann bringt mich eilig zu einem Feuer, wo ich trocknen kann – und dann laßt mich, so schnell es geht, mit euren Führern sprechen. Ich habe nur eine oder zwei Stunden Zeit.«

So also kam es, daß etwa zwei Stunden, nachdem er sich aus dem Tor gestohlen hatte, Bilbo an einem warmen Feuer vor einem großen Zelt saß, und neben ihm saßen (und starrten ihn immer noch wie ein Weltwunder an) der Elbenkönig und Bard.

Ein Hobbit in Elbenrüstung, teilweise in eine alte Wolldecke gewickelt, war kein alltäglicher Anblick.

»Ihr wißt«, sagte Bilbo in seinem schönsten Geschäftston, »daß diese ganze Geschichte ein Unding ist. Und was mich persönlich angeht: Ich bin es satt. Ich will zurück, nach Hause, wo die Leute vernünftiger sind. Aber ich habe ein geschäftliches Interesse an der Sache. Um genau zu sein: Mein Schatzanteil beläuft sich auf ein Vierzehntel, wie ein Brief besagt, den ich glücklicherweise aufgehoben habe.« Aus der Brusttasche seines alten Rocks, den er immer noch über seiner Rüstung trug, zog er den eng gefalteten, zerknitterten Brief Thorins, jenen Brief, den er unter der Uhr auf dem Kaminsims gefunden hatte, im Mai!

»Ein Anteil an den Gewinnen, versteht Ihr«, fuhr Bilbo fort. »Das gibt mir zu denken. Persönlich bin ich nur zu geneigt, Eure Ansprüche sorgfältig zu erwägen und was rechtens ist, vom Gesamtschatz abzuziehen, bevor ich meine eigenen Ansprüche stelle. Aber Ihr kennt Thorin Eichenschild nicht so gut, wie ich ihn jetzt kenne. Ich versichere Euch: Er ist bereit, auf seinem Goldhaufen sitzen zu bleiben und zu verhungern, wenn Ihr nicht abzieht.«

»Meinetwegen, soll er«, sagte Bard. »Solche Narren verdienen es, daß sie verhungern.«

»Ganz recht«, erwiderte Bilbo. »Ich verstehe Eure Ansicht. Indessen kommt der Winter rasch heran. Nicht lange, und Ihr habt Schnee, die Verpflegung wird schwierig – selbst für Elben, meine ich. Und dann wird es noch andere Schwierigkeiten geben. Ihr habt noch nichts von Dain und den Zwergen der Eisenberge gehört.«

»Natürlich. Es ist schon eine lange Zeit her. Aber was hat das jetzt mit uns zu tun?« fragte der König.

»Das habe ich mir gedacht. Wie ich sehe, habe ich Neuigkeiten gehört, die Ihr noch gar nicht kennt. Dain, das kann ich Euch verraten, ist zu dieser Stunde weniger als zwei Tagemärsche von hier entfernt und hat mindestens fünfhundert grimmige Zwerge mit sich. Ein gut Teil hat Erfahrung aus den schrecklichen Kriegen zwischen Zwergen und Orks, von denen Ihr ohne Zweifel gehört habt. Wenn sie hier ankommen, wird es ernste Verwicklungen geben.«

»Warum erzählt Ihr uns das? Verratet Ihr Eure Freunde, oder droht Ihr uns?« fragte Bard grimmig.

»Mein lieber Bard«, quietschte Bilbo, »seid bitte nicht so voreilig! Wie mißtrauisch Ihr seid! Ich will nichts anderes, als allen Beteiligten Kummer ersparen. Und jetzt möchte ich Euch ein Angebot machen.«

»Laßt hören!« sagten sie.

»Ihr sollt es sehen!« sagte Bilbo. »Hier ist es!« Und er zog den Arkenjuwel heraus und warf die Verpackung weg.

Selbst der Elbenkönig, der an den Anblick erlesener Schönheit gewöhnt war, stand vor Verwunderung auf. Auch Bard schaute und staunte und sagte kein Wort. Es war, als ob eine Kugel mit Mondlicht gefüllt wäre und vor ihnen in einem Netz hinge, das aus den Strahlen kühlglitzernder Sterne gewebt worden war.

»Dies ist Thrains Arkenjuwel«, sagte Bilbo, »das Herz des Berges. Und es ist auch Thorins Herz. Er schätzt es mehr als einen ganzen Fluß aus lauterem Gold. Ich gebe es Euch. Ich will Euch helfen, damit Ihr leichter mit Thorin verhandeln könnt.« Und damit gab Bilbo, nicht ohne daß ihm ein Schauder den Rücken hinunterlief, mit einem leisen Zögern des Bedauerns den wunderbaren Stein an Bard. Bard hielt ihn ganz benommen in der Hand.

»Aber wieso gehört er Euch, und Ihr könnt ihn hergeben?« fragte er schließlich mit sichtbarer Anstrengung.

»Ach«, entgegnete der Hobbit, der sich gar nicht wohl in seiner Haut fühlte. »So ganz richtig gehört er mir wohl nicht. Aber ich bin bereit, für den Juwel auf alle meine Ansprüche zu verzichten, versteht Ihr? Mag sein, daß ich ein Meisterdieb bin – jedenfalls nennen sie mich so. Ich selber habe mich wirklich nie als einer gefühlt. Aber ich bin ein ehrlicher Meisterdieb, hoffe ich, mehr oder weniger jedenfalls. Und jetzt gehe ich zurück, und die Zwerge mögen mit mir anstellen, was sie wollen. Ich hoffe, Ihr jedenfalls findet meine Absicht gut.«

Der Elbenkönig blickte Bilbo aufs neue voll Verwunderung an. »Bilbo Beutlin«, sagte er, »Ihr seid es mehr wert, die Rüstung eines Elbenprinzen zu tragen, als mancher, der hübscher darin aussah. Aber es sollte mich wundern, wenn Thorin Eichenschild Eure Tat nicht anders einschätzt. Ich kenne die Zwerge vielleicht besser als Ihr. Und so rate ich Euch: Bleibt bei uns. Ihr sollt uns in Ehren dreifach willkommen sein.«

»Jedenfalls herzlichen Dank«, erwiderte Bilbo mit einer Verbeugung. »Aber ich meine, daß ich meine Freunde nicht verlassen darf. Schließlich sind wir miteinander durch dick und dünn gegangen. Und dem alten Bombur versprach ich, ihn um Mitternacht zu wecken. Wirklich, ich muß gehen, und es eilt sogar.«

Sie mochten sagen, was sie wollten – Bilbo war nicht

zum Bleiben zu bewegen. Eine Eskorte geleitete ihn, und als er ging, grüßten ihn sowohl der König als auch Bard mit Ehrerbietung. Wie sie durchs Lager kamen, stand ein alter Mann, der einen dunklen Mantel trug, vor einem Zelteingang auf, wo er gerade gesessen hatte. Er schritt ihnen entgegen.

»Gut gemacht, Mister Beutlin!« sagte er und klopfte Bilbo auf den Rücken. »Es steckt immer noch mehr in Euch, als einer annehmen sollte!« Es war Gandalf.

Zum erstenmal seit vielen, vielen Tagen fühlte Bilbo sich wirklich glücklich. Aber da war keine Zeit, all die Fragen zu stellen, die sich ihm sofort aufdrängten.

»Alles zu seiner Zeit!« sagte Gandalf. »Wenn ich mich nicht irre, geht Euer Abenteuer seinem Ende zu. Allerdings steht Euch sehr bald eine unerfreuliche Zeit bevor. Aber haltet durch! Es kann sein, daß Ihr gut durchkommt. Es geht etwas vor, von dem selbst die Raben noch nichts gemerkt haben. Gute Nacht!«

Verwirrt, aber ermutigt, hastete Bilbo weiter. Er wurde zu einer sicheren Furt geleitet und trocken ans andere Ufer gebracht. Dann sagte er den Elben Lebewohl und stieg vorsichtig hinauf zum Eingangstor. Eine große Müdigkeit überfiel ihn. Indessen erreichte er rechtzeitig vor Mitternacht die Mauer. Noch hing das Tau so, wie er es zurückgelassen hatte, und er kletterte hinauf. Er band es los und verbarg es. Dann setzte er sich auf die Mauer und überlegte angestrengt, was jetzt geschehen würde.

Um Mitternacht weckte er Bombur. Dann legte er sich, in seine Schlafdecke eingewickelt, in seiner Ecke nieder, ohne die Dankesrede des alten Zwerges anzuhören (die, so meinte er, er wohl schwerlich verdient hätte). Bald war er tief eingeschlafen und vergaß all seinen Kummer bis zum Morgen. Genau gesagt, er träumte von Eiern und Schinken.

Die Wolken bersten

Früh erklangen am nächsten Tag die Trompeten im Lager. Bald sah man einen einzelnen Eilboten den engen Steig entlanglaufen. In einiger Entfernung blieb er stehen und rief zur Mauer hinauf, ob Thorin jetzt eine neue Abordnung anhören wolle, denn neue Nachrichten seien eingetroffen, die Lage habe sich geändert.

»Dain!« sagte Thorin, als er es hörte. »Sie haben Wind bekommen von seinem Anmarsch. Ich habe mir gedacht, daß das ihre Stimmung ändert. Sagt ihnen, nur wenige sollen kommen, und ohne Waffen. Dann werde ich sie anhören«, rief er dem Boten zu.

Gegen Mittag sah man, wie das Banner des Waldreiches und das des Sees herangetragen wurden. Eine Schar von zwanzig Leuten nahte. Am Anfang des schmalen Steiges legten sie Schwert und Speer nieder, und dann traten sie an die Mauer heran. Die Zwerge wunderten sich sehr, daß sich Bard und der Elbenkönig unter ihnen befanden. Vor ihnen stand ein alter Mann in Mantel und Kapuze und trug ein von starken Eisenbändern umfaßtes Holzkästchen.

»Seid gegrüßt, Thorin!« sagte Bard. »Seid Ihr noch immer derselben Meinung?«

»Meine Meinung ändert sich nicht mit einigen Sonnenauf- und -untergängen«, antwortete Thorin. »Seid Ihr gekommen, müßige Fragen zu stellen? Das Elbenheer ist noch immer nicht abgezogen, obgleich ich es verlangt habe. Bis dahin kommt Ihr vergeblich, wenn Ihr mit mir verhandeln wollt.«

»Und es gibt gar nichts, für das Ihr ein Gran Eures Goldes abgeben wollt?«

»Nichts, das Ihr oder Eure Freunde anzubieten hättet.«

»Und wie ist es mit Thrains Arkenjuwel?« fragte Bard, und in diesem Augenblick öffnete der alte Mann das Kästchen und hielt den edlen Stein hoch. Weiß strahlend glänzte er im Morgenlicht.

Fassungslos vor Staunen und Verwirrung stand Thorin da. Keiner sagte etwas. Lange Zeit währte das Schweigen.

Dann brach schließlich Thorin die Stille, und seine Stimme zitterte vor Zorn. »Dieser Stein gehörte meinem Vater, dieser Stein ist mein Eigentum«, rief er. »Wie käme ich dazu, mein Eigentum zu erkaufen?« Aber er konnte seine Verwunderung nicht länger zurückhalten und fügte hinzu: »Doch wie fiel das Erbe meines Hauses Euch in die Hände – falls es nicht sinnlos ist, Diebe danach zu fragen?«

»Wir sind keine Diebe«, antwortete Bard. »Wir wollen Euch Euer Eigentum gegen unser Eigentum zurückgeben.«

»Wie habt Ihr ihn bekommen?« schrie Thorin in steigender Wut.

»Ich war es«, quietschte Bilbo, »der ihnen den Stein gab.« Und er schaute in Todesängsten über die Mauer hinweg.

»Ihr! Ihr!« schrie Thorin, drehte sich Bilbo zu und ergriff ihn mit beiden Händen. »Elender Hobbit! Ihr zu kurz geratener – Meisterdieb!« Die Worte gingen ihm aus, und er schüttelte Bilbo wie ein Kaninchen.

»Beim Bart von Durin! Ich wünschte, Gandalf wäre hier! Verflucht soll er sein, warum hat er Euch bloß ausgewählt. Möge sein Bart verdorren! Und was Euch angeht: In die Klippen werde ich Euch schmettern!« schrie er und hob Bilbo hoch in die Luft.

»Halt! Euer Wunsch ist erfüllt!« sagte eine Stimme. Der alte Mann, der das Kästchen trug, schlug Mantel und Kapuze zurück. »Hier ist Gandalf! Und das zur rechten Zeit, scheint es. Wenn Ihr meinen Meisterdieb auch nicht mögt, so krümmt ihm bitte kein Haar! Stellt ihn auf die Füße. Und dann hört zu, was er zu sagen hat!«

»Ihr steckt alle unter einer Decke«, schnaubte Thorin und setzte Bilbo auf die Mauer nieder. »Nie wieder will ich mit einem Zauberer und seinen Freunden etwas zu schaffen haben. Was habt Ihr zu sagen, Rattensohn?«

»Lieber Himmel, lieber Himmel!« stöhnte Bilbo. »Es ist mir außerordentlich peinlich, glaubt mir. Aber vielleicht erinnert Ihr Euch, daß Ihr gesagt habt, ich solle mir mein Vierzehntel selbst auswählen? Vielleicht nahm ich das allzu wörtlich – ich habe mir sagen lassen, daß Zwerge in Worten höflicher sind als in Taten. Es gab ja einmal eine Zeit, da schien es, als ob auch Ihr überzeugt wäret, daß ich Euch von einigem Nutzen war. Rattensohn! Ist das Eure Erkenntlichkeit, die Ihr mir versprochen habt, Thorin? Nehmt es, wie es ist: Ich habe über meinen Anteil verfügt, wie ich es für richtig hielt. Und laßt es gehen, wie es gehen muß.«

»Das will ich«, sagte Thorin finster. »Und damit will ich auch Euch gehen lassen. Mögen wir uns nie wieder begegnen!« Dann wandte er sich um und sprach über die Mauer. »Ich bin verraten«, sagte er. »Ihr habt es richtig eingefädelt: Auf den Arkenjuwel kann ich nicht verzichten, ich muß ihn wiedererlangen, er ist der Schatz meines Hauses. Für diesen Stein will ich ein Vierzehntel des Hortes in Silber und Gold hingeben, abgesehen von den Edelsteinen. Das soll der versprochene Anteil des Verräters sein, und mit diesem Lohn mag er gehen. Und Ihr könnt teilen, wie Ihr wollt. Wenig genug wird ihm übrigbleiben, daran zweifle ich nicht. Nehmt ihn jetzt, wenn Ihr ihn lebendig haben wollt. Kein freundschaftliches Band verbindet mich mehr mit ihm. Und jetzt schert Euch hinunter zu Euren Freunden«, sagte er zu Bilbo, »oder ich werfe Euch hinunter!«

»Und wie steht es mit dem Silber und dem Gold?« fragte Bilbo.

»Das soll folgen, sobald wir es einrichten können«, antwortete Thorin. »Aus den Augen!«

»Bis dahin behalten wir den Stein«, rief Bard zurück.

»Der König unter dem Berg erweist sich nicht gerade als besonders großherzig«, sagte Gandalf. »Aber die Zeiten können sich ändern.«

»Das können sie in der Tat«, antwortete Thorin. Und schon erwog er, ob er nicht mit Hilfe Dains den Arkenjuwel erobern und den Anteil Bilbos behalten konnte, so sehr lastete der verderbliche Zauber des Schatzes auf ihm.

Bilbo wurde die Mauer hinuntergelassen, und er ging mit einem Nichts für all seine Mühe – abgesehen von der Rüstung, die Thorin ihm vorher schon gegeben hatte. Mehr als einer unter den Zwergen schämte sich tief im Herzen und trauerte über Bilbos Abschied.

»Lebt wohl!« rief er ihnen zu. »Als Freunde wollen wir uns wiedersehen.«

»Verschwindet!« schrie Thorin. »Ihr tragt eine Rüstung, die mein Volk geschmiedet hat und die viel zu gut ist für Euch. Pfeile können sie nicht durchbohren, aber wenn Ihr nicht schnell macht, spieße ich Euch bei Euren elenden Füßen auf! Also schnell, fort mit Euch!«

»Nicht so hastig!« sagte Bard. »Wir lassen Euch Zeit bis morgen. Mittags kommen wir zurück, und dann werden wir sehen, ob Ihr jenen Teil aus dem Schatz gebracht habt, der für diesen Stein ausgesetzt ist. Ist das ohne Trug geschehen, dann ziehen wir ab, und das Elbenheer kehrt in den Wald zurück. Inzwischen lebt wohl!«

Damit gingen sie in das Lager zurück. Aber Thorin sandte Boten über Roäc an Dain, ließ ihn davon unterrichten, was geschehen war, und bat ihn, rasch anzurücken.

Der Tag verging, und die Nacht verging. Am nächsten Tag sprang der Wind nach Westen um, und es war dunkel und trübe. Noch war es früh am Morgen, als ein alarmierender Ruf im Lager umging. Eilboten waren gekommen und hatten berichtet, daß ein Zwergenheer am östlichen Ausläufer des Berges erschienen sei und in Eilmärschen auf Dal zustrebte. Dain war gekommen. Er war die ganze Nacht hindurch marschiert, und nun war sein Heer viel früher eingetroffen, als man erwartet hatte. Jeder von seinen Leuten trug ein Panzerhemd aus stählernen Kettenringen, das bis zu den Knien herabhing. Die Beine waren von einer Panzerhose aus feinsten biegsamen Metallmaschen geschützt, die nur Dains Volk herstellen konnte. Diese Krieger waren selbst für Zwerge ungewöhnlich stark. In der Schlacht schwangen sie schwere zweihändige Hacken. Außerdem trugen sie ein breites Kurzschwert an der Seite, und über der Schulter hing ihnen ein Rundschild. Ihre Gabelbärte waren geflochten und hinter die Gürtel gesteckt. Ihre Sturmhauben und ihre Stiefel waren aus Eisen, und ihre Gesichter sahen grimmig aus.

Trompeten riefen Menschen und Elben zu den Waffen. Nicht lange, und man konnte die Zwerge im Eilschritt das Tal heraufziehen sehen. Zwischen dem Fluß und dem Ostausläufer des Berges hielten sie an. Aber einige zogen gleich weiter, überquerten den Fluß und näherten sich dem Lager. Dort legten sie ihre Waffen nieder und erhoben ihre Hände zum Zeichen des Friedens. Bard ging hinaus, um mit ihnen zu reden, und Bilbo folgte ihm.

»Wir sind gesandt von Dain, Sohn von Nain«, sagten sie auf Bards Frage. »Wir eilen, unsere Verwandten im Gebirge zu begrüßen, denn wir hören, das alte Königreich sei neu errichtet worden. Aber wer seid Ihr, die Ihr im Tal wie Feinde vor befestigten Toren lagert?« Das war die höfliche und ein bißchen altmodische Sprache, wie man sie bei solchen Gelegenheiten anzuwenden pflegte. Mit einfachen Worten besagte es jedoch nichts anderes als: Ihr habt hier nichts verloren. Wir setzen unsern Weg fort, also macht Platz, oder wir werden gegen euch kämpfen. Sie beabsichtigten wohl, zwischen Bergflanke und Fluß vorzurücken, denn der schmale Landstreifen schien nicht sonderlich stark bewacht zu sein.

Bard verweigerte natürlich den Zwergen, geradewegs auf den Berg zuzugehen. Er war entschlossen zu warten, bis Gold und Silber zum Austausch für den Arkenjuwel herausgebracht wurden. Er glaubte nicht daran, daß dies je geschehen würde, wenn die Festung erst einmal durch ein solch zahlreiches und kriegerisches Heer bemannt wäre. Dain hatte große Vorratsmengen mitgebracht, denn Zwerge können sehr schwere Lasten tragen. Fast alle aus seinem Volk hatten trotz des raschen Marsches neben ihren Waffen gewaltiges Gepäck geschultert. So würden sie wochenlang einer Belagerung standhalten. Inzwischen würden immer noch mehr Zwerge kommen, denn Thorin hatte viele Verwandte. Auch würden sie in der Lage sein, irgendein anderes Tor wieder zu öffnen und zu bewachen, so daß die Belagerer den ganzen Berg einschließen mußten. Und dafür waren sie nicht zahlreich genug.

So sahen in der Tat die Pläne der Zwerge aus (die Rabenboten waren geschäftig zwischen Thorin und Dain hin und her geflogen). Aber im Augenblick war der Weg versperrt. Nach ärgerlichem Wortwechsel zogen die Zwergenboten sich zurück und brummten Verwünschungen in ihre Bärte. Bard indessen sandte sogleich zum großen Tor. Aber dort fanden seine Leute weder Gold noch andere Bezahlung: Pfeile schwirrten ihnen entgegen, als sie auf Schußweite herangekommen waren, und in größter Bestürzung hasteten sie zurück. Im Lager herrschte ein Gewühl, als solle im nächsten Augenblick die Schlacht beginnen. Auf dem Ostufer zogen Dains Zwerge entlang.

»Narren!« lachte Bard. »Wer wird denn direkt an der Bergflanke vorbeimarschieren! Vielleicht verstehen sie etwas vom Krieg unter der Erde, aber von Schlachten über der Erde verstehen sie bestimmt nichts. Unsere Bogenschützen und Speerträger sind in den Felsen auf ihrer rechten Flanke zahlreich genug verborgen. Zwergenpanzer mögen gut sein, aber sie werden bald viel aushalten müssen.

Gleich werden wir sie von beiden Seiten angreifen, ehe sie zu übermütig werden!«

Aber der Elbenkönig sagte: »Ich will doch lieber abwarten, ehe ich diesen Krieg des Goldes wegen beginne. Die Zwerge können nicht an uns vorbei, wenn wir es nicht wollen, und können auch nichts unternehmen, das wir nicht übersehen. Noch ist Hoffnung. Vielleicht geschieht etwas, das Aussöhnung bringt. Wenn es aber trotzdem zu einer unglückseligen Schlägerei kommen sollte, dann wird unsere zahlenmäßige Überlegenheit genügen.«

Doch er rechnete nicht mit den Zwergen. Sie wußten, daß der Arkenjuwel in den Händen der Belagerer war, und das ließ ihnen keine Ruhe. Auch sahen sie, daß Bard und seine Freunde zögerten. Und so waren sie zum Handstreich entschlossen, während im anderen Lager noch debattiert wurde.

Plötzlich und ohne Signal gingen sie stumm zum Angriff über. Bogensehnen surrten, und Pfeile pfiffen. Die Schlacht konnte jeden Augenblick entbrennen.

Aber noch plötzlicher nahte mit unheimlicher Geschwindigkeit eine Finsternis. Eine schwarze Wolke flog über den Himmel. Der Donner eines Wintergewitters rollte mit dem wilden Wind dröhnend heran und zerkrachte am Berg, während ein Blitz seinen Gipfel aufleuchten ließ. Und unter der Gewitterbank schwirrte eine andere Finsternis heran – aber sie kam nicht mit dem Wind. Sie kam als riesige Vogelwolke aus dem Norden, so dicht, daß das Tageslicht zwischen den Schwingen nicht mehr zu sehen war.

»Halt!« schrie Gandalf, der plötzlich erschien. Mit erhobenen Armen stand er allein zwischen den angreifenden Zwergen und den sie erwartenden Schlachtreihen. »Halt!« schrie er mit einer Stimme, die den Donner übertönte, und sein Stab sandte Strahlen, heller als Blitze, aus. »Unheil ist über euch alle hereingebrochen! Und viel schneller, als ich es erwartet hatte. Gleich fallen die Orks über euch her. Bolg aus dem Norden ist gekommen. O Dain: Bolg, dessen Vater Ihr in Moria erschlagen habt. Seht, die Fledermäuse schwirren über seinem Heer wie ein riesiger Heuschrekkenschwarm. Sie reiten auf Wölfen. Und die Warge sind mit ihnen!«

Überraschung und Verwirrung bemächtigte sich aller. Noch während Gandalf sprach, nahm die Dunkelheit zu. Die Zwerge hielten an und starrten zum Himmel hinauf. Die Elben sprachen alle durcheinander.

»Kommt!« rief Gandalf. »Noch ist es Zeit, sich zu beraten. Dain, Sohn von Nain, möge rasch zu uns herüberkommen!«

So begann eine Schlacht, mit der niemand gerechnet hatte. Sie wurde die Schlacht der fünf Heere genannt, und sie war entsetzlich. Auf einer Seite kämpften Orks und Wildwölfe, und auf der anderen Elben, Menschen und Zwerge. Und auf folgende Weise kam es dazu: Seit dem Tod des Großen Orks der Nebelberge war der Haß der Unterirdischen zu heller Glut entfacht. Boten eilten hin und her zwischen ihren Städten, Niederlassungen und Zwingburgen, denn jetzt wollten sie ein für allemal die Herrschaft im Norden an sich reißen. Sie hatten im geheimen Nachrichten gesammelt. Überall in den Bergen wurde geschmiedet und gerüstet. Dann begann der Feldzug. Sie sammelten sich in Bergen und Tälern und marschierten ausschließlich durch ihre Tunnels oder in der Dunkelheit. Schließlich gelangten sie zu dem großen Berg Gundabad im Norden, wo ihre Hauptstadt lag. Ein gewaltiges Heer versammelte sich hier, das sich bereitmachte, während eines Unwetters unerwartet im Süden einzufallen. Dann hörten sie vom Tode Smaugs, und ihre Freude war groß. Nacht um Nacht hasteten sie in Eilmärschen durch das Gebirge und kamen auf diese Weise dicht hinter Dain her. Nicht einmal die Raben wußten etwas von ihrem Kommen, bis sie in die offenen, verwüsteten Landschaften zwischen ihren Bergen und dem Einsamen Berg einfielen. Wieviel Gandalf darüber wußte, steht nicht fest. Aber es war offensichtlich, daß er diesen Überraschungsangriff nicht erwartet hatte.

Und so sah sein Plan aus, den er mit dem Elbenkönig und mit Bard faßte – und mit Dain, denn der Zwergenfürst hatte sich mit ihnen vereinigt. Die Orks waren die Feinde aller, und so waren jetzt alle anderen Streitigkeiten vergessen. Ihre einzige Hoffnung war, daß sie die Orks talauf zwischen die nach Ost und Süd sich erstreckenden Bergausläufer locken konnten. Diese großen Ausläufer wollten sie besetzen. Aber das würde gefährlich sein, falls die Orks so zahlreich waren, daß sie den Berg selbst überwinden konnten. Dann würden sie von hinten und von oben angreifen. Aber es blieb keine Zeit, einen anderen Plan aufzustellen oder Hilfe anzufordern.

Bald zog das Gewitter nach Südost ab. Die Fledermauswolke kam, tiefer fliegend, über die Bergseite, schwirrte über ihre Köpfe hinweg, löschte das Tageslicht aus und erfüllte alle mit Furcht und Schrecken.

»Zum Berg!« schrie Bard. »Zum Berg! Nehmt eure Plätze ein, solange noch Zeit ist!«

Auf dem südlichen Ausläufer, in seinen niedrigeren Hängen und den Felsen an seinem Fuße setzten sich die Elben fest. Auf dem östlichen Ausläufer rüsteten sich Menschen und Zwerge. Aber Bard und einige der gewandtesten Menschen und Elben erkletterten den Grat des Ostausläufers und spähten nach Norden aus. Da sahen sie die Lande vor dem Berg schwarz von heraneilenden Orkmassen. Es dauerte gar nicht lange, und die Vorhut wirbelte um den Bergausläufer und stürzte nach Dal hinein. Es waren die schnellsten Wolfsreiter. Ihr Geschrei und Geheul zerriß die Luft. Einige wenige mutige Männer traten ihnen entgegen und leisteten schwachen Widerstand. Viele von ihnen fielen, ehe der Rest sich zurückzog und nach beiden Seiten floh. Wie Gandalf gehofft hatte, sammelte sich das Heer hinter der aufgehaltenen Vorhut und stürmte nun wütend ins Tal, zwischen die Bergflanken, wo sie den Feind erwarteten. Ihre roten und schwarzen Banner waren zahllos, wie eine Flut brandeten sie daher, voll rasender Wut und ohne Ordnung.

Es war eine schreckliche Schlacht, das schlimmste Erlebnis, das Bilbo je widerfuhr und das er zeit seines Lebens am meisten haßte. Aber es muß gesagt werden, daß es ein Erlebnis blieb, auf das Bilbo sehr stolz war. Und noch lange erzählte er nur zu gern davon, obgleich er eine ganz belanglose Rolle darin spielte. Gleich zu Anfang streifte er den Ring auf den Finger und verschwand aus dem Blickfeld – allerdings nicht aus der Gefahr. Ein Zauberring dieser Art ist durchaus kein ausreichender Schutz gegen einen Orkangriff. Er schützt nicht vor schwirrenden Pfeilen und wild geworfenen Speeren.

Aber er hilft, dem Schlimmsten aus dem Weg zu gehen, und bewahrt euren Kopf davor, Ziel für die Schwertstreiche eines Orks zu sein.

Die Elben griffen zuerst an. Ihr Haß gegen die Orks war ein kalter, bitterer Haß. Ihre Speere und Schwerter leuchteten im Zwielicht mit schneidend kalter Flamme – so tödlich war der Haß der sie führenden Hände. Sobald das Heer ihrer Feinde dicht im Tal aufgerückt war, schickten sie einen Pfeilhagel hinein. Jeder abgeschossene Pfeil glühte auf wie ein Feuerstreif. Den Pfeilen folgten tausend Speerträger, die zum Angriff übergingen. Schreie gellten ohrenbetäubend. Die Felsen schwärzten sich von Orkblut.

Gerade als sich die Orks von dem unerwarteten Angriff erholten und die Elben zum Stehen gekommen waren, erhob sich von der anderen Talseite ein tiefkehliges Gebrüll. Mit dem Ruf »Moria!« und »Dain, Dain!« griffen die

Zwerge der Eisenberge, ihre Zweihänder schwingend, ein. Neben ihnen bahnten sich die Menschen vom See ihren Weg mit blitzenden Langschwertern.

Entsetzen ergriff die Orks. Und kaum hatten sie sich umgewandt, um diesem neuen Angriff zu begegnen, als die Elben mit frischen Scharen auf sie einstürmten. Schon flohen zahlreiche Orks am Fluß zurück, um der Falle zu entgehen. Viele ihrer eigenen Wölfe fielen über sie her und zerrissen Tote und Verwundete. Der Sieg schien nahe, als oben auf den Höhen Kampfgeschrei erklang.

Orks hatten das Gebirge von der anderen Seite erstiegen, und schon hingen sie zahlreich in den steilen Hängen über dem Eingangstor. Tollkühn strömten andere Scharen herab, beachteten nicht die Todesschreie der Orks, die von Klippen und Steilhängen abstürzten. Sie kamen die Pfade vom Hauptmassiv herunter und griffen die Bergschultern von oben her an. Die Verteidiger aber waren nicht zahlreich genug, um diese Pfade lange sperren zu können. Das Blatt schien sich zu wenden. Es war nur die erste schwarze Flut, die zurückgeschlagen wurde.

Der Tag neigte sich dem Ende zu. Die Orks sammelten sich wieder im Tal. Mit hechelnden Zungen stürzten Warge vor, dicht gefolgt von der Leibwache Bolgs, großgewachsenen Orks mit krummen Stahlsäbeln. Bald überzog Dunkelheit den stürmischen Himmel, währenddessen schwirrten große Fledermäuse den Elben und Menschen um Köpfe und Ohren oder setzten sich Vampiren gleich auf die Geschlagenen. Jetzt mußte Bard den Ostausläufer verteidigen. Schon zogen seine Kampfgefährten sich langsam zurück, während drüben auf dem südlichen Ausläufer in der Nähe des Wachtpostens am Rabenberg die Elbenfürsten, um ihren König geschart, Widerstand leisteten.

Plötzlich entstand ein Geschrei, und vom großen Tor erklang Trompetengeschmetter. Sie hatten Thorin vergessen! Thorin Eichenschild hatte Hebebäume von innen ansetzen lassen. Krachend stürzte ein Teil der Mauer in die schützende Wasserfläche, und hinaus rannte der König unter dem Berg, und seine Gefährten folgten ihm. Mantel und Kapuze hatten sie zurückgelassen. Sie trugen glänzende Rüstungen, und zornig glühten ihre Augen. In der Dunkelheit schimmerte die Rüstung des großen Zwergenkönigs wie Gold in sterbendem Feuer.

Von oben warfen die Orks Felsbrocken herab. Aber die Zwerge hielten stand, eilten am Wasserfall hinab und stürzten sich in die Schlacht. Wölfe und Reiter fielen oder flohen vor ihnen. Thorin schwang seine Axt mit mächtigen Streichen. Nichts schien ihm etwas anhaben zu können.

»Hierher! Hierher! Elben und Menschen! Hierher, o meine Brüder!« schrie er, und seine Stimme klang wie ein Hornruf.

Alle Schlachtordnung mißachtend, stürzten ihm Dains Zwerge zu Hilfe. Herab kamen auch zahlreiche Menschen der Seestadt. Bard konnte sie nicht halten. Und von der anderen Seite schlossen sich ihm viele Speerträger der Elben an. Noch einmal wurden die Reihen der Orks im Tal zusammengeschlagen. Dunkel und häßlich füllten ihre Toten die Ebenen von Dal. Längst waren die Warge zum Teufel gejagt, und Thorin griff jetzt Bolgs Leibwache an. Aber ihre Reihen konnte er nicht durchbrechen.

Hinter dem angreifenden Thorin lagen viele Menschen und Zwerge tot zwischen den erschlagenen Orks – und mancher Elb, der noch lange ein fröhliches Leben in den Wäldern hatte führen sollen. Und da, wo das Tal breiter wurde, kam Thorins Angriff gar zum Stehen. Seiner Mitstreiter waren zu wenige, seine Flanken offen. Schon mußten die Stürmenden den Gegensturm auf sich anbranden sehen. Sie wurden zusammengedrängt und auf allen Seiten von den umkehrenden Orks und Wölfen eingeschlossen und angegriffen. Die Leibwache Bolgs warf sich Thorin heulend entgegen und brach in seine Reihen ein, so wie Küstenwellen über Sandklippen hinwegspülen. Thorins Freunde konnten ihm nicht helfen, denn auch auf dem Berg wurde der Angriff mit neuer Wut aufgenommen. Überall wurden Menschen und Elben langsam Schritt um Schritt zurückgedrängt.

Auf all dies blickte Bilbo mit tiefer Betrübnis hinab. Er hatte bei den Elben auf dem Rabenberg Stellung bezogen – teils, weil er von dort leichter entkommen konnte, und teils (und das war mehr der Tukseite in ihm zuzuschreiben), weil, wenn es schon um ein verzweifeltes Aushalten ging, er lieber den Elbenkönig verteidigte. Auch war Gandalf dort. Er saß auf dem Felsboden und schien in tiefe Gedanken versunken. Vermutlich bereitete er einen letzten Zauberstreich vor, ehe das Ende kam.

Und das schien nicht fern zu sein. Nicht mehr lang, dachte Bilbo, und die Orks erobern das Eingangstor, und wir werden alle zusammengehauen, davongejagt oder gefangen. Man möchte heulen, wenn man bedenkt, was wir durchgestanden haben. Ich wollte, der alte Smaug wäre auf diesem verwünschten Schatz sitzen geblieben. Das wäre mir lieber, als daß diese widerlichen Kreaturen ihn bekommen und der arme alte Bombur und Balin, Fili und Kili und alle die andern ein schlimmes Ende finden, und Bard auch und die Menschen vom See und die fröhlichen Elben. O Jammer! Ich habe manches Lied von mancher Schlacht gehört, und ich habe immer gedacht, daß auch eine Niederlage ruhmreich sein kann. Aber sie scheint doch sehr ungemütlich zu sein, um nicht zu sagen betrüblich. Ach, wenn ich nur aus allem schon heraus wäre!

Der Sturm zerriß die Wolken, und die untergehende Sonne ließ den Himmel im Westen rot erglühen. Als Bilbo in der Dunkelheit das plötzliche Aufleuchten sah, drehte er sich um. Und da schrie er auf, denn er hatte etwas bemerkt, was sein Herz höher schlagen ließ: schmale, dunkle Schwingen, königlich vor dem fernen Lichtstreifen.

»Die Adler!« schrie Bilbo. »Die Adler kommen!« Seine Augen täuschten sich selten. Die Adler kamen mit dem Wind, eine Fluglinie nach der anderen. Es war ein Heer, das sich aus allen Horsten des Nordens gesammelt haben mußte. »Die Adler! Die Adler!« brüllte Bilbo begeistert, tanzte und schwenkte die Arme.

Wenn die Elben ihn auch nicht sehen konnten, so hörten sie ihn doch. Bald nahmen auch sie den Schrei auf, und er hallte im ganzen Tal wider. Viele erstaunte Augen blickten auf, obgleich noch nichts zu sehen war.

»Die Adler!« schrie Bilbo noch einmal, aber in diesem Augenblick schlug schwer ein herabsausender Stein gegen seinen Helm. Bilbo stürzte auf den Felsboden und verlor das Bewußtsein.

Der Weg zurück

Als Bilbo wieder zu sich kam, war er buchstäblich nur zu sich selbst gekommen. Er lag auf den flachen Steinen des Rabenberges, und keiner war bei ihm. Es war ein wolkenloser, wenn auch sehr kalter Tag. Bilbo klapperte mit den Zähnen, und obgleich er so kalt wie Stein war, brannte sein Kopf wie Feuer.

Jetzt möchte ich bloß wissen, was geschehen ist? fragte er sich. Jedenfalls bin ich noch nicht einer der erschlagenen Helden. Aber ich vermute, daß auch das noch passieren kann.

Stöhnend setzte er sich auf. Als er in das Tal hinausblickte, konnte er keine lebenden Orks erspähen. Nach einer Weile, als sein Kopf ein bißchen klarer geworden war, kam es ihm vor, als sähe er Elben drunten zwischen den Felsen. Er rieb sich die Augen. Gewiß, da war auch in einiger Entfernung noch ein Lager in der Ebene. Und was bedeutete das Kommen und Gehen am Haupttor? Da schienen Zwerge eifrig dabei zu sein, die Mauer abzutragen. Aber es war totenstill. Kein Ruf, kein Echo, kein Lied. Es war, als stünde eine stumme Trauer in der Luft.

Wie dem auch sei, sagte Bilbo und betastete seinen schmerzenden Kopf, wir scheinen gewonnen zu haben. Doch offensichtlich ist es eine sehr traurige Angelegenheit.

Plötzlich gewahrte er einen Mann, der den Hang heraufkletterte und auf ihn zukam.

»Hallo!« rief Bilbo mit zittriger Stimme. »Hallo! Was ist los?«

»Wer ruft da zwischen den Steinen?« fragte der Mann, hielt an und starrte um sich. Er stand gar nicht weit weg von Bilbo.

Da erinnerte sich der Hobbit an den Ring. Donnerwetter! sagte er zu sich selbst. Die Unsichtbarkeit hat doch ihre Nachteile. Sonst hätte ich vermutlich eine angenehme warme Nacht in einem Bett verbringen können. Und dann rief er: »Ich bin es, Bilbo Beutlin, Thorins Kampfgefährte!« und zog rasch den Ring vom Finger.

»Gut, daß ich Euch gefunden habe!« sagte der Mann und trat näher. »Man braucht Euch, und wir haben lange nach Euch gesucht. Ihr wäret schon unter die vielen Gefallenen gerechnet worden, wenn der Zauberer Gandalf nicht gesagt hätte, daß er Eure Stimme an diesem Platz zuletzt hörte. Man hat mich hinaufgeschickt, damit ich Euch hier zum letzten Mal suchen soll. Seid Ihr sehr verletzt?«

»Ein häßlicher Hieb auf den Kopf, nehme ich an«, antwortete Bilbo. »Zwar habe ich einen Helm und einen harten Schädel, aber ich bin krank, und meine Beine fühlen sich wie Stroh an.«

»Ich trage Euch hinunter ins Lager«, sagte der Mann und hob ihn mit Leichtigkeit hoch.

Der Mann ging rasch und sicher. Und so dauerte es nicht lang, und Bilbo wurde vor einem Zelt in Dal abgesetzt. Gandalf erwartete ihn. Er trug den Arm in einer Binde. Selbst der Zauberer war nicht ohne Verwundung davongekommen. Im ganzen Heer gab es nur sehr wenige, die die Schlacht ohne Schaden überstanden hatten.

Als Gandalf Bilbo sah, war er hocherfreut. »Beutlin«, rief er aus, »wirklich wunderbar! Ihr lebt, welche Freude! Ich zweifelte bereits an Eurem Glück, das Euch sonst immer beisteht. Ein schreckliches Geschäft, diese Schlacht, und beinahe nahm es ein verheerendes Ende. Doch alles andre kann jetzt warten. Kommt!« sagte er und wurde ernst. »Drinnen wartet jemand auf Euch!« Damit führte er den Hobbit ins Zelt.

»Gruß Euch, Thorin«, sagte Gandalf, als er eintrat. »Ich habe ihn gebracht.«

Da lag Thorin Eichenschild, von vielen Wunden bedeckt. Seine zerfetzte Rüstung und die schartige Axt lagen auf dem Boden. Er schaute auf, als Bilbo an sein Lager trat.

»Lebt wohl, guter Dieb«, sagte er. »Ich gehe nun zu den Hallen des langen Wartens, um neben meinen Vätern zu sitzen, bis die Welt erneuert wird. Da ich jetzt alles Gold und Silber lasse und dorthin gehe, wo Reichtümer von geringem Wert sind, möchte ich in Freundschaft von Euch scheiden, und ich möchte zurücknehmen, was ich am großen Tor sagte und tat.«

Bilbo kniete traurig an Thorins Lager nieder. »Lebt wohl, König unter dem Berg!« sagte er.

»Dies ist ein bitteres Abenteuer, wenn es so enden muß. Und nicht ein Berg von Gold kann es gutmachen. Aber ich bin froh, daß ich teilhatte an den Gefahren, die Ihr durchstehen mußtet – das ist mehr, als ein Beutlin je verdient hat.«

»Nein!« erwiderte Thorin. »Es steckt mehr Gutes in Euch, als Ihr selbst wißt. Mut und Weisheit in einem schönen Ebenmaß. Wenn mehr von uns Heiterkeit, gutes Tafeln und klingende Lieder höher als gehortetes Gold schätzen würden, so hätten wir eine fröhlichere Welt. Aber traurig oder fröhlich – ich muß Euch jetzt verlassen. Lebt wohl!«

Dann drehte sich Bilbo um. Er ging allein fort, setzte sich nieder und schlug eine Decke um die Schultern, und, ihr könnt es glauben oder nicht, er weinte, bis seine Augen rot und seine Stimme heiser war. Bilbo hatte eine gute kleine Seele. Es dauerte lange, bis er es übers Herz brachte, wieder einen Spaß zu machen. Ein Glück, sagte er schließlich zu sich selbst, daß ich rechtzeitig aufwachte. Ich wünschte, Thorin wäre am Leben, aber ich bin froh, daß wir in Freundschaft Abschied genommen haben. Du bist ein Narr, Bilbo Beutlin. Du hast ein großes Theater um diesen Arkenstein gemacht. Und doch gab es eine Schlacht. Sie fand statt trotz all deiner Bemühungen, Ruhe und Frieden zu erkaufen. Aber ich denke, dafür kannst du kaum getadelt werden.

Später erfuhr Bilbo, was geschehen war, während er betäubt dalag. Aber es machte ihm mehr Kummer als Freude. Und jetzt war er sein Abenteuer wirklich leid. Mit Macht zog es ihn zur Reise heimwärts. Doch das hat noch Weile, und so kann ich euch in der Zwischenzeit etwas über die Ereignisse erzählen. Als die Orks sich zum Heereszug versammelten, hatten die Adler sogleich Verdacht geschöpft. Ihrer Wachsamkeit konnte das Treiben der Orks im Gebirge nicht gänzlich verborgen bleiben. So hatten sie sich ebenfalls unter dem Großen Adler der Nebelberge in gewaltigen Scharen gesammelt. Als es aber aus der Ferne nach Kampf zu riechen begann, kamen sie gerade noch vor Toresschluß mit dem Sturm herbeigeeilt. Sie waren es, die die Orks von den Berghängen hinunterfegten, in die Abgründe stürzten oder schreiend und völlig verstört in die Arme ihrer Feinde trieben. Es hatte nicht lange gedauert, bis sie den Einsamen Berg von Orks gesäubert hatten, und sowohl die Elben als auch die Menschen konnten von allen Seiten her ihren Freunden unten im Tal zu Hilfe eilen.

Aber selbst mit den Adlern als Bundesgenossen waren sie noch an Zahl unterlegen. Und in dieser letzten Stunde erschien Beorn. Keiner wußte, wie und woher er kam. Er kam allein und in Bärengestalt. Ja, er schien in seiner Wut zu einem riesigen Untier geworden zu sein.

Sein Gebrüll klang wie Paukendröhnen und Kanonendonner. Er fegte Wölfe und Orks wie Strohhalme und Federn aus dem Weg. Dann fiel er über die Nachhut her und brach wie ein Donnerschlag durch den Ring, den die Orks um die Zwerge geschlossen hatten. Auf einer niedrigen Hügelkuppe hatten sich die Zwerge um ihre Fürsten geschart. Beorn hielt inne und hob Thorin auf, der von Speeren getroffen war, und er trug ihn aus dem Tumult.

Rasch kehrte Beorn zurück. Sein Zorn hatte sich verdoppelt, nichts widerstand ihm, keine Waffe schien gegen ihn etwas zu nützen. Er jagte die Leibwache auseinander, faßte Bolg und zermalmte ihn. Da überfiel Entsetzen die Orks, und sie flohen nach allen Richtungen. Mit der neuen Hoffnung gewannen ihre Feinde neue Kräfte. Sie verfolgten die Flüchtenden und ließen die wenigsten entkommen. Viele trieben sie in das Eilige Wasser, und wer nach Süden oder Westen zu fliehen suchte, den jagten sie in die Sümpfe um den Nachtwaldfluß, wo der größere Teil der Flüchtenden umkam. Und wer bis ins Elbenreich gelangte, wurde dort erschlagen oder in die dunkle Weglosigkeit des Nachtwaldes gelockt, aus dem es kein Auftauchen mehr gab. Die Lieder haben später erzählt, daß drei Viertel der Orkkrieger an diesem Tag umkamen und die Berge für viele Jahre Frieden hatten.

Noch ehe die Nacht anbrach, war die Schlacht entschieden. Aber die Verfolgung war noch im Gang, als Bilbo in das Lager zurückkehrte. Außer den ernsthaft Verwundeten waren nur sehr wenige im Tal geblieben.

»Wo sind die Adler?« fragte er Gandalf an diesem Abend, als er, in viele warme Decken eingewickelt, dalag.

»Einige nehmen an der Verfolgung teil«, antwortete der Zauberer, »aber die meisten sind zu ihren Horsten zurückgekehrt. Sie wollten nicht länger bleiben und schieden mit dem ersten Morgenlicht. Dain hat ihren Anführer mit Gold gekrönt und ihnen Freundschaft auf immer zugeschworen.«

»Das tut mir leid. Das heißt, ich meine, ich hätte sie auch noch einmal gern gesehen«, sagte Bilbo schläfrig. »Vielleicht treffe ich sie auf dem Nachhauseweg. Jetzt kann ich doch bald nach Hause gehen, nicht wahr?«

»Sobald Ihr wollt«, entgegnete der Zauberer.

Aber es dauerte noch einige Tage, bis Bilbo wirklich aufbrechen konnte. Sie begruben Thorin tief unter dem Berg, und Bard legte ihm den Arkenjuwel auf die Brust. »Dort soll er liegen, bis der Berg stürzt«, sagte er. »Möge er Thorins Volk Glück bringen!«

Auf sein Grab aber legte der Elbenkönig Orkrist, das Elbenschwert, das er Thorin in der Gefangenschaft abgenommen hatte. Lieder erzählen, daß es immer in der Finsternis aufglühte, wenn Feinde nahten. So konnte die Festung der Zwerge nie durch einen Überraschungsangriff genommen werden. Dain, Sohn von Nain, schlug seinen Wohnsitz hier auf und wurde König unter dem Berge. Mit der Zeit sammelten sich zahlreiche andere Zwerge in den alten Hallen um seinen Thron. Von den zwölf Gefährten Thorins blieben zehn. Fili und Kili waren gefallen, als sie Thorin mit ihren Schilden und ihrem Körper verteidigten.

Thorin war der älteste Bruder ihrer Mutter. Die anderen blieben bei Dain.

Dain aber teilte den Schatz weise, denn es war natürlich nicht länger mehr die Rede davon, Balin und Dwalin, Dori und Nori und Ori, Oin und Gloin, Bifur, Bofur und Bombur oder Bilbo den geplanten Anteil zu geben. Bard allerdings erhielt ein Vierzehntel allen Goldes und Silbers, ob verarbeitet oder nicht verarbeitet, denn Dain sagte: »Wir wollen den Vertrag des toten Thorin achten, denn er hat seinen Arkenjuwel zurückerhalten.«

Ein Vierzehntel war ein über alle Maßen großer Reichtum, größer als ihn manch sterblicher König sein eigen nennt. Von diesem Schatz sandte Bard dem Meister der Seestadt einen großen Anteil an Gold, und großzügig belohnte er seine Freunde und die Männer, die ihm gefolgt waren. Dem Elbenkönig gab er die Smaragde Girions, Juwelen, wie sie der König besonders liebte und die Bard von Dain erhalten hatte.

Zu Bilbo aber sagte Dain: »Dieser Schatz gehört so gut Euch, wie er mir gehört. Indessen können die alten Vereinbarungen nicht aufrechterhalten werden. Zu viele haben einen Anspruch, weil sie ihn mitgewonnen und mitverteidigt haben. Obgleich Ihr bereit wart, all Eure Forderungen fallenzulassen, möchte ich nicht, daß Thorins Worte, die er bereut hat, sich erfüllen. Von allen möchte ich Euch am reichsten belohnen.«

»Sehr freundlich von Euch«, entgegnete Bilbo. »Aber für mich ist es wirklich eine Erleichterung. Wie in aller Welt sollte ich einen so großen Schatz ohne Mord und Totschlag den ganzen Weg nach Hause tragen? Das kann ich mir nicht vorstellen. Und ebensowenig weiß ich, was ich zu Hause mit ihm anfangen soll. Ich bin sicher, daß er in Euren Händen besser aufgehoben ist.«

Schließlich stimmte Bilbo zu, zwei kleine Kisten zu nehmen, eine mit Gold und eine mit Silber (soviel ein kräftiges

Pony tragen konnte). »Das ist gerade das, was ich schaffen kann«, sagte er.

Dann war es Zeit, von den Freunden Abschied zu nehmen. »Lebt wohl, Balin!« sagte er. »Und lebt wohl, Dwalin. Lebt wohl, Dori, Nori, Ori, Oin, Gloin, Bifur, Bofur und Bombur! Mögen eure Bärte sich niemals lichten!« Zum Berg gewandt, fügte er hinzu: »Lebt wohl, Thorin Eichenschild! Und Fili und Kili! Möge euer Andenken niemals verblassen!«

Die Zwerge vor dem Tor verbeugten sich tief. Aber die Worte blieben ihnen in der Kehle stecken. »Lebt wohl, und viel Glück auf allen Euren Wegen!« erwiderte Balin schließlich. »Wenn Ihr uns je wieder besucht und unsere Hallen wieder schön eingerichtet sind, so soll es ein wunderbares Fest werden.«

»Und wenn ihr jemals bei mir zu Hause vorbeikommt«, sagte Bilbo, »so klopft nicht erst an! Tee gibt es um vier. Aber jeder von euch ist zu jeder Zeit willkommen.«

Dann machte er sich auf den Weg.

Das Elbenheer war auf dem Marsch. Und wenn es auch traurig anzusehen war, wie viele für immer in ihren Reihen fehlten, so waren doch alle froh, daß die Welt des Nordens für lange Zeit glücklicher sein würde. Der Drache war tot, und die Orks waren vernichtet, und ihre Herzen freuten sich schon, daß nach dem Winter ein fröhlicher Frühling kommen würde.

Gandalf und Bilbo ritten hinter dem Elbenkönig, und neben ihnen schritt Beorn einher, wieder in menschlicher Gestalt. Er lachte und sang mit lauter Stimme den ganzen Weg. So zogen sie bis zum Saum des Nachtwaldes, nördlich der Stelle, wo der Nachtwaldfluß herauskam. Dann hielten sie an, denn der Zauberer und Bilbo wollten den Wald nicht betreten, wenn auch der König sie herzlich bat, eine Weile Gäste in seinen Hallen zu sein. Sie beabsichtigten, dem Saum des Waldes bis zu seinem Nordende zu folgen und die Einöde zu durchqueren, die zwischen ihm und den Grauen Bergen lag. Es war ein langer, unerfreulicher Weg, aber jetzt, da die Orks vernichtet waren, schien er sicherer zu sein als die schrecklichen Pfade unter den Bäumen. Außerdem nahm auch Beorn diesen Weg.

»Lebt wohl, o Elbenkönig!« sagte Gandalf. »Fröhlichkeit sei in Eurem grünen Wald, denn die Welt ist wieder jung! Und fröhlich sei Euer ganzes Volk!«

»Lebt wohl, o Gandalf!« erwiderte der König. »Mögt Ihr immer dort auftauchen, wo man Eure Hilfe am meisten braucht und am wenigsten erwartet! Je öfter Ihr in meinen Hallen erscheint, je mehr werde ich mich freuen!«

»Ich möchte Euch bitten«, sagte Bilbo plötzlich stotternd und verlegen auf einem Bein stehend, »diese Gabe anzunehmen«, und er holte ein silbernes Perlenhalsband hervor, das Dain ihm beim Abschied gegeben hatte.

»Womit habe ich eine solche Gabe verdient, o Hobbit?« fragte der König.

»Nun, hm, ich dachte, versteht Ihr«, antwortete der Hobbit ziemlich verlegen, »daß man sich schließlich, hm, für Eure Gastfreundschaft, hm, ein bißchen erkenntlich zeigen sollte. Ich meine, sogar ein Meisterdieb hat seinen Stolz. Ich habe viel von Eurem Wein getrunken und von Eurem Brot gegessen.«

»Ich nehme Eure Gabe an, o Bilbo der Großartige«, sagte der König ernst. »Und Euch ernenne ich zum Elbenfreund und segne Euren Weg. Möge Euer Schatten niemals kürzer werden (sonst wird das Stehlen zu leicht)! Lebt wohl!« Die Elben wandten sich dem Wald zu.

Bilbo mußte viele Mühsale und Abenteuer bestehen, ehe er daheim anlangte. Die Wildnis war noch immer Wildnis geblieben, und in jenen Tagen gab es außer Orks noch manche andere Gefahr. Aber Bilbo wurde gut geführt und gut beschützt – der Zauberer war bei ihm und ein gutes Stück Wegs auch Beorn. Und so geriet er nie in eine ernste Gefahr. Im Mittwinter erreichten sie Beorns Haus, und dort blieben beide für eine Weile. Weihnachten waren sie gut aufgehoben und hatten eine fröhliche Zeit. Von weit her kamen Menschen auf Beorns Einladung zum Festschmaus. Die Zahl der Orks in den Nebelbergen war klein geworden. Noch saß ihnen der Schreck in den Gliedern, und sie hielten sich in den tiefsten Löchern verborgen. Die Warge aber waren aus den Wäldern verschwunden, so daß die Menschen ohne Furcht reisen konnten. Beorn wurde später ein großer Häuptling in diesen Gegenden und dem Wald. Es wird erzählt, daß viele Generationen lang die Menschen aus seinem Geschlecht Macht hatten, sich in Bären zu verwandeln. Einige waren grimmig und böse, aber die meisten waren in ihrem Herzen so wie Beorn, wenn auch weniger groß und stark. In ihren Tagen wurden die letzten Orks aus den Nebelbergen verjagt, und ein neuer Friede kam für die Einödgrenze.

Es wurde Frühling, ein heller, milder Frühling mit strahlenden Sonnentagen, ehe Bilbo und Gandalf schließlich von Beorn Abschied nahmen. Und obgleich Bilbo Heimweh hatte, ging er mit Bedauern, denn die Blumen in Beorns Garten waren im Frühling nicht weniger wunderbar als im hohen Sommer.

Kurz, sie machten sich auf den langen Weg und erreichten den Paß, wo die Orks sie gefangen hatten. Aber sie kamen früh am Morgen dort oben an, und als sie zurückblickten, sahen sie strahlend hell die Sonne über den ausgedehnten Landschaften leuchten. Dort hinten lag der Nachtwald, blau in der großen Entfernung. Und selbst im Frühling sah sein näher gelegener Saum noch düster grün aus. Am Rande der sichtbaren Welt aber war der Einsame Berg zu erkennen. Auf seinem höchsten Gipfel schimmerte immer noch Schnee.

»So folgt Schnee auf Feuer, und selbst Drachen finden ihr Ende«, sagte Bilbo, und damit wandte er dem großen Abenteuer den Rücken. Die Tukseite in ihm wurde sehr müde, und die Beutlinseite nahm von Tag zu Tag an Stärke zu. »Ich habe jetzt nur noch den einzigen Wunsch, möglichst bald in meinem gemütlichen Armsessel zu sitzen!« sagte er.

Das letzte Kapitel

Gerade am 1. Mai kamen sie zurück an den Rand des Tales von Rivendell, wo das Haus an der Einödgrenze stand. Wieder war es Abend. Ihre Ponys waren müde, besonders das eine, das ihr Gepäck trug. Und jeder fühlte den Wunsch nach Rast und Ruhe. Als sie den steilen Pfad hinunterritten, hörte Bilbo die Elben wieder in den Bäumen singen, als ob sie seit ihrem Abschied nie aufgehört hätten. Und als die Reiter in die unteren Waldlichtungen kamen, begannen sie ein Lied, das ganz ähnlich ihrem Lied von damals war.

Dann kamen die Elben des Tales herbei, begrüßten sie und führten sie durch das Wasser zu Elronds Haus. Ein herzliches Willkommen wurde ihnen bereitet, und an diesem Abend hörten viele Ohren gespannt dem Bericht ihrer Abenteuer zu. Gandalf erzählte, denn Bilbo war still und schläfrig geworden. Das meiste kannte er ja, denn er war schließlich dabeigewesen, hatte selbst davon dem Zauberer auf ihrem Weg zurück oder im Hause Beorns erzählt. Aber ab und zu machte er ein Auge auf und hörte zu, wenn eine Geschichte an der Reihe war, die er noch nicht kannte.

Auf diese Weise erfuhr er, wo Gandalf gewesen war, denn er belauschte ein Gespräch zwischen dem Zauberer und Elrond. Daraus entnahm er, daß Gandalf einem großen Rat aller weisen Zauberer beigewohnt hatte, den Meistern der Überlieferung und der guten Zauberkunst, und daß sie endlich den Geisterbeschwörer aus seiner finsteren Zwingburg südlich des Nachtwaldes vertrieben hatten.

»Nicht mehr lange«, bemerkte Gandalf, »und der Nachtwald wird bestimmt eine glücklichere Gegend werden. Der Norden ist von diesem Schrecken für lange Zeit befreit. Aber ich wünschte, er wäre aus der ganzen Welt verbannt.«

»Das wäre wirklich gut«, antwortete Elrond. »Doch ich fürchte, das wird nicht zu unserer Zeit geschehen, vielleicht auch für viele Jahre danach nicht.«

Als die Geschichten ihrer Reise erzählt waren, kamen andere Geschichten an die Reihe und abermals andere, Geschichten aus lang zurückliegender Zeit und auch neue Geschichten, ja sogar Geschichten aus überhaupt keiner Zeit, bis Bilbos Kopf auf die Brust sank und er bequem in einer Ecke zu schnarchen begann.

Als er aufwachte, fand er sich in einem weißen Bett wieder. Der Mond schien durch das offene Fenster, unter dem Elben laut und klar an den Ufern des Flusses sangen.

»Singt, Freunde, singt alle, fallt ein in die Weise,
der Heidewind spielt um die Baumwipfel leise.
Der Mond und die lauschenden Sterne verweilen
über dem Ufer, den Eschen und Erlenzeilen.

Tanzt, Freunde, tanzt alle und schließet den Reigen,
das Gras weht wie Samt, wie Wind in den Zweigen,
der silberne Fluß trägt die Schatten der Weiden
als feinstes Gespinst aus schimmernden Seiden.

Kein Leid mehr, kein Kummer, die Ängste vergangen,
zu End das Lied, das wir Elben ihm sangen.
Steig hinter die Hügel, schweigsamer Mond –
schlaf, Ufergesträuch, schlaf, wer in Rivendell
wohnt.«

»Gut, ihr fröhliches Volk!« sagte Bilbo und lehnte sich aus dem Fenster. »Welche Stunde zeigt der Mond eigentlich an? Euer Wiegenlied würde einen betrunkenen Ork aufwecken! Aber ich danke euch!«

»Und Euer Schnarchen einen versteinerten Drachen – aber wir danken Euch«, antworteten sie ihm mit Gelächter. »Es geht jetzt auf den Frühtau zu, und Ihr habt fest geschlafen seit Anbruch der Nacht. Morgen vielleicht seid Ihr von Eurer Müdigkeit geheilt.«

»Ein kleiner Schlaf in Elronds Haus ist ein großartiges Heilmittel«, sagte Bilbo. »Aber ich will noch besser geheilt werden. Also auf ein zweites ›gute Nacht‹, liebe Freunde!« Und damit kroch er ins Bett zurück und schlief weit in den Morgen hinein.

Bald fiel in Elronds Haus alle Müdigkeit von ihm, und es gab früh und spät viel Spaß und Tanz mit den Elben des Tales. Aber selbst ein solches Haus konnte Bilbo nicht lange aufhalten, denn er dachte immerzu an sein eigenes Zuhause. Nach einer Woche sagte er Elrond Lebewohl, beschenkte ihn und ritt mit Gandalf davon.

Als sie das Tal verließen, verdunkelte sich der Himmel, Wind kam auf, und Regen schlug ihnen ins Gesicht.

»Der Mai ist eine lustige Zeit«, sagte Bilbo. »Aber mir scheint, wir haben ihn hinter uns und kommen nach Hause. Dies ist der erste Vorgeschmack.«

»Es ist noch ein langer Weg«, entgegnete Gandalf.

»Aber es ist der letzte«, sagte Bilbo.

Sie kamen an den Fluß, der die eigentliche Grenze der

wilden Einöde bildete, und zu der Furt unter dem Steilufer, an die ihr euch vielleicht erinnert. Der Fluß führte Hochwasser, das kam von der Schneeschmelze und vom tagelangen Regen. Aber sie überquerten ihn, wenn auch mit einiger Schwierigkeit, und dann eilten sie weiter, obgleich es Abend wurde. Sie wollten den letzten Abschnitt ihrer Reise hinter sich bringen.

Und dieser letzte Teil verlief ebenso wie der erste, ausgenommen, daß sie nur zu zweit und schweigsamer waren und diesmal keinen Trollen begegneten. Jeder Punkt des Weges rief Bilbo die Ereignisse und Gespräche wieder ins Gedächtnis, die nun ein ganzes Jahr zurücklagen – ihm schien es, als seien mehr als zehn vergangen –, so daß er natürlich rasch den Platz wiedererkannte, an dem das Pony in den Fluß gefallen war und wo sie das böse Abenteuer mit Tom, Bert und Bill zu bestehen hatten.

Nicht weit ab vom Weg fanden sie das Gold der Trolle, das sie vergraben hatten, noch unberührt verborgen. »Ich habe genug auf Lebenszeit«, sagte Bilbo, als sie es ausgegraben hatten. »Nehmt es, Gandalf, ich wette, Ihr könnt mehr damit anfangen als ich.«

»Tatsächlich, das kann ich«, erwiderte der Zauberer. »Aber teile, und teile gerecht! Ihr werdet es vielleicht nötiger haben, als Ihr annehmt.«

So taten sie das Gold in Säcke und hängten sie ihren Ponys, die darüber gar nicht erfreut waren, an den Sattel. Danach kamen sie nur noch langsam voran, denn meistens mußten sie neben ihren Ponys hergehen. Aber das Land war grün, und der Hobbit trottete zufrieden durch das hohe Gras. Er wischte sich den Schweiß mit einem roten Seidentaschentuch aus dem Gesicht – nein, nicht ein einziges seiner eigenen hatte die Reise überlebt, er hatte dieses Tuch von Elrond borgen müssen –, denn der Juni hatte den Sommer gebracht, und das Wetter war wieder klar und heiß.

Wie alle Dinge ein Ende haben, so auch diese Geschichte. Es kam der Tag, an dem sie jenes Land wiedersahen, in dem Bilbo geboren und erzogen worden war und wo die Landschaft und die Bäume ihm ebenso bekannt waren wie seine Hände und seine Zehen. Als sie eine Anhöhe erreichten, sah Bilbo seinen Berg in einiger Entfernung liegen, und er hielt an und sagte plötzlich:

»Wege wandern weit und lang
über Felsenpässe, unter Eichen,
folgen tief hinab dem Höhlengang,
folgen Fluß und Strom, die nie das Meer erreichen,
über Schnee, den weiß der Winter ausgesät,
Juniblumen wehen mit den Winden,
über Steine, Moos, im Dämmern spät
unterm Mond in alten Sommerlinden.

Wege wandern weit und still,
Wolken ziehen drüber her und Sternenlieder,
doch den müden, alten Füßen will
Rast die Heimat geben wieder.
Augen, die das Feuer sahen und das Schwert,
Schreckenstat und Unheil, wilde Pfeile,
schauen endlich, was sie lang entbehrt:
Wiesensaum und altvertrauter Bäume Zeile.«

Gandalf schaute ihn an. »Mein lieber Bilbo, irgend etwas ist mit Euch los. Ihr seid nicht mehr der alte Hobbit.«

So überquerten sie die Brücke, gingen vorbei an der Mühle am Fluß und kamen endlich zu Bilbos Haustür.

»Kreuzschwerenot!« rief Bilbo. »Was geht hier vor?« Ein geschäftiges Kommen und Gehen herrschte vor seiner Tür. Leute aller Art, achtbare und weniger achtbare, drängten sich auf seiner Schwelle. Sie gingen hinein, kamen heraus – nicht einmal ihre Füße wischten sie auf der Matte ab, wie Bilbo mit höchstem Mißfallen feststellen mußte.

Wenn er schon überrascht war, so waren es die Leute noch mehr. Bilbo war mitten in eine Auktion geraten. Ein großer Anschlag in Rot und Schwarz hing an der Tür und kündigte an, daß am 22. Juni die Herren Wühler, Wühler & Graber den nachgelassenen Besitz des seligen Bilbo Beutlin, Hochwohlgeboren, von Beutelsend, unter dem Berg, Hobbingen, versteigern würden. Beginn der Versteigerung pünktlich zehn Uhr. Jetzt war es fast Mittagszeit, und das meiste hatte schon seine Käufer zu den unterschiedlichsten Preisen gefunden, spottbillig oft, wie es bei Auktionen nun einmal zuzugehen pflegt. Bilbos Vettern, die Sackheim-Beutlins, waren sogar schon eifrig dabei, die Zimmer auszumessen, ob wohl ihre eigenen Möbel hineinpaßten. Kurz, Bilbo war für tot erklärt worden, und nicht jeder war glücklich darüber, daß diese Annahme sich als falsch erwies, selbst wenn er so tat.

Seine Rückkehr verursachte sowohl unter als auch über dem Berg und jenseits des Wassers eine ganz schöne Aufregung. Es war schlimmer als ein achtes Weltwunder. Die gesetzlichen Schwierigkeiten konnten jahrelang nicht aus der Welt geschafft werden, und die Erlaubnis, wieder als durchaus lebendig zu gelten, ließ lange auf sich warten. Auch dauerte es geraume Weile, bis jene Leute davon überzeugt waren, die bei der Versteigerung die besten Geschäfte gemacht hatten. Zum Schluß mußte Bilbo, nur um Zeit zu sparen, eine ganze Menge seiner eigenen Möbel zurückkaufen.

Viele seiner Silberlöffel blieben jedoch auf mysteriöse Art verschwunden. Bilbo verdächtigte die Sackheim-Beutlins, die ihrerseits nie die Echtheit des zurückgekehrten Bilbo Beutlin anerkannten und nie wieder ein Wort mit ihm wechselten.

Und in der Tat, Bilbo fand, daß er mehr als seine Löffel verloren hatte – er hatte seinen guten Ruf verloren. Er blieb zwar zeit seines Lebens ein Elbenfreund und hatte die

Ehre, Zwerge, Zauberer und noch andere merkwürdige Leute, die hier vorüberkamen, seine Gäste nennen zu können. Aber er galt als nicht mehr ganz respektabel. Ja, er wurde von allen Hobbits seiner Nachbarschaft für verschroben gehalten – ausgenommen von seinen Neffen und Nichten von der Tukseite. Doch selbst deren Freundschaft wurde von den Eltern nicht gern gesehen.

Zu meinem Leidwesen muß ich sagen, daß ihn das nicht kümmerte. Ja, er war sehr zufrieden. Niemals bisher war ihm das Summen des Teekessels so lieblich erschienen, selbst in jenen ruhigen Zeiten nicht, als die unerwartete Gesellschaft sich bei ihm versammelt hatte. Sein Schwert hing er über den Kamin. Sein Kettenhemd wurde schön auf einem Ständer in der Eingangshalle aufgebaut (bis er es einem Museum auslieh). Seine Schätze an Gold und Silber hatte er weitgehend in teils nützlichen, teils verschwenderischen Geschenken angelegt, und das macht, bis zu einem gewissen Grade, die besondere Zuneigung seiner Neffen und Nichten verständlich. Den Zauberring aber hielt er sorgsam geheim. Er benutzte ihn hauptsächlich, wenn unerwünschte Besucher kamen.

Bilbo begann, Gedichte zu schreiben, und besuchte oft die Elben. Und obgleich mancher den Kopf schüttelte, sich an die Stirn tippte und »armer alter Beutlin« sagte und obgleich nur wenige seine Erzählungen glaubten, lebte er sehr glücklich bis ans Ende seiner Tage. Und es muß gesagt werden, daß es noch außerordentlich lang war bis dorthin.

An einem Herbstabend, einige Jahre später, saß Bilbo in seinem Studierzimmer. Er schrieb an seinen Erinnerungen – er dachte daran, sie ›Dorthin und wieder zurück, Ferienreise eines Hobbits‹ zu nennen –, als die Türglocke läutete. Es war Gandalf, den ein Zwerg begleitete. Und dieser Zwerg war Balin.

»Kommt herein, kommt herein!« sagte Bilbo, und bald

saßen sie gemütlich am Kaminfeuer. Während Balin feststellte, daß Mister Beutlins Weste ein bißchen praller geworden war (echte Goldknöpfe saßen darauf), stellte Bilbo seinerseits fest, daß Balins Bart um einige Zoll gewachsen und sein mit Edelsteinen gezierter Gürtel von großer Schönheit war.

Natürlich sprachen sie über die gemeinsam verlebten Zeiten, und Bilbo fragte, wie es in den Ländern um den Einsamen Berg aussah. Gut ging es anscheinend dort allen. Bard hatte die Stadt Dal wieder erbaut. Menschen waren von der Seestadt und weiter aus dem Süden und Westen zu ihm gekommen. Das ganze Tal war wieder reich bestellt. Im Frühling erfüllten Vogelruf und blühende Blumen das verwüstete Land und im Herbst Früchte und fröhliche Feste. Auch die Seestadt war wieder aufgebaut worden und wohlhabender denn je. Reiche Frachten fuhren das Eilige Wasser stromauf und stromab. Freundschaft herrschte hier zwischen Elben, Zwergen und Menschen.

Der alte Meister jedoch hatte ein schlechtes Ende genommen. Bard hatte ihm viel Gold für sein Seevolk gegeben. Aber da er zu denen gehörte, die leicht solchen Süchten verfallen, hatte die Drachenkrankheit ihn angesteckt. Er nahm den größten Teil des Goldes und floh – und verhungerte in der Einöde, verlassen von seinen Spießgesellen.

»Der neue Meister ist weiser als der alte«, sagte Balin, »und sehr beliebt, denn ihm schreiben sie den jetzigen Wohlstand zu. Sie dichten Lieder, in denen es heißt, daß in seinen Tagen die Flüsse schieres Gold führten.«

»Dann sind die alten Prophezeiungen in gewisser Hinsicht ja eingetroffen«, bemerkte Bilbo.

»Natürlich!« entgegnete Gandalf. »Und warum sollten sie nicht eingetroffen sein? Zweifelt Ihr etwa nur deshalb an den Prophezeiungen, weil Ihr selbst tatkräftig mitgewirkt habt, daß sie in Erfüllung gingen? Ihr glaubt doch nicht etwa, es sei reiner Zufall gewesen, daß Ihr all die Abenteuer bestanden habt und all den Gefahren entkommen seid und daß all das einzig zu Eurem eigenen Nutzen geschehen ist? Ihr seid ein prächtiger Kerl, Mister Beutlin, und ich habe Euch sehr gern. Aber schließlich seid Ihr doch nur ein kleines Pünktchen in einer sehr großen Welt.«

»Gott sei Dank«, sagte Bilbo lachend und reichte ihm die Tabakdose.

J. R. R. Tolkien im dtv

»Tolkien hat das Verdienst, im nüchternen 20. Jahrhundert die Welt der Drachen, Elben, Zauberer und Könige wieder transparent gemacht zu haben.«
Salzburger Nachrichten

Der kleine Hobbit
Übers. v. Walter Scherf
ISBN 3-423-20277-7
Bilbo Beutlin, ein Hobbit aus guter Familie und von untadeligem Ruf, wird von dem Zauberer Gandalf animiert, einer Zwergenschar bei der Rückgewinnung ihres geraubten Schatzes zu helfen ... »Die (Vor-)Geschichte zum ›Herrn der Ringe‹. Absolut zu empfehlen!« (Berliner Morgenpost)

Nachrichten aus Mittelerde
Übers. v. Hans J. Schütz
ISBN 3-423-20845-7
Die große Chronik von Mittelerde.

Feanors Fluch
Übers. v. Wolfgang Krege
ISBN 3-423-20372-2
Feanors Meisterwerk, die Silmaril, bringen Unglück über Mittelerde. Sein Fluch gegen Morgoth wird zum Ausgangspunkt jenes endlosen, bitteren Krieges in Mittelerde, den Tolkien in ›Der Herr der Ringe‹ beschreibt.

Die Geschichte der Kinder Húrins
Übers. v. Hans J. Schütz
ISBN 3-423-08587-8
Es herrscht Krieg in Mittelerde, und Húrin, der Herr von Dor-lómin, fällt seinem ärgsten Feind in die Hände – dem grausamen Morgoth.

Tuor und seine Ankunft in Gondolin
Übers. v. Hans J. Schütz und Wolfgang Krege
ISBN 3-423-20278-5
Aus der Sagenwelt von Mittelerde.

Das Tolkien Lesebuch
Übers. v. Wolfgang Krege u. a.
ISBN 3-423-20669-1
»Für Neueinsteiger und Tolkien-Anhänger.« (Rheinischer Merkur)

Farmer Giles of Ham / Bauer Giles von Ham
Übers. v. A. Uthe-Spencker
Illustr. v. Pauline Diana Barnes
dtv zweisprachig
ISBN 3-423-09383-8
Aufstieg und Abenteuer des Bauern Giles.

Herbie Brennan im dtv

»Herbie, wenn du hieraus keine Serie machst,
werde ich dich verklagen!«
Eoin Colfer, Autor von ›Artemis Fowl‹

Das Elfenportal
Roman
Übersetzt von Frank Böhmert
dtv premium
ISBN 3-423-24374-0 und
ISBN 3-423-20893-7

Zwischen den Säulen des Elfenportals lodert ein gleißendes blaues Feuer. Elfenprinz Pyrgus Malvae ist in großer Gefahr. Um seinen Verfolgern zu entkommen, gibt es für ihn nur noch einen Weg: die Flucht durch das Portal. Denn die Flammen darin führen direkt in die Gegenwelt … – Seit langer Zeit schon herrscht der Purpurkaiser über das Elfenreich. Doch den Elfen der Nacht ist jedes Mittel recht, seine Macht zu brechen: Sie schließen einen unheilvollen Pakt mit den Dämonen der Finsternis … – »Brennan ist ein zauberhafter Fantasy-Roman gelungen, den man Kindern am Bett vorlesen kann und einfach weiter lesen, wenn sie längst schlafen.« (Brigitte)

Der Purpurkaiser
Roman
Übersetzt von Frank Böhmert
dtv premium
ISBN 3-423-24461-5

»Auf einmal verstummte die Sirene. Ein Knall ertönte, und keine zwei Meter von ihm entfernt öffnete sich das Portal. Es flackerte und fiel in sich zusammen – eine Sekunde, nachdem er hindurchgesprungen war. Er hatte es geschafft. Er befand sich im Purpurpalast. Doch irgendetwas stimmte hier ganz und gar nicht …« – Henry hat den Hilferuf vernommen. Doch als er das Portal zum Elfenreich durchquert, ist auf der anderen Seite nichts mehr so, wie es war. Lord Hairstreak hat den ermordeten Purpurkaiser mit den Mitteln der Schwarzen Magie wieder zum Leben erweckt. Er will mit dessen Hilfe das Elfenreich kontrollieren. Henry setzt alles daran, seinen Freunden zu helfen. Ein langes, gefahrvolles Abenteuer voller Dramatik, Zauber, Gewalt und Wunder beginnt …